향수

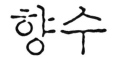

향수

어느 살인자의 이야기

파트리크 쥐스킨트 지음 | **강명순 옮김**

DAS PARFUM
by
PATRICK SÜSKIND

이 책은 실로 꿰매어 제본하는 정통적인 사철 방식으로 만들어졌습니다.
사철 방식으로 제본된 양장본은 오랫동안 보관해도 책이 손상되지 않습니다.

1

1

18세기 프랑스에 한 남자가 살고 있었다. 이 시대에는 혐오스러운 천재들이 적지 않았는데, 그는 그중에서도 가장 천재적이면서 가장 혐오스러운 인물 가운데 하나였다. 이 책은 바로 그 사람에 대한 이야기이다. 사드나 생 쥐스트, 푸세나 보나파르트 등의 다른 기이한 천재들의 이름과는 달리 장 바티스트 그르누이라는 그의 이름은 오늘날 잊혀져 버렸다. 물론 그것은 오만, 인간에 대한 혐오, 비도덕성 등 한마디로 사악함의 정도에 있어 그르누이가 그 악명 높은 인물들에 뒤떨어지기 때문은 아니다. 단지 그의 천재성과 명예욕이 발휘된 분야가 역사에 아무런 흔적도 남기지 않는 냄새라는 덧없는 영역이었기 때문이다.

이 책에서 이야기되고 있는 시대에는 우리 현대인들로서는 거의 상상도 할 수 없을 정도의 악취가 도시를 짓누르고 있었다. 길에서는 똥 냄새가, 뒷마당에서는 지린내가, 계단에서는 나무 썩는 냄새와 쥐똥 냄새가 코를 찔렀다. 부엌에서는 상한 양배추와 양고기 냄새가 퍼져 나왔고, 환기가 안 된 거실에서는 곰팡내가 났다. 침실에는 땀에 절은 시트와 눅눅해진 이불 냄새와 함께 요강에서 나는 코를 얼얼하게 할 정도의 오줌 냄새가 배어 있었다. 거리에는 굴뚝에서 퍼져 나온 유황 냄새와 무두질 작업장의 부식용 양잿물 냄새, 그리고 도살장에서 흘러 나온 피 냄새가 진동하고 있었다. 사람들한테서는 땀 냄새와 함께 빨지 않은 옷에서 악취가 풍겨 왔다. 게다가 충치로 인해 구취가 심했고 트림을 할 때는 위에서 썩은 양파즙 냄새가 올라왔다. 어느 정도 나이가 든 사람들한테서는 오래된 치즈와 상한 우유, 그리고 상처 곪은 냄새가 났다. 강, 광장, 교회 등 어디라고 할 것 없이 악취에 싸여 있었다. 다리 밑은 물론이고 궁전이라고 다를 바가 없었다. 농부와 성직자, 견습공과 장인(匠人)의 부인이 냄새에 있어서는 매한가지였다. 귀족들도 전부 악취에 젖어 있었다. 심지어 왕한테서도 맹수 냄새가 났고 왕비한테서는 늙은 염소 냄새를 맡을 수 있었다. 여름이나 겨울이나 차이가 없었다. 18세기에는 아직 박테리아의 분해 활동에 제약을 가할 방법을 알지 못했을 뿐만 아니라, 건설하고 파괴하는 인간의 활동, 싹이 터서 썩기까지의 생명의 과정치고 냄새 없이 이루어지는 것은 하나도 없었기 때문이다.

물론 악취가 가장 심한 곳은 파리였다. 프랑스에서 가장 큰 도시였기 때문이다. 파리 안에서도 특히 악취가 지옥의 냄새처럼 배어 있는 곳이 있었는데, 바로 페르 거리와 페론느리 거리 사이에 위치한 이노셍 묘지였다. 8백년 동안 시립 병원과 주변의 교구에서 죽은 시체들이 이곳으로 옮겨졌기 때문이다. 8백년 동안 날마다 수레에 실려 온 수십 구의 시체들이 기다란 구덩이 속에 묻혔고, 8백년 동안 지하 납골당에는 뼈들이 차곡차곡 쌓여졌던 것이다. 후일 프랑스 혁명이 일어나기 직전 몇몇 무덤이 위태롭게 무너져 버렸고, 그 결과 묘지에서 진동하는 악취에 참다못한 주민들이 단순한 항의 정도를 넘어서 진짜 폭동을 일으킨 후에야 비로소 묘지가 폐쇄되었다. 그래서 수백만 개의 뼈와 두개골이 몽마르트의 지하 납골당으로 이장되었고 그 자리에 식료품 시장이 들어섰다.

바로 그곳, 프랑스 왕국에서도 가장 악취가 심한 그곳에서 1738년 7월 17일 장 바티스트 그르누이가 태어났다. 그날은 그 해의 가장 무더웠던 날들 중의 하루로서 뜨거운 열기가 납덩이처럼 묘지를 내리누르고 있었고 썩은 참외와 불에 탄 쇠뿔이 섞인 듯한 부패 가스가 근처의 거리를 꽉 채우고 있었다. 그르누이의 어머니에게 진통이 찾아온 것은 폐르 거리의 생선 좌판 뒤에 선 채로 좀 전에 꺼낸 대구의 비늘을 손질할 때였다. 아침에 세느 강에서 잡았다는 그 생선들은 벌써 악취를 풍기고 있어 오히려 시체의 냄새를 압도할 정도였다. 그러나 그르누이의 어머니는 생선 냄새도 시체의 냄새도 맡을 수가 없었다. 왜냐하면 그녀의 코는 냄새에 대해 완전히 마비되어 있었을 뿐 아니라 더욱이 진통이 찾아왔기 때문이었다. 진통으로 인해 그녀는 외부의 모든 자극에 대한 감각이 마비되어 버렸다. 그녀는 단지 진통이 빨리 끝나기를, 가능한 한 빨리 이 구역질 나는 출산의 고통에서 벗어나게 되기를 바랄 뿐이었다. 이번이 다섯 번째였다. 그전에도 전부 이곳 생선 좌판 뒤에서 일을 끝냈었다. 아기들은 전부 이미 죽었거나 반쯤 죽은 상태로 태어났다. 태어난 핏덩어리들은 주변에 널려 있던 생선 내장과 별로 다를 바가 없었고, 게다가 생명이 그다지 오래 붙어 있지도 않았기 때문에 저녁 무렵에는 다같이 쓰레받기에 담겨 치워졌다. 그리고는 수레에 실려 묘지나 아래쪽 강가에 버려졌다. 오늘 역시 그렇게 될 것이 뻔했다. 그르누이의 어머니, 이제 막 20대 중반에 접어든 그 젊은 여자는 여전히 예뻤고 이도 거의 상하지 않았으며 머리카락도 아직 남아 있었다. 통풍(痛風)과 매독, 가벼운 폐결핵을 앓고 있지만 심각한 병은 아니었다. 그녀는 아직도 5년이나 10년쯤은 더 살기를 바랐고 한번쯤은 결혼을 해서 홀아비 수공업자의 존경할 만한 부인이 되어 정식으로 아이들을 갖고도 싶었다. 또……. 그르누이의 어머니는 한시바삐 모든 일이 끝나기만 기다리고 있었다. 그녀는 마지막 진통이 찾아오자 커다란 도마 밑에 웅크리고 앉아서 그 자리에서 아이를 낳았다. 그리고는 앞서 네 번의 경우처럼 생선칼로 핏덩이의 탯줄을 잘랐다. 그리고 나서 그녀는 —— 백합꽃이 만발한 들판이나 수선화가 가득한 좁은 방에 있을 때처럼 —— 알 수 없는 무언가가 참을 수 없이 자신을 마비시킨다고 생각하며 정신을 잃었다. 그녀는 옆으로 쓰러지더니 길 한가운데 쌓여 있는 생선 더미 위에 드러누워 버렸다. 누워 있는 그녀의 손에 여전히 칼이 들려 있었다.

비명 소리와 뛰어오는 발소리들이 들리더니 한 무리의 사람들이 놀란 얼굴로 빙 둘러서서 그녀를 내려다보고 있었다.

그들이 경찰을 불러왔다. 그녀는 여전히 손에 칼을 쥔 채 길에 누워 있었다. 천천히 그녀의 의식이 되살아났다.

「도대체 무슨 일이지?」

「아무 일도 아니에요.」

「칼로 뭘 하려는 거요?」

「아무것도」

「앞치마에 묻은 피는 웬 거요?」

「생선피예요.」

그녀는 일어나서 칼을 던져 버리고 씻기 위해 걸어갔다.

그 순간 예기치 않게도 생선 도마 밑에서 새 생명이 울어대기 시작했다. 사람들이 여기저기 뒤져본 끝에 생선 내장과 잘린 생선 대가리들 사이에서 온통 파리떼에 뒤덮여 있는 갓난아기를 발견해 끄집어 냈다. 아기는 관청에 의해 보모에게 맡겨졌고 여자는 체포되었다. 그녀는 자백을 통해 앞서 네 번의 경우처럼 이번에도 틀림없이 아기가 죽게 내버려두려 했다는 점을 시인했기 때문에 즉시 재판에 회부되었다. 수치례에 걸친 영아 살인죄의 판결을 받은 그녀는 몇 주 후에 그레브 광장에서 참수되었다.

그녀가 죽었을 때에는 아기의 보모가 벌써 세 번이나 바뀐 상태였다. 사나흘 이상 아기를 맡으려는 사람이 없었던 것이다. 아기가 너무 게걸스럽다는 것이 그 이유였다. 보통 아이들의 두 배나 먹고도 모자라 다른 아이들이 먹어야 할 젖까지 다 빨아먹는 이 아이 하나로 인해 생계 수단인 보모 일이 불가능하다고들 했다. 그래서 이 일이 귀찮아진 라 포스라는 이름의 담당 경찰은 아기를 생 탕투안느 거리 밖에 있는 기아와 고아를 위한 수용소로 보내기로 결정했다. 그곳에서는 매일 루앙에 있는 규모가 큰 국립고아원으로 아이들을 보냈다. 아이들을 운반하는 일은 짐꾼들이 가죽으로 만든 바구니를 이용해서 했다. 그런데 이런저런 이유로 인해 젖먹이들의 경우는 바구니 하나에 네 명을 한꺼번에 담아 날랐고, 그로 인해 도중에 죽는 사례가 적지 않았다. 바로 그것 때문에 짐꾼들은 세례를 받은 아이들만을 날라 주었다. 그것도 루앙의 직인이 찍힌 합법적인 운반증을 제시할 때에만 가능했다. 그런데 그르누이는 세례를 못 받았음은 물론이고 합법적인 운반증에 기록할 이름조차 없었던 것이다.

한편, 경찰로서도 아기를 이름도 없이 수용소에 넘기는 것은 절차가 아주 번거로울 뿐 아니라 쓸데없는 요식 행위들만 더하게 되는 셈이었다. 이처럼 갓난아기를 이송하는 데 필요한 일련의 관료적이고 행정적인 절차가 어렵기도 하고 또 시간도 촉박했기 때문에 라 포스 경관은 애초의 계획을 바꿔 그 남자 아기를 확인증을 받고 어느 교회 기관에 넘겨주도록 지시하였다. 그리고는 거기서 아기에게 세례도 주고 앞으로의 운명도 결정하도록 했다. 아기는 생 마르탱 거리에 있는 생 메리 수도원에 보내졌다. 그곳에서 아기는 세례를 받고 장 바티스트라는 이름을 얻었다. 그런데 이날 수도원장의 기분이 좋았을 뿐만 아니라 구호 기금도 남아 있었기 때문에 아기를 루앙으로 보내는 대신 수도원이 비용을 부담하여 양육하기로 결정되었다. 생 드니 거리에 사는 잔느 뷔시라는 유모에게 아기가 맡겨졌는데, 그녀는 아기를 돌보는 대가로 일주일에 3프랑씩 받기로 이야기가 되었다.

2

몇 주 후 유모 잔느 뷔시는 아기 바구니를 손에 들고 생 메리 수도원 현관문 앞에 나타났다. 대머리에다가 약간 시큼한 냄새가 나는 쉰 살 정도의 신부 테리에가 문을 열어 주자 그녀는 아기 바구니를 입구에 내려 놓으면서 말했다.

「받으세요!」

「무슨 일이오?」

테리에 신부는 뭔가 먹을 것을 가져 온 모양이라고 짐작하고 코를 킁킁거리면서 바구니 위로 몸을 숙였다.

「페르 거리의 그 영아 살인마의 사생아예요.」

신부는 자고 있는 아기의 얼굴을 보기 위해 손가락으로 아기 바구니를 뒤적였다.

「잘생겼군, 혈색도 좋고 살도 포동포동하게 올랐어.」

「내 걸 전부 빼앗아 먹었기 때문이에요. 얘가 전부 빨아 먹는 바람에 나는 이제 뼈만 앙상하다고요. 그렇지만 오늘로 그것도 끝이에요. 이제 이 아기를 염소젖이나 암죽, 당근즙 따위를 먹이면서 직접 키우도록 하세요. 이 사생아는 전부 먹어 치워 버린다구요.」

테리에 신부는 다정한 사람이었다. 그가 하는 일은 수도원의 구호 기금을 관리하면서 가난하고 어려운 사람들에게 돈을 나누어 주는 일이었다. 그 대가로 그가 사람들에게서 기대하는 것은 고맙다는 인사 정도였다. 그 외에는 그들이 더이상 자신을 성가시게 하지 않기를 바랐다. 그는 기술적인 사소한 일들을 싫어했다. 언제나 사소한 일들이 제일 어려웠고, 그런 어려움들로 인해 마음의 평온이 깨어지는 것이 참을 수 없었기 때문이다. 그는 문을 열어 준 자신에 대해 화가 났다. 이 여자가 도로 아기 바구니를 들고 집으로 돌아가 주면 이 갓난아기 문제에서 벗어날 수 있을 텐데. 다시 천천히 몸을 일으키며 그는 숨을 한번 들이마셨다. 여자에게서는 젖냄새와 치즈향의 양털 냄새를 느낄 수 있었다. 아주 기분좋은 냄새였다.

「뭘 원하는지 모르겠군. 도대체 무슨 말을 하려는 건지 정말 이해를 못하겠어. 내 생각에는 이 아기가 한동안 더 당신품에서 커도 별로 나쁠 것 같지 않은데 말이야.」

「물론 아기에게는 그렇죠.」

보모가 투덜거리는 투로 말했다.

「그렇지만 난 아니에요. 이 아이가 세 명 몫이나 먹어치우는 동안 난 체중이 10파운드나 줄었다고요. 왜 그래야 하죠? 일주일에 고작 3프랑밖에 못 받으면서요.」

「아. 이제 알겠소.」

16

한시름 놓으면서 테리에가 말했다.

「내가 장님이었어. 결국 이번에도 돈이 문제군.」

「아니에요.」

유모가 말했다.

「그렇다니까. 언제나 돈이 문제야. 이 수도원 문을 두드릴 때는 돈이 문제라고. 다른 일로 수도원에 오는 사람에게 문을 한번 열어줘 봤으면 소원이 없겠소. 예컨대, 자그마한 호의를 베풀기 위해 오는 경우 말이오. 약간의 과일이나 호두 몇 알 정도면 족하지. 가을에는 들고 올 만한 것이 꽤 많이 있잖소. 꽃도 괜찮겠지. 아니면 그냥 지나가는 길에 들러 다정하게 〈테리에 신부님, 신의 축복이 함께하고 오늘 하루가 즐거우시길 기원합니다!〉라고 말해도 좋을 텐데. 하지만 그런 일은 결코 없을 거야. 거지가 아니면 장사꾼이 오고, 장사꾼이 아니면 수공업자가 오거든. 자선을 구걸하지 않을 때는 계산서를 갖고 나타나니까 말이오. 거리에 세 발자국도 나서기 무섭게 벌써 돈을 요구하는 사람들에 둘러싸이고 만다니까!」

「난 아니라니까요.」

「내 한 가지만 말해 두지. 스프랑겔에는 유모가 당신 한 사람만 있는 게 아니오. 일급 유모들만 해도 수백 명이나 있으니 일주일에 3프랑이면 너도나도 이 귀여운 아기에게 젖을 물리겠다고 몰려들 거란 말이오. 암죽이나 주스, 아니면 다른 거라도 먹여 줄…….」

「그러면 하나 찾아보세요.」

「……하지만 아기를 그런 식으로 떠돌게 하는 것은 별로 좋은 일이 아니오 다른 사람의 젖으로도 당신 젖을 먹을 때

17

처럼 잘 크리라는 보장이 없잖소. 당신도 알다시피 이 아이는 당신의 젖 냄새에 익숙해졌을 거요. 당신의 심장 박동 소리도 그렇고.」

다시 한번 그는 유모에게서 나는 따스한 온기를 깊이 들이마셨다. 그러나 자신의 말이 그녀에게 아무 효력이 없었음을 깨닫고 다시 말했다.

「자. 아기를 데리고 집으로 돌아가도록 하시오! 이 문제를 수도원장님과 상의하겠소. 앞으로는 일주일에 4프랑씩 주는 게 좋겠다고 말씀드려 보지.」

「안 돼요.」

「좋소, 5프랑!」

「안 돼요.」

「도대체 얼마를 원하는 거요?」

테리에가 그녀에게 소리를 질렀다.

「갓난아기 하나 기르는 것처럼 쉬운 일에 5프랑이면 정말 큰돈이오.」

「난 돈을 원하는 게 아니라니까요. 이 사생아를 집에 두고 싶지 않을 뿐이라고요.」

「도대체 왜 이러는 거요, 부인?」

그는 다시 손가락으로 아기를 들춰 보면서 말했다.

「정말 비할 데 없이 귀엽잖소. 이 발그스레한 뺨 좀 봐요. 칭얼대지도 않고 잠도 잘 자고. 게다가 세례도 받은 아이라오.」

「이 아인 악마에 씌었어요.」

테리에가 재빨리 바구니에서 손을 떼었다.

「말도 안 돼! 젖먹이가 악령에 사로잡힌다는 건 도저히 있

18

을 수 없는 일이야. 젖먹이는 인간이 아니오. 인간이 되기 전의 상태라서 아직 완성된 영혼을 갖고 있지 않단 말이오. 그러니까 악마의 관심을 끌지 못해요. 아니면 벌써 이 아기가 말이라도 한다는 거요? 경기라도 합디까? 방안의 물건을 건드리기라도 했소? 그도 저도 아니라면 그에게서 악취라도 난다는 거요?」

「이 아인 도대체 냄새라는 게 없어요.」

「바로 그거요! 그게 명백한 증거요. 악마에 씌었다면 악취가 났겠지.」

유모도 안심시키고 자신의 용기도 증명할 겸 테리에는 아기 바구니를 들어올려 코에 갖다 대어 보았다.

「이상한 냄새라곤 전혀 없군.」

그가 한동안 코를 벌름거리며 냄새를 맡은 후 그렇게 말했다.

「이상한 건 정말 하나도 없소. 물론 기저귀에서 뭔가 냄새가 좀 나는 것 같긴 하지만.」

그는 확인이라도 시키듯 그녀에게 바구니를 내밀었다.

「내 말은 그게 아니에요.」

그녀가 바구니를 밀치면서 퉁명스럽게 대꾸했다.

「기저귀에서 나는 냄새를 말하는 게 아니라고요. 그의 배설물 냄새는 아주 좋아요. 문제는 그 아기예요. 정작 이 사생아 몸뚱어리에서는 아무 냄새도 나지 않는다니까요.」

「건강하기 때문이겠지.」

테리에가 소리쳤다.

「건강하니까 아무 냄새도 안 나는 거요! 병에 걸린 아이들한테서나 냄새가 나는 법이지. 그건 누구나 알지 않소. 알다시피 천연두에 걸린 아이들한테서는 말똥 냄새가 나고, 성홍열을 앓는 아이한테서는 사과 썩는 냄새가 나고, 또 결핵에 걸린 아이들한테서는 양파 냄새가 나는 거요. 이 아기는 건강하니 냄새가 없는 건 당연해요. 꼭 나쁜 냄새를 풍겨야 한다는 거요? 당신의 아이들도 나쁜 냄새가 나는 거요?」

「그게 아니에요. 내 아이들은 사람의 아이라면 누구한테서나 나는 그런 향기가 있다고요.」

테리에가 다시 조심스럽게 바구니를 바닥에 내려놓았다. 그녀의 고집에 대한 분노가 폭발 일보 직전에 이르러 이런 식으로 논쟁을 계속하다가는 어쩔 수 없이 두 팔을 마구 휘두르게 될 것 같았기 때문이다. 그로 인해 이 갓난아기를 다치게 하고 싶지는 않았다. 우선 그는 팔을 등뒤로 돌려 뒷짐을 지고 서서 불룩 나온 자신의 배를 유모에게 내밀면서 날카로운 목소리로 물었다.

「그렇다면 당신은 사람의 아기한테서 어떤 냄새가 나는지 알 수 있다고 주장하는 거요? 내 말해 두겠는데, 세례를 받으면 그 아기는 이미 신의 아기라오.」

「물론이지요.」

「생 드니 거리의 유모 잔느 뷔시, 당신의 말에 의하면 그러니까 당연히 있어야 할 냄새가 없는 아기는 악마의 자식이라는 거요?」

그가 등뒤로 돌렸던 왼팔을 치켜들고는 둘째 손가락을 물음표 모양으로 구부려서 위협적으로 그녀의 얼굴에 갖다 대었다. 그녀는 생각을 해보았다. 대화가 갑자기 그녀가 굴복할 수밖에 없는 신학적 심문으로 변질되는 것은 그녀로서는 달갑지 않은 일이었다.

「그런 뜻으로 한 말은 아니에요.」

그녀가 좀 물러서는 듯한 태도로 말했다.

「이 일이 악마와 관련되어 있는지 없는지는 직접 판단하세요, 테리에 신부님. 제게는 그럴 힘이 없으니까요. 제가 아는 건 단 한 가지, 아이들이라면 당연히 있어야 할 그런 냄새가 없는 이 애가 무서울 뿐이에요.」

테리에가 만족한 듯이 다시 팔을 내리면서 말했다.

「아하, 좋아요. 그럼 우리 악마 문제는 접어 두기로 합시다. 좋아요. 그런데 제발 말 좀 해보시오. 도대체 아기들한테서 무슨 냄새가 난다는 거요? 당신이 믿고 있는 아기 냄새는 도대체 어떤 거요? 자, 어서?」

「좋은 냄새지요.」

테리에가 그녀에게 호통을 쳤다.

「좋다는 게 무슨 뜻이오? 냄새가 좋은 건 많소. 라벤더 꽃은 향기가 좋아요. 고기 수프에서도 좋은 냄새가 나고. 아라비아의 정원도 그렇소. 그렇다면 젖먹이는 어떤 냄새인지 알고 싶군.」

유모는 우물쭈물했다. 물론 그녀는 젖먹이의 냄새가 어떤지 잘 알고 있었다. 그것도 아주 정확하게 말이다. 젖을 먹여주고 돌보고 얼르고 뽀뽀도 하면서 그녀의 손을 거쳐간 아이들이 벌써 수십 명이나 되는 것이다. 밤중에는 코로 아이들을 찾아낼 수 있을 정도였다. 지금도 코로는 분명하게 젖먹이의 냄새를 느끼고 있었다. 하지만 그걸 말로 설명해 본 적은 없었다.

「자, 어서!」

테리에가 더 참지 못하고 손가락을 딱딱 소리나게 꺾으며 고함을 질렀다.

「그러니까…… 그걸 쉽게 설명하기는 어려워요. 왜냐하면 …… 왜냐하면 몸 여기저기서 나는 냄새가 다 좋기는 하지만 똑같은 냄새는 아니니까요. 신부님, 아시겠어요? 예를 들면 발에서는 매끄럽고 따뜻한 돌의 냄새가 나요. 아니, 오히려 농축 우유나…… 버터 같은 냄새예요. 맞아요, 바로 신선한 버터 냄새가 나요. 그리고 아기들 몸에서는 마치…… 마치 우유에 적신 과자 같은 냄새가 나요. 그리고 머리 꼭대기에서는요, 가마가 있는 머리 뒷부분 말이에요. 아참, 신부님은 아무것도 없지……」

그렇게 말하면서 그녀는 테리에 신부의 대머리를 가볍게 툭 건드렸다. 신부는 그녀의 턱없이 바보 같은 짓거리에 한순간 할말을 잃어버리고 고개를 숙이고 있는 중이었다.

「……여기요. 여기가 가장 좋은 냄새가 있는 곳이에요. 여기서는 캐러멜 냄새가 나지요. 아주 달콤하면서도 놀라운 냄새라고요. 신부님은 상상도 못하실 거예요! 여기서 나는 냄새를 맡게 되면 누구나 아기를 사랑하게 된다고요. 자기 아이든 남의 아이든 상관없어요. 아기라면 모두 그런 냄새가 있어야 해요. 어린 아기한테 다른 냄새는 없어요. 그런데 냄새가 전혀 없는 아기, 머리 꼭대기에서 찬바람이 돌 뿐 아무런 냄새도 없는 아기가 있다면 어떻겠어요? 여기 있는 이 사생아처럼요. 그렇다면 말이에요……. 신부님이라면 마음만

22

먹으면 그까짓 일 설명할 수 있을지도 모르지만 저는……」

팔짱을 낀 채 단호한 어투로 말을 하면서 그녀는 마치 두꺼비를 마주 대하고 있는 듯 구역질 난다는 눈빛으로 자신의 발 밑에 있는 아기 바구니를 내려다보았다.

「나, 잔느 뷔시는 더 이상 이 아기를 맡을 수가 없어요!」

테리에 신부는 숙였던 머리를 천천히 들어올렸다. 그리고는 머리를 매만지듯이 손가락으로 몇 번 대머리를 쓰다듬고 우연인 것처럼 코밑에 손가락을 갖다 댄 채 코를 킁킁거리면서 생각에 잠겼다.

「캐러멜 냄새라……?」

그가 다시 목소리의 위엄을 되찾으면서 물었다.

「캐러멜이라니! 도대체 캐러멜이 뭔지 알기나 하오? 그걸 먹어 본 적이 있냔 말이오?」

「직접은 아니에요. 그러나 언젠가 생 토노레 거리에 있는 큰 호텔에서 설탕 녹인 것과 크림으로 캐러멜을 만드는 걸 본 적이 있어요. 그 냄새가 너무 좋았기 때문에 난 결코 그 냄새를 잊을 수가 없었어요.」

「그러면 그렇지.」

테리에 신부가 코에서 손을 떼면서 말했다.

「제발 입 좀 닥치시오! 이런 식으로 당신과 계속 대화하는 건 너무 힘든 일이오. 무슨 이유인지는 모르겠지만 당신은 지금 맡고 있는 갓난아기 장 바티스트 그르누이를 더 이상 양육하기 싫다는 소리군. 그래서 잠시 그 아기의 후견인 역할을 맡은 우리 생 메리 수도원에 다시 돌려주겠다는 심산이고. 슬픈 일이기는 하지만 더 이상 어쩔 도리가 없는 것 같구려. 당신은 해고요.」

그는 아기 바구니를 들고 그녀의 따뜻하고 솜털 같은 우유 냄새를 다시 한번 더 들이마신 후 문을 잠갔다. 그러고 나서 자신의 사무실로 돌아갔다.

3

테리에 신부는 교양이 있는 사람이었다. 그는 신학뿐만 아니라 철학책도 읽었으며, 틈틈이 식물학과 연금술에도 몰두했다. 그는 어느 정도 비판 정신도 갖고 있었다. 물론 그렇다고 해서 엄격히 따져 보았을 때 이성만으로는 설명할 수 없거나, 심지어 이성에 직접 배치되기도 하는 기적이나 예언, 진리 등 성서의 내용을 문제삼을 정도로 극단에 흐르는 것은 아니었다. 오히려 그는 그런 문제들에서 손을 떼는 편이었다. 그것이 별로 유쾌한 일이 아니었을 뿐만 아니라 이성을 사용하기 위해 확신과 평온이 필요한 순간에 오히려 그를 가장 고통스러운 의심과 동요로 몰아넣었기 때문이다. 그러나 그가 가장 단호하게 거부하는 것은 바로 우매한 민중들의 미신적 관념이었다. 그들은 마녀나 카드점, 부적, 저주, 악령 불러오기, 보름달 밤에 주문 외우기 등을 여전히 행하고 있었다. 그런 이단적 풍습들이 천 년여에 걸쳐 기독교가 확고히 자리잡은 이후에도 여전히 뿌리뽑히지 않고 있다는 사실은 얼마나 서글픈 일인가! 소위 악령에 사로잡혔거나 사탄에 빠졌다는 소문은 대부분의 경우 더 자세히 확인해 보면 미신에 의한 소동에 다름아니라는 것이 밝혀졌다. 물론 테리에 신부가 사탄의 존재 자체를 부인하거나 사탄의 힘을 의심하는 단계에까지 이른 것은 아니었다. 신학의 근원과 맞닿아 있는 문제들에 대한 판결은 한낱 보잘것없고 소박한 신부보다는 다른 기관에서 맡아야 할 일이었다. 어쨌든 방금 전의 그 유모처럼 소박한 누군가가 악마의 환영을 보았다고 주장하는 경우에는 결코 악마와 관계가 없다는 사실이 분명했다. 그녀 같은 사람이 악마를 발견했다고 믿고 있다는 사실 자체가 바로 악마와는 아무런 관계가 없다는 명백한 증거였다. 유모 잔느 뷔시에게 정체를 들킬 정도로 악마가 멍청하지 않기 때문이다. 그리고 그 코 문제만 해도 그렇다! 코라는 것은 냄새를 맡는 단순한 기관, 즉 가장 간단한 감각 기관이 아니던가! 지옥에서는 유황 냄새가 나고 천국에서는 몰약 냄새가 난다는 건가! 그건 가장 끔찍스러운 미신이었다. 그것은 인간이 아직 동물처럼 살면서 신앙을 모르던 그 어두운 선사 시대에나 나올 법한 이야기였다. 아직 제대로 된 시력을 갖추지 못해 색깔을 구별하지는 못하지만 피 냄새는 맡을 수 있다고 믿고 있던 시대 말이다. 그들은 친구와 적을 냄새로 구분할 수 있고, 잔인한 거인이나 늑대 인간이 다가오는 것도 냄새로 알아차릴 수 있으며, 복수의 여신 에리네의 냄새도 맡을 수 있다고 믿었다. 또 그들은 자신들이 믿고 있는 무서운 신들에게 악취와 연기를 내뿜는, 불에 구운 제물을 갖다 바치기도 했었다. 그 얼마나 끔찍한 일인가! 바보는 눈이 아니라 〈코로 보는〉 사람이다. 이런 지경이니 신으로부터 받은 이성이 아직 천 년은 더 빛나야 원시 신앙의 마지막 찌꺼기들을 몰아낼 수 있을 것 같았다.

「아이구, 불쌍한 어린것같으니라고! 죄에 물들지 않은 이 어린 생명체에게 그런 말을! 자신에게 어떤 구역질 나는 중상 모략이 쏟아지는 줄도 모르고 바구니에서 쿨쿨 잘도 자는구나. 그 뻔뻔스런 여자가 네게선 아기 냄새가 안 난다고 우겨댔단다. 도대체 그런 말에 뭐라고 대꾸할 수가 있겠니? 까꿍까꿍!」

그는 바구니를 무릎 위에 올려 놓고 부드럽게 흔들면서 손가락으로 그 갓난아기의 머리를 쓰다듬어 주었다. 그리고는 가끔 〈까꿍〉 하면서 아이를 얼러 주었다. 그렇게 하면 갓난아기들이 온순해지는 것 같았기 때문이다.

「글쎄, 네게서 캐러멜 냄새가 나야 한다는구나. 그런 멍청한 소리가 어디 있겠니. 까꿍까꿍!」

얼마 후에 그는 손가락을 코에 갖다 대고 코를 벌름거리면서 냄새를 맡아 보았다. 그러나 자신이 낮에 먹은 절인 양배추 냄새말고는 아무 냄새도 나지 않았다.

잠시 망설인 끝에 그는 주위에 누구 보고 있는 사람이 혹시 있는지 빙 둘러본 후 바구니를 들어 자신의 뭉툭한 코밑에 갖다 대었다. 너무 바짝 갖다 대는 바람에 부드럽고 빨간 아기 머리카락이 그의 코를 간지럽혔다. 그는 뭔가 냄새를 맡게 되리라고 기대하면서 갓난아기의 머리에 코를 대고 벌름거렸다. 갓난아기의 머리에 원래 어떤 냄새가 있는지 그는 잘 알지 못했다. 물론 캐러멜 냄새는 아닐 것 같았다. 그건 확실했다. 캐러멜이란 그야말로 설탕을 녹인 것에 불과한데 아직까지 젖만 먹은 아기한테서 어떻게 설탕 녹인 냄새가 날 수 있는가 말이다. 젖 냄새라면 또 모르지만. 유모의 젖 냄새 말이다. 그러나 젖 냄새는 나지 않았다. 머리카락이나 피부, 혹은 아기 땀 냄새 정도는 맡을 수 있을 것 같았다. 테리에는 그런 냄새를 기대하며 코를 벌름거려 보았다. 그러나 아무 냄새도 맡을 수 없었다. 어떻게 해보아도 마찬가지였다. 아마도 젖먹이들은 아직 냄새가 없는 게 정상인 모양이라고 생각했다. 그럴 것도 같았다. 젖먹이들은 깨끗하게 씻어 돌봐주면 아무 냄새도 안 나는 게 당연할 것 같았다. 그건 아기들이 말하거나 뜀박질, 혹은 쓰기를 못하는 것과 같은 것으로 나이가 들면 저절로 해결될 문제인 것이다. 엄밀히 말해서 인간은 사춘기가 되어야 비로소 향내를 풍기는 법 아닌가. 이건 그것과 다를 바가 없었다. 일찍이 호라티우스도 〈총각한테서는 염소 냄새가 나고 처녀한테서는 하얀 수선화 향기가 난다……〉고 말하지 않았던가. 로마 인들은 그걸 벌써 이해하고 있었나 보다! 인간의 냄새라는 것이 언제나 육욕의 냄새 —— 죄악의 향기라는 것을 말이다. 그러니 아직 꿈에서조차 한 번도 육체적 죄를 인식하지 못했을 갓난아기한테서 냄새가 날 턱이 있겠는가? 어떻게 냄새가 난단 말인가? 까꿍까꿍! 말도 안 되는 소리!

그는 바구니를 다시 무릎 위에 올려 놓고 천천히 흔들어주었다. 아직도 깊이 잠들어 있는 아기의 오른손 주먹이 포대기 밖으로 비어져 나와 있었다. 작고 빨간 손이었다. 아기의 뺨이 가끔 씰룩거리기도 했다. 테리에의 얼굴에 미소가 떠올랐고, 갑자기 마음이 아주 편해졌다. 한순간 그는 자신이 이 아기의 아버지가 되는 공상에 빠져 들었다. 그는 자신이 신부가 안 되었다면 보통 사람, 그중에서도 어쩌면 성실한 장인(匠人)이 되었을 것 같았다. 그래서 솜털 냄새와 우유 냄새가 향긋한 마음씨 따뜻한 여자를 아내로 맞았을 것이고, 두 사람 사이에 아들도 낳았을 것이다. 바로 여기 이 무릎 위에 진짜 자신의 아이를 올려 놓고 어루만지며 까꿍까꿍……. 이런 공상을 하는 동안 그는 기분이 좋아졌다. 이것은 아주 자연스런 생각이었다. 아버지가 아들을 무릎에 앉히고 어르는 광경은 이 세상과 함께 시작된 일이자, 이 세상이 지속되는 한 언제나 새롭고 당연한 일로 남아 있을 것이다. 그렇다! 테리에 신부는 약간 마음이 뿌듯해지면서 감상적인 기분이 되었다.

그때 아기가 깨어났다. 그는 코부터 먼저 깨어났는데, 작은 코가 움찔움찔하더니 위를 향해 벌름거리기 시작했다. 그는 숨을 한 번 들이마신 후 재채기를 미처 다 못 했을 때처럼 짧게 다시 내뱉고 나서야 코를 찡그리며 눈을 떴다. 눈은 딱히 어떤 색이라고 말하기가 어려웠다. 굴의 회색과 오팔의 흰색이 섞인 크림색으로 점액질 같은 베일에 덮여 있어 아직 확실하게 보지 못하는 듯했다. 테리에는 아기의 눈이 자신의 존재를 전혀 알아차리지 못한다는 인상을 받았다. 그러나 코는 달랐다. 갓난아기의 흐릿한 눈이 아직 목표물에 초점을 맞추지 못하는 반면에, 코는 확실하게 목표물을 겨냥하고 있는 것처럼 보였다. 테리에 신부는 그 목표가 바로 자신의 몸인 것 같은 이상한 기분을 느꼈다. 아기의 얼굴 중앙에서 두 개의 구멍을 싸고 있는 콧방울이 피어나는 꽃잎처럼 벌어졌다. 아니, 오히려 왕의 정원에 있는 식충식물의 꽃받침처럼 그의 코가 뭔가를 기분나쁘게 빨아들이고 있었다. 그는 그렇게 코를 벌름거리면서 눈보다 더 예리하게 테리에를 탐색하는 듯이 보였다. 마치 코로 테리에에게서 뭔가를 휘감아 빨아들이는 것처럼 말이다. 그것을 막을 수도, 그걸 피해 숨을 수도 없었다……. 그 자신은 아무 냄새도 없는 아이가 뻔뻔스럽게도 남의 냄새를 맡고 있다니! 냄새로 남의 존재를 알아차리다니! 테리에는 갑자기 자신의 몸에서 땀 냄새, 시큼한 체취, 절인 양배추 냄새, 그리고 빨지 않은 옷 냄새 등의 악취가 퍼져 나가는 기분이 들었다. 자기 쪽에서는 정체를 노출시키지 않는 누군가에 의해 자신의 추한 모습이 발가벗겨진 것이다. 이 아기는 자신의 피부 속까지 뚫고 들어와 뱃속 가장 깊은 곳의 냄새까지 맡고 있었다. 가장 부드러운 감정, 가장 추악한 생각들까지 이 집요한 작은 코 앞에서는 완전히 드러나 버리고 말았다. 아직 진짜 코라기보다는 단지 납작한 살덩이에 불과한 그 작은 기관이 지금 끊임없이 움찔거리고 벌름거리며 떨고 있었다. 테리에는 소름이 끼치면서 구역질이 올라왔다. 이제 그는 자기 쪽에서 뭔가 맡고 싶지 않은 악취를 맡은 것처럼 코를 찡그렸다. 고향에 돌아온 것 같던 편안한 기분은 사라졌다. 자신의 육체가 관련된 문제였다. 아버지와 아들, 그리고 냄새가 좋은 아내에 대한 감상적 환상은 깨어져 버렸다. 아기와 자신에 대해 펼쳤던 유쾌한 상상의 나래는 찢어졌다. 이제 자신의 무릎 위에 있는 존재가 낯

설고 차갑게 느껴졌다. 적개심이 가득 찬 짐승 같았다. 만약 그가 신에 대한 외경심과 합리적 통찰력에 따라 행동하는 사려 깊은 사람이 아니었다면 벌써 독사를 대하듯 구역질을 하며 아기를 내팽개쳤을 것이다.

테리에는 벌떡 일어서서 바구니를 책상 위에 올려 놓았다. 그는 되도록 서둘러, 가능한 한 빨리 이 악마로부터 벗어나고 싶었다.

그때 아기가 울기 시작했다. 아기가 눈을 찡그리며 빨간 목구멍이 보일 정도로 역겨운 쇳소리를 내며 소리를 질러대자 테리에는 혈관 속의 피가 얼어붙는 듯했다. 그는 아기를 달래기 위해 손을 뻗쳐 바구니를 흔들며 〈까꿍까꿍!〉 소리를 질렀다. 그러나 아기는 울부짖다 터져 버리려는 듯이 얼굴이 사색이 되도록 점점 더 악을 써댔다.

꺼져 버려! 테리에는 한순간 이 ……〈악마〉에게 꺼져 버리라고 말했으면 좋겠다는 생각을 했다. 그러자 긴장으로 몸이 뒤틀렸다. …… 괴물같으니라고, 참을 수 없는 녀석아, 꺼져 버리라니까! 그러나 도대체 어디로 보낸단 말인가? 이 근처에 사는 유모라면 10명도 넘게 알고 있었고, 고아원도 있었다. 그러나 거긴 너무 가까운 거리였다. 다들 엎어지면 코 닿을 데가 아니던가. 이 괴물은 더 멀리 떨어져야 했다. 더 이상 아이의 소리가 들리지 않는 곳, 매시간 다시 문 앞에 가져다 놓을 수도 없는 먼 곳으로 보내야만 했다. 가능하면 다른 교구나 강 건너라면 더 좋을 듯싶었다. 성벽 너머라면 더 이상 바랄 것이 없었다. 그렇다. 변두리 생 탕투안느로 보내는 거야! 아 악귀는 멀리 사라져야 한다. 동쪽 저 멀리, 밤에는 성문을 닫아 버리는 바스티유 너머가 안성마춤이었다.

그는 옷을 움켜쥔 채 여전히 울부짖고 있는 아기가 든 바구니를 들고 거리로 뛰쳐 나갔다. 꼬불꼬불한 골목길을 지나고, 또 생 탕투안느 거리도 통과한 그는 동쪽으로 시내를 빠져 나가서 더 멀리 있는 샤론느 거리에 다다랐다. 거의 다 온 셈이었다. 이곳에 있는 마들렌느 드 트르넬 수도원 근처에 믿을 만한 유모가 있었기 때문이다. 가이아르라는 이름의 그 여자는 비용을 대는 사람만 있다면 나이나 출신을 가리지 않고 어떤 아이라도 맡아 주었다. 그곳에 도착할 때까지도 여전히 울어대고 있는 아기를 가이아르 부인에게 맡긴 그는 일 년치 양육비를 선불한 후 다시 도망치듯이 시내로 들어왔다. 성당에 도착한 그는 뭔가 더러운 것이라도 묻은 듯이 옷을 벗어 버리고는 머리에서 발끝까지 깨끗이 씻은 후 잠자리로 기어들어갔다. 수없이 성호를 긋고 오랫동안 기도를 한 후에야 비로소 약간 가벼워진 마음으로 잠이 들 수 있었다.

4

　가이아르 부인은 아직 서른도 채 되지 않았지만 세상 풍파를 다 겪은 여자였다. 겉모습은 실제 나이와 비슷하게 보였지만 어떤 때는 두 배, 세 배, 혹은 백 배 정도 나이가 더 들어 보이는 경우도 있었다. 처녀 미라라는 표현이 적절했다. 그러나 내면적으로는 이미 죽어 있는 여자였다. 어린 시절 아버지로부터 부지깽이로 이마를 맞은 때문이었다. 코와 이마가 만나는 바로 그곳이었다. 그때부터 그녀는 후각을 상실했고, 그와 더불어 따뜻함이나 냉정함 등 모든 인간적 감정도 잃어버렸다. 그 한번의 매질로 인해 그녀에게는 친절과 혐오가 동시에 낯선 일이 되어 버렸다. 기쁨과 절망 역시 그녀는 느끼지 못했다. 후일 남자와 잠자리를 같이 하게 되었을 때조차 그녀는 아무런 감정이 일지 않았으며 아이들을 낳았을 때에도 달라지지 않았다. 그녀는 주위 사람이 죽어 갈 때도 슬퍼하지 않았으며 가까운 사람들에게서 기쁨을 느껴 본 적

도 없었다. 남편이 그녀를 때려도 위축되지 않았으며, 그가
시립 병원에서 콜레라로 죽었을 때에도 아무런 해방감을 느
끼지 못했다. 그녀가 느낄 수 있는 감정은 단 두 가지뿐이었
는데, 매달 편두통이 찾아올 때 약간 우울해지는 것과 편두
통이 사라졌을 때 기분이 다시 약간 회복되는 느낌 정도였
다. 이미 무감각해져 버린 그녀는 그 이외에는 아무것도 느
끼지 못했다.

그런데 한편으로 가이아르 부인은 이처럼 모든 감각이 완
전히 마비되어 버렸기 때문에 오히려 동정심에 흔들리지 않
는 질서 의식과 공평함을 갖고 있었다. 그녀는 자신이 맡은
어떤 아이도 편애하지 않았으며 부당하게 다루지도 않았다.
그녀는 세 번의 끼니때 이외에는 전혀 더 주는 법이 없었다.
어린 아기의 기저귀는 낮에 세 번씩 갈아 주었는데 그것도
단지 두 돌이 될 때까지만이었다. 그 후에는 바지에 똥을 싸
는 경우 말없이 뺨을 때리고 한 끼를 굶겼다. 그녀는 정확히
양육비의 절반을 아이들을 위해 사용했고 나머지 절반은 자
신의 몫으로 챙겼다. 물가가 쌀 때도 그녀는 자신의 몫을 늘
리려는 생각을 품지 않았다. 대신 불경기에는 그것이 생명에
관계되는 경우라 해도 한푼도 더 쓰지 않았다. 그렇게 하지
않았으면 이 일은 별로 수지맞는 돈벌이가 되지 못했을 것이
다. 그녀는 돈이 필요했고, 그것을 아주 정확하게 계산해 놓
고 있었다. 그것은 나이가 들어 세를 놓을 집을 한 채 사는 일
과 남편처럼 시립 병원에서 죽지 않고 개인적으로 죽음을 맞
을 수 있을 정도의 돈을 모으는 일이었다. 그녀는 남편의 죽
음 자체에는 냉담했다. 그러나 남편처럼 모르는 사람들이 수

백 명 있는 곳에서 공개적으로 죽음을 맞이하는 것은 두려웠다. 그녀는 혼자만의 죽음을 맞고 싶었다. 그러기 위해서는 돈을 남겨야 했다. 물론 어느 해 겨울에는 그녀가 돌보고 있는 스물네 명의 꼬마 하숙생들 중 서너 명이나 죽기도 했다. 그러나 그때도 그녀는 대부분의 다른 유모들보다 훨씬 잘 견디어 냈는데, 9할 정도의 아이들이 죽어 간 국가나 교회가 운영하는 큰 고아원보다는 월등한 실적이었다. 물론 그런 일이 생기면 곧 보충이 되었다. 파리에서는 매일 만 명 이상의 새로운 기아나 사생아, 또는 고아가 발생했기 때문에 곧 잃은 수만큼 충원이 되었다.

어린 그르누이에게 가이아르 부인의 집은 축복이라고 할 수 있었다. 아마 다른 곳이었다면 그르누이는 살아 남을 수 없었을지도 모른다. 그러나 여기 영혼이라곤 없는 여자의 집에서 그는 잘 자라났다. 그는 질긴 생명력을 지니고 있었다. 쓰레기 더미 속에서도 살아 남았던 아이를 세상 밖으로 끌어내기는 어려운 법이다. 그는 며칠 동안 계속 물같이 희멀건 스프만 먹고도 견딜 수가 있었고, 멀건 젖을 먹고도 그럭저럭 버텨 냈으며, 썩어 문느러진 야채와 상한 고기노 넉을 수 있었다. 자라나면서 홍역이나 이질, 수두나 콜레라에 걸리기도 했고, 6미터나 되는 우물에 빠지거나 끓는 물에 가슴을 덴 적도 있었지만 그는 살아 남았다. 물론 그로 인해 얼굴에는 곰보 자국과 수두의 흔적이 남았고, 발이 약간 구부러져 절뚝거리며 걷게 되었지만 목숨은 끊어지지 않았다. 그는 마치 박테리아처럼 끈질기게 저항했으며, 나무에 붙어 수년 전에 빨아먹은 극히 미량의 핏방울만 가지고도 살아갈 수 있는 진드기처럼 아무 욕심도 부리지 않았다. 그가 육체를 위해 필요로 하는 것은 최소한의 양분과 옷뿐이었다. 그의 정신은 아무것도 요구하지 않았다. 그르누이는 보살핌, 애정, 다정함, 사랑 등 아이들에게 필요하다는 그 모든 것들이 없어도 견딜 수가 있었다. 아니 오히려 그는 살아 남기 위해 애초부터 그런 것이 없어도 괜찮도록 자신을 길들인 것처럼 보였다. 태어나던 순간의 울음소리나 결국은 어머니를 단두대로 보내게 된, 자신의 존재를 알아 달라고 생선좌판 밑에서 질러 댄 그 울음소리는 동정이나 사랑을 갈구하는 본능적 울부짖음이 아니었다. 그것은 오히려 충분한 생각과 심사숙고 끝에 나온 비명이었다. 그렇게 소리를 질러 댐으로써 그는 오히려 사랑을 〈거부하고〉 생명을 〈선택한〉 셈이었다. 그런 상황에서의 생존은 사랑이 없을 때에만 가능하기 때문에 그가 만약 그 두 가지를 다 요구했다면 틀림없이 금방 비참하게 죽어 갔을 것이다. 물론 그 당시에 그가 또 다른 가능성, 즉 침묵을 선택함으로써 생명이라는 먼 길을 거치지 않고 탄생에서 바로 죽음으로 이어지는 길을 택할 수도 있었다. 그럼으로써 세상이나 자기 자신에게 일어날 무수한 재난을 피할 수도 있었을 것이다. 그러나 그러기 위해서는 최소한의 친절이라도 타고나야 하는데, 그르누이에게는 그런 마음이 없었다. 그는 애당초 괴물로 태어났다. 그가 생명을 선택한 것은 오로지 반항심과 사악함 때문이었다.

물론 그가 그런 결정을 내릴 때, 어른들처럼 어느 정도의 이성과 체험에 바탕으로 한 여러 가지 대안들 중에서 하나를 선택한 것은 아니었다. 그의 결정은 땅에 뿌려진 콩이 땅속에 그대로 머무를지, 아니면 싹을 틔워 밖으로 나갈지를 결정하는 것처럼 무의식적인 것이었다.

아니면 나무에 붙어 있는 진드기의 선택과 같다고 할 수 있었다. 이 진드기에게 있어 생명이란 끊임없이 겨울을 넘기는 것에 다름아니었다. 진드기는 외부 세계와 접촉하는 면적을 최소화하기 위해 자신의 은회색 몸체를 공처럼 말고 살아가는 작고 기분나쁜 벌레였다. 그는 제 몸에서 아무것도 빠져 나가지 않도록, 아무것도 발산되지 않도록 해주는 매끄럽고 단단한 피부를 갖고 있다. 게다가 보이지 않을 정도로 극히 작게 몸을 유지함으로써 어느 누구한테도 발견되지 않고 어느 누구한테도 밟히지 않는다. 진드기는 홀로 몸을 동그랗게 말고 나무에 웅크린 채 보지도 듣지도 말하지도 않고 단지 코로 냄새를 맡을 뿐이다. 그렇게 그는 수년간 몇 마일이나 떨어져 있어 자신의 힘으로는 결코 도달할 수 없은 곳에 살고 있는 짐승들의 피 냄새를 맡고 있다. 그동안 잘못해서 바닥에 떨어질 수도 있고, 숲에 떨어져서 여섯 개의 가느다란 다리로 몇 밀리미터 정도 기어가다가 나뭇잎 밑에 들어가 숙을 수도 있었다. 그렇게 되는 것이 별로 나쁘지 않을지도 모른다. 그걸 누가 알겠는가? 그러나 구역질 나게도 진드기는 고집과 집념으로 몸을 웅크린 채 살아 남는다. 짐승의 피가 우연히 나무 바로 밑에 다가올 천재일우의 그 기회를 노리면서 말이다. 그 기회가 오면 비로소 그는 웅크렸던 몸을 펴고 나무에서 떨어진다. 그리고는 그 낯선 고깃덩어리에 달려들어 할퀴고 빨고 깨물고……

그르누이는 바로 그 진드기 같은 아이였다. 그는 자기 자신 속에 틀어박힌 채 더 좋은 때가 오기를 기다리며 살았다. 그가 세상에 내놓은 것이라고는 배설물밖에 없었다. 웃거나 비명을 질러대지도, 또 눈을 반짝이지도 않았을 뿐만 아니라 결코 자신의 냄새를 풍기지도 않았다. 다른 여자들 같았으면 누구라도 이 괴물 같은 아이를 내쫓았을 것이다. 그러나 가이아르 부인은 그렇게 하지 않았다. 그녀는 그 아이가 냄새가 없다는 사실을 알아차리지 못했던 것이다. 게다가 자신의 영혼이 마비된 그녀는 그 아이로부터 어떤 정신적 자극을 기대하지도 않았기 때문이다.

그러나 다른 아이들은 그르누이가 어떤 아이인지 금방 눈치챘다. 첫날부터 그들은 새로 온 이 아이한테서 섬뜩한 기분을 느꼈다. 그들은 아기가 누워 있는 요람을 멀리했고 마치 방안이 더 추워지기라도 한 듯이 더 빽빽이 붙어서 잠을 잤다. 나이가 어린 아이들은 방안에 바람이 휘몰아치기라도 하는 것처럼 밤중에 자꾸 울어댔고, 좀더 큰 다른 아이들은 뭔가가 자신들의 목숨을 앗아가는 그런 악몽에 시달렸다. 한 번은 비교적 나이가 든 아이들이 작당을 하여 그를 질식시켜 죽이려고 헌 옷가지와 이불, 지푸라기 등을 그의 얼굴에 덮어 놓고 그 위를 벽돌로 짓눌러 놓았었다. 가이아르 부인이 다음날 아침 그것을 들추고 아기를 보았을 때 그르누이는 얼굴이 찌그러지고 짓눌려서 새파랗게 질려 있었지만 목숨은 붙어 있었다. 아이들이 몇 번 더 죽이려고 애써 봤지만 소용이 없었다. 손으로 직접 그의 목을 졸라 죽이거나 입이나 코를 막는 것이 더 확실한 방법이었겠지만 그렇게 하지는 못했다. 그를 만지고 싶지 않았던 것이다. 그에게 다가가면, 직접 자기 손으로 눌러 죽이고 싶은 생각이 사라지게 되는 살찐 거미를 볼 때처럼 구역질이 났기 때문이다.

그가 좀더 자란 후에는 그를 죽이려는 시도조차 포기해 버렸다. 그들은 그를 없앨 수 없다는 사실을 깨달았기 때문이다. 그 대신 그들은 그를 피해 도망다녔으며 어떤 경우에도 그를 건드리지 않도록 조심했다. 그를 미워해서가 아니었다. 질투나 시기심 때문에 그런 것도 아니었다. 가이아르의 집에서는 그런 감정을 가질 만한 아무런 이유가 없었다. 단지 그가 그 집에 존재한다는 사실이 그들을 괴롭혔기 때문이었다. 그들은 그의 냄새를 맡을 수가 없었고, 그래서 그 아이가 두려웠다.

5

그러나 객관적으로 볼 때 그를 두려워할 만한 이유는 전혀 없었다. 그가 특별히 키가 크다거나 힘이 센 것도 아니었다. 물론 못생기기는 했지만 사람들이 깜짝 놀랄 정도로 못생긴 것도 아니었다. 공격적이거나 뒤틀리지도 않았고 음험하지도 않았다. 도발적이기보다는 오히려 한 쪽으로 비켜서 있는 편이었다. 머리 역시 두려워할 정도로 좋은 편은 아니었다. 그는 세 살이 다 되어서야 두 발로 걷기 시작했고 네 살이 되어서야 처음으로 말을 시작했다. 그가 내뱉은 첫마디는 〈생선〉이라는 단어였다. 멀리서 한 생선장수가 샤론느 가를 올라오면서 생선을 사라고 외쳤을 때 마치 메아리처럼 그가 갑자기 〈생선〉이라는 말을 터뜨렸던 것이다. 그 다음으로 그가 내뱉은 단어는 〈아욱〉, 〈염소 우리〉, 〈양배추〉, 〈자크로뢰르〉 등이었다. 맨 마지막 단어는 가까운 곳에 있는 수도원의 보조 정원사 이름이었다. 그는 가끔씩 가이아르 부인의 집에서 비교적 하기 힘들거나 거친 일들을 도와주기도 했는데, 지금까지 단 한 번도 세수를 하지 않은 깃으로 유명했다. 그르누이는 동사나 형용사, 혹은 조사 같은 것은 잘 몰랐다. 한참 뒤에서야 그는 〈예〉, 〈아니오〉라는 말을 익혔는데, 그때까지 그가 할 수 있는 말은 명사들뿐이었다. 사실상 그가 하는 말은 단지 구체적인 물건, 식물, 동물, 그리고 사람들의 이름들로서, 그것도 뜻밖에 냄새로 그것을 인식하게 된 경우에 그랬다.

그가 처음으로 〈나무〉라는 말을 한 것은 3월의 햇살을 받아 딱딱 소리가 나던 너도밤나무 장작더미 위에 앉아 있을 때였다. 그전에도 벌써 수백 번이나 본 나무였고, 또 수백 번이나 들어 본 단어였다. 게다가 겨울에 장작 심부름을 종종 했었기 때문에 나무라는 말의 의미도 이해하고 있었다. 그러나 그때까지 나무는 그의 관심을 끌 만큼 충분히 흥미로운 대상이 아니었기 때문에, 그는 애써서 그 이름을 입밖에 내어 본 적이 없었다. 그러다가 3월의 어느 날 장작더미 위에 앉아 있을 때 비로소 그 말이 그의 입에서 튀어나온 것이었다. 그 장작더미는 가이아르 부인의 헛간 남쪽 앞으로 튀어나와 있는 지붕 밑에 긴 의자처럼 차곡차곡 쌓여 있었다. 맨위에 놓여 있는 장작에서는 타는 듯이 달콤한 냄새가 났으며 장작더미의 한가운데서는 이끼 냄새가 올라왔다. 그리고 가문비나무로 만든 창고의 벽에서는 햇빛을 받아 송진이 끓는 냄새가 났다.

등을 창고 벽에 기댄 채 장작더미 위에 다리를 쭉 뻗고 앉은 그는 눈을 감은 채 꼼짝도 않고 있었다. 그는 보지도 듣지도 만지지도 않았다. 단지 아래로부터 퍼져 올라오다가 뚜껑에 덮인 것처럼 지붕 밑에 갇혀서 그를 감싸고 있는 나무 냄새를 들이마실 뿐이었다. 냄새를 들이마시고 그 냄새에 빠져 자신의 가장 내밀한 땀구멍 깊숙한 곳까지 전부 나무 냄새로 가득 채운 그는 그 스스로가 나무가 되어 버렸다. 그리고는 나무 인형, 즉 피노키오가 된 것처럼 그 장작더미 위에 죽은 듯이 앉아 있었다. 그리고는 한참 뒤, 거의 30분쯤 지나서야 비로소 〈나무〉라는 말을 내뱉었던 것이다. 마치 두 귀까지 나무가 들어차고 목에도 나무가 들어차서 배와 목구멍과 코가 전부 나무로 꽉 막혀 버린 것 같은 그런 소리로 그는 그 말을 내뱉었다. 그제서야 그는 제정신이 돌아왔다. 나무라는 강력한 대상, 즉 나무 향기가 그를 질식시키기 일보 직전에 구출된 것이었다. 그는 벌떡 일어나서 장작더미에서 미끄러져 내려왔다. 그리고는 마치 나무 다리로 걸어가는 것처럼 뒤뚱거리는 걸음걸이로 그곳을 떠났다. 며칠 후까지도 그는 여전히 나무 냄새에 강하게 사로잡혀 있었기 때문에 그때의 기억이 내면에서 강하게 떠오를 때면 마치 주문을 외우듯이 〈나무, 나무〉 하고 혼자 중얼거렸다.

그는 그런 식으로 말을 배워 나갔다. 그에게 가장 어려웠던 일은 냄새가 없는 대상을 지시하는 추상적 개념어들, 특히 윤리적이거나 도덕적인 뜻을 지닌 단어들을 익히는 일이었다. 그런 단어들은 지속적으로 기억할 수가 없었으며 서로 혼동되었다. 그는 다 자란 후에도 그런 단어는 꼭 필요한 경우에만 사용했으며, 사용할 때도 종종 틀렸다. 권리, 양심, 신, 기쁨, 책임, 겸손, 감사 등의 말이 뭘 의미하는지 그는 혼란스럽기만 했다.

그러나 그가 후각을 이용해 자신의 기억 속에 모아 둔 것들은 이제 일상적인 용어들로는 더 이상 충분히 표현할 수 없게 되었다. 곧 그는 냄새로 나무를 인식할 뿐만 아니라 나무의 종류까지 구분하게 되었던 것이다. 그는 단풍나무, 떡갈나무, 소나무, 느릅나무, 배나무, 수령이 오래된 나무, 어린 나무, 썩은 나무, 곰팡이가 핀 나무, 이끼가 긴 나무를 구분할 수 있었으며, 심지어는 나무 토막, 나무 조각, 톱밥까지도 구분할 수 있었다. 다른 사람들이 눈으로도 구분해 낼 수 없는 것들을 그는 확실하게 구별했다. 다른 사물들의 경우도 마찬가지였다. 가이아르 부인이 매일 아침 젖먹이들에게 먹이는 그 희멀건 액체, 모두가 언제나 우유라고 부르는 그것도 얼마나 따뜻한가, 어떤 소의 젖인가, 그 소가 뭘 먹었는가, 유지방은 얼마나 들었는가…… 등에 따라 그르누이의 후각에는 날마다 다른 냄새, 다른 맛이었다. 연기 역시 그랬다. 불이 타면서 나오는 것은 전부 〈연기〉라는 말로 불리우고 있었지만 그것은 수백 가지의 냄새가 섞여 타오르면서 매분, 매초 새롭게 혼합되어 하나의 냄새를 구성하고 있었다. ……대지, 자연, 공기도 마찬가지였다. 한걸음 한걸음 내디딜 때마다, 혹은 숨을 한번 들이쉴 때마다 그것들은 다른 냄새로 채워졌고 다른 냄새로 변했음에도 불구하고 언제나 대지, 자연, 공기라는 두루뭉실한 말로 표현하고 있었다. 냄새로 인지할 수 있는 세계의 풍부함과 언어의 빈곤함으로 인한 그 모든 이상한 불균형들로 인해서 그르누이 소년은 말의 의미를 포기하게 되었다. 그래서 그는 다른 사람들과의 교류에 꼭 필요한 경우에 한해서만 마지못해 말을 사용하였다.

여섯 살이 되었을 때 그는 후신경(嗅神經)을 통해 주변의 모든 사물들을 완전히 파악했다. 가이아르 부인의 집에 있는 모든 것, 북부 샤론느 거리에 있는 모든 장소, 모든 사람, 모든 돌과 나무, 숲과 나무 울타리, 심지어 작은 얼룩에 이르기까지 그는 냄새로 알아낼 수 있었다. 그가 구분할 수 없고, 다시 확인할 수 없고, 그때그때의 일회성 속에서 기억하지 못하는 냄새는 하나도 없었다. 그는 수만, 수십만 가지의 독특한 냄새를 수집했고 그것을 자유자재로 아주 정확하게 다룰 수가 있었다. 그래서 그는 어떤 냄새를 다시 맡는 경우 전에 그 냄새를 맡았던 기억을 떠올릴 수 있을 뿐만 아니라, 거꾸로 어떤 냄새의 기억을 떠올리는 것만으로도 정말로 그 냄새를 맡을 수가 있었다. 어디 그뿐인가. 심지어 그는 상상 속에서 냄새들을 서로 섞을 수도 있었기 때문에 현실 세계에서는 존재하지 않는 냄새들을 만들어 낼 수도 있었다. 그는 마치 자신이 체험한 모든 냄새의 색인이 실린 커다란 사전을 갖고 있는 것 같았다. 그래서 그걸 이용해 냄새의 단어로 이루어진 새로운 문장들을 얼마든지 마음대로 만들어 내고 있었다. 그것도 다른 아이들의 경우 어렵게 익힌 단어들을 이용해 세계를 묘사하기에는 지극히 불충분한 상투적인 문장들을 처음으로 떠듬거릴 그런 나이에 말이다. 아마도 그의 재능은 청각을 통해 멜로디와 하모니, 그리고 절대음을 알아낼 수 있을 뿐만 아니라 직접 완벽하게 새로운 멜로디나 하모니를 만들어 낼 수 있는 음악의 신동에 비교하는 것이 가장 적절할 것이다. 물론 냄새의 자모(字母)는 음계와는 비교할 수 없을 정도로 방대하고 다양할 뿐만 아니라, 그르누이라는 신동

44

의 창조 활동은 오로지 그의 내면 세계에서만 이루어지고 있기 때문에 그 자신 이외에는 어느 누구도 눈치채지 못한다는 차이점은 있었다.

외부 세계에 대해서는 그는 점점 더 폐쇄적으로 되어갔다. 그가 가장 좋아하는 일은 혼자서 생 탕투안느 북부 지역이나 채소밭, 포도 농장이나 초원을 돌아다니는 것이었다. 가끔 그는 저녁에도 집에 들어가지 않았으며 며칠씩 사라지기도 했다. 그는 지팡이로 얻어맞는 벌쯤은 비명 한번 지르지 않고 참아 냈다. 외출 금지, 굶기기, 벌 청소로도 그의 버릇을 고치지는 못했다. 일년 반 동안 노트르담 드 봉 스쿠르의 수도원 학교에 가끔씩 나가기는 했지만 눈에 띄는 효과는 없었다. 약간의 철자법과 이름 정도를 익혔을 뿐 그 외에는 하나도 배우지 못했다. 선생님은 그를 아예 저능아로 간주했다.

거기에 비해서 가이아르 부인은 그가 아주 특별한 능력과 재능을 갖고 있다는 사실을 눈치챘다. 그것은 초자연적이라고 말할 정도는 아니었지만 아주 드문 일이었다. 예를 들어 그는 어린아이라면 누구나 갖고 있는 밤이나 어둠에 대한 공포가 전혀 없었다. 다른 아이라면 램프를 들고서야 산신히 갈 수 있는 지하실 심부름이나 칠흑같이 어두운 밤에 광으로 장작 심부름을 보내는 일을 그에게는 언제든지 시킬 수 있었다. 그는 촛불을 들고 간 적이 한 번도 없었다. 그러면서도 그는 길을 제대로 찾아가서 실수하지 않고 즉시 시킨 것을 가져 왔다. 비틀거리거나 부딪치지도 않았다. 더 더욱 신기한 일은 그가 종이나 천, 나무, 심지어는 굳건한 벽이 둘러싸고 있고 문이 잠겨 있어도 그 안을 볼 수 있다는 점이었다. 가이

아르 부인은 그렇게 믿고 있었다. 그는 방안에 들어가 보지
않고도 아이들이 몇 명이고 또 누구인지를 알아냈다. 잘라
보지도 않고 양배추 속에 벌레가 있다는 사실도 알고 있었
다. 한번은 그녀가 돈을 너무 잘 숨기는 바람에 —— 그녀는
비밀장소를 자주 바꾸었다 —— 자신도 다시 그것을 찾지 못
하고 있을 때, 그르누이가 단 일초도 걸리지 않아 굴뚝 대들
보 뒤의 장소를 가리켰다. 이럴 수가, 정말 그곳에 돈이 있었
던 것이다! 그는 미래도 예측하는 듯이 보였다. 누군가가 집
에 들어서기 훨씬 전에 그는 그 사람의 방문을 예언했으며,
구름 한 조각 없는 하늘을 보고도 폭풍이 다가오고 있다는
것을 예상했다. 물론 이 모든 것을 그는 눈이 아니라 점점 더
예민하고 정확해지는 후각으로 감지한 것이었다. 양배추 속
의 벌레, 대들보 뒤에 감춰둔 돈, 길을 몇 개나 지나야 하는
먼 곳이나 벽으로 인해 보이지 않는 곳에 있는 사람들을 알
아맞히는 일 등은 가이아르 부인이라면 꿈조차 꿀 수 없는
일이었다. 부지깽이로 인해 그녀의 모든 후신경이 손상되지
않았다 해도 그건 마찬가지였을 것이다. 그녀는 그가 저능아
든 아니든 다른 얼굴을 하나 더 갖고 있음에 틀림없다고 확
신하고 있었다. 그녀는 두 개의 얼굴을 가진 이 아이가 재앙
과 죽음을 몰고 오리라는 것을 느끼고 있었기 때문에 그가
두려워졌다. 점점 더 그르누이를 소름끼치도록 참을 수 없게
만든 것은 그녀가 조심스럽게 숨겨 둔 돈을 벽이나 대들보를
통해 볼 수 있는 능력을 지닌 사람과 한 지붕 아래에 살고 있
다는 생각이 드는 것이었다. 그녀는 그르누이의 이 놀라운
능력을 알게 되자 그를 내보낼 궁리를 하게 되었다. 마침 다

46

행스럽게도 이 무렵에 —— 그르누이가 여덟 살이 되었을 때인데 —— 생 메리 수도원에서 매년 보내 오던 양육비가 이유를 밝히지도 않은 채 끊겨졌다. 그녀는 재촉하지 않고 예의상 일주일을 더 기다렸다. 기한이 지난 양육비가 그때까지도 여전히 지불되지 않자 그녀는 그르누이의 손을 이끌고 함께 시내로 들어갔다.

그녀는 모르텔르리 거리에 그리말이라는 이름의 무두장이[1]가 살고 있다는 사실을 알고 있었다. 그는 어린 일꾼들을 정식의 도제나 견습공으로서가 아니라 값싼 노동력으로 이용하는 것으로 악명이 높았다. 그의 작업실에는 부패한 짐승의 날가죽에서 살덩어리를 제거하는 일, 무두질용 부식제(腐植劑)나 염색제를 섞는 일, 부식된 날가죽을 깨끗하게 손질하는 일 등 목숨을 잃을 수도 있는 일거리가 많이 있었다. 책임감이 있는 사람이라면 이런 일에 가능한 한 도제 과정을 마친 정식 견습공을 시키기보다는 만약의 경우 무슨 일이 생기더라도 안부를 물어 올 가족이 하나도 없는 천민이나 부랑아, 혹은 보호자가 없는 아이들을 이용하기 마련이었다. 물론 가이아르 부인은 인간적으로 생각해 볼 때 그르누이가 그리말의 무두 작업장에서 결코 살아 남지 못하리라는 사실을 잘 알고 있었다. 그러나 그렇다고 해서 주저할 여자가 아니었다. 어쨌든 그녀의 임무는 다한 셈이었다. 양육 관계는 끝이 났다. 이 아이에게 앞으로 어떤 일이 생기든 그녀와는 상관

---

1) 짐승의 날가죽에서 털과 기름을 뽑고 가죽을 부드럽게 만드는 일을 하는 사람.

이 없는 일이었다. 살아 남는다면 다행이고 죽는다고 해도 상관할 바가 아니었다. 중요한 것은 모든 일이 합법적으로 이루어진다는 점이었다. 그녀는 그리말로부터 아이를 넘겨 주었다는 확인증을 받았고, 그녀 편에서도 15프랑의 수수료를 받았다는 영수증을 써준 후 다시 샤론느 거리의 집으로 돌아왔다. 양심의 가책이라고는 털끝만큼도 느끼지 않았다. 오히려 그 반대였다. 그녀는 일을 합법적일 뿐만 아니라 공평하게 처리했다고 믿고 있었다. 더 이상 양육비를 지불할 사람이 없는 아이를 그대로 자신의 집에 머물게 하면 필연적으로 다른 아이들에게 부담이 돌아가게 되며, 더 나아가 그녀 자신에게까지 부담이 될 수 있었기 때문이다. 어쩌면 다른 아이들의 장래를 위태롭게 하거나 그녀의 미래까지도 망칠 수가 있었다. 그녀가 자신의 인생에서 유일한 소망으로 간직하고 있는 일, 즉 혼자만의 죽음을 맞이하려는 은밀한 계획이 틀어질지도 모를 일이었다.

가이아르 부인의 이야기는 여기서 끝이 나게 된다. 더 이상 그녀에 대해 언급할 기회가 없을 것이기 때문에 그녀의 말년에 대해 잠시 언급하고 지나가기로 하자. 어린 시절에 벌써 내면적으로는 죽은 것이나 다름없었음에도 불구하고 그녀는 불행스럽게도 너무 오래 살았다.

거의 일흔 살이 다 된 1782년에 그녀는 보모 일을 끝내고 계획했던 대로 집을 한 채 샀다. 그리고는 그 집에서 세를 받으면서 죽음이 찾아오기를 기다렸다. 그러나 죽음은 찾아오지 않았다. 그 대신 세상의 어느 누구도 예상하지 못했고, 전에 한 번도 일어난 적이 없었던 그런 일이 발생했다. 바로 프랑스 혁명이었다. 혁명으로 인해 그때까지의 모든 사회적, 도덕적 관계들은 완전히 무너져 버렸다. 혁명은 처음에는 가이아르 부인의 운명에 개인적으로 아무런 영향을 미치지 못했다.

그러나 그 후 —— 그녀가 거의 여든 살이 되었을 때 —— 갑자기 그녀의 집을 세얻었던 사람이 이민을 가게 되고 몰수된 그 사람의 재산은 경매를 통해 바지 만드는 어떤 사람에게 넘어갔다. 이러한 변화 역시 한동안은 가이아르 부인의 운명에 영향을 미치지 못하는 것처럼 보였다. 그 남자가 계속해서 세를 지불했기 때문이다. 그러나 그녀가 받는 돈은 이제 더 이상 안전한 주화가 아니었다. 그것은 작게 인쇄된 지폐였는데, 그것이 그녀가 경제적 파멸로 이어지는 출발점이 되었다.

그 후 또 2년이 지났을 때 그녀가 세로 받는 돈으로는 장작 값을 치르기에도 모자랐다. 가이아르 부인은 어쩔 수 없이 말도 안 되는 헐값으로 집을 팔아야만 했다. 그녀말고도 수천 명의 사람들이 갑자기 집을 팔아야 될 형편이었기 때문이다. 그녀는 집값으로 또 그 쓸모없는 지폐를 받았다. 또다시 2년이 흘렀을 때 이제 그 돈은 아무런 가치도 없었다.

1797년이 되자 그녀는 —— 이제 아흔을 바라보는 나이였다 —— 평생을 힘들게 일해 모았던 전재산을 잃어버리고 코키유 거리에 있는 가구 딸린 작은 방에서 살게 되었다. 그때서야 비로소 10년이나 20년쯤 뒤늦은 죽음이 찾아왔다. 그녀의 식도에 만성적인 종양이 꽉 들어찬 것이었다. 그 병은 처음에는 식욕을 빼앗아 가더니 그 다음에는 목소리를 빼앗아

가서 그녀가 시립 병원으로 옮겨졌을 때에는 단 한 마디의 말도 할 수가 없었다. 그녀는 전에 남편이 죽었던 그 방, 죽음을 앞둔 수백 명이 가득 차 있는 그 방으로 보내졌고 얼굴도 모르는 낯선 노파 다섯 명이 함께 사용하는 공동 침대에 눕혀졌다. 물론 몸을 바짝바짝 붙인 채로 누워야 할 정도로 비좁았다. 그곳에서 그녀는 3주 동안 모든 사람들이 보고 있는 가운데서 죽음을 맞이했다. 그녀의 시신은 자루에 넣고 꿰매져 정각 새벽 4시에 쉰 구의 다른 시신들과 함께 손수레에 실려 은은하게 종소리가 계속 울리는 가운데 성문에서 1마일 정도 떨어진 곳에 새로 만든 클라마르 묘지로 옮겨졌다. 그녀는 그 공동묘지, 덩어리가 풀리지도 않은 채 그대로 뭉쳐 있는 두터운 석회석 밑에 마지막 안식을 위해 매장되었다.

그것이 1799년의 일이었다. 1747년의 그날, 그르누이 소년과 우리들의 이야기에서 벗어나 집으로 돌아갈 때의 그녀는 다행스럽게도 자신의 앞에 놓인 이런 운명을 전혀 예감하지 못하고 있었다. 어쩌면 그녀는 자신이 알고 있던 유일한 인생의 의미인 정당함에 대한 믿음을 잃어버렸을지도 모르겠다.

6

그르누이는 그리말을 처음 본 순간 —— 아니, 그리말의 체취를 처음 들이마신 그 순간에 벌써 이 남자는 조금이라도 말을 안 듣는 경우 자신을 때려죽일 수도 있는 사람이라는 것을 깨달았다. 이제부터 자신의 목숨은 일을 얼마나 잘해내는가, 그리말에게 얼마나 쓸모있는 인물이 되는가에 달려 있었다. 그랬기 때문에 그르누이는 단 한 번도 반항할 엄두조차 못 내고 순종했다. 그는 날마다 가슴속에서 치밀어 오르는 적개심과 반항심을 억누르고 진드기처럼 다가온 추운 겨울을 살아 남기 위해 애썼다. 끈질기게 참고 눈에 띄지 않도록 애쓰면서 그는 삶에 대한 희망의 불꽃을 —— 비록 작지만 꺼뜨리지 않고 —— 잘 간직하였다. 이제 순종과 무조건적인 복종밖에 모르는 일벌레가 된 그는 시키는 대로 일하고, 어떤 음식도 달게 삼켰다. 저녁에는 작업 도구가 있고 소금을 뿌린 날가죽들을 매달아 놓은 작업실 옆 칸막이 방에서 용감하게 잠을 잤다. 아무것도 깔지 않은 맨바닥에서 그냥 잠을 잤다. 해가 떠 있는 낮시간에는 계속해서 일을 했다. 겨울에는 8시간 정도였고 여름에는 14시간, 15시간, 16시간이 될 때도 있었다. 그는 짐승의 악취가 배어 있는 날가죽에서 살을 긁어 내고 털을 제거하고 석회수에 담갔다가 다시 부식제에 옮겨서 부식시키고 그것을 표백시킨 후 염료에 담가 염색하는 일을 했다. 또 장작을 패고 자작나무와 주목나무의 껍질을 벗기고 코를 찌르는 악취가 나는 나무통에 들어가 견습공들의 지시에 따라 짐승 가죽과 나무껍질을 차곡차곡 쌓기도 했다. 그 위에 으깬 오배자 즙을 뿌린 후 다시 주목나무 장작과 흙을 두텁게 덮는 일도 했다. 몇 년이 지난 후에는 다시 그 통 속에 들어가 살점이 다 떨어져 나가 손질되기를 기다리고 있는 가죽들을 끄집어내야만 했다.

가죽을 담그거나 꺼내는 일을 하지 않을 때는 물긴는 일을 했다. 여러 달 동안 그는 한 번에 두 양동이씩 하루에 수백 통의 물을 강에서 길어 왔다. 무두질 작업장에서는 날가죽을 씻고 침지(沈漬)하고 끓이고 염색할 때마다 물이 많이 필요했다. 그의 몸은 마를 날이 없었다. 밤이 되면 옷이 물에 흥건히 젖어 있었고 피부는 물에 담근 가죽처럼 흐물흐물할 정도로 퉁퉁 부어 있었다. 인간의 생활이라기보다는 오히려 동물의 생존과 유사한 이런 생활을 한 일년쯤 하자 그는 비탈저병에 걸렸다. 무두장이들이 잘 걸리는 이 병은 보통 죽음에까지 이르는 무서운 병이었다. 그리말은 벌써 그를 포기하고 대신할 사람을 찾고 있었다. 지금까지 보아 온 그 어떤 일꾼보다 그르누이가 더 만족스럽게 일을 잘했기 때문에 아쉬움은 남았지만 어쩔 도리가 없었던 것이다. 그러나 모든 사람들의 예상과는 달리 그르누이는 병을 이겨냈다. 단지 귀 뒷부분과 목, 그리고 뺨에 크고 얼룩덜룩한 흉터가 남았을 뿐이었다. 그로 인해 그의 얼굴은 한층 더 일그러졌고 옛날보다 더 추악한 몰골이 되었다. 그러나 한편으로는 비탈저 병에 대한 면역이 생겼기 때문에 —— 이것은 이루 말할 수 없는 장점이 되었다 —— 그후로는 갈라지고 피맺힌 손으로도 다시 병에 걸릴 위험 없이 아무렇지도 않게 가장 나쁜 날가죽에서 살점을 긁어 내는 일을 할 수가 있게 되었다. 이 때문에 그는 이제 정식 견습공이나 다른 동료들, 혹은 그의 뒤를 이을 뻔한 사람들과는 다른 대접을 받게 되었다. 전처럼 쉽게 다른 사람이 그를 대신할 수가 없었기 때문에 그가 하는 일의 가치가 높아졌을 뿐 아니라 그의 생명도 귀한 것이 되었다. 갑자기 그는 더 이상 맨바닥에서 잘 필요가 없게 되었다. 그를 위해 창고에 나무 침대가 만들어졌고 그 위에 짚이 깔렸으며 이불도 얻었다. 자는 동안 그를 가두어 두는 일도 없어졌다. 먹을 것은 충분히 나왔다. 그리말은 그를 더 이상 짐승으로 다루지 않았다. 그는 아주 유용한 가축이 된 것이다.

그가 열두 살이 되자 그리말은 그에게 일요일에 반나절의 자유 시간을 주었다. 열세 살이 되자 주중에도 일과가 끝난 저녁에 한 시간씩 밖에 나가서 마음대로 하고 싶은 일을 하도록 허락했다. 그가 이긴 셈이었다. 그는 살아 남았고, 더욱이 계속 살아가는 데 충분할 정도의 자유까지 획득했기 때문이다. 겨우살이의 시간은 지나갔다. 진드기 그르누이는 다시 움직이기 시작했다. 그는 아침 공기를 들이마셨다. 돌아다니고픈 충동이 그를 사로잡았다. 세상에서 가장 넓은 냄새의 영역이 그의 앞에 펼쳐져 있었다. 그것은 파리였다.

7

그의 생활은 낙원의 삶 그 자체였다. 생 자크 드 라 부슈리나 생 퇴스타슈 지역 인근이 바로 낙원이었다. 사람들은 생드니 거리나 생 마르탱 거리 옆 골목에 다닥다닥 붙어서 살고 있었다. 그곳에는 집들이 5, 6층 높이로 빽빽이 들어차 있었기 때문에 하늘이 보이지 않았으며, 바닥의 공기는 마치 습기 찬 하수구 속에 들어가 있는 것처럼 갖가지 악취로 가득 차 있었다. 그곳에는 사람 냄새와 짐승 냄새, 음식 냄새와 질병 냄새, 물과 돌 냄새, 재와 가죽 냄새, 비누 냄새, 갓 구워낸 빵 냄새, 초에 넣고 끓인 계란 냄새, 국수 냄새, 반질반질 윤이 나게 닦은 놋그릇 냄새, 샐비어와 맥주와 눈물 냄새, 기름 냄새, 그리고 마르거나 젖은 지푸라기 냄새 등이 뒤범벅이 되어 있었다. 수천, 수만 가지 냄새들이 희멀건 죽처럼 엉겨 골목 구석구석을 가득 메우고 있었다. 가끔 지붕 위로 빠져나갈 뿐 바닥에는 거의 그대로 남아 있었다. 그곳에 살고 있는 사람들은 그 속에서 어떤 특별한 냄새를 구분해 내지 못했다. 원래 그들 자신한테서 나온 냄새가 끊임없이 그들로부터 냄새를 빨아들이고 있었고, 또 그들은 그 공기를 숨쉬며 살아가기 때문이었다. 그것은 마치 아주 오랫동안 입고 있었기 때문에 그 냄새에 무감각해진 따뜻한 옷 같은 것이었다. 이제는 걸치고 있다는 감각조차 희미해진 옷 말이다. 그러나 그르누이는 그 모든 냄새를 처음인 것처럼 맡을 수가 있었다. 또한 그 냄새를 전체적으로 맡았을 뿐 아니라 냄새 덩어리를 구성하고 있는 하나하나의 극히 미세한 냄새들을 분석하고 나눌 수도 있었다. 그의 예민한 코는 냄새와 악취로 뒤섞인 엉클어진 실타래 속에서도 더 이상 나누어질 수 없는 가장 기본적인 냄새의 실마리를 찾아낼 수가 있었다. 그는 엉클어진 실타래를 풀어 다시 감는 것에서 말할 수 없는 쾌감을 느꼈다.

가끔 그는 담벽에 기대어 서거나, 혹은 어두운 구석으로 들어가서 눈을 감고 입을 반쯤 벌린 채 흘러가는 크고 어두운 강물 속의 육식어처럼 콧구멍만 벌렁거렸다. 그러다 마침내 한 자락 미풍에 부드러운 냄새의 실마리라도 실려 오면 그것을 붙잡아 결코 놓치지 않았다. 그럴 때면 그는 오로지 이 냄새만을 맡으면서 그것을 빨아들여 가슴속에 영원히 간직했다. 그것은 전부터 알던 냄새일 때도 있었고 일종의 변형일 때도 있었다. 그러나 어떤 때는 보지 못한 것은 물론이고 지금까지 알던 그 어떤 냄새와도 비슷한 구석이 거의 없거나 전혀 없는 완전히 새로운 냄새인 경우도 있었다. 가령 다림질한 비단 냄새, 쿠엔델 차의 향기, 은실로 수를 놓은 비단천의 냄새, 진귀한 포도주병의 코르크 마개 냄새, 자라 등 껍데기로 만든 빗의 냄새 등이 그랬다. 그르누이는 낚시꾼처럼 열정과 인내를 가지고 알지 못했던 냄새들을 찾아다녔다. 그리고는 찾아낸 냄새들을 마음속에 간직해 두었다.

골목을 채우고 있는 그 진한 냄새를 실컷 마셨다 싶으면 그는 냄새들이 좀 옅어지면서 바람과 하나가 되어 향수처럼 퍼져 나가는 환기가 되는 곳으로 갔다. 예를 들어 시장의 공터가 그랬다. 그곳에는 비록 보이지는 않지만 낮에 이어 밤에도 모든 냄새들이 뚜렷하게 남아 있었다. 마치 장사꾼들이 아직도 그 자리에서 움직이고 있고 야채나 계란이 가득 담긴 바구니들과 포도주와 식초가 들어 있는 통들, 양념 재료나 감자, 혹은 밀가루가 가득 든 자루들, 못과 나사가 담긴 상자들, 정육점의 고기 자르는 도마, 옷감이나 구두, 구두창, 혹은 낮에 팔던 수백 가지 다른 물건들로 가득 찬 판매대······ 그 모든 활동들이 아주 세세한 부분에 이르기까지 공기 속에 그대로 남아 있었다. 그르누이는 그 냄새들을 통해 시장을 전부 다 본 것이나 다름없었다. 냄새를 통해 보는 일이 가능하다는 말이냐. 너욱이 그는 다른 사람들이 눈으로 볼 수 있는 것보다 더 세세한 것들까지 냄새로 알 수가 있었다. 모든 일이 다 끝난 후에 냄새로 인식하는 것은 보다 고차원적인 인식이었다. 왜냐하면 그는 소음이나 과장, 육체를 지닌 인간들의 구역질나는 체취 등 그 당시의 통상적인 속성들에 의해 방해받지 않는 원래의 본질, 즉 정신으로 인지했기 때문이다.

그는 어머니가 단두대에서 참수를 당한 그레브 광장에도 가보았다. 그 광장은 마치 커다란 혓바닥처럼 강 쪽으로 쑥 들어가 있었는데, 그곳에는 강기슭에 끌어다 놓거나 기둥에 매어진 배들이 있어서 석탄이나 곡식, 혹은 풀이나 물에 젖은 밧줄 냄새를 맡을 수 있었다.

그리고 도시 한가운데서 강을 나누고 있는 하나뿐인 이 숲을 통해 서쪽으로부터 거대한 기류가 다가오기도 했다. 그 기류에는 시골 냄새, 뇌일리 인근의 초원 냄새, 생 제르맹과 베르사이유 궁전 사이에 있는 숲의 냄새, 루앙이나 카엥처럼 멀리 떨어져 있는 도시들의 냄새 등이 실려 있었다. 심지어 바다 냄새를 싣고 오는 경우도 있었다. 바다에서는 물과 소금, 그리고 차가운 햇살을 품고 있는 돛단배의 냄새가 났다. 바다 냄새는 단순하면서도 거대하고 독특했기 때문에 그르누이는 그것을 생선, 소금, 물, 해초, 신선한 공기 등의 냄새로 나누기를 주저했다. 그는 그 냄새를 나누지 않고 그대로 받아들여 전체로서 기억해 두었다. 바다 냄새가 너무도 마음에 들었기 때문에 그는 아무것과도 섞지 않고 순수하게 그것을 간직했다가 그 냄새에 완전히 취해 버리고 싶었다. 바다는 며칠씩 항해해도 육지가 안 보일 정도로 아주 넓다는 사실을 나중에 알게 되었을 때 그가 가장 즐겨한 상상은, 배의 맨 앞쪽에 있는 돛대의 바구니에 앉아 사실 냄새라기보다는 하나의 호흡, 모든 냄새들의 끝인 마지막 호흡과 같은 그 끝없는 바다의 냄새 속을 날아다니다가 그걸 들이마시면서 용해되는 일이었다. 그러나 실제로 그렇게 하지는 못했다. 여기 강변에 있는 그레브 광장에 서서 바람에 실려오는 한 가닥 바다 냄새를 코로 거듭 들이마시고 있는 그르누이에게 멀리 서쪽에 있는 진짜 바다, 그 커다란 대양을 보고 그 냄새와 하나가 될 수 있는 기회는 일생 동안 오지 않았기 때문이다.

이제 생 퇴스타슈와 시청 사이의 구역에 배어 있는 냄새를 샅샅이 맡은 그르누이는 곧 그 지역 안에서는 칠흑처럼 캄캄한 밤에도 길을 걸어갈 수가 있었다. 그런 식으로 그는 자신의 탐구 영역을 넓혀 나갔다. 처음에는 서쪽 생 토노레 방향으로 가보았고, 그 후에는 생 탕투안느를 거쳐 바스티유까지, 그리고 마지막으로는 강 건너편 부자들이 살고 있는 소르본느와 생 제르맹까지 가보았다. 거기서 그는 성문의 쇠창살을 통해 말을 몰 때 쓰는 가죽 회초리와 급사의 가발에 묻은 가루분 냄새를 맡을 수 있었다. 높은 담이 둘러쳐진 정원에서는 금작화와 장미, 방금 꺾은 쥐똥나무의 향기가 퍼져 나왔다. 그르누이가 향수라는 말에 어울리는 냄새를 처음으로 맡은 곳이 바로 여기였다. 소박한 라벤더 향이나 장미 향기가 섞인 축제 때의 정원 분수대의 물 말이다. 그러나 등화유나 월하향, 노랑 수선화와 재스민, 혹은 계피향이 섞인 사향 염료 등 좀더 복잡하고 귀한 향기들도 저녁이면 호화로운 마차들 뒤에서 두터운 냄새의 띠를 이루며 퍼져 나왔다. 그는 일상적인 냄새늘을 기억해 둘 때처럼 이 향기들도 빨아들여 기억해 두었다. 그것들에 호기심을 느끼기는 했으나, 그렇다고 해서 특별히 놀랄 정도는 아니었다. 물론 그는 향수의 목적이 사람을 도취시키고 매력적으로 만들기 위한 것이라는 사실을 알게 되었고, 향수의 구성 성분들이 좋은지 나쁜지도 알 수 있었다. 그가 보기에 그 향수들은 전체적으로 조악하고 서툰 솜씨에서 나온 것으로, 제대로 혼합되지 못하고 대충 엉터리로 섞어 놓은 것이었다. 자신이 그것과 똑같은 재료들을 가지고 있다면 훨씬 더 좋은 향기를 만들 수 있다는 사실을 알고 있었다.

향수의 기본 재료들 중 많은 것은 그가 이미 시장의 꽃가게나 향신료 가게에서 냄새를 익힌 것이었다. 그러나 그가 모르는 재료도 많이 있었는데, 그는 그것들을 혼합된 냄새에서 추출해 내어 이름도 모르는 채 그냥 기억해 두었다. 용연향, 사향, 파출리향, 백단나무향, 감귤나무향, 페티버 향, 오포파낙스 향, 안식향, 호프 향, 해리 향……

그는 잘난 척하면서 성급하게 결론내리지 않았다. 좋은 냄새, 나쁜 냄새라는 일반적 분류에 따르지 않았다. 아직은 그렇게 하지 않았다. 그는 아주 탐욕스러웠다. 그의 냄새 사냥의 목적은 이 세상에서 냄새라고 부를 수 있는 모든 것을 소박하게 있는 그대로 소유하는 것이었다. 단 한 가지 조건은 오로지 그것들이 새로운 냄새여야 한다는 점이었다. 그에게는 말의 땀에서 나는 냄새도 막 피어나는 장미꽃송이의 부드럽고 푸른 냄새에 못지않게 중요했다. 코를 쏘는 듯한 빈대 냄새도 귀족의 부엌에서 양념된 소고기를 구울 때 나는 연기보다 못할 것이 없었다. 그는 그 모든 냄새를 먹어 치웠고 빨아들였다. 그리고는 끊임없이 상상 속에 마련된 냄새의 부엌에서 새로운 냄새를 혼합해 만들어 냈다. 물론 아직까지는 어떤 미학적 원칙이 있는 것은 아니었다. 나무 조각 쌓기 놀이를 하는 어린아이처럼 만들었다가는 금방 없애 버리는 그 냄새들은 아주 기이한 것들로서, 그것을 식별할 수 있는 창조 원리는 없지만 아주 독창적이면서도 파괴적이었다.

8

1753년 9월 1일, 파리의 루아이얄 다리 위에서는 왕위 계승일을 기리는 불꽃놀이가 있었다. 물론 그것은 왕의 결혼식 때처럼 장엄하거나 왕자가 탄생했을 때의 그 전설적인 불꽃놀이처럼 굉장한 것은 아니었지만 어쨌든 아주 인상 깊은 것이었다. 사람들은 배의 돛을 황금빛 마차 바퀴로 장식했다. 다리 위에서는 마술사들이 강물을 향해 입에서 불을 뿜어 대고 있었다. 여기저기서 귀를 멍하게 만들 성도로 시끄럽게 폭죽들이 터지면서 길 위로 불꽃들이 떨어져 내렸고, 하늘로 폭죽을 쏘아 올리면 검은 창공이 하얀 백합꽃밭으로 변했다. 강의 양쪽에서 수천 명의 사람들이 다리 위나 강둑 위로 몰려들어 그 광경에 넋을 잃고 탄성과 감탄의 환호성을 내질렀다. 즉위한 지 벌써 38년이나 흘러 한창 추앙받던 시절은 다 지나갔음에도 불구하고 왕에 대한 만세까지 터져 나왔다. 불꽃놀이는 그렇게 사람의 마음을 움직이는 능력이 있었다.

그르누이는 강둑 맞은편에 있는 오른쪽 강변의 플로라 정자의 어둠 속에 말없이 서 있었다. 그는 박수라곤 치지 않았으며 폭죽을 쏘아 올릴 때에도 고개 한번 들지 않았다. 뭔가 새로운 냄새를 맡게 되리라는 기대 속에 이곳에 나왔지만 불꽃은 냄새상으로는 별게 아니라는 사실을 곧 깨닫게 되었기 때문이다. 화려하게 번쩍이며 불꽃이 튀고 큰소리를 내며 펑펑 터지기도 하고 휙 소리와 함께 떨어지기도 했지만 그것은 기껏해야 유황, 기름, 그리고 질산염이 혼합된 단순한 냄새였을 뿐이다.

이 지루한 행사를 그만 보고 루브르 궁전을 지나 집으로 돌아가려고 마음먹었을 때 바람에 뭔가가 실려 왔다. 그것은 거의 알아차릴 수 없을 정도로 작고 미세한 한 조각, 향기의 원자였다. 아니, 그보다도 더 작은 것으로서 진짜 향기라기보다는 오히려 향기에 대한 어떤 예감이었다고 하는 편이 더 적절할 것이다. 곧 그는 그것이 지금까지 맡아 본 적이 없는 냄새일 거라는 확실한 예감이 들었다. 그는 다시 담에 기대어 눈을 감고 코로 냄새를 들이마셨다. 그 향기는 너무도 약하고 미세했기 때문에 잘 포착할 수가 없었다. 그것은 잡히지 않고 계속 달아나면서 폭죽의 연기에 의해 감추어지거나 떼거리로 몰려 있는 사람들의 악취에 의해 차단되기도 했으며, 이 도시의 수천 가지 다른 냄새들에 의해 끊어지고 부서지기도 했다. 그랬다가는 갑자기 또다시 나타나곤 했다. 극히 짧은 순간 은근한 암시처럼 아주 미세한 향기 한 조각이 나타났다가는…… 곧 사라져 버렸다. 그르누이는 고통스러웠다. 그것을 갖고 싶다는 욕망으로 인한 괴로움 때문에 정말로 심장까지 아픈 것은 이번이 처음이었다. 이 향기는 다른 모든 향기를 정리할 수 있는 열쇠일 것만 같았다. 이 향기를 알아내지 못하면 향기에 대해서는 영영 아무것도 알지 못하게 될 것 같은 불길한 예감마저 들었다. 이 냄새를 붙잡는 데 실패한다면 그르누이 자신의 인생은 실패라는 생각도 들었다. 그냥 소유하기 위해서가 아니라 그의 뛰는 심장을 가라앉히기 위해서도 그는 그 향기를 차지해야만 했다.

그는 흥분으로 인해 몸이 아주 안 좋은 상태였다. 아직도 그 향기가 어디에서 오는지 도대체 알아낼 수가 없었다. 어떤 때는 다시 나타날 때까지의 간격이 너무나 길어서 향기의 조각을 다시 붙잡는 데 몇 분씩 걸리기도 했다. 그때마다 그것을 영원히 놓치는 것이 아닌가 하는 무서운 공포가 엄습했다. 마침내 그는 여전히 미심쩍긴 하지만 그 향기가 강 건너편 남동쪽 어딘가에서 불어 오고 있다는 것을 알게 되었다.

그는 플로라 정자의 담벽에서 몸을 일으켜 사람들의 무리에 섞여 다리 반대쪽을 향해 걸어갔다. 두세 걸음 옮길 때마다 그는 멈추어 서서 발끝을 세운 채 사람들의 머리 위로 코를 벌름거리며 향기를 찾았다. 처음에는 너무 흥분했기 때문에 아무 냄새도 맡지 못했지만 마침내 뭔가를 찾아낼 수 있었다. 숨을 들이쉬자 향기는 전보다 훨씬 더 진해졌고, 그는 그 향기가 오는 길을 제대로 알 수 있었다. 그는 다시 발을 내리고 입을 벌린 채 하늘을 올려다보거나 불꽃이 터질 때마다 들고 있던 햇불을 치켜 올리는 군중 속을 헤치고 앞으로 나아갔다. 눈을 아리게 하는 진한 화약 연기 속에서 향기를 놓치고 무서운 공포에 빠지기도 하면서 그는 계속 사람들과 부딪치고 밀치면서 걸어 나갔다. 한참 후에야 비로소 강 건너편에 도달한 그는 마이 호텔을 지나고 말라케 강둑을 지나 세느 거리 입구에 이르렀다.

거기에 멈추어 선 그는 정신을 가다듬고 냄새를 추적했다. 그 냄새를 찾아낼 수 있었다. 아주 분명하게 그 냄새를 붙잡았다. 그 냄새는 전혀 혼동할 염려 없이 아주 분명하게 띠를 이루어 부드럽고 섬세하게 세느 거리를 따라 불어오고 있었다. 그르누이는 심장이 쿵쿵 뛰는 것을 느꼈다. 그것은 뛰어왔기 때문이 아니라 그 냄새를 이렇게 마주하고 있는 데서 오는 흥분 때문이었다. 그 냄새와 비교할 수 있는 것을 생각해 보았으나 비교하는 것을 포기해야만 했다. 우선 이 냄새는 신선했다. 그러나 그것은 레몬이나 유자의 신선함과는 달랐다. 몰약이나 계피 나뭇잎, 박하향이나 자작나무, 장뇌나 솔이파리의 향기와도 달랐으며 5월에 내리는 비나 차가운 바람, 샘물…… 등 어느것하고도 같지 않았다. 그러면서도 또 온기를 지니고 있었다. 그러나 감귤이나 실측백나무, 사향 냄새와는 달랐으며 재스민이나 수선화, 모과나무나 붓꽃의 향기…… 등과도 다른 것이었다. 또 이 향기는 붙잡을 수 없을 정도의 가벼움과 무거움이 혼합되어 있었다. 그것도 그냥 섞여 있는 것이 아니라 하나의 통일체를 이루면서 말이다. 가볍고 연약하면서도 단단하고 지속적이었다. 얇지만 오색 영롱하게 반짝이는 비단처럼……. 그렇지만 비단과는 또 다른 비스킷이 들어 있는 꿀이나 달콤한 우유 냄새와 비슷했다. 아무리 애써도 결코 어울릴 수 없는 비단과 우유라니! 이 향기는 도대체 파악할 수도 설명할 수도 없었으며, 어디에다 분류해야 할지도 알 수 없었다. 존재 자체가 불가능한 그런 향기였다. 그럼에도 불구하고 그것은 지극히 분명하게 존재하는 것이 아닌가. 그르누이는 그 냄새를 따라갔다. 가슴이 불안으로 쿵쿵 뛰었다. 자기가 냄새를 쫓아가는 것이 아니라 냄새가 저항도 못 할 정도로 힘차게 자신을 끌어들이는 것 같은 예감 때문이었다.

그는 세느 거리를 따라 걸어 올라갔다. 길에는 인적이 없었고 건물들은 텅 비어 조용했다. 사람들이 모두 저 아래 강가에서 불꽃놀이를 하고 있었던 것이다. 그를 방해하는 분주한 사람들의 체취도 없었고, 코를 찌르는 화약 냄새도 없었다. 길에는 보통 때와 마찬가지로 물과 오물, 쥐와 야채 쓰레기의 악취가 배어 있었다. 그러나 그 냄새들 위로 그르누이를 이끌고 있는 그 부드러운 향기가 퍼져 있었다. 몇 발자국 더 걸어가자 희미하던 하늘의 별빛이 높은 건물들에 막혀 보이지 않게 되었다. 그러나 그르누이는 어둠 속을 계속 걸어갔다. 그는 아무것도 볼 필요가 없었다. 그 냄새가 그를 확실하게 인도하고 있었다.

50미터쯤 걸어갔을 때 그는 오른쪽의 마레 거리로 방향을 꺾었다. 그곳은 훨씬 더 어두컴컴했으며 팔을 뻗지도 못할 정도로 좁은 골목이었다. 이상스러운 것은 향기가 더 진해지지 않는다는 사실이었다. 단지 더 깨끗해질 뿐이었다. 훨씬 더 깨끗해짐으로써 훨씬 더 큰 흡인력으로 그를 끌어당겼다. 그르누이는 의지로서가 아니라 그냥 도취되어 걸어갔다. 어떤 지점에 이르자 그는 향기의 강력한 힘에 이끌려 오른쪽으로 돌아 어떤 집의 담처럼 보이는 곳으로 들어갔다. 야트막

한 통로가 뒤뜰로 이어지고 있었다. 그르누이는 몽유병자처럼 그 통로를 지나 뒤뜰로 들어갔고 다시 모퉁이를 돌자 두 번째의 좀더 작은 마당이 나타났다. 마침내 불이 비치는 환한 곳에 이르게 되었다. 그곳은 가로세로 보폭이 몇 걸음 정도 되는 네모난 뜰이었다. 담 위로 나무 지붕이 비스듬히 덮여 있었다. 그 밑에 놓여 있는 식탁 위에 촛대 한 개가 세워져 있었고 여자 아이가 이 식탁에 앉아 오이를 손질하는 중이었다. 그녀는 왼손으로 바구니에서 오이를 꺼내서는 칼로 꼭지를 잘라 내고 씨를 제거한 후 통 속에 집어 넣었다. 열서너 살쯤 되어 보였다. 그르누이는 선 채로 있었다. 그는 반 마일이나 떨어진 다른 쪽 강가에서 맡았던 향기의 발원지가 어딘지 곧 알 수 있었다. 그 향기는 이 더러운 뒷마당이나 오이에서 나온 것이 아니었다. 바로 이 소녀가 향기의 원천이었다.

한순간 그는 너무 당황했기 때문에 자신이 지금 이 세상에서 한 번도 본 적이 없는 아름다운 여자를 보고 있다고 생각했다. 그러나 그에게 보이는 것은 단지 촛불에 비친 그녀의 뒷모습뿐이었다. 지금까지 그렇게 아름다운 소녀의 냄새는 맡아 본 적이 없다는 생각이 들었다. 물론 남자, 여자, 아이 등 수천 명의 냄새를 알고 있는 그로서는 이처럼 근사한 향기가 어떻게 사람에게서 날 수 있는지 이해할 수가 없었다. 사람들의 냄새는 보통 별게 아니었고 초라했다. 어린아이의 냄새는 싱거웠고 남자들한테서는 지린내, 땀내, 그리고 치즈 냄새가 지독했고, 여자들한테서는 부패된 기름과 상한 생선 냄새가 났다. 그래서 사람들의 냄새는 전혀 그의 흥미를 끌지 못했을 뿐만 아니라 거부감까지 불러일으키지 않았던가…….

    그런데 지금 그르누이는 생전 처음으로 자신의 코를 믿지 못하고 냄새의 정체를 눈으로 파악하고 있는 것이다. 물론 이러한 감각의 혼란은 오래 지속되지 않았다. 사실상 다음 순간에 그는 곧 시각적으로 그 사실을 확인할 수 있었고, 그 후에는 점점 더 자신의 후각에만 의지해 인식해 나갔다. 이제 그는 그녀에게서 〈사람 냄새〉를 맡을 수 있었다. 그녀의 겨드랑이에서는 땀내가, 머리카락에서는 기름 냄새가, 그리고 국부에서는 생선 비린내가 퍼져 나왔다. 최고의 희열감이 찾아왔다. 그녀의 땀은 바다 바람처럼 상쾌했고, 머리카락의 기름기는 호두 기름 같았으며, 국부는 수련 꽃다발의 향기를, 그리고 피부는 살구꽃 향기를 품고 있었다……. 그리고 그 모든 성분들이 결합되어 향수처럼 향기를 퍼뜨리고 있었다. 그것은 아주 풍부하고 균형이 잡힌 신비로운 향기였기 때문에 그르누이는 지금까지 자신이 맡아 본 모든 향수와 그 자신이 상상 속에서 장난삼아 만들어 본 향기의 건축물들이 한순간에 아무 의미도 없이 와르르 무너져 내리는 것만 같았다! 십만 가지의 향기를 갖다 댄다고 해도 이 향기 하나를 이길 수가 없을 것 같았다. 그녀의 향기는 다른 향기들이 모범으로 삼아 따르는 좀더 고차원적인 법칙이라고 할 수 있었다. 그것은 순수한 아름다움이었다.

    그르누이는 이 향기를 소유하지 못하면 자신의 인생은 아무짝에도 쓸모가 없어진다고 확신하게 되었다. 가장 미세한 부분에 이르기까지, 가장 부드러운 마지막 한 조각까지 그는 이 냄새를 속속들이 알아야만 했다. 그냥 단순하게 복합적인 상태로 기억하는 것만으로는 충분치 않았다. 그는 이 성스러운 향기를 뒤죽박죽 상태인 자신의 검은 영혼 속에 각인해 두고 아주 정밀하게 연구하고 싶었다. 그래서 앞으로는 이 주문(呪文)의 내적인 구조에 따라 생각하고 살고 냄새 맡을 작정이었다.

그는 천천히 그녀에게로 걸어갔다. 처마 밑으로 점점 더 가까이 다가간 그는 그녀의 등에서 한 걸음 뒤에 섰다. 그녀는 그의 소리를 듣지 못했다.

그녀의 머리는 붉은색이었으며 소매 없는 회색 옷을 입고 있었다. 팔은 백옥 같았고 손은 오이 껍질을 벗기느라 노랗게 물들어 있었다. 그르누이는 그녀 위로 몸을 숙인 채 이제 그 어떤 냄새와도 섞이지 않은 순수한 그녀의 향기를 들이마셨다. 그녀의 목덜미, 머리카락, 파여진 옷으로 드러난 가슴팍에서 솟아오르는 향기를 그는 마치 부드러운 바람인 양 빨아들였다. 기분이 이렇게 좋았던 적은 한 번도 없었다. 반면에 그녀는 섬뜩한 기분이 들었다.

그녀는 그르누이를 보지 못했다. 그러나 그녀는 이상하게 기분이 오싹해지고 불안했다. 이미 오랫동안 잊고 있었던 공포가 갑자기 다시 닥쳤을 때처럼. 그녀는 등줄기가 서늘해진 것 같기도 하고, 지하실로 통하는 커다랗고 차가운 문을 누군가가 열어 놓은 듯한 기분도 들었다. 그녀는 부엌칼을 내려놓고 팔짱을 끼며 몸을 돌렸다.

그 순간 그를 발견한 그녀는 너무 놀라서 몸이 굳어져 버렸다. 때문에 그는 그녀의 목을 조를 충분한 시간적 여유를 얻게 되었다. 그녀는 소리를 지르지도, 몸을 움직이지도 않았다. 반항 한번 해보지 못했다. 한편 그르누이는 그녀를 쳐다보지 않았다. 주근깨가 박혀 있는 갸름한 얼굴, 붉은 입술, 반짝이는 초록색 큰 눈을 그는 보시 않았다. 그녀의 목을 조르는 동안 향기를 하나라도 놓칠세라 눈을 꼭 감고 있었기 때문이다.

그녀가 죽자 그는 시체를 오이씨가 널려진 바닥 한가운데에 눕히고 옷을 벗겼다. 향기가 물결이 되어 밀려와서는 그의 가슴속을 가득 채우고 넘쳐흘렀다. 그는 그녀의 피부에 얼굴을 바짝 들이대고 코를 벌름거리면서 배에서 가슴으로, 목과 얼굴을 거쳐 머리카락으로 냄새를 훑어 올라갔다. 그리고는 다시 배로 내려와 국부를 지나 넓적다리와 하얀 종아리를 훑어 내려갔다. 그는 머리끝에서 발끝까지 그녀의 모든 냄새를 훑어 내렸고 턱과 배꼽, 팔꿈치의 주름살 사이에 있는 마지막 한 방울의 향기까지 다 들이마셨다.

냄새를 다 빨아들여 그녀가 완전히 축 늘어진 후에도 그는 한동안 더 그녀 옆에 웅크린 자세로 앉아 있었다. 자신의 몸을 완전히 채우고 있는 그녀의 향기를 단 한 방울도 흘리고 싶지 않았기 때문이다. 그래서 그는 자신의 내부에 있는 모든 방에 빗장을 질러야만 했나. 그런 후에야 그는 일어시시 촛불을 끄고 방을 나왔다.

그때쯤 노래와 만세를 외치면서 세느 거리를 따라 집으로 돌아오는 사람들이 하나둘 나타나기 시작했다. 어둠 속에서 골목길의 냄새를 맡아 본 그르누이는 세느 거리와 나란히 강가로 나 있는 프티 오귀스탱 거리를 따라 내려갔다. 얼마 지나지 않아 사람들이 그녀의 시체를 발견했다. 비명소리와 함께 횃불이 밝혀졌으며 야간 순찰원이 왔다. 그러나 그르누이는 벌써 한참 전에 강을 건너가 있었다.

이날 밤 그르누이에게는 골방이 궁전이었고, 널빤지로 만든 침대는 천국의 침대였다. 그는 지금까지 행복을 경험한 적이 없었다. 기껏해야 무감각 속에 만족을 느끼는 경우가 드물게 있을 뿐이었다. 그러나 지금 그는 행복으로 온몸이 떨렸으며 그로 인해 잠을 이룰 수가 없었다. 다시 태어난 기분이었다. 아니, 다시 태어난 정도가 아니라 이제 처음으로 태어난 기분이었다. 왜냐하면 지금까지는 지극히 몽롱한 상태에서 동물처럼 살아왔다면 오늘에야 비로소 자신이 어떤 사람인지를 알게 되었기 때문이었다. 그는 자신이 천재라는 것, 자신의 인생은 의미와 목적과 목표, 그리고 보다 높은 사명을 갖고 있다는 사실을 깨닫게 되었던 것이다. 그것은 바로 향기의 세계에 혁명을 일으키는 일이었다. 이 세상에서 그렇게 할 수 있는 능력을 가진 사람은 그 자신뿐이었다. 예민한 코, 비상한 기억력, 그리고 가장 중요한 것으로 마레 거리의 그 소녀한테서 빼앗아 깊이 각인해 놓은 그 향기가 있었다. 그 속에는 위대한 향기, 향수를 구성하는 모든 것, 즉 부드러움, 힘, 지속성, 다양함, 놀라우면서도 뿌리칠 수 없는 아름다움이 주문처럼 들어 있었다. 그는 자신의 미래를 이끌어 줄 나침반을 발견한 것이다. 악마성을 지닌 천재들이 모두 외부로부터의 어떤 계기를 통해 정신적 혼돈의 소용돌이 속에서 자신의 길을 찾아낸 것처럼 그르누이는 이제야 비로소 발견한 자신의 운명을 회피할 생각이 없었다. 자신이 이를 악물고 그토록 끈질기게 생에 집착해 온 이유가 분명해졌다. 그는 향기의 창조자가 되어야 했다. 그것도 그저 그런 정도가 아니라 역사상 가장 위대한 향수 제조인이.

그날 밤 그는 처음에는 맨정신으로, 나중에는 꿈속에서 사신이 기억해 둔 거대한 냄새의 폐허 속을 뒤지고 다녔다. 그는 수백만 가지의 냄새 조각들을 검사해서 체계적인 질서에 따라 배열했다. 좋은 냄새는 좋은 냄새끼리, 나쁜 냄새는 나쁜 냄새끼리, 순수한 냄새는 순수한 냄새끼리, 탁한 냄새는 탁한 냄새끼리, 악취는 악취끼리, 감미로운 냄새는 감미로운 냄새끼리. 그 다음 일주일 동안 그의 분류는 점점 더 정교해졌고, 냄새의 목록은 더 풍부하고 더 세분화되어 체계가 더욱더 분명해졌다. 곧 그는 애초의 계획대로 냄새로 이루어진 건물을 짓기 시작했다. 본체, 담, 계단, 탑, 지하실, 침실, 비밀의 방…… 가장 근사한 향기들로 구성된 그 내면의 성채는 날마다 더 확대되고 아름다워지고 완벽해졌다.

그는 이렇게 멋진 일이 살인으로부터 시작되었다는 사실을 잊지는 않았지만 깊이 염두에 두지도 않았다. 마레 거리의 그 소녀의 모습, 그녀의 얼굴과 육체를 그는 더 이상 떠올릴 수 없었다. 하지만 그는 그녀의 가장 좋은 것을 빼앗아 자신의 것으로 만들어 놓았다. 그것은 바로 향기의 법칙이었나.

9

그 시절 파리에는 열세 명의 향수 제조인이 있었다. 그중 여섯 명이 강 오른쪽에, 또 다른 여섯 명이 강 왼쪽에 살았으며, 나머지 한 사람은 한가운데인 시테 섬[2]을 통해 오른쪽 강둑과 연결되는 샹주 다리 위에 살았다. 이 다리 양쪽으로는 모두 4층짜리 건물이 빽빽이 들어서 있었기 때문에 그 다리를 걸어가는 동안에는 강이 전혀 보이지 않았고, 그래서 그 길을 걸어가노라면 지극히 정상적인, 탄탄할 뿐만 아니라 아름답기도 한 길을 걷고 있다는 생각이 들었다. 사실 샹주 다리는 이 도시에서 가장 훌륭한 상가의 하나로, 이곳에는 유명한 상점들이 많이 있었다. 금세공사, 가구 공예가, 가장 좋은 가발 제조업자들과 가방 제조인, 최상급 부인용 속옷과 양말 공급자, 문틀 짜는 사람과 승마용 장화 상인, 견장에 수

---

2) 세느 강 복판에 있는 섬으로 파리의 발생지.

를 놓는 사람과 금단추 제조인, 그리고 은행가들이 여기 살았다. 바로 이곳에 향수와 장갑 세조인인 주세뻬 발디니의 상점과 집이 있었다. 그의 상점 진열장 위에는 화려하게 니스를 칠한 녹색 천개(天蓋)[3]가 쳐져 있었고, 그 옆에는 활짝 핀 황금색 꽃다발이 꽃혀 있는 금빛 향수병 모양의 발디니 문장(文章)이 매달려 있었다. 온통 다 금으로 되어 있었다. 문 앞에는 또 금색 실로 발디니의 문장을 수놓은 붉은색 카펫이 깔려 있었다. 문을 열면 페르시아의 종이 울렸고, 은으로 만든 두 마리 왜가리가 울기 시작하면서 그 새의 부리에서 제비꽃 향기의 물이 접시 위로 떨어졌다. 그 접시 역시 발디니의 문장인 향수병 모양이었다.

색이 옅은 너도밤나무로 만든 계산대 뒤에는 은빛 가루를 뿌린 가발을 쓰고 금빛 레이스가 달린 푸른 옷을 입은 발디니가 오래된 기둥처럼 꼼짝 않고 서 있었다. 매일 아침 몸에 뿌리는 프랑지파니 향수에서 나오는 자욱한 수증기로 인해 그는 마치 안개 속에 있는 것처럼 멀어 보였다. 움직이지 않고 서 있는 그는 마치 가게의 물건 같았다. 그는 종이 울리고 왜가리의 부리에서 물이 떨어질 때에만 —— 이 두 가지 일은 그렇게 자주 일어나지 않았다 —— 갑자기 생명이 되돌아 온 사람처럼 몸을 숙여 겸손하고 활기찬 태도로 수없이 굽실거리면서 향수의 안개가 미처 따라올 사이도 없이 재빨리 계산대 뒤에서 달려나왔다. 그리고는 손님에게 자리를 권하고 가장 우수한 향수와 화장품들을 보여 주었다.

---

3) 비나 먼지를 피하기 위해 달아 놓은 것.

발디니의 상점에는 향수와 화장품이 수천 가지나 있었다. 그곳에는 에센스, 꽃기름, 염색약, 추출물, 분비물, 발삼 향유, 송진, 건조 상태나 액체 상태 혹은 왁스로 된 약들, 여러 종류의 머릿기름, 연고, 가루분, 비누, 크림, 생리용품, 광택약, 수염에 바르는 연고, 사마귀 약, 얼굴에 붙이는 가짜 점 등을 비롯해서 목욕용 향수와 로션, 향염(香鹽), 화장실용 식초와 무수한 향수에 이르기까지 없는 게 없었다. 그러나 발디니는 이러한 전형적인 미용 용품에 만족하지 않았다. 그의 자부심은 자신의 상점에 향기를 갖고 있는 모든 것, 어떤 식으로든 향기와 관계되는 것을 전부 수집한다는 사실에서 연유했다. 방향제(芳香劑), 방향초, 방향 리본 외에도 아니스의 씨에서 계피에 이르는 모든 향신료, 당밀 시럽, 리큐어 술, 과즙, 사이프러스나 말라가, 혹은 코린트에서 생산된 포도주, 꿀, 커피, 홍차, 말리거나 설탕에 절인 과일, 무화과 열매, 봉봉 과자, 초콜릿, 밤, 심지어 카퍼[4]나 오이, 양파가 들어 있는 상자, 마리나데에 담근 다랑어도 있었다. 거기서 그치지 않고 향기 나는 밀랍, 향수를 뿌린 편지지, 장미향의 미약(媚藥), 스페인 식 가죽으로 만든 종이 끼우개, 백단향 나무로 만든 펜꽂이, 히말라야 산 삼나무로 만든 상자와 관, 포프리, 꽃잎을 담는 접시, 놋쇠로 만든 향로, 세련된 호박(琥珀) 마개의 수정 향수병과 작은 프라이팬, 향기가 나는 장갑, 손수건, 육두구 꽃잎을 넣어 만든 바늘쌈지, 백년이 넘도록 방안을 향기로 가득 채웠던 사향 냄새의 카펫도 수집해 놓았다.

---

　4) 참양각초의 꽃봉오리로 초에 절여서 조미료로 사용.

물론 길을(혹은 다리 쪽을) 향해 자리잡고 있는 화려하게 치장한 상점이 이 모든 물건들을 다 수용할 수는 없었다. 지하실이 없었기 때문에 살림집의 다락방뿐만 아니라 2, 3층 전부와 1층 중 강 쪽을 향해 있는 건물 뒷공간이 창고로 이용되었다. 그 결과 발디니의 집에는 말로 설명하기 어려운 혼합된 향기들이 뒤죽박죽 섞여 있었다. 물건 하나하나는 극히 우수한 것으로 엄선된 것들임에도 불구하고 —— 발디니는 언제나 최상급 물건만을 샀다 —— 그것들이 함께 어우러져 나는 냄새는 수천 명의 단원들이 각자 다른 멜로디를 힘차게 연주할 때의 오케스트라처럼 도저히 참을 수 없을 지경이었다. 발디니 자신이나 그 집에서 일하는 사람들은 거의 귀가 들리지 않게 된 늙은 지휘자처럼 이 혼돈에 무감각해져 있었다. 4층에 살면서 상점이 점점 더 자리를 차지하는 것에 대해 남편에게 항의하곤 하는 발디니의 부인 역시 그 향기들을 단지 성가신 정도로 인식했다. 그러나 발디니의 상점에 처음 들어서는 손님들은 달랐다. 손님이 상점에 들어서는 순간 상점을 꽉 채우고 있던 향기 덩어리는 주먹처럼 그의 얼굴을 강타했다. 그것은 그때그때의 구성 성분에 따라 때로는 황홀하게, 때로는 정신을 혼미하게 만들었다. 어떤 경우든 감각의 혼란에 빠진 손님은 도대체 자신이 왜 이곳에 왔는지를 잊어버릴 정도였다. 심부름 온 하인들은 주문 내용을 잊어버렸고 오만한 신사들은 기가 꺾였으며, 많은 귀부인들은 반쯤은 히스테리 같고 반쯤은 발작같이 정신을 잃어버리곤 해서 장뇌로 만든 방향제를 맡고서야 정신을 차릴 수 있었다.

이런 지경이었으니 주세페 발디니의 상점 문에 매달린 페

르시아 산 종이 울리거나 은빛 왜가리들이 물을 내뿜은 경우
가 아주 드물다고 해도 하나도 이상할 것이 없었다.

10

「셰니에! 가발을 쓰도록 해요!」

기둥이 되어 버린 것처럼 꼼짝도 않고 계산대 뒤에서 몇 시간째 문을 바라보고 있던 발디니가 소리쳤다. 그러자 발디니의 도제인 셰니에가 올리브 기름 항아리와 매달려 있는 바욘느 산 햄 사이를 지나 상점에서 비교적 깨끗한 앞쪽으로 나왔다. 발디니보다는 약간 젊었지만 그 역시 노인이었다. 그는 웃옷에서 가발을 꺼내 머리에 뒤집어썼다.

「외출하시려고요, 발디니 주인님?」

「아니네, 한 몇 시간 작업실에 있을 테니 절대로 방해하지 않도록 하게.」

「아. 알겠습니다! 새로운 향수를 만드시려는 거군요.」

「그래, 베르아몽 백작이 주문한 스페인 식 모피에 뿌릴 향수를 만들어 볼까 하네. 그는 완전히 새로운 것을 요구했네. 뭐랬더라…… 아마 〈사랑과 영혼〉이라는 향수와 비슷한 걸

원하는 것 같아. 그 왜 생 탕드레 거리에 사는 멍청이가 만든 향수 말이야. 이름이 뭐였더라……」

「펠리시에입니다.」

「그래, 펠리시에였지. 그 멍청이 이름이 그거였어. 펠리시에가 만든 〈사랑과 영혼〉, 그걸 알고 있나?」

「물론이지요. 어디를 가든 그 향수 냄새가 나니까요. 길모퉁이 어디서든 맡을 수 있지요. 그렇지만 제 생각을 말씀드린다면…… 별로 대단한 것은 아닙니다. 주인님께서 만드신 것과는 비교도 할 수 없습니다, 발디니 주인님.」

「물론 그렇지.」

「그 〈사랑과 영혼〉이라는 향수는 지극히 평범해요.」

「천박한가?」

「천박하다마다요. 펠리시에가 만든 다른 것들과 똑같지요. 제 생각에는 레몬 기름이 들어간 것 같습니다.」

「그래? 그 밖에는 또 뭐가 들었지?」

「아마 오렌지꽃 에센스가 들어 있을 겁니다. 로즈마리향도 들어 있는 것 같고요. 그러나 확실치는 않습니다.」

「상관없는 일이네.」

「물론 그렇지요.」

「멍청이 펠리시에가 자기 향수에 뭘 섞었든 난 관심 없네. 결코 그 따위 것에서 영감을 얻을 생각은 없으니까!」

「옳으신 말씀입니다, 주인님.」

「자네도 알다시피 난 결코 영감 따위에 의지하는 사람이 아니야. 난 실험을 통해 내 향수들을 만들어 낸다고.」

「알고 있습니다.」

「그 향수들은 모두 내 속에서 나온 것들이야.」

「그렇고말고요.」

「난 베르아몽 백작에게 진짜 근사한 것을 만들어 줄 생각이네.」

「저도 그렇게 믿고 있습니다, 발디니 주인님.」

「가게를 잘 보게나. 나는 좀 쉬어야겠어. 어떤 일이 생겨도 나를 방해하지 않도록 해줘, 셰니에.」

이 말과 함께 그는 가게를 떠나 실험실이 있는 2층으로 통하는 계단을 천천히 올라갔다. 이제 그는 더 이상 조각품이 아니었다. 나이에 걸맞은 걸음걸이로 걸어가는 그의 등이 마치 매를 맞아서 그런 것처럼 굽어 있었다.

셰니에는 계산대 뒤로 들어가 방금 전에 주인이 하고 있던 바로 그 자세로 시선을 문에 고정시키고 섰다. 앞으로의 몇 시간이 어떤 식으로 지나갈지 그는 이미 알고 있었다. 상점에서는 아무 일도 없을 것이고 위층에 있는 발디니의 작업실에서는 평소와 마찬가지로 비참한 결과가 생기리라는 것을. 발디니는 프랑지파니 향수에 흠뻑 젖은 푸른 옷을 벗고 책상에 앉아 영감이 떠오르기를 기다릴 것이다. 그러나 영감은 안 떠오를 것이다. 그러면 그는 수백 개의 시험관이 들어 있는 진열장으로 가서 운을 하늘에 맡기고 이것저것 섞어 볼 것이다. 그렇지만 이런 식으로 섞는 것은 성공하지 못한다. 그러면 그는 욕설을 퍼부으면서 창을 열고 그것들을 강으로 던져 버리겠지. 또다시 실험해 보겠지만 결과는 마찬가지일 것이다. 그러면 그는 소리를 지르고 미친 듯이 날뛰다가 무감각해질 정도로 냄새가 지독한 방안에서 울부짖으면서 발작을 일으킬 것이다. 아마 저녁 7시쯤 되면 비참한 모습으로 걸어 내려와 몸을 떨고 울면서 말할 것이다.

「셰니에, 내 코는 이제 틀렸어. 나는 그 백작에게 스페인 식 모피를 만들어 줄 수가 없네. 난 졌어. 난 죽은 거나 진배 없다네. 죽고 싶은 마음뿐이야, 셰니에. 내가 죽을 수 있도록 좀 도와주게!」

그러면 셰니에가 펠리시에 상점에 〈사랑과 영혼〉 향수를 사러 사람을 보내자고 제안할 것이고, 발디니는 이 치욕스러운 일을 아무도 모르게 한다는 조건하에 동의할 것이다. 셰니에는 당연히 맹세를 할 것이고, 그러면 그들은 한밤중에 은밀하게 베르아몽 백작이 주문한 모피에 다른 사람의 향수를 뿌리게 될 것이다. 일은 그런 식으로 진행될 것이다. 달라질 리가 없다. 셰니에는 이 모든 연극이 어서 빨리 끝나기를 바랄 뿐이었다. 발디니는 이제 더 이상 위대한 향수 제조인이 아니었다. 그렇다. 그는 삼사 십년 전 젊은 시절에 〈남국의 장미〉와 〈발디니의 매혹의 꽃다발〉이라는 두 개의 진짜 위대한 향기들을 만들어 냈고, 그 덕에 큰 재산을 모았다. 그러나 이제 늙고 지친 그는 시대의 유행을 쫓아가지도, 사람들의 새로운 기호를 충족시키지도 못하고 있었다. 그가 또한 번 자신의 향기를 만들어 낸 적이 있었지만 완전히 유행에 뒤떨어진 것이라서 팔리지도 않았었다. 그래서 일 년 후에는 그걸 열 배로 희석해서 분수용 방향제로 싸게 팔아야만했었다. 그가 안됐다는 생각을 하며 셰니에는 가발이 제대로 써졌는지 거울을 보았다. 늙은 발디니가 불쌍했고 이제 망할 수밖에 없는 그의 아름다운 상점이 안타까웠다. 또 그 자신이 불쌍하기도 했다. 상점이 망해 갈 때까지 기다렸다가 그것을 물려받기에는 자신이 너무 늙었기 때문이었다.

11

주세페 발디니가 향기에 절은 자신의 웃옷을 벗은 것은 사실이었다. 그러나 그것은 단지 오랜 습관에서 나온 행동이었을 뿐이다. 프랑지파니 향은 벌써 오래 전부터 그가 냄새를 맡는 데 아무런 방해도 되지 않았다. 벌써 그는 수십 년간이나 그 향수를 써왔기 때문에 전혀 그 냄새를 인식하지 못했다. 그는 작업실 문을 잠그고 평온한 심정이 되게 해달라고 기도했다. 그러나 생각을 집중하고 영감을 떠올리기 위해 책상에 앉지는 않았다. 아무런 영감도 떠오르지 않으리라는 사실을 셰니에보다 그 자신이 더 잘 알고 있었기 때문이다. 지금까지 그는 영감을 떠올린 적이 한 번도 없었다. 그가 늙고 지쳤다는 말은 옳았다. 그가 더 이상 위대한 향수 제조인이 아니라는 것도 사실이었다. 그는 자신이 지금까지 한 번도 위대한 향수 제조인이었던 적이 없었음을 알고 있었다. 〈남국의 장미〉는 아버지로부터 물려받은 것이었으며, 〈발디니의 매혹의 꽃다발〉은 제노바 출신의 떠돌이 향신료 장사꾼에게서 돈을 주고 산 비법으로 만든 것이었다. 그 밖의 다른 향수들은 옛날부터 널리 알려져 있던 것들이었다. 그는 새로운 향수를 만들어 낸 적이 없었다. 그는 발명가가 아니었다. 단지 이미 효과가 입증된 향기들을 조심스럽게 이렇게 저렇게 혼합해 냈을 뿐이었다. 그것은 마치 조리법이 적힌 종이를 보고 연습을 해서 훌륭한 식탁을 차리기는 했지만, 아직 자신의 독특한 요리는 개발하지 못한 요리사와 마찬가지였다.

실험실에서 하는 그 모든 주문과 실험, 영감을 떠올리는 일, 비밀스러운 행동들은 향수의 대가라면 누구나 하는 일이기에 해보는 눈속임일 따름이었다. 향수 제조인이란 반은 연금술사라고 할 수 있는데도 사람들은 그들이 기적을 만들 거라고 믿고 있었다. 정말 그랬다. 향수를 만드는 기술 역시 다른 모든 기술처럼 일종의 수공업에 불과하다는 사실을 알고 있는 사람은 오직 그 자신뿐이었다. 그는 그 사실에 자부심을 느끼고 있었다. 그는 결코 발명가가 되고 싶지 않았다. 그는 발명이라는 것이 미심쩍었다. 왜냐하면 발명은 언제나 규칙을 깨뜨리는 것이었기 때문이다. 그는 자신이 베르아몽 백작에게 새로운 향수를 만들어 줄 수 있으리라고 믿지 않았다. 그렇다고 저녁에 셰니에가 권하는 대로 펠리시에 상점에서 〈사랑과 영혼〉을 사오도록 하지도 않을 것이다. 그는 이미 그 향수를 갖고 있었기 때문이다. 저기 창가의 책상 위에 있는 아주 세련된 코르크 마개를 한 작은 유리병에 그것이 들어 있었다. 벌써 며칠 전에 그것을 사두었다. 물론 직접 산 것은 아니었다. 그가 직접 펠리시에의 상점에 들어가서 향수를 살 수는 없는 노릇이었다! 그는 여러 명의 중개인을 거쳐 그 향수를 샀다. 아주 조심스럽게 이루어진 일이었다. 발디니는 그것을 그대로 스페인 식 모피에 뿌릴 생각은 아니었다. 그렇게 하기에는 양이 너무 적었다. 그는 좀 다른 계획을 세우고 있었다. 말하자면 그걸 좀 모방할 생각이었던 것이다.

일반적으로 그런 일이 금지된 것은 아니었다. 단지 극히 부정한 일일 뿐이었다. 경쟁자의 향수를 은밀히 모방해서 자신의 이름을 붙여 파는 일은 매우 나쁜 일이었다. 그러나 그걸 들키는 것은 훨씬 더 좋지 않았다. 그러므로 셰니에가 그걸 알아서는 절대로 안 되는 일이었다. 그는 입이 가벼웠기 때문이다.

모든 사람들이 우러러 보는 사람이 이처럼 부정한 방법을 사용하는 것은 얼마나 치욕스러운 일인가! 인간이 지닌 가장 소중한 것, 자부심을 이렇게 비열한 방식으로 더럽히는 것은 얼마나 언짢은 일인가! 그렇다고 어쩔 것인가? 베르아몽 백작은 놓쳐서는 안 되는 고객이었다. 더욱이 이제 그에게는 고객이 거의 없었다. 20대 초반 그가 처음으로 이 일을 시작할 때처럼 좌판을 매달고 고객을 찾아서 길거리를 돌아다녀야 할 지경이었다. 파리에서 가장 큰 향수 가게를 가진 사람, 가장 좋은 길목에 상점을 내고 있는 사람, 경제적으로 별 어려움이 없는 사람인 주세페 발디니가 손에 가방을 들고 집집마다 찾아 다녀야 할 처지에 이르렀다는 사실을 그 누가 알겠는가? 그렇게 될 수는 없었다. 벌써 그는 예순 살이 훨씬 지났고, 추운 대기실에서 마냥 기다리다가 뒤늦게 나타난 후작부인들에게 수천 가지 좋은 향수나 향료를 보여 주거나, 편두통약에 관해 떠들고 싶지는 않았기 때문이다. 게다가 그런 대기실에서는 구역질이 날 정도로 경쟁이 심했다. 그곳에는 자신의 물건이 유럽에서 가장 위대한 머릿기름이라고 떠벌려서 벼락부자가 된 도팽 거리의 부루에 같은 사람도 있었고, 아르투아 백작부인에게 궁전에서 쓸 물건을 공급하는 모콩세이 거리의 칼토 같은 사람도 나타났고, 예측이 전혀 불가능한 생 탕드레 데 자르 거리의 앙투안느 펠리시에도 있었다. 그가 계절마다 내놓는 새로운 향수에 사람들은 정신을 온통 빼앗기고 있었다.

펠리시에가 만든 향수는 향수 시장을 온통 혼란에 빠뜨렸다. 어느 해인가 헝가리 식 향수가 유행했을 때, 발디니는 그 수요를 충족시키기 위해서 라벤더와 감귤나무, 로즈마리를 많이 사두었다. 그런데 펠리시에가 〈사향의 바람〉이라는 진한 사향 냄새의 향수를 만들어 시장에 내놓자 갑자기 모든 사람들이 동물 냄새가 나는 그 향수를 찾았다. 어쩔 수 없이 발디니는 로즈마리를 두발용 향수로 만들었고, 라벤더는 방향제 주머니에 넣었다. 그 다음해 그가 사향과 머스크 향, 그리고 카스토레움을 잔뜩 사들여 놓자 펠리시에가 이번에는 〈야생화〉라는 이름의 향수를 내놓았고 즉시 큰 성공을 거두었다. 발디니가 며칠 밤을 새워 노력한 끝에, 혹은 많은 돈을 찔러 주고 〈야생화〉의 구성 성분을 알아냈을 때쯤 펠리시에는 벌써 〈터키의 밤〉이나 〈리스본의 향기〉, 〈궁정의 꽃다발〉 등의 다른 향수들을 만들어 끝없이 성공을 거두고 있었다. 어쨌든 마르지 않는 창조의 샘을 지닌 그는 다른 모든 상인들에게는 위험한 존재였다. 사람들은 다시 옛날처럼 조합법이 엄격하게 지켜지기를 원했다. 그들은 향수에 대한 사람들의 기대 심리를 부추기는 이 무법자에게 엄격한 처벌이 가해지기를 원했다. 그의 면허를 박탈해 비열하지만 향수 제조를 못하도록 만들고 싶어했다…… 또 그에게 도제 과정을 거치라는 조치가 내려지기를 원했다. 왜냐하면 펠리시에는 향수나 장갑을 만드는 견습 과정을 거치지 않았기 때문이다. 그의 부친은 식초 만드는 기술자에 불과했다. 펠리시에 역시 마찬가지였다. 알코올 종류만 취급하게 되어 있는 식초 제조 면허만 갖고 있는 그가 진짜 향수 제조인의 영역을 침범해 스컹크처럼 악취를 풍기며 맹위를 떨치고 있는 것이었다. 도대체 무엇 때문에 사람들이 계절마다 새로운 향수를 요구하겠는가? 그럴 필요는 없었다. 사람들은 예전에 제비꽃향이나 간단한 꽃향기로도 만족했고, 약 10년에 한 번 정도 약간만 바꾸어도 아무 탈이 없었다. 수천 년 동안 그들은 유향과 몰약, 몇 종류의 발삼 향유, 기름과 말린 향신료를 애용해 왔다. 그래서 플라스크와 증류기를 이용해 증류하고, 식물과 꽃과 나무에서 수증기를 이용해 방향유의 형태로 향기를 탈취하고, 씨앗이나 열매, 혹은 과일 껍질을 짜거나 으깨는 방법으로, 또 꽃잎에서는 조심스럽게 기름을 바른 여과기를 통해 향기를 얻는 방법을 알게 된 이후에도 향기의 수는 한정되어 있었다. 그 시절이라면 펠리시에 같은 인물은 전혀 존재할 수가 없었을 것이다. 간단한 머릿기름 하나를 만들기 위해서라도 그런 사기꾼은 꿈도 꿀 수 없는 능력들이 필요했기 때문이다. 증류 기술뿐만 아니라 향유를 만들 줄 알아야 했고 또 약제사, 연금술사, 수공업자가 되어야 했으며, 상인이자, 휴머니스트, 그리고 원예가가 되어야 했다. 어린 송아지의 지방과 양고기의 지방을 구분할 줄도 알아야 했고, 빅토리아 제비꽃과 파르마 제비꽃을 구분할 수도 있어야 했다. 또한 라틴 어도 알아야만 했다. 헬리오트로프는 언제 수확하고 펠라고니움은 언제 꽃이 피는지 알고 있어야 했으며, 재스민 꽃은 해가 떨어지면 향기가 사라진다는 사실도 배워야만 했던 것이다. 펠리시에는 분명히 이런 것에 대해 하나도 모를 것이다. 아마 파리를 떠나 본 적도 없을 것이고, 재스민 꽃이 피는 모습을 보지도 못했을 것이다. 그러니 그가 수십만 가지 재스민 꽃으로 작은 덩어리를 만들거나 거기서 몇 방울의 에센스를 추출해 내는 그런 위대한 작업을 못 해봤을 것은 뻔한 이치였다. 그가 아는 재스민은 농축되어 있는 액체 상태의 암갈색 재스민뿐일 것이다. 그는 작은 병에 담겨 많은 다른 병들과 함께 철제 선반에 놓여 있는 이 재스민을 다른 것들과 섞어 유행하는 향수를 만들어 내고 있었다. 그렇다. 그 풋내기 건방진 젊은이 펠리시에라는 인물은 옛날의 그 좋았던 수공업 시절에는 결코 향수 만드는 일에 발을 들여놓지 못했을 것이다. 그에겐 모든 것이 결여되어 있었다. 그에게는 인격, 교양, 분수에 대한 만족, 소합원으로서의 복종심이 없었다. 그의 향수가 성공하는 것은 단지 2백년 전 그 위대한 천재 마우리티우스 프랑지파니의 ─ 그는 이탈리아 사람이었다! ─ 위대한 발견 덕분이었다. 즉, 그가 방향 물질은 주정(酒精) 속에 용해된다는 사실을 발견했던 것이다. 프랑지파니는 향신료를 알코올과 섞어서 그 향기를 휘발성의 액체로 옮기는 방법으로 원래 향기를 지니고 있던 재료에서 향기를 분리해 내고 해방시킴으로써 향기에 영혼을 부여하였다.

한마디로 말해 향기 그 자체를 발견한 사람이었다. 향수를 창조했다고도 말할 수 있다. 그 얼마나 위대한 일인가! 정말 획기적인 업적이 아닐 수 없었다! 아시리아 인의 문자, 유클리드 기하학, 플라톤의 이데아론, 포도주를 발명해 낸 그리스 인들에 버금갈 정도로 그것은 인류의 위대한 업적 중의 하나라고 할 수 있었다. 가히 프로메테우스적 업적이 아니고 무엇인가!

그러나 모든 위대한 정신적 활동 뒤에는 빛과 어둠이 공존하고 인간에게 행복뿐만 아니라 불행과 비참함도 함께 있듯이, 프랑지파니의 그 위대한 발명도 나쁜 결과를 가져왔다. 즉 사람들이 꽃과 식물, 나무나 송진, 동물의 분비물 등의 냄새를 추출해 병에다 채우는 방법을 알게 되었기 때문에 향수를 만드는 일이 소수의 보편적이고 수공업적인 능력을 가진 자들의 손에서 벗어나 스컹크 같은 펠리시에처럼 코가 예민한 엉터리 사기꾼들도 할 수 있게 된 것이다. 작은 병 안에 들어 있는 그 놀라운 에센스들이 어떻게 만들어졌는지에 대해서는 전혀 관심도 없이 단지 자신의 후각에 의지해 머리에 떠오르는 영감이나 대중의 기호에 맞추어 향기를 만들어 내게 되었다.

아마 서른다섯 살도 채 안 된 그 펠리시에 녀석은 벌써 발디니가 삼대에 걸쳐 힘들고 끈질기게 일하면서 쌓아 올린 것보다 훨씬 더 큰 재산을 모았을 것이다. 게다가 펠리시에의 재산은 날마다 늘어나는 데 비해서 발디니의 재산은 나날이 줄어들고 있었다. 옛날이라면 이런 일은 결코 일어날 수 없었을 것이다! 명망있는 장인이자 유명한 상인이 자신의 존재를 알리기 위해 애를 써야 하는 풍조가 생겨난 것은 요 근래 수십 년전부터가 아닌가! 그때부터 여기저기 모든 분야에서 분주한 개혁의 열풍이 시작되었다. 거리낌없이 닥치는 대로 일하고, 실험 동물이 되고, 장사를 하든 무역을 하든 학문을 하든 대가들이 되려고 발버둥을 쳤다!

또 그 속도에 대한 욕심이라니! 여기저기를 파헤쳐서 만들고 있는 그 많은 길과 다리가 도대체 왜 필요하단 말인가? 도대체 뭣 때문에? 리용까지 가는 데 일주일이 채 안 걸린다고 무슨 이득이 생기는가? 그런 일에 관심을 두는 사람이 있기나 할까? 누구에게 필요하단 말인가? 그 땅덩어리를 몰랐기 때문에 수천 년 동안 무슨 문제라도 있었던 것처럼 한 달 안에 대서양을 건너 아메리카에 가려고 애쓸 필요가 있는가? 문명화된 인간이 인디언이 사는 원시림이나 흑인이 사는 곳에서 뭐 잃어버린 것이라도 있다는 것인가? 심지어 북극의 만년빙 속에서 날생선을 먹고 사는 야생 동물이 있는 라플란드까지 가지 않는가? 또 남극해에 있다는 대륙을 발견하기 위해 법석을 떨어 대는 꼴이라니. 무엇 때문에 그런 미친 짓거리를 하는 것일까? 너나없이 그런 짓들을 하기 때문이다. 스페인 사람들, 빌어먹을 영국놈들, 염치없는 네덜란드 녀석들, 그들과 맞서 싸워야 하지만 도대체 감당할 수가 없는 일이었다. 전함 한 척에 30만 리브르나 하지만 그것은 5분이면 대포에 맞아 가라앉아 버려 다시는 볼 수도 없다. 그게 전부 우리 세금으로 산 것이 아니던가? 재무장관은 새로 또 수입의 10퍼센트를 세금으로 요구하고 있다. 그러나 그에게 십일조를 바치지 않는다고 해도 이미 모든 게 끝장났다. 왜냐하면 정신적 태도가 이미 파멸을 향해 달려가고 있기 때문이다.

인간의 불행은 자신이 관심을 기울여야 할 곳, 즉 자신의 영역에 더 이상 머무르지 않으려고 하는 데서 비롯된 것이다. 파스칼이 그렇게 말했었지. 파스칼은 정신 세계의 프랑지파니라고 할 수 있었다. 위대한 장인이었다. 오늘날은 더 이상 그런 사람을 필요로 하지 않는다. 요새 사람들은 위그노 파나 영국인들의 선동적인 책을 읽는다. 아니면 종교적 논문이나 소위 위대한 저술이라고 하는 것들을 쓰는데, 그 책에서 그들은 모든 것에 의문을 제기하고 있다. 더 이상 맞는 것이 하나도 없기 때문에 이제 모든 것이 달라져야 한다는 것이다. 컵에 담긴 물 속에는 전에 사람들이 보지 못했던 미생물들이 떠 있고, 매독은 이제 더 이상 신의 저주가 아니라 지극히 정상적인 병이라고들 한다. 게다가 신이 세계를 7일 동안에 창조한 것이 아니며, 만약 신이라고 해도 수백만 년에 걸쳐 만들었다는 주장도 제기되는 판이다. 우리 인간도 동물에 불과하다. 아이들 교육을 잘못시키고 있다. 지구는 지금까지 생각한 대로 둥근 것이 아니라 위와 아래가 멜론처럼 평평하다고들 떠들어대고 있다. 그게 무슨 큰 문제라도 되는 듯이 말이다! 모든 분야에서 의혹이 제기되고 파헤쳐지고 냄새를 캐고 닥치는 대로 실험을 하고 있다. 무엇이 어떻다고 말하는 것으로는 더 이상 만족하지 못하고 이제 모든 것이 증명되어야 하며, 증인과 수치와 몇 가지 우스꽝스러운 시도까지 곁들여진다면 금상첨화였다. 디드로, 달랑베르, 볼테르, 루소를 비롯한 엉터리 문필가들이 —— 그중에는 심지어 성직자나 귀족들도 있었다! —— 그렇게 만들어 놓았다.

그들은 믿지 못하고 안절부절못했으며 어떤 것에도 만족을 느끼지 못했고 세상의 모든 것늘을 회의하면서 진짜로 즐거워했다. 간단하게 말해 끝없는 카오스의 연속이었다. 카오스가 그들의 머리를 지배하고 있고, 그것이 점차 전체 사회로 확대되어 가고 있는 것이다!

어디를 봐도 바삐 돌아간다. 사람들은 책을 읽는다. 심지어 여자들까지도 그렇게 한다. 성직자들은 찻집에 틀어박혀 있다. 경찰이 그런 건달 하나를 잡아 감옥에 처넣으면 출판업자들이 울부짖으며 청원서를 제출하고, 높은 자리에 있는 신사 숙녀들은 영향력을 행사한다. 결국 그놈은 몇 주 후면 다시 풀려 나가거나 외국으로 추방되어 아무 제약 없이 계속 팸플릿을 발간한다. 살롱에서는 오로지 혜성의 궤도, 탐험대, 지렛대의 작용, 뉴튼, 운하 건설, 혈액 순환이나 지구의 직경 따위에 관해서만 떠들어댈 뿐이다.

심지어 왕까지도 새로 유행하는 이 미친 짓거리에 이끌려 다니고 있었다. 일종의 인공적 천둥인 전기 말이다. 궁전 사람들이 전부 보는 앞에서 누군가가 병을 문질러 거기에 불꽃이 생기면 왕이 깊은 감명을 받은 표정으로 지켜보는 일노 있었다. 그 축복스러운 통치 기간 동안 발디니가 오래도록 행복을 누리며 살았던 진짜 위대한 대왕 루이였다면 자신의 궁전에서 그와 같이 우스꽝스러운 일이 벌어지도록 내버려 두지는 않았을 텐데! 그러나 그것이 새 시대의 정신이었다. 모든 것이 다 비참한 결말을 맞게 되리라.

왜냐하면 인간들이 벌써 거리낄 것이 없다는 듯이 뻔뻔한 태도로 신과 교회의 권위를 의심하고 있었기 때문이다. 어느 정도 신의 뜻이라 할 수 있는 군주 제도와 왕의 성스러운 인격에 대해서도, 그것은 단지 여러 가지 정부 형태 가운데 하나로서 사람들의 기호에 따라 선택할 수도, 바꿀 수도 있다고 말들 하지 않는가. 그리고는 마침내 자신들을 신과 같은 위치로 끌어올려 놓고 전지전능한 신이 없어도 된다는 식의 안하무인의 태도를 보이고 있었다. 그리고는 아주 진지하게 지상의 질서와 예절, 그리고 행복은 신이 없어도 가능한 것으로 단지 인간이 타고난 도덕성과 이성 그 자체에서 나온다고……. 오, 신이여, 신이시여! 위와 아래가 완전히 뒤바뀌고 도덕이 타락하고 인간들이 자신들이 부인했던 그분의 심판을 받게 된다고 해도 하등 놀랄 것이 없었다. 세상은 파멸할 것이다. 단지 별 무더기라고 생각하며 그토록 재미있어 했던 1681년의 대혜성은 바로 신이 내린 경고였다. 그것은 백여 년에 걸친 혼란, 정신적·정치적·종교적 타락의 구렁텅이가 파멸하리라는 예시였다는 사실을 사람들은 이제 비로소 깨닫고 있었다. 그 타락은 인간 스스로가 자초한 일이니 언젠가는 그 속에서 스스로 몰락할 것이다. 그리고 그때는 펠리시에 같은 인물만이 능숙하게 변신하며 악취를 풍기는 늪의 꽃처럼 번성할 것이다.

발디니는 증오에 가득 찬 눈빛으로 창가에 서서 강 위에 비스듬히 걸려 있는 해를 바라보고 있었다. 눈 아래로 짐을 나르는 거룻배들이 나타났다가는 천천히 서쪽 퐁뇌프 다리나 루브르 궁전 쪽으로 미끄러져 가고 있었다. 물살을 거슬러 올라오는 배들은 하나도 보이지 않았다. 배는 모두 섬의 반대쪽 지류로 방향을 잡고 있었다. 짐을 싣거나 부리는 배, 노를 젓는 작은 배나 어부의 거룻배 할 것 없이 모두 금빛 햇살이 퍼져 가는 더러운 갈색 강물 위를 천천히, 넓게 그리고 끊임 없이 물살을 따라 멀어지고 있었다. 발디니는 바로 아래쪽 건물 외벽을 따라 흘러가는 강물을 굽어보았다. 마치 흘러가는 강물이 다리의 기초 부분을 빨아들이는 것처럼 보여 머리가 어지러웠다.

다리 위에 있는 집을 산 것이 실수였다. 그것도 서쪽을 향한 건물을 산 것이 더 큰 실수였다. 지금 그는 계속해서 시야에서 멀어지는 물살의 흐름을 보고 있었다. 마치 그 자신과 집, 그리고 수십 년 동안 모아 온 재산이 강물처럼 점점 멀어지고 있다는 생각이 들었다. 이 힘찬 흐름을 막기에는 이제 그는 너무 늙고 허약했다. 그는 왼쪽 강변, 즉 소르본느 지역이나 생 쉴피스 부근에서 볼일이 있을 때에는 종종 섬을 지나 생 미셸 다리로 건너가기보다는 퐁뇌프 다리를 돌아서 가는 좀더 먼 길을 택했다. 왜냐하면 퐁뇌프 다리에는 건물들이 없었기 때문이다. 그는 한 번만이라도 자신을 향해 다가오는 것을 전부 다 볼 수 있도록 동쪽 창문턱에 기대어 서서 강물의 위쪽을 바라보았다. 잠시 그는 자신의 인생이 방향을 돌린 것 같은 상상에 빠졌다. 사업이 성공하고 자손이 번창하고 여자들이 그를 따르며 자신의 인생이 파멸 대신에 점점 더 위대해지는 그런 상상에.

그러나 곧 시선을 약간 들어올리자 몇백 미터 떨어진 곳, 상주 다리 위에 부서질 듯이 위태롭게 높이 서 있는 자신의 집이 보였다. 그리고 2층에 있는 자신의 작업실 창문이 보이고 그 안에서 지금처럼 강물을 내려다보면서 멀어져 가는 물살을 관찰하고 있는 자신의 모습이 보였다. 그것으로 아름다운 상상은 끝이 났다. 퐁뇌프 다리 위에 서 있는 발디니는 아까보다 더 기운이 빠진 채 몸을 돌렸다. 그는 창가를 떠나 책상에 가서 앉았다.

12

그의 앞에 펠리시에의 향수병이 놓여 있었다. 그 액체는 햇살을 받아 티 한 점 없이 투명하게 금갈색으로 빛나고 있었다. 옅은 홍차빛의 그 향수는 온전한 순수함 그 자체였다. 하지만 5분의 4는 알코올이고 5분의 1은 알 수 없는 재료들을 섞어 놓은 그것이 바로 온 도시를 흥분의 도가니로 몰아넣고 있었다. 그 오묘한 합성물은 아마도 3개에서 30개 정도의 서로 다른 물질들로 구성되어 있을 것이다. 그 비율이 얼마든지 달라질 수 있다는 점이 향수의 정신 —— 얼음처럼 냉정한 상인 펠리시에의 향수에도 정신이라는 말을 쓸 수 있다면 말이다 —— 이었으며, 그 구성 성분을 알아내는 것이 바로 그의 과제였다.

발디니는 조심스럽게 코를 풀고 창문의 블라인드를 조금 내렸다. 향기를 지닌 모든 재료, 특히 좀더 미세한 냄새를 지닌 농축액에는 직사 광선이 해로웠기 때문이다. 그는 책상

서랍에서 레이스가 달린 깨끗한 흰 손수건을 꺼내 펼쳤다.
그리고는 코르크 마개를 조금 비틀어 향수병을 열었다. 그는
머리를 뒤로 젖힌 채 코를 오므렸다. 향수병에서 맨 먼저 퍼
져 나오는 향기를 직접 맡지 않기 위해서였다. 향수는 결코
농축된 상태 그대로 냄새를 맡아서는 안 되며 공기 속에 퍼
져 있는 상태에서 맡아야 했다. 그는 향수를 몇 방울 손수건
에 떨어뜨리고 알코올이 날아가도록 몇 번 흔든 후 코밑에
갖다 대었다. 아주 짧게, 그리고 아주 빨리 손수건을 코에 세
번 갖다 대고는 가루를 마시듯이 숨을 들이마셨다가 금방 다
시 내쉬었다. 그러고는 부채질하듯이 손수건을 삼박자의 리
듬으로 흔들면서 다시 향기를 맡아 보았다. 마지막으로 그는
아주 깊은 호흡을 했다. 즉, 여러 번 숨을 멈추면서 향기를 깊
이 들이마셨다가 마치 길고 평평한 계단을 미끄러져 내려가
듯이 숨을 내뱉은 것이다. 이제 그는 손수건을 책상 위에 던
져 놓고 안락 의자 깊숙이 몸을 묻었다.

이 향수는 진저리가 날 정도로 냄새가 좋았다. 유감스러운
일이었지만 그 천박한 펠리시에는 능력이 있었다. 아무것도
배우지 못한 그는 정말로 신이 원망스러울 정도로 향수의 대
가였다! 발디니는 〈사랑과 영혼〉을 자신이 만들었더라면 얼
마나 좋았을까 하고 생각했다. 이것은 평범한 향수가 아니었
다. 최고로 훌륭하고 완벽하게 조화를 이루고 있을 뿐만 아
니라 또 매혹적일 정도로 새로운 것이었다. 상큼하면서도 자
극적이지 않았고, 느끼하지 않으면서도 화사했다. 이 향기에
는 깊이가 있었다. 장엄하고 지속적이며 도취하게 만드는 암
갈색의 깊이가. 그러면서도 전혀 지나치거나 과장된 느낌은

없었다.

발다니는 거의 외경심을 느끼며 일어서서 다시 한번 코밑에 손수건을 갖다 대었다.

「놀랍군, 정말 놀라워!」

그가 코를 풀면서 중얼거렸다.

「아주 경쾌한 느낌이야. 사랑스러운 멜로디 같아. 금방 기분이 좋아지는데……. 말도 안 돼, 좋은 기분이라니!」

그는 화가 나서 손수건을 다시 책상에 던져 버리고 그토록 감격한 자신이 부끄럽다는 듯이 방에서 제일 어두컴컴한 구석으로 걸어갔다.

우스운 일이었다! 이토록 찬사를 늘어놓다니. 〈멜로디 같고, 경쾌하고 기분이 좋다고.〉이 무슨 멍청한 짓거리인가! 어린아이만도 못하다. 그것은 순간적인 느낌이 아니던가. 노망이 든 걸까? 아마 이탈리아 인의 혈통 탓인지도 모를 일이다. 냄새를 맡는 동안에는 판단하지 말라. 그것이 첫번째 규칙이었다. 발다니도 늙었나 보다. 냄새를 맡는 동안에는 정신을 집중해 냄새를 맡고, 냄새를 다 맡은 후에 판단을 내려야 한다! 〈사랑과 영혼은〉 나쁘지 않은 편이다. 아주 잘 만들어 낸 향수다. 게다가 아주 절묘하게 혼합되어 있기 때문에 속임수라고 말할 수는 없는 일이다. 그렇지만 펠리시에 같은 사람한테서 속임수가 아닌 다른 것을 기대한다는 것은 무리였다. 물론 펠리시에 녀석이 흔해빠진 향수를 만들지는 않았을 것이다. 그 악당은 자기 실력을 최고로 발휘해 나를 현혹시키고 있다. 완벽한 조화로 나의 후각을 혼란에 빠뜨린 것이다. 이 전형적 후각 예술에 있어 그 녀석은 양가죽을 뒤집어쓴 늑대다. 한마디로 그는 재주 많은 괴물이다. 그건 독실한 믿음을 갖고 있는 돌팔이보다 더 나쁘다.

그렇지만 나 발디니는 속지 않을 것이다. 단지 한순간 이 엉터리 제품의 첫인상에 놀랐던 것뿐이다. 한 시간쯤 후에 휘발성이 강한 성분들이 날아가 버리고 그 핵심 성분만 남게 되면 이 향기가 어떻게 변할지 그 누가 알겠는가? 지금은 마치 꽃으로 만든 베일을 쓰고 황혼에 누워 있을 때의 향기 같지만 무겁고 탁한 성분들만 남게 될 저녁에는 어떤 냄새가 날지 그 누가 알겠는가? 그때를 기다려라, 발디니!

향수는 생명이 있다는 것이 두 번째의 규칙이었다. 향수에게는 청년기와 장년기와 노년기가 있었다. 그 세 단계마다 언제나 똑같이 쾌적한 향기를 풍길 때에만 비로소 그것은 성공했다고 말할 수 있는 것이다. 우리가 만든 혼합물이 처음 만들었을 때는 정말로 상큼한 향기가 났으나 금방 썩은 과일 냄새가 나다가 결국에는 지나치게 들어간 사향으로 인해 메스꺼운 냄새로 변한 적이 얼마나 많았던가. 사향은 언제나 신중히 사용해야 한다! 한 방울만 더 들어가도 끝장이다. 옛날부터 그것 때문에 망치는 경우가 한두 번이 아니었다. 펠리시에가 사향을 지나치게 많이 넣었을지 그 누가 알겠는가? 오늘 밤이 되면 그의 야심작 〈사랑과 영혼〉에서 고양이 오줌 냄새만 남을지도 모를 일이다. 기다리면 알게 되리라.

이제 그 냄새를 맡게 될 것이다. 날이 선 도끼를 이용해 통나무를 장작으로 쪼개듯이 코로 그 향수의 성분을 하나하나 나눌 것이다. 그리하면 이 마법의 향기라는 것도 사실은 널리 알려진 극히 평범한 방법으로 만들어졌다는 사실이 드러날 것이다. 향수의 대가 이 발디니가 식초나 만드는 펠리시에의 술책을 밝혀 내리라. 그의 얼굴에서 어릿광대의 가면을 벗겨내고 개혁자라고 자처하는 그에게 나이 든 장인의 솜씨를 보여 주겠다. 완벽하게 그가 유행시킨 향수와 똑같은 것을 만들어 내는 것이다. 사냥개의 코로도 원래의 것과 구분할 수 없을 정도로 완벽한 복제품을 만들어 내는 것이다. 아니! 그 정도로 만족할 수는 없다. 좀더 좋게 만들리라! 그의 실수를 개선함으로써 그의 코를 납작하게 만들어 주리라. 펠리시에, 네놈은 엉터리, 별볼일 없는 사기꾼이다! 향수업으로 벼락 출세는 했지만 그 이상은 아니라는 것을 보여 주고야 말겠다!

발디니, 이제 작업을 시작하라! 감정에 사로잡히지 말고 예민하게 냄새를 맡아라! 예술의 법칙에 따라 향기를 분석해야 한다! 오늘 밤까지 너는 그 공식을 알아내야 한다!

그는 다시 책상으로 달려가서 종이와 잉크와 새 손수건을 꺼내 모든 것을 제자리에 놓고 분석 작업을 시작했다. 분석 작업은 손수건을 향수에 담갔다가 재빨리 코밑을 스친 후 향기가 퍼져 나갈 때 한꺼번에 모든 구성 성분을 알아내려 하기보다는 한두 가지 성분을 포착하는 방식으로 이루어졌다. 그리고 나서는 팔을 뻗어 손수건을 멀리한 후 알아낸 성분을 재빨리 기록하고 다시 한번 손수건으로 코밑을 스치고 그때 다가오는 냄새의 가닥을 포착하고 또다시……

13

그는 두 시간 동안 중단 없이 작업을 계속했다. 그의 손놀림은 갈수록 더 빨라졌고 그로 인해 종이 위의 글씨는 점점 더 삐뚤삐뚤해졌다. 손수건에 적셔 코밑에 대어 보는 향수의 양도 점점 더 늘어났다.

이제 그는 더 이상 냄새를 맡을 수가 없었다. 오래 전부터 그는 들이마신 방향 성분에 마취되어 있었기 때문에, 실험을 시작했을 때 확실하게 분석해 냈다고 생각한 것을 확인할 수조차 없었다. 더 이상 냄새를 맡는 것은 무의미했다. 새로 유행하는 이 향수가 어떤 성분으로 구성되어 있는지 그는 결코 알아내지 못할 것이다. 오늘만 그런 것이 아니었다. 다행히 내일 코가 회복된다고 해도 사정은 달라지지 않을 것이다. 그는 냄새를 분석하는 법을 배운 적이 없었다. 냄새를 분석하는 일은 정말이지 저주스러울 정도로 역겨웠다. 좋은 것이든 나쁜 것이든 전체를 조각조각 나누는 일에 그는 관심이 없었다. 그는 더 이상 그 일을 하고 싶지 않았다.

그렇지만 그의 손은 기계적으로 움직이고 있었다. 그는 수천 번도 넘게 해본 그 우아한 동작으로 손수건을 적시고 흔들고 재빨리 코밑을 스쳤다. 그렇게 손수건을 스칠 때마다 또 그는 기계적으로 향기가 스며든 공기를 한 모금 들이마셨다가 다시 기술적으로 억제하면서 천천히 내뱉었다. 그의 내부에서 알레르기 반응처럼 고통이 부풀어 올라 밀랍으로 봉인하듯이 그를 꽉 채워 버렸고, 마침내 그의 코가 그를 고통에서 해방시켜 주었다. 그의 코는 더 이상 아무런 냄새도 맡을 수 없었고 거의 숨도 못 쉴 지경이었다. 독감에 걸려 코가 막힌 것 같았고, 눈에는 눈물이 글썽거렸다. 정말 다행이다! 이제 그는 마음 편히 끝낼 수가 있다. 그의 의무는 다한 셈이다. 예술의 제법칙에 따라 최선을 다해 노력해 보았지만 결국 전에도 그랬던 것처럼 이번에도 실패하고 말았다. 이제 모든 게 끝났다. 내일 아침 일찍 그는 펠리시에의 상점에 사람을 보내 베르아몽 백작이 주문한 대로 스페인 식 모피에 쓰기 위해 〈사랑과 영혼〉을 큰 병으로 하나 사올 것이다. 그리고는 유행에 뒤떨어진 비누, 동물의 방향 수머니, 포마드 기름, 꽃잎을 넣은 향주머니 등을 트렁크에 넣고 백발의 공작부인들을 찾아 살롱을 전전할 것이다. 그러다 어느 날 마지막 공작부인마저 죽으면 그의 마지막 고객도 끊어지는 것이다. 그때쯤이면 그도 백발이 되어 있을 것이고, 아마도 펠리시에나 또 다른 야심가에게 몇천 리브르 정도의 가격으로 집도 팔아야 할 것이다. 그 후에는 한두 개 정도의 가방에 짐을 다 꾸려서는 이탈리아로 여행을 떠날 것이다. 아내가 그때까지도 살아 있다면 늙은 아내와 함께. 이탈리아 여행 후에도 아직 살아 있다면 메신나 근처의 시골에 값이 싼 작은 집을 사서 살다가 그곳에서 죽을 것이다. 한때 파리의 가장 위대한 향수 제조인이었던 주세페 발디니가 혹독한 가난에 시달리다 신이 부르시는 날 그렇게 죽을 것이다. 그것도 별로 나쁘지 않을 것 같았다.

그는 향수병의 마개를 닫고 펜을 내려 놓고는, 마지막으로 젖은 수건으로 이마를 닦았다. 알코올이 증발하면서 시원한 느낌이 들었으나 그 외에는 아무런 감각이 없었다. 해가 막 넘어가는 중이었다.

발디니는 몸을 일으켰다. 블라인드를 걷자 그의 몸이 무릎까지 저녁 노을에 잠겨 마치 꺼져 가는 횃불처럼 타올랐다. 루브르 궁전 뒤쪽으로 이글거리는 붉은 해가 넘어가면서 도시의 슬레이트 지붕을 부드럽게 비추고 있었다. 밑에서는 강물이 황금빛으로 반짝이고 있었고, 배들은 사라지고 없었다. 아마도 바람이 부는 모양이었다. 돌풍이 비늘처럼 강 표면에 몰아쳐 마치 거대한 어떤 손이 수면 위로 수백만 개의 금화를 흩뿌린 듯이 반짝이고 있었다. 한순간 강물이 역류해 발디니 자신을 향해 밀려오는 것처럼 보였다. 순금으로 된 반짝이는 금물결이.

발디니의 눈에 눈물이 고이면서 슬픔이 찾아왔다. 그는 그렇게 한참 동안 말없이 선 채 그 장엄한 광경을 바라보았다. 그러다가 갑자기 그는 창문을 열고 양쪽 창날개를 활짝 열어 젖힌 후 펠리시에의 향수병을 멀리 휙 던져 버렸다. 향수병이 텀벙 소리를 내면서 한순간 반짝이는 금빛 강물을 가르며 가라앉았다.

상쾌한 공기가 방안으로 밀려왔다. 숨을 들이쉬자 막혔던 코가 뚫리는 것 같았다. 그는 창문을 닫았다. 그와 거의 동시에 아주 갑작스럽게 밤이 찾아왔다. 금빛으로 반짝이던 도시와 강물이 잿빛 실루엣으로 남았다. 방안이 갑자기 더 어두워졌다. 발디니는 조금 전과 마찬가지로 그대로 서서 창밖을 내다보았다.

「내일 펠리시에의 상점으로 사람을 보내지 않으리라.」

의자 등받이를 두 손으로 꽉 잡으면서 그가 말했다.

「그렇게 하지 않으리라. 살롱을 돌아다니는 짓거리도 안 하겠다. 그 대신 내일 노타르에 가서 집과 가게를 처분해야겠다. 그래, 됐다!」

그의 얼굴이 고집쟁이 장난꾸러기처럼 변했다. 갑자기 그는 행복한 기분이 들었다. 어린 발디니는 다시 노인 발디니의 모습이 되었다. 예전처럼 용기 있고 단호하게 운명에 맞서기로 결심한 노인 말이다. 운명에 맞서는 것이 비록 이번에는 굴복을 뜻한다 할지라도. 다른 방법은 없었다. 지금은 형편이 어려웠고, 선택의 여지는 남아 있지 않았다.

신은 우리에게 좋은 시절도, 또 어려운 시절도 주신다. 그렇지만 신은 우리가 어려운 시절이라 하여 비탄에 젖어 탄식만 할 것이 아니라 남자답게 스스로 그것을 극복하기를 기대하시는 게 아닐까. 신은 다시 한번 그런 징표를 보내 왔다. 이 도시의 붉게 물든 황금빛 허상은 하나의 경고였다. 자, 발디니여, 늦기 전에 행동하라! 아직 너의 집은 튼튼하고 상점에는 물건이 가득하다. 비록 망해 가는 상점이지만 아직은 좋

103

은 가격에 팔 수가 있다. 결정권은 아직 네게 달려 있다. 메신나에서 만족해 하며 노년을 보내는 것, 물론 그것이 네 인생의 목표는 아니었지만 파리에서 비장하게 쓰러지는 것보다는 차라리 더 명예롭고 신의 뜻에 합치되는 일일 것이다. 브루에나 칼토, 펠리시에 같은 녀석들은 평온하게 승리를 구가하라지. 나 주세페 발디니는 물러난다. 굴복하는 것이 아니라 자유롭게 물러나리라.

이제 그는 자부심을 느꼈다. 마침내 마음이 한없이 가벼워졌다. 언제나 목을 받쳐 주고 어깨를 공손하게 구부리느라 등에 생긴 고질적인 통증이 몇 년 만에 처음으로 씻은 듯이 사라졌다. 아무런 어려움 없이 부드럽고 자유롭게 똑바로 설수가 있었다. 기분이 아주 좋았다. 코로 숨쉬는 것도 쉬워졌다. 방안에 〈사랑과 영혼〉의 향기가 가득 차 있는 것이 분명하게 느껴졌지만 전혀 그를 자극하지 않았다. 발디니는 인생의 행로를 바꾸었고, 자신의 그런 결정에 스스로 놀라고 있었다. 이제 아내에게 올라가 자신의 결심을 털어놓은 후 노트르담 사원에 가서 촛불을 켜놓고 신께 감사의 기도를 드릴 참이었다. 주세페 발디니에게 은총의 계시와 믿을 수 없을 정도의 강인한 성격을 내려 주신 것에 대하여.

그는 거의 젊은이처럼 힘차게 자신의 대머리에 가발을 올려 놓은 후 청색 웃옷을 걸치고 책상에 있던 촛대를 들고 작업실을 나섰다. 위층으로 올라가는 길을 밝히기 위해 층계에 있는 수지초에 막 불을 붙이려는 순간 아래층에서 종소리가 들렸다. 가게 입구에 걸린 아름다운 페르시아 종소리가 아니라 하인들이 쓰는 출입구에 매달린 종이 떨거덕거리며 울렸다. 귀에 거슬리는 그 소리는 전에도 여러 번 그를 방해한 적이 있었다. 그걸 떼어내고 좀더 소리가 좋은 종으로 바꾸고 싶은 생각이 굴뚝 같았지만 언제나 비용 때문에 망설이고 있었다. 그런데 이제 그럴 필요가 없다는 생각이 들자 낄낄 웃음이 터져 나왔다. 그 시끄러운 종도 집에 끼워서 팔아 치울 테니까. 이 집을 사서 들어오는 사람은 그걸 보고 아마 화를 내겠지!

다시 종이 시끄럽게 울렸다. 아래쪽으로 귀를 기울여 보았다. 세니에는 틀림없이 가게를 떠났을 것이고, 하녀 역시 나타날 기미도 보이지 않았다. 그래서 발디니는 직접 문을 열기 위해 아래층으로 내려갔다.

그가 빗장을 벗기고 무거운 문을 열었다. 그런데 아무것도 보이지 않았다. 어둠이 촛불의 불빛을 완전히 삼켜 버린 것이다. 그러다가 아주 서서히 키가 작은 어떤 사람의 모습이 보이기 시작했다. 아직 어린아이나 청년처럼 보이는 사람이 팔에 뭔가를 들고 있었다.

「무슨 일이지?」

「그리말 씨 댁에서 왔는데요. 염소 가죽을 가져 왔습니다.」

그 말과 함께 그가 발디니에게 가까이 다가서면서 차곡차곡 쌓인 가죽을 받쳐 들고 있는 팔을 내밀었다. 발디니는 불빛을 통해 그것이 뭔가를 두려워하며 탐색하는 듯한 눈빛을 한 남자 아이의 얼굴임을 확인할 수 있었다. 그의 태도는 공손했다. 팔만 앞으로 내민 채 마치 매를 기다리는 것처럼 그 자신은 뒤에 숨어 있었다. 그 아이는 그르누이였다.

14

그것은 스페인 식 모피를 만들 재료였다! 며칠 전에 그리 말에게 그 가죽을 주문했던 기억이 떠올랐다. 베르아몽 백작의 책상 위에 놓을 압지틀을 만들 것으로 가장 섬세하고 부드러우며 물에 빨 수도 있는 가죽이었다. 한 장에 15프랑이나 하는 것이었다. 그러나 이제 그것은 더 이상 필요가 없는 물건이 되었으니 그 돈을 절약할 수도 있었다. 그러나 만약이 아이를 그냥 돌려보낸다면……? 그러면 아마 나쁜 인상을 주게 되고 사람들의 입방아에 오르내려 나쁜 소문이 퍼질지도 몰랐다. 발디니는 더 이상 믿을 수가 없다, 발디니는 일감이 떨어졌다, 발디니는 더 이상 돈을 지불할 능력이 없다는 등……. 그렇게 되면 좋을 것이 없었다. 그건 안 된다. 그럴수는 없다. 그렇게 되면 상점을 처분하는 데 불리할 수도 있었기 때문이다. 비록 지금은 아무 쓸모가 없어도 염소 가죽을 받아 두는 것이 더 나았다. 주세페 발디니가 인생 행로를 바꾸었다는 사실을 사람들에게 알리기에는 때가 좋지 않았다.

「들어오너라!」

발디니는 그 아이를 들어오게 했다. 그리고는 같이 상점을 가로질러 걸어갔다. 촛대를 든 발디니가 앞장을 서고 가죽을 든 그르누이가 뒤를 따랐다. 냄새들이 부차적인 것이 아니라 노골적인 핵심적 관심사가 되는 향수 가게에 그르누이가 들어와 본 것은 이번이 처음이었다. 물론 그는 이 도시의 모든 향수 가게와 약제상들을 알고 있었다. 며칠 밤을 진열대 앞에 서 있기도 했고 문틈으로 코를 들이밀고 냄새를 맡기도 했었다. 그는 여기서 취급하는 모든 향기들을 다 알고 있었고, 상상 속에서 그것들을 이용해 최고의 향수를 만든 적도 여러 번이었다. 그랬기 때문에 그는 새로운 냄새를 맡게 되리라는 기대는 애당초 없었다. 그러나 음악의 신동이 직접 오케스트라에 다가가거나 교회의 합창단석에 올라가 숨겨져 있던 파이프 오르간의 건반을 미치도록 보고 싶어하는 것처럼 그르누이 역시 향수 가게를 안에서 한번 보게 되기를 열망하고 있었다. 때문에 그는 발디니의 상점으로 가죽을 배달해 줘야 한다는 소리를 들었을 때 그 일을 맡기 위해 갖은 노력을 다 했다.

지금 그는 파리에서 가장 좁은 공간에 가장 많은 종류의 전문적 향기들이 모여 있는 발디니의 상점에 들어와 있었다. 흔들리며 지나치는 촛불만으로는 별로 많은 것이 보이지 않았다. 아주 잠깐씩 저울과 접시 위에 있는 왜가리 두 마리, 고객을 위한 안락 의자, 벽에 놓여진 어두운 선반들, 반짝거리는 놋그릇, 유리잔과 프라이팬에 붙은 흰색 상표의 그림자가

언뜻언뜻 보였다. 그가 벌써 길에서 맡았던 것 이상의 냄새
는 없었다. 그렇지만 이 안에는 진지한 분위기가 배어 있음
을 금방 느낄 수 있었다. 그것은 성스러운 진지함이라고 부
를 수도 있을 것이다. 만약 〈성스러운〉이라는 말이 그르누이
에게 어떤 의미를 지니고 있다면 말이다. 그는 차가운 진지
함을 느꼈다. 장인의 냉정함, 메마른 상인 정신이 모든 가구
와 도구들, 양동이와 병들, 그리고 냄비에 배어 있음을 느꼈
다. 발디니가 그에게 촛불을 비춰 주지 않고 그냥 앞서서 걸
어갔기 때문에 그는 발디니의 그림자를 따라 걸어갔다. 그때
그는 자신이 그 어떤 곳도 아닌 바로 이곳에 어울린다는 것,
그리고 여기 머물게 되리라는 것, 그래서 이곳에서 세상을
낡게 되리라는 예감이 스쳤다.

물론 그것은 터무니없이 뻔뻔한 생각이었다. 그럴 만한 근
거는 하나도 없었다. 도대체 근본도 모르는 채 태어나 이리
저리 굴러다닌 무두장이의 조수가 연줄이나 후원자도 없이,
그에 걸맞는 최소한의 자격도 없이 파리에서 가장 유명한 향
수 가게에 발을 들여놓게 되리라는 희망을 품을 근거는 전혀
없었다. 더군다나 가게는 이제 곧 문을 닫아야 할 처지가 아
닌가 말이다. 그러나 그르누이의 그런 뻔뻔한 생각은 단순한
희망이 아니라 확신이었다. 그리말의 집에 남아 있는 옷을
가져 오기 위해서 딱 한 번 이 집을 떠날 뿐, 자신이 더 이상
은 여기서 떠나지 않으리라는 사실을 그르누이는 감지하고
있었다. 진드기가 피 냄새를 맡은 것이다. 수년 동안 몸을 웅
크린 채 조용히 그런 날이 오기를 기다려 왔다. 좋든 싫든 그
는 일단 나무에서 떨어졌다. 가능성은 전혀 없었다. 그러나

그렇기 때문에 그의 확신은 더욱 강했다.

가게를 다 가로질러 가자 발디니가 강 쪽으로 붙어 있는 뒤쪽 창고의 문을 열었다. 한 쪽은 숙소로, 또 한 쪽은 작업실이자 실험실로 쓰는 이곳이 바로 비누를 끓이고 포마드 기름을 휘젓고 커다란 플라스크를 이용해 향수를 혼합하는 장소였다.

「저쪽에다 그걸 내려놓아라!」

발디니가 창 앞에 놓여 있는 커다란 탁자를 가리키며 말했다.

그르누이는 발디니의 그림자에서 벗어나 가죽을 탁자 위에 내려놓고는 다시 재빨리 발디니와 문 사이로 뛰어가 섰다. 발디니는 조금 더 서 있었다. 그는 촛농이 떨어지지 않도록 초를 약간 옆으로 비켜 들고는 가죽의 매끄러운 표면을 손가락으로 문질러 보았다. 그러고 나서 맨 위에 있는 것을 한 장 뒤집어서 안쪽을 만져 보았다. 비로드처럼 매끄러웠고 울퉁불퉁하면서도 부드러웠다. 최고급 가죽이 틀림없었다. 스페인 식 모피를 만들기에 안성맞춤이었다. 이것은 건조시켜도 줄어들 것 같지 않았다. 발디니는 엄지와 검지에 끼워 만져 보는 것만으로도 손질만 제대로 해준다면 가죽이 다시 부들부들해지리라는 것을 금방 알아차렸다. 이런 거라면 5년이나 10년쯤은 향기를 품고 있을 것이다. 진짜 좋은 가죽이었다. 어쩌면 그는 이걸로 장갑을 만들게 될 것 같았다. 메신나로 여행을 떠날 때 세 켤레는 자기 것으로, 또 세 켤레는 아내 것으로 말이다.

그가 가죽에서 손을 빼냈다. 작업대가 그의 마음을 흔들었다. 모든 것이 준비되어 기다리는 것 같았다. 향기를 입히는 유리 욕조, 건조용 유리판, 염료를 섞는 데 쓰이는 마찰용 쟁반, 공이와 주걱, 붓과 가위 등 모든 것이 마련되어 있었다. 그것들은 지금은 날이 어두워서 잠들어 있지만 내일이면 다시 살아날 것처럼 보였다. 이 작업대를 메신나로 가져 갈까? 그리고 작업 공구 중 일부 귀중한 것들만이라도……. 이 작업대에 앉으면 일이 잘 됐었다. 윗부분이 떡갈나무로 된 이 탁자는 다리 역시 떡갈나무일 뿐 아니라 대각선으로 버팀목을 받쳐 놓았기 때문에 이 위에서 실험을 할 때는 떨리거나 흔들리는 경우가 없었다. 산(酸)이나 기름이 쏟아진 적도 없었고 칼자국이 난 적도 없었다. 그렇지만 이걸 메신나로 가져 가려면 비용이 꽤 들 것이다. 배로 운반한다고 하더라도 말이다! 그러니 이 작업대도 내일 팔아 버리자. 그리고 작업대의 위, 아래, 옆에 있는 것들도 전부 팔아 치우리라! 나, 발디니가 비록 감상적인 일면이 없지는 않지만, 강인한 성격의 소유자이기 때문에 어려운 일이기는 하나 결심을 실천에 옮길 것이다. 모든 것을 넘길 때 눈물이야 나겠지만 해낼 것이다. 왜냐하면 그렇게 하는 것이 옳다는 계시를 받지 않았던가.

그는 몸을 돌려 밖으로 나가려 했다. 그런데 그가 거의 잊고 있었던 그 작은 불구자가 아직도 문가에 그대로 서 있었다.

「다 됐다. 가죽이 아주 좋다더라고 전해라. 돈은 며칠 후 들러서 지불하겠다고.」

「알겠습니다.」

그렇게 대답한 그르누이는 그대로 서서 이제 작업실을 나서려고 하는 발디니를 가로막았다. 발디니는 잠시 멈칫했지

110

만 아무 눈치도 채지 못했다. 발디니는 이러한 태도를 불손해서가 아니라 부끄러움 때문이라고 생각했다.

「왜 그러지? 아직 내게 할말이 남아 있는 거냐? 자 뭔지 말해 봐라!」

그르누이는 몸을 숙이고 발디니를 쳐다보았다. 겉으로는 두려움에 찬 듯한 눈빛이었지만, 사실은 뭔가를 탐색하기 위한 긴장감이 엿보였다.

「여기서 일하고 싶습니다, 발디니 선생님. 선생님 댁, 선생님의 가게에서요.」

애원하는 것이 아니라 강요하는 듯한 말투였다. 그것도 그냥 말하는 것이 아니라 억지로 짜내서 하는 뱀같이 교활한 말투였다. 그럼에도 불구하고 발디니는 이번에도 또 그르누이의 이 섬뜩할 정도의 불손함을 어린아이의 당혹감에서 나온 행동이라고 잘못 해석했다. 그가 친절하게 미소 지으며 말했다.

「얘야, 너는 무두장이의 도제잖니. 나는 무두장이의 도제는 필요 없단다. 또 나는 벌써 도제 수업을 마친 제자가 하나 있어서 더 이상은 필요가 없구나.」

「이 염소 가죽에 향기를 입힐 생각이시지요, 발디니 선생님? 제가 가져다 드린 이 염소 가죽 말입니다. 거기다 향기를 입힐 생각이 아닌가요?」

그르누이는 발디니의 대답을 전혀 이해하지 못한 것처럼 쉰 소리로 말했다.

「그래.」

「펠리시에의 〈사랑과 영혼〉으로요?」

111

그르누이가 몸을 더 깊숙이 숙이면서 물었다.

발디니는 약간 놀라 움찔했다. 이 아이가 어떻게 그런 자세한 내막을 알게 되었는지 궁금해서가 아니었다. 단지 오늘 수수께끼를 풀지 못한 그 증오스러운 향수의 이름이 나왔기 때문이다.

「왜 그런 엉뚱한 생각을 하게 됐지? 내가 다른 사람의 향수를 이용해서……」

「선생님한테서 그 향수 냄새가 나거든요!」

그르누이가 쉰 소리로 대답했다.

「선생님 이마에는 그 향수가 묻어 있어요. 또 웃옷의 오른쪽 주머니에는 그 향수에 젖은 손수건이 들어 있고요. 그건 별로 좋은 향수가 아니에요. 〈사랑과 영혼〉 말입니다. 좋지 않아요. 거긴 감귤향이 지나치게 들어 있어요. 로즈마리는 너무 많고 장미유는 너무 적어요.」

발디니는 이야기가 그렇게 자세한 것에까지 미치는 것에 놀라면서 물었다.

「그래? 그 밖엔 또 뭐가 들어 있지?」

「오렌지꽃, 리메텐, 패랭이꽃, 머스크, 재스민, 그리고 포도주 주정이요. 그리고 또 이름을 모르는 것이 하나 더 들어 있어요. 보세요, 저기 저거예요. 병에 든 거요!」

그가 손가락으로 어둠 속을 가리키면서 말했다. 발디니가 그 아이의 둘째 손가락이 가리키는 방향으로 촛불을 가져가 보니 선반 위에 있는 회색과 황색이 섞인 듯한 발삼 향유로 가득 찬 병에 가 닿았다.

「안식향 말이냐?」

그르누이가 고개를 끄덕였다.

「네, 바로 그거예요. 안식향!」

그는 발작이라도 일어난 듯 웅크린 채로 적어도 열두 번은 더 〈안식향〉이라는 말을 중얼거렸다.

「안식향, 안식향, 안식향, 안식향……」

발디니는 신음하듯이 계속 안식향이라는 말을 중얼거리고 있는 그 아이에게 촛불을 비추면서 생각했다. 이 아이는 미쳤거나 사기꾼이 분명했다. 그것도 아니라면 아주 대단한 능력을 타고난 사람일 것이다. 왜냐하면 그 아이가 언급한 재료들을 제대로 혼합하면 〈사랑과 영혼〉이라는 향수를 만드는 일이 정말로 가능할 수도 있었기 때문이다. 아주 그럴 듯하기까지 했다. 장미유, 패랭이꽃, 안식향이라……. 그가 오늘 오후 그 필사적인 노력 끝에 알아낸 것이 이 세 가지 성분이었다. 그 성분들이 또 다른 성분들과 혼합되어 있었다. 먹음직스러운 둥그런 과자에 붙어 있는 장식처럼 말이다. 그 다른 성분들도 이젠 알아낸 것 같았다. 그러나 문제는 그것들이 어떤 비율로 섞여 있느냐 하는 점이다. 그것을 알아내려면 또 여러 날을 이런저런 실험을 해보아야 한다. 그것은 성분을 알아내는 것보다 훨씬 더 끔찍한 작업이다. 왜냐하면 그때는 측정하고 달아 보고 기록해야 하는 데다가 그것도 지독할 정도로 조심에 조심을 더해야 하기 때문이다. 극히 사소한 잘못 하나가 —— 피펫이 흔들리거나 몇 방울인지 세는 것을 실수하는 것 등 —— 모든 것을 망칠 수가 있었다. 그러면 또 비용은 한도 끝도 없이 들어가서 한 번 잘못 섞을 때마다 돈이 한밑천씩 없어질 것이다……. 그는 이 아이를 시험해 보고 싶었다. 〈사랑과 영혼〉을 만드는 정확한 공식이 뭐냐고 물어보고 싶었다. 만약 그가 몇 그램, 몇 방울에 이르기까지 시시콜콜하게 알고 있다면 그는 사기꾼이 틀림없다. 어떻게 했는지는 모르겠지만 발디니에게 일자리를 얻으려는 목적으로 펠리시에의 처방전을 훔쳤을 것이다. 그러나 그가 대충대충 이야기한다면 그는 타고난 냄새의 천재로서 자신의 재능에 대해 발디니의 전문가적인 관심을 끌려고 하는 것이다. 가게를 팔겠다는 결심을 깨뜨릴 생각도 아니다! 그는 이미 펠리시에의 향수 자체에는 관심이 없었다. 이 아이가 그 향수를 대량으로 몇 리터씩 공급해 준다고 해도 발디니는 베르아몽 백작의 스페인 식 모피에 그 향수를 입힐 생각이 털끝만큼도 없었다. 그렇지만…… 그렇지만 일생 동안 향수 제조인으로 살아왔고 한평생 향기들을 결합하는 일에 몸바쳐 온 그가 단 몇 시간 만에 자신의 모든 전문가적 열정을 잃어버릴 수는 없는 일이 아닌가! 지금 그의 관심은 그 빌어먹을 향수의 공식을 알아내는 일이었다. 그리고 또 그의 이마에 그 향수가 묻어 있다는 것을 알아낸 섬뜩한 이 아이의 재능을 시험해 보는 것이었다. 그는 그 비밀이 뭔지 알고 싶었다. 강렬한 호기심이 그를 사로잡았다.

「애야, 너는 아주 예민한 코를 가진 것 같구나.」

그르누이가 중얼거림을 끝내자 그는 다시 작업실로 들어가 촛대를 작업대 위에 세웠다.

「확실히 예민한 코야, 그렇지만……」

「저는 파리에서 가장 좋은 코를 가졌습니다, 발디니 선생님.」

그르누이가 큰소리로 그의 말을 가로막으면서 말했다.

「저는 세상에 있는 냄새를 전부 알아요. 파리에 있는 모든 냄새를요. 이름을 모르는 것들이 좀 있기는 하지만요. 그러나 그 이름들도 배울 수 있어요. 이름이 있는 냄새는 전부 다 말입니다. 그건 그렇게 많지 않거든요. 기껏해야 수천 개 정도지요. 저는 이제부터 그걸 전부 배우겠습니다. 여기 이 향유의 이름을 결코 잊어버리지 않을 겁니다. 안식향이라고 했죠? 안식향, 안식향……」

「닥쳐라! 내가 말을 할 때는 말을 막아선 안 돼! 주제넘고 건방진 녀석이구나. 수천 개나 되는 냄새의 이름을 아는 사람은 없어. 나 같은 사람도 수천 개는커녕 수백 개나 알까말까. 우리 직업에서도 몇백 개를 넘지 않아. 그 밖의 다른 것들은 냄새가 아니라 악취야!」

말을 가로막고 나섰을 때 그르누이는 거의 몸을 쭉 편 채 비교적 장황하게 강한 어조로, 심지어 흥분 때문에 한순간 두 팔을 흔들면서 자신이 알고 있는 그 〈모든 것〉을 설명하려 했다. 그러나 발디니의 반박을 받자 그는 눈깜짝할 사이에 다시 작고 검은 두꺼비처럼 몸을 웅크리고는 문턱에 멈춰 서서 눈치를 살피며 꼼짝도 안 하고 있었다.

발디니가 말을 계속했다.

「물론 오래 전부터 나는 〈사랑과 영혼〉이 안식향, 장미유, 패랭이꽃, 감귤향, 로즈마리 에센스 등으로 구성되어 있다는 사실을 분명하게 알고 있었다. 이미 말했다시피 네 또래의 많은 아이들처럼 코만 좀 예민하면 그 정도는 쉽게 알 수 있는 일이지. 신이 네게 예민한 코를 선사했다면 그 정도는 가능하단 말이다. 그렇지만 향수 제조인은……」

이 말을 하면서 발디니는 둘째 손가락을 들어 자기 가슴을 가리켰다.

「그렇지만 향수 제조인은 코가 예민한 것만 가지고는 안 된다. 수십 년간 교육을 받고 끊임없이 후각을 단련시키는 것이 필요해. 그렇게 해야만 가장 복잡한 냄새까지 그 구성 성분의 종류와 양을 정확하게 분석해 내고 또 지금까지 알려지지 않은 새로운 향기도 만들어 낼 수가 있는 법이다. 그런 코는……」

그가 자신의 코를 가리키면서 말을 계속했다.

「그런 코는 그냥 얻는 게 아니야, 이 애송이! 땀과 시간을 투자해야 그런 코를 가질 수가 있게 된다. 아니면 네가 지금 당장 〈사랑과 영혼〉을 만드는 정확한 공식을 말해 줄 수가 있다는 게냐? 그렇게 할 수가 있어?」

그르누이는 아무 대답도 없었다.

「대충이라도 말할 수 있겠니?」

발디니는 문가에 있는 그 두꺼비를 좀더 자세히 보기 위해 몸을 조금 앞으로 숙이면서 말했다.

「그냥 어림짐작으로 대강만이라도 말이야? 그럴 수 있어? 파리에서 가장 좋은 코를 가진 꼬마야!」

그래도 그르누이는 말이 없었다.

발디니는 만족과 실망을 동시에 느끼고, 다시 몸을 똑바로 세우면서 말했다.

「알겠니? 너는 그렇게 할 수 없어. 물론 그럴 수 없고말고. 어떻게 네가 그걸 하겠니? 기껏해야 누구나 하는 것처럼 맛으로 수프 속에 미나리가 들었는지 파슬리가 들었는지 알아내겠지. 좋다. 그 정도만 해도 대단해. 하지만 그 정도로는 아직 신짜 요리사가 되려면 멀었다. 가기 전에 이 말을 기억해 둬라! 모든 기술이나 수공업에서는 재능은 별 의미가 없다는 것을. 겸손과 땀을 통해 획득한 경험이 결정적이라는 사실을.」

그가 탁자 위에 세워 둔 촛대를 집어 들었다. 그때 그르누이의 짜내는 듯한 목소리가 문가에서 들려 왔다.

「공식이라는 말이 무슨 뜻인지 모르겠어요. 선생님. 제가 모르는 건 그것뿐입니다. 그것말고는 다 알고 있어요!」

「모든 향수의 시작과 끝이 바로 공식이야.」

발디니가 엄격한 목소리로 말했다. 그는 이제 이 대화를 끝내고 싶었다.

「공식이 뭐냐 하면, 원하는 향수를 착오 없이 얻기 위해 향수에 들어갈 하나하나의 성분들을 어떤 비율로 섞어야만 하는지에 대한 지침이다. 일종의 처방전인 셈이지. 어쩌면 이 말이 더 이해하기 쉽겠구나.」

「공식, 공식……」

그르누이는 키가 약간 더 커진 듯한 자세가 되어 쉰 목소리로 그 말을 중얼거렸다.

「저는 공식이 필요 없어요. 콧속에 처방전이 들어 있으니까요. 선생님께 그걸 보여 드리겠어요. 그걸 만들어 보이겠습니다. 그래도 되겠죠?」

「도대체 어떻게?」

발디니가 소리를 버럭 지르며 초를 아이의 얼굴에 갖다 댔다.

「도대체 어떻게? 어떻게 그걸 만들겠다는 거냐?」

그르누이는 처음으로 더 이상 움츠러들지 않고 말했다.

「필요한 것들이 전부 여기 있으니까요. 냄새, 모든 냄새가 이 방안에 있어요.」

그는 손가락으로 다시 어둠 속을 가리켰다.

「장미유는 저기! 오렌지꽃은 저기! 패랭이꽃은 저기! 로즈마리는 저기……!」

「물론 그것들은 여기 있다! 없는 게 없지! 그렇지만 이 멍청아, 이미 말했다시피 공식이 없으면 그건 아무 쓸모도 없어!」

「……재스민은 저기! 포도주 주정은 저기! 감귤향은 저기! 안식향은 저기!」

그르누이는 쉰 목소리로 이름을 하나씩 내뱉을 때마다 각기 다른 장소를 가리켰다. 어두웠기 때문에 기껏해야 병들이 들어 있는 선반의 윤곽만이 희미하게 보일 뿐인데도 말이다.

「밤에도 잘 보이나 보군 그래.」

발디니는 호통을 치듯이 말했다.

「네놈은 코만 가장 예민한 게 아니라 눈도 파리에서 제일 좋은가 보구나. 안 그래? 자, 네 귀도 어지간히 좋을 테니 귀를 크게 열고 잘 들어라. 내 말해 두겠는데 너는 꼬마 사기꾼이 틀림없어. 아마 펠리시에한테서 뭔가를 염탐해 알아낸 모양이야, 그렇지? 나를 속일 수 있다고 생각하는 거냐?」

그르누이의 몸은 이제 거의 다 펴진 상태였다. 즉 자신의 키 그대로 꼿꼿한 자세로 팔과 다리를 벌린 채 문가에 서 있었다. 그래서 마치 문지방과 문틀을 꽉 움켜쥐고 있는 한 마리 검은 거미처럼 보였다. 그가 거침없이 말했다.

「제게 10분만 시간을 주세요. 그러면 선생님께 〈사랑과 영혼〉을 만들어 보이겠어요. 지금 이 자리에서 금방요. 선생님, 제게 딱 10분만 내주세요!」

「너 따위 녀석에게 내 작업실을 마음대로 휘젓도록 허락하라는 거냐? 이 비싼 향료들을? 네 녀석에게?」

「네.」

「흥!」

발디니가 피식 웃자, 들이마셨던 숨이 한꺼번에 터져 나왔다. 그는 깊이 숨을 들이쉬고 거미 같은 그르누이를 한참 동안 쳐다보며 생각했다.

사실 그건 아무래도 상관없는 일이었다. 어쨌든 내일이면 모든 게 끝나는 마당이다. 물론 이 아이는 자기의 주장대로 할 수 없을 것이다. 도저히 그렇게 할 수는 없다. 만일 그렇게 할 수 있다면 그는 저 위대한 프랑지파니보다 더 대단한 인물이니까. 그러나 내 생각을 직접 눈앞에서 확인해 보지 못할 까닭은 없지 않은가? 그렇게 하지 않는다면 어쩌면 메신나에서 어느 날 갑자기 — 사람이란 나이가 들면 때때로 이상해져서 정말 터무니없는 생각을 고집하게 된다 — 내가 신의 은총을 엄청나게 받은 후각의 천재, 냄새의 신동을 제대로 못 알아본 것이 아닌가 하는 의혹에 빠질지도 모른다 ……. 그건 당치도 않은 일이다. 이성적으로 생각해 보면 그런 일은 있을 수 없다. 그러나 기적이란 게 있지 않은가? 어느 날 메신나에서 죽음을 눈앞에 둔 임종의 순간에 파리의 그 밤에 눈앞에 있는 기적을 몰라본 것이 아닐까 하는 생각이 떠오른다면……? 발디니, 그건 별로 기분좋은 일이 아닐 것이다. 이 멍청이에게 그까짓 장미유 몇 방울과 머스크 향을 사용하게 한들 어떠랴? 펠리시에의 향수가 여전히 내 관심을 끌고 있었다면 나 역시 그걸 사용했을 게 아닌가? 물론 비싸긴 하지만, 너무 너무 비싼 것들이긴 하지만 사실을 확인하고 또 노년에 마음 편히 지낼 수만 있다면 그까짓 향료 몇 방울이 대수겠는가?

발디니는 일부러 엄격한 목소리로 말했다.

「조심해! 조심해서 다루어야 한다! 나는…… . 도대체 네 이름이 뭐냐?」

「그르누이예요. 장 바티스트 그르누이.」

「그래, 장 바티스트 그르누이, 조심해야 한다! 지금 즉시 네 말을 증명할 수 있는 기회를 주마. 이건 네게 확실한 실패를 통해 겸손의 미덕을 배울 수 있는 기회를 주기 위해서다. 너처럼 어린아이에게 이런 미덕을 기대한다는 게 무리이긴 하지만 말이다. 그건 너 같은 신분의 아이가 앞으로 살아 나가는 데 있어서 없어서는 안 될 중요한 조건이다. 결혼을 하거나 남의 밑에서 일을 할 때뿐만 아니라 인간으로서, 또 성실한 교인으로서도 꼭 갖추어야 할 자세다. 이 교훈을 네게 가르치기 위해 내 기꺼이 그 비용을 치를 생각이다. 여러 가지 이유 때문에 오늘은 인색하게 굴고 싶지가 않거든. 어쩌면 훗날 이 일을 회상하면서 흐뭇해 할지도 모르지. 그렇지만 네가 나를 속일 수 있을 거란 생각은 마라! 주세페 발디니의 코가 비록 고물이 다 됐지만 아직은 네가 만든 것과 여기 이 진짜 향수의 극히 사소한 차이라도 알아낼 수 있으니까 말이다.」

그는 진짜라는 말을 하면서 〈사랑과 영혼〉에 젖은 손수건을 주머니에서 꺼내 그르누이의 코에 대고 흔들었다.

「그 정도는 금방 알아낼 수 있어. 자, 가까이 와라. 파리에서 가장 좋은 코를 가진 아이야! 이 작업대 가까이 다가와서 네 능력을 발휘해 보아라! 하지만 내 물건들을 부딪치거나 떨어뜨리지 않도록 조심해야 한다. 물건들을 하나도 손상시켜서도 안 돼! 우선 불을 좀더 밝혀야겠다. 이 작은 실험을 위해 좀더 환해야겠어, 그렇지 않니?」

그는 촛대를 두 개 더 가져다가 떡갈나무 작업대 가장자리에 세우고 불을 붙였다. 그리고는 초 세 개를 작업대 뒤쪽에 일렬로 세워 놓고 가죽을 옆으로 밀어 가운데를 비웠다. 그는 조용하고 재빠른 손놀림으로 이 실험에 필요한 도구들을 어느 작은 선반에서 꺼내 왔다. 커다랗고 불룩하게 생긴 혼합용 플라스크, 유리로 된 깔때기, 액체를 빨아 올리는 피펫, 크고 작은 계량컵 등을 가져다가 떡갈나무 작업대 위, 자신의 앞쪽에 가지런히 놓았다.

그르누이는 그동안 문에서 옆으로 비켜서 있었다. 발디니의 멋진 연설이 계속되는 동안에 벌써 탐색하느라고 뻣뻣하게 구부리고 있던 그르누이의 몸은 풀려 있었다. 그의 귀에는 허락한다는 소리밖에 들리지 않았다. 떼를 써서 허락을 얻어 낸 후에는 거기에 따르는 제약이나 조건, 도덕적인 경고 등은 귓등으로 흘려 버리는 어린아이처럼 그는 마음속으로 휘파람을 불고 있었다. 그르누이는 처음으로 동물이 아니라 인간처럼 느긋하게 서서 발디니의 나머지 장광설을 그냥 귓가에 흘려 보냈다. 지금 자기에게 양보하고 있는 이 노인을 자신이 벌써 제압했다는 사실을 그는 알고 있었다.

발디니가 촛대를 작업대 위에 세우고 있는 동안에 벌써 그르누이는 불빛이 미치지 않아 어둠 속에 있는 구석으로 살금살금 다가가서는 정확한 후각에 의지해 귀중한 에센스, 향유, 염색제 등이 들어 있는 선반에서 실험에 필요한 것들을 꺼내 왔다. 모두 아홉 가지였다. 그는 오렌지꽃 에센스, 리메텐 향유, 패랭이꽃과 장미꽃의 향유, 재스민과 감귤과 로즈마리 에센스, 머스크 향과 안식향 등을 재빨리 꺼내 와서 작업대 가장자리에 갖다 놓았다. 그리고 맨 마지막으로 고농도의 포도주 주정이 들어 있는 큰 병을 꺼내 왔다. 그러고 나서 그는 여전히 신중한 태도로 뒤죽박죽인 실험 도구들을 이쪽 저쪽으로 옮기면서 옛날부터 자신이 익숙한 위치대로 정돈하고 있는 발디니의 뒤에 가서 섰다. 그르누이는 발디니가 어서 자신에게 자리를 물려주고 비켜서기를 몸이 떨릴 정도로 초조하게 기다리고 있었다.

마침내 발디니가 옆으로 비켜나면서 말했다.

「됐다! 이제 네가 일을 —— 알기 쉽게 〈실험〉이라고 부르도록 하자 —— 시작할 수 있는 준비가 다 됐다. 내 물건을 깨뜨리거나 향료를 떨어뜨리지 않도록 조심해라! 네게 5분간 사용권을 준 이 액체들은 아주 비싸고 귀한 것이라는 사실을 명심해라! 네 인생에서 이렇게 농축된 액체들을 다룰 기회는 다시는 없을 게다!」

「얼마만큼 만들까요, 선생님?」

그르누이가 물었다.

「뭘 만든다고……?」

아직 말을 다 끝내지 못한 발디니가 되물었다.

「향수를 얼마나 만드냐고요? 얼마만큼이나 원하세요? 이 큰 유리병을 다 채울까요?」

그르누이가 족히 3리터는 들어갈 만한 혼합용 플라스크를 가리키며 큰소리로 물었다.

「안 돼, 그래선 안 돼!」

발디니가 깜짝 놀라 소리쳤다. 자신의 재산이 다 날아가 버릴지도 모른다는 자연스럽고도 뿌리깊은 불안에서 터져나온 외침이었다. 그는 이렇게 큰소리로 속마음을 드러내게 된 것이 난처했던지 금방 또 큰소리로 말을 계속했다.

「내가 말을 할 때는 끼여들지 말라고 했잖아!」

그리고는 훨씬 부드럽고 모호한 음색으로 말을 이었다.

「우리 둘 다 별로 좋다고 생각하지 않는 향수를 3리터씩이나 만들어 뭐 하게? 시험관의 반 정도면 충분하다. 그렇지만 양이 너무 적어서 제대로 혼합할 수가 없다면 이 플라스크의 3분의 1정도는 채워도 괜찮다.」

「알겠습니다. 이 플라스크 병의 3분의 1을 〈사랑과 영혼〉으로 채우겠어요. 그런데 발디니 선생님, 저는 제 방식대로 하겠어요. 이렇게 하는 게 전문적인 방법인지는 모르겠어요. 전 전문적 방법이 어떤 것인지를 모르니까요. 그러니 제 방식대로 하겠어요.」

「좋도록 해!」

발디니가 대답했다. 그가 알기에는 이런 일에 내 방법이니 네 방법이니 하는 것이 따로 없었다. 향수를 제대로 만들 수 있는 올바른 가능성은 한 가지뿐이었다. 우선 공식을 알고 있어야 하고, 그 공식에 따라 필요한 양의 향수를 만들기 위해서 여러 가지 에센스가 얼마만큼씩 들어가야 하는지 정확하게 계산해 내고, 그것을 다시 정확한 비율로 알코올과 섞는 방법이었다. 보통 그 비율은 1대 10에서 1대 20 사이에서 결정되었다. 그가 아는 한 그 밖에 다른 방법은 있을 수 없었다. 그랬기 때문에 그가 보게 된 것은 그에게는 진짜 기적에 다름아니었다. 처음에는 조롱하듯이 멀찍이 거리를 두고 보던 그는 점차 머리가 혼란스러워졌고, 결국에는 그것이 절망스러운 감탄으로 변했다. 그 광경은 그의 기억 속에 아주 깊이 각인되었기 때문에 그는 죽는 날까지 그 일을 결코 잊을 수 없었다.

15

키가 작은 그르누이는 먼저 포도주 주정이 들어 있는 큰 병의 코르크 마개를 뺐다. 그리고는 그 무거운 포도주 병을 들어올리느라 무진 애를 썼다. 유리 깔때기를 꽂아 놓은 혼합용 플라스크가 아주 높았기 때문에 거의 머리 높이까지 그걸 들어올려야만 했기 때문이다. 그는 시험관을 사용하지 않고 큰 병의 알코올을 직접 플라스크에 쏟아 부었다. 발디니는 그렇게 무지막지하게 일하는 것을 보고 소름이 끼칠 정도였다. 그것은 녹여야 할 용질이 없는 곳에 용제를 먼저 사용함으로써 향수 세계의 질서를 뒤엎어 버린 정도가 아니었다 —— 그는 물리적 실험에 전혀 문외한이었던 것이다! 긴장으로 인해 그의 몸이 떨리고 있었다. 발디니는 순간순간 그무거운 주정병이 쿵 소리를 내며 떨어져 작업대 위의 모든 것을 산산조각낼 것만 같았다. 제발 촛불에만 떨어지지 마라! 그렇게 되면 폭발이 일어나 집이 불바다가 될 텐데……!

그러나 발디니가 그 미친 녀석에게 달려들어 병을 빼앗아 버리려는 순간 그르누이는 무사히 혼자 힘으로 병을 바닥에 내려놓고는 다시 코르크 마개를 막았다. 플라스크 속에서 가볍고 깨끗한 액체가 출렁거렸다 —— 그는 단 한 방울도 흘리지 않았다. 그르누이는 잠시 호흡을 가다듬고 마치 이 실험에서 가장 어려운 부분을 끝냈다는 듯이 만족한 표정을 지었다. 그리고 정말로 나머지는 발디니가 미처 눈으로 쫓아갈 수 없을 정도로 빠르게 진행되었다. 그러니 어떤 순서로, 또 어떤 방식으로 일이 이루어졌는지 그가 파악하지 못한 것은 당연했다.

겉으로 보기에 그르누이는 무턱대고 아무 향료병이나 차례로 집어들어 뚜껑을 열고 내용물을 잠시 코에 대어 본 후 이것저것 조금씩 깔때기에 붓는 것처럼 보였다. 그는 피펫, 시험관, 계량 컵, 계량 스푼, 젓는 데 사용하는 막대기 등 향수 제조인들이 복잡한 혼합 과정에서 보통 사용하는 도구들에 단 한 번도 손을 대지 않았다. 마치 그는 물과 풀과 쓰레기 따위를 푹푹 끓여 내놓고 수프라고 주장하는 어린아이처럼 장난하듯이 향료들을 섞었다. 발디니는 그가 정말 어린아이 같다는 생각을 했다. 거친 손, 흉터가 남아 우툴두툴한 얼굴, 어른처럼 뭉툭한 코에도 불구하고 그는 갑자기 어린아이처럼 보였다. 처음에 그는 나이보다 더 들어 보였다. 그런데 이제는 더 어려 보이는 것이다. 마치 서너 살 먹은 꼬마처럼 말이다. 붙임성이 없고 이해하기 어려우며 고집불통인 어린아이들, 그들이 순진 무구하다고 말들 하지만 실은 자기밖에 모르고 전제 군주나 된 듯이 세상의 모든 것이 제 밑에 굴복하기를 바라는 존재들이다. 엄격한 규율에 의해 극기하고 자제할 수 있는 완전한 인간으로 이끌지 못하고 그들의 과대망상을 그대로 방치해 두면 아이들이란 마냥 자기 기분내키는 대로 행동하는 법이다. 이 소년의 마음속에는 그와 같은 광기 어린 악동의 모습이 들어 있었다. 타오르는 눈빛으로 작업대 앞에 서 있는 이 소년은 이미 주위의 모든 것을 잊고 있었다. 그는 이 미친 짓거리를 위해 재빨리 깔때기 위로 가져 가는 에센스 병들과 그 자신 이외에는 이 작업실에 있는 다른 모든 것을 잊고 있는 것이 틀림없었다. 나중에 그는 분명히 자신이 만든 것을 〈사랑과 영혼〉이라는 훌륭한 향수와 똑같다고 주장할 테지. 아니, 그는 그렇게 믿고 있을 것이다! 발디니는 흔들리는 촛불 속에서 소름이 끼칠 정도로 기이하고 확신에 찬 태도로 작업에 열중하고 있는 그의 모습이 섬뜩하게 느껴졌다. 한순간 그는 아까 오후에 석양에 붉게 타오르던 도시를 보았을 때처럼 다시 슬프고 비참하고 분노가 치밀어 오르는 느낌이었다. 예전에는 저런 인간들이 없었는데. 이 타락하고 썩어빠진 시대에나 생겨날 수 있는 완전히 새로운 종류의 인간형이다…… 어쨌든 이 건방진 녀석은 교훈을 얻게 되겠지! 이 터무니없는 짓거리가 끝나기만 하면 이 녀석을 쫓아 버리리라. 그러면 처음 왔을 때처럼 기가 죽어 슬금슬금 도망치겠지. 구더기 같은 놈! 아무나 집에 들여서는 안 되는 시대가 되어 버렸다. 빌어먹을 구더기들이 득실대고 있으니!

발디니는 속에서 치밀어 오르는 분노와 시대에 대한 역겨움에 너무 사로잡혀 있었기 때문에 그르누이가 갑자기 병뚜

껑들을 전부 닫고 플라스크에서 깔때기를 떼어 낸 후 직접 한 손으로 플라스크의 병목을 잡고 왼손에 올려 놓고 열심히 흔들었을 때 그게 무엇을 의미하는지 파악하지 못하고 있었다. 그 귀중한 액체가 마치 레몬수가 배에서 목으로 올라왔다 내려갔다 하듯이 병 속에서 빙빙 돌 때서야 비로소 발디니는 분노와 놀라움으로 비명을 질렀다.

「그만! 이제 됐다! 당장 집어치워! 플라스크를 즉시 작업대 위에 내려놓고 아무것도 건드리지 마라! 알겠어? 더 이상은 안 돼! 내가 정신이 나갔던 모양이다. 너의 그 철없는 이야기에 귀를 기울이다니. 네가 도구들을 다루는 방식, 그 서투름, 야만스러운 무지를 보니 이제야 알겠다. 너는 진짜 기가 막힌 엉터리, 야만적인 엉터리일 뿐만 아니라 아주 뻔뻔스러운 풋내기야. 넌 그걸 만들어 낼 재능이 없어. 네 녀석은 레몬수나 그 쉬운 감초즙도 못 만들 놈이야. 그러니 향수를 만들 리가 만무하지. 네 주인이 계속 무두질을 하게 해준다면 그거나 기뻐하고 감사드려라! 내 말 알아듣겠어? 향수 제조인의 문지방을 넘어올 생각은 꿈에서도 하지 말거라!」

발디니는 말을 계속했다. 그런데 그 사이에 벌써 그의 주위는 온통 〈사랑과 영혼〉의 향기로 가득 차 있었다. 말이나 눈빛, 감정이나 의지보다 향기가 훨씬 설득력이 강했다. 향기의 설득력은 막을 수가 없었다. 향기가 공기처럼 숨을 쉴 때 폐 속으로 들어와 그를 가득 채워 버렸다. 도저히 그것에 저항할 수가 없었다.

그르누이는 플라스크병을 내려 놓고 향수에 젖은 손을 웃옷 가장자리에 문질러 닦았다. 그러고는 발디니가 욕설을 퍼붓는 동안 한두 걸음 뒤로 물러나 예의 없이 옷을 탁탁 털자 향기가 사방으로 퍼져 나갔다. 말이 더 이상 필요 없었다. 발디니는 여전히 큰소리로 호통을 치면서 욕설을 퍼붓고 있기는 했지만, 밖으로 보여 주기 위한 분노는 숨을 들이쉴 때마다 안에서부터 차차 가라앉고 있었다. 끝에 와서 자신의 말이 왜 그렇게 공허한 격정으로 치닫게 됐는지 그르누이가 따져 물을 것 같은 생각이 들었다. 그는 한참 동안 말이 없었다. 그르누이가 〈이제 끝났어요〉라고 말했지만 그런 말은 필요가 없었다. 이미 그는 알고 있었다.

그동안에 주위가 온통 〈사랑과 영혼〉의 향기로 가득 찼음에도 불구하고, 그는 확인해 보기 위해 오래된 떡갈나무 작업대로 다가갔다. 그는 웃옷 왼쪽 주머니에서 하얀 새 손수건을 꺼내 펼쳐 놓고 길다란 피펫으로 플라스크에서 향수를 빨아올려 몇 방울 떨어뜨렸다. 그리고는 공기 속으로 퍼져 나가도록 팔을 쭉 뻗어 손수건을 흔든 후, 익숙하고 우아한 태도로 다시 코에 갖다 대고 향기를 깊숙이 들이마셨다. 그는 다시 천천히 숨을 내쉬면서 의자에 가 앉았다. 조금 전까지만 해도 화가 나서 시뻘겋게 달아올랐던 발디니의 얼굴이 갑자기 창백해져 버렸다.

「믿을 수가 없어. 이건 정말 믿을 수가 없는 일이야.」

그가 조용히 중얼거렸다. 그러고는 계속 손수건을 코에 대고 향기를 맡아 보면서 고개를 내저었다.

「믿을 수가 없어.」

그것은 정말 〈사랑과 영혼〉이었다. 털끝만큼도 의심의 여지가 없이 〈사랑과 영혼〉임이 분명했다. 향수를 만드는 그 천재적 재능에 증오심이 생길 정도였다. 너무나 똑같았기 때문에 펠리시에라 해도 그가 만든 것과 자신이 만든 것을 전혀 구분할 수 없을 것 같았다.

「믿을 수가 없군……」

위대한 인물 발디니는 초라하고 창백한 모습으로 의자 위에 앉아 있었다. 코감기에 걸린 여자처럼 손수건으로 코를 막고 있는 그의 모습이 우스꽝스러웠다. 말문이 막힌 것 같았다. 그는 이제 더 이상 〈믿을 수 없어〉라는 말도 없이 고개만 끄덕이며 플라스크에 들어 있는 액체를 응시하고 있었다.

「음, 음, 음…… 음, 음, 음…… 음, 음, 음……」

조용하고 단조로운 신음소리만 계속되었다. 잠시 후 그르누이가 그림자처럼 조용히 작업대로 다가갔다.

「이건 좋은 향수가 아니에요. 이 향수는 제대로 섞이지가 않았어요.」

발디니가 여전히 신음소리만 내고 있자 그르누이가 말을 계속했다.

「선생님께서 허락만 해주신다면 좀 바꿔 보고 싶어요. 1분만 시간을 더 주시면 마음에 꼭 드실 향수로 만들어 드리겠습니다.」

발디니가 신음소리와 함께 고개를 끄덕였다. 이것은 승낙한다는 의사 표시가 아니었다. 그는 이미 정신을 차릴 수 없을 정도로 감각이 마비된 상태였기 때문에 어떤 말에 대해서도 신음소리와 함께 고개를 끄덕였을 것이다. 그는 그르누이가 다시 향수를 혼합하기 시작했을 때도 계속 신음소리와 함께 고개만 끄덕일 뿐 아무런 조치를 취하지 않았다. 그르누

130

이는 이미 만들어진 향수가 들어 있는 플라스크에다 큰 병에
든 주정을 두 번째로 쏟아 붓고는, 겉으로 보기에 전혀 순서
나 양을 계산하지 않고 다시 한번 작은 병의 에센스들을 깔
때기에 부었다. 그는 이번에는 플라스크를 뒤흔들지 않고 그
냥 코냑 잔처럼 살짝만 흔들었다. 발디니의 마음의 안정을
위해서 그런 것 같기도 하고, 이번에 만든 것이 더 귀하기 때
문에 그러는 것도 같았다. 발디니는 일이 다 끝나서 액체가
플라스크 속에서 출렁거리고 있을 때쯤에야 비로소 멍한 상
태에서 깨어나 몸을 일으켰다. 물론 이 새로운 공격에 맞서
자신의 내부를 지키려는 듯 여전히 손수건으로 코를 막고 있
었다.

「이제 끝났어요, 선생님. 이게 진짜 좋은 향기예요.」

「그래그래, 좋구나 좋아.」

발디니는 남아 있는 다른 한 손으로 거부의 손짓을 하며
말했다.

「향기를 맡아 보지 않으시겠어요? 시험 안 할 건가요? 선
생님, 시험 말이에요?」

그르누이가 계속 재촉했다.

「나중에, 나중에 하마. 지금 나는 시험할 기분이 아니다…….
머리 속에서 딴생각을 하고 있어. 이제 가보도록 해라! 제
발!」

발디니는 촛대를 하나 집어 들고 문을 나서서 상점으로 들
어갔고, 그르누이가 그 뒤를 따라 걸었다. 하인용 출입구로
통하는 좁은 복도에 다다른 발디니는 발을 질질 끌며 문 앞
으로 걸어가 빗장을 벗기고 문을 열었다. 그는 그르누이가

나갈 수 있도록 한 쪽 옆으로 비켜섰다.

「선생님 댁에서 일하게 되는 건가요? 허락해 주실 거예요?」

벌써 문턱에 서 있는 그르누이는 다시 몸을 웅크린 자세로 그의 눈치를 살피며 물어보았다.

「모르겠구나. 그 문제는 좀더 생각을 해봐야겠다. 이제 가거라!」

그러자 그르누이가 갑자기 사라져 버렸다. 어둠이 그를 삼켜 버린 것처럼. 발디니는 문가에 서서 어둠 속을 뚫어지게 쳐다보았다. 오른손에는 촛대를 들고, 왼손으로는 흐르는 코피를 막는 것처럼 손수건을 코에 댄 채 서 있는 그는 두렵기만 했다. 그는 재빨리 빗장을 채웠다. 그러고 나서 코를 막고 있던 손수건을 다시 주머니 속에 집어 넣고는 가게를 지나 작업실로 돌아왔다.

그것은 정말이지 천국의 향기 같아서 갑자기 발디니의 눈에 눈물이 핑 돌았다. 시험해 볼 필요가 없었다. 그는 그냥 작업대 위에 놓인 플라스크 앞에 서서 숨을 들이쉬었다. 대단한 향수였다. 〈사랑과 영혼〉이 한 대의 바이올린에 의한 고독한 연주라면 이것은 심포니 오케스트라의 연주와 비교할 만했다. 아니, 그 이상이었다. 눈을 감은 발디니의 마음속에서 가장 아름다운 추억들이 떠올랐다. 나폴리의 어느 정원, 저녁노을 속을 거니는 젊은 시절의 자신이 보인다. 검은 곱슬머리 여인의 품에 안겨 누워 있는 모습도 보인다. 창문 위로 장미덩굴이 뻗어 있고 그 위로 밤바람이 불어오고 있다. 하늘을 나는 새들의 노랫소리가 들려 오고, 멀리 어느 항구의 선술집에서는 음악이 흘러 나온다. 속삭이는 소리와 사랑의 고백이 바로 귓가에서 들리는 듯하고 황홀한 전율로 머리카락이 곤두서는 느낌이 생생하다. 지금 바로 이 순간에 일어나는 일처럼 말이다! 그는 억지로 눈을 뜨고 만족의 한숨을 토해 냈다. 여기 이 향수는 사람들이 지금까지 알던 그런 향수가 아니었다. 향기를 더 좋게 만든 향수나 방향제, 화장실용 탈취제 정도가 아니었다. 이것은 하나의 완전한 세상, 풍요로운 마법의 세계를 만들어 낼 수 있는 전혀 새로운 향수였다. 이 향수 냄새를 맡으면 누구나 순식간에 주변의 구역질 나는 일들을 모두 잊어버리고 풍요롭고 자유롭고 즐겁고…….

곤두서 있던 발디니 팔의 솜털이 부드러워지면서 거짓말처럼 그의 마음이 평화로워졌다. 그는 작업대 가장자리에 있던 염소 가죽을 칼로 재단했다. 그러고는 그 가죽을 유리 욕조에 넣고 향수를 그 위에 부었다. 욕조 위에는 유리판 하나를 밀어서 덮어 놓았다. 그리고 나머지 향수는 두 개의 작은 향수병에 담아 〈나폴리의 밤〉이라는 이름을 쓴 상표를 붙였다. 그러고 나서 그는 불을 끈 후 작업실을 나섰다.

아내가 있는 위층으로 올라가 저녁을 먹으면서도 그는 아무 말도 하지 않았다. 특히 오후에 했던 그 성스러운 결심에 대해서는 전혀 언급조차 하지 않았다. 그의 아내 역시 아무 말이 없었다. 그의 기분이 좋다는 것을 알아차렸고, 그 점에 대해 대단히 만족하고 있었기 때문이다. 또한 그는 자신의 강인한 성격에 대해 신에게 감사드리려 노트르담으로 건너가지도 않았다. 오히려 그는 이날 처음으로 밤기도 드리는 일까지 잊어버렸다.

16

　다음날 아침 곧장 그리말의 집으로 찾아간 그는 맨 먼저 염소 가죽 대금부터 치렀다. 그것도 한번에 아무 불평도 없이 한푼도 깎지 않고. 그러고 난 후 그리말을 투르 다르장으로 데리고 가 백포도주 한 병을 시켜 놓고 그의 도제 그르누이의 문제를 협상했다. 물론 그르누이를 데려가려는 이유나 목적에 대해서는 한마디도 언급하지 않았다. 그냥 가죽에 향기를 입히는 큰 일거리를 맡았는데, 그 때문에 숙련공이 아닌 조수가 하나 필요하다고 둘러댔다. 가죽을 자르는 일처럼 아주 단순한 일을 처리할 수 있는 분수를 아는 젊은이가 필요하다고 말이다. 그는 포도주를 한 병 더 시켜 놓고 그르누이가 없어짐으로써 그리말이 입게 될 손실에 대한 보상으로 20리브르를 제시했다. 그것은 상당한 금액이었다. 그리말은 즉시 동의했다. 그들이 무두질 작업장에 돌아와 보니, 이상하게도 그르누이는 벌써 짐을 꾸려 놓고 기다리고 있었다.

발디니는 20리브르를 지불한 후 그를 데리고 떠났다. 자기 일생에서 이토록 성공적인 거래는 없었다는 생각을 하면서.

그리말 역시 자신의 일생에서 가장 좋은 거래를 했다고 확신하면서 혼자 다시 투르 다르장으로 돌아가 포도주를 두 병 더 마셨다. 그리고 점심나절에는 반대쪽 강둑에 있는 리용 도르에 들러 아무런 제지도 받지 않고 진탕 마셔 댔다. 때문에 밤늦게 다시 투르 다르장으로 자리를 옮기려고 길을 나섰을 때 그는 제오프루아 라니에 거리와 노넹디에르 거리를 혼동해 버렸다. 그 바람에 그는 애당초 계획처럼 마리 다리로 곧장 들어서지 않고 불행하게도 오르므 강둑으로 들어서게 되었고, 마치 부드러운 침대에 눕듯이 강둑에서 얼굴부터 거꾸로 강물에 첨벙 빠져 버렸다. 그는 그 자리에서 즉사했다. 물살이 그를 짐 나르는 거룻배들이 묶여 있는 얕은 강가로부터 물살의 흐름이 빠른 강 중앙까지 옮기는 데는 시간이 꽤 걸렸다. 무두장이 그리말은 —— 아니 그의 시체라고 하는 편이 더 적절한 표현인데 —— 이른 새벽이 되어서야 비로소 강물을 따라 서쪽으로 둥둥 떠내려갔다.

그가 교각에 부딪치지도 않고 샹주 다리를 통과하고 있던 바로 그 시간에 장 바티스트 그르누이는 다리 20미터 위에서 잠을 자러 가고 있었다. 그가 발디니의 작업실 뒤편 구석에 들여 놓은 나무 침대에 눕는 그 순간에 그르누이의 옛 주인은 사지를 축 늘어뜨린 채 세느 강 위를 떠내려가고 있었던 것이다. 기분좋게 몸을 웅크린 그르누이의 몸은 마치 작은 진드기 같았다. 잠이 들자 그는 점점 더 깊이 꿈의 세계로 빠져 들었다. 마음의 성에 입성하는 데 성공한 그는 거기서 냄새로 된 승리의 축하연을 베풀었다. 그 자신을 축하하기 위해 유향과 몰약의 연기가 가득히 피어 올랐다.

17

그르누이가 온 후 주세페 발디니의 향수 가게는 프랑스 전역, 아니 온 유럽에 그 명성을 떨치게 되었다. 페르시아 종소리가 그칠 날이 없었고, 샹주 다리 위에 있는 상점의 왜가리들도 끊임없이 향수를 내뿜었다.

그곳에 온 첫날 저녁에 벌써 그르누이는 〈나폴리의 밤〉 향수를 커다란 병으로 하나 가득 만들어야 했다. 다음날 그걸로 만든 향수가 80병이 넘게 팔렸다. 그 향수의 소문이 빠른 속도로 퍼져 나갔다. 셰니에는 돈을 세느라 눈이 뻣뻣해졌을 뿐 아니라 신분이 높은 사람들이나 귀족들, 아니면 적어도 그런 사람들의 하인들을 공손히 맞이하느라 깊숙한 절을 수도 없이 했기 때문에 등허리가 끊어지는 것 같았다. 한번은 갑자기 문이 확 열리면서 땡그랑 종소리와 함께 다르장송 백작의 마부가 뛰어들어와, 마부들이 항상 그렇듯이 큰소리로 향수 다섯 병을 달라고 소리를 지르기도 했다. 셰니에는 그가 사라진 후 15분이 지날 때까지도 여전히 외경심으로 몸을 떨고 있었다. 다르장송 백작이라면 근위대의 총사령관이자 재무국장으로 파리에서 가장 힘있는 사람이었기 때문이다.

가게에서 셰니에 혼자 밀려오는 손님들을 맞이하고 있는 동안에 발디니는 새 도제와 함께 작업실에 들어가 있었다. 발디니는 셰니에에게 이런 상황을 〈분업과 능률화〉라는 말로 변명했다. 발디니는 펠리시에를 비롯해 조합법을 위반하는 사람들이 자신의 고객을 빼앗아 가고 사업을 망하게 하는 것을 지난 몇 년간 인내심을 갖고 지켜 보았으나 이제 더 이상 참을 수 없게 되었노라고 셰니에에게 설명했다. 이제 자신이 그 뻔뻔스런 졸부들에게 도전장을 던져 철퇴를 내릴 것이라고 했다. 그것도 그들이 자신에게 사용한 방법 그대로 매계절, 매달, 필요하다면 매주라도 새로운 향수를 선보이겠다는 것이었다. 아주 대단한 것들로! 그는 자신에게 남아 있는 창조력을 모조리 불사를 결심이라고 했다. 그러기 위해서 자신은 오로지 향수 제조에만 매달려야 한다면서 —— 그것도 단지 서투른 조수 한 명만 데리고 말이다 —— 셰니에한테는 전적으로 향수 파는 일에만 헌신하라고 지시했다. 이와 같이 근대적 방법을 쓰면 우리 모두 향수 역사에 새로운 한 장을 열게 된다는 것이었다. 경쟁자들도 물리치고 헤아릴 수 없는 부를 축적하면서 말이다. 그렇다. 그는 분명히 의도적으로 〈우리〉라는 말을 썼다. 왜냐하면 정말로 그는 예전부터 자신과 함께 일해 온 도제들에게도 이 엄청난 부의 일부를 나누어 줄 생각을 했기 때문이다.

며칠 전만 해도 주인이 이런 소리를 했다면 셰니에는 노망이 시작되는 징조로 해석했을 것이다. 드디어 그가 병원에 가게 되었구나, 혹은 드디어 머지 않아 향수 제조에서 손을 떼겠구나 하고 말이다. 그러나 지금은 더 이상 아무 생각도 하지 않았다. 아니, 할 일이 너무 많았기 때문에 생각을 할래야 할 수가 없었다. 저녁이면 완전히 녹초가 되었기 때문에 금고에서 돈을 다 꺼내 세어 보고, 자기 몫의 돈을 나누는 일조차 하기가 힘들었다. 발디니는 거의 날마다 새로운 향수를 작업실에서 들고 나왔다. 셰니에는 일이 잘 돌아가고 있다는 사실을 꿈에도 의심하지 않게 되었다.

그게 어떤 향수들인가! 최상의, 최고급 향수들이었다. 그뿐이 아니었다. 크림, 파우더, 비누, 헤어로션, 점안수, 향유…… 등 향기를 지닌 모든 물건들이 옛날과는 달리 새롭고 훌륭했다. 그 모든 것, 심지어 어느 날 발디니가 호기심으로 한번 내놓은 향기 머리띠까지 사람들이 마술에 걸린 것처럼 불티나게 팔렸다. 가격은 문제가 아니었다. 발디니가 내놓는 것은 모두 성공을 거두었다. 그것은 너무나 엄청난 성공이었기 때문에 셰니에는 더 이상 그 원인을 캐어 볼 생각도 못한 채 그냥 천재지변처럼 받아 들였다. 강아지처럼 작업실을 지키고 있는 새로 온 도제, 그 서투른 난쟁이, 가끔 주인이 작업실에서 나올 때 뒤에 서 있거나 유리잔이나 절구를 닦고 있는 전혀 사람처럼 보이지도 않는 그 소년이 이 기적 같은 사업의 번창과 어떤 관계가 있다고 누군가 그에게 귀띔해 주었다 해도 그는 결코 믿지 않았을 것이다.

물론 그 난쟁이가 바로 이 모든 일과 관계가 있었다. 발디니가 가게로 갖고 나와서 셰니에에게 팔라고 건네 주는 물건들은 잠겨진 문 뒤에서 그르누이가 만들어 낸 것의 일부에 불과했다. 발디니는 냄새 맡는 일을 더 이상 쫓아갈 수가 없었다. 그르누이가 만들어 낸 그 훌륭한 물건들 가운데 어떤 것을 선택해야 하는 것이 정말로 고통스러웠다. 마술사 같은 이 도제라면 프랑스의 모든 향수 제조인들에게 각기 다르면서도 다른 것보다 못하거나 얼치기가 아닌 향수의 처방전을 각기 하나씩 만들어 줄 수가 있을 것이다. 이 말은 또 그가 처방전, 즉 공식이라는 것을 결코 만들 수 〈없다〉는 뜻이기도 하다. 왜냐하면 그르누이는 완전히 아마추어들이 하듯이 지극히 무질서한 방법으로 향수를 만들었기 때문이다. 발디니가 벌써 알고 있듯이 그는 겉으로 보기에는 제멋대로 재료들을 혼합하는 것 같았다. 그 미친 듯한 작업 과정을 통제는 못하더라도 최소한 이해는 하기 위해 발디니는 어느 날 그르누이에게 필요 없다고 생각할지도 모르겠지만 혼합하는 작업을 할 때 저울이나 시험관, 피펫 등을 사용하는 게 좋겠다고 말했다. 더 나아가 거기에 익숙해져야 한다고도 했다. 또 포도주 주정은 향기를 만드는 재료가 아니라 용매라는 것, 때문에 나중에 넣어야 한다는 설명도 해주었다. 그리고 마지막으로 제발 좀 천천히 작업해 달라고 부탁했다. 장인은 보통 느긋하게 천천히 작업하는 법이라고.

그르누이는 시키는 대로 했다. 그래서 발디니는 이제 처음으로 이 마술사의 손놀림을 하나하나 따라가면서 기록할 수가 있었다. 그는 종이와 펜을 들고 그르누이의 옆에 앉아 끊임없이 천천히 하라고 주의를 주면서, 플라스크에 이건 몇 그램, 저건 얼마큼, 세 번째 성분은 몇 방울 들어가는지 기록

하였다. 이렇게 특이한 방식으로, 즉 향수를 만드는 과정에서 원래의 그라면 결코 사용을 허락하지 않았을 어떤 수단들이 사용됐는지 나중에 분석하는 방식으로 마침내 발디니는 종합적인 처방전을 갖게 되었다. 이런 처방전이 없는데도 불구하고 〈어떻게〉 그르누이는 향수를 만들어 낼 수 있는가 하는 점은 그 이후에도 여전히 발디니에게 수수께끼로, 아니 기적으로 남아 있었다. 어쨌든 그는 이제 기적의 공식을 손에 쥐게 되었고, 그것은 규칙에 대한 그의 갈망을 어느 정도 충족시켜 주었다. 또한 향수의 세계에 대한 그의 생각이 완전히 무너져 내리는 것을 막아 주었다.

하나씩 하나씩 그는 그르누이가 지금까지 만든 모든 향수의 처방전을 이끌어 냈다. 그리고 결국에는 발디니 자신이 펜과 종이를 들고 그 과정을 지켜보면서 한단계 한단계 기록하지 않는 경우에는 새 향수를 만들지 못하도록 지시했다. 처방전은 금세 수십 개로 불어났고, 발디니는 그것을 두 권의 책에 꼼꼼하고 깨끗하게 옮겨 적었다. 그중 하나는 불에도 안전한 금고 속에 보관해 두었고, 또 하나는 계속 몸에 지니고 다녔다. 심지어 잠자리에서도 그것을 몸에 지닌 채 잠이 들었다. 그렇게 해야만 마음이 놓였다. 왜냐하면 이제 그르누이의 기적을 원할 때면 언제든지 직접 시도해 볼 수가 있게 되었기 때문이다. 처음 그것들을 보았을 때 얼마나 놀랐던가. 이렇게 공식들을 기록해 둠으로써 그는 자신의 도제의 내면 세계에서 솟아 나오는 그 놀라운 창조적 카오스의 세계를 가두어 둘 수 있다고 믿고 있었다. 뿐만 아니라, 자신이 그냥 멍청하게 구경만 하는 것이 아니라 관찰하고 기록하

141

면서 창조 활동에 참여한다는 사실이 발디니의 마음을 안정시키는 효과도 가져왔고 자부심도 높여 주었다. 그런 식으로 얼마 지나자 이제 그는 그 고귀한 향수의 성공에 자신도 없어서는 안 될 존재로서 일조를 하고 있다고 믿게 되었다. 어쨌든 발디니는 처음으로 그 공식을 책에 기록했을 때, 또 그것을 금고와 자신의 가슴 깊숙이 간직하게 되었을 때 이제 그것은 완전히 자기 것이 되었다고 확신하게 되었다.

발디니가 강력하게 처방전을 강요한 것은 결과적으로 그르누이에게도 이익이 되었다. 물론 그르누이가 그 처방전에 의지하는 경우는 없었다. 몇 주, 아니 몇 달이 지났다고 해도 그는 어떤 향수든지 처방전 없이 만들어 낼 수가 있었다. 왜냐하면 그는 결코 냄새를 잊어버리지 않았기 때문이다. 그러나 시험관이나 저울을 의무적으로 사용하게 됨으로써 그는 향수 용어들을 익히게 되었고, 이러한 지식이 유용하게 쓰여지리라는 것을 본능적으로 느꼈다. 몇 주가 지나자 그르누이는 발디니의 작업실에 있는 모든 향료의 이름을 익혔을 뿐만 아니라, 향수의 공식들도 직접 쓸 수 있게 되었다. 또 반대로 자기 것이 아닌 처방전이나 지시를 보고 향수나 방향제를 만들 수도 있게 되었다. 아니 그 이상이었다! 일단 향수에 대한 자신의 생각을 그램이나 방울 등의 상세한 수치로 표현할 수 있게 되자 실험이라는 중간 과정이 더 이상 필요하지 않게 된 것이다. 발디니가 그에게 손수건용 향수나 방향제, 혹은 화장품에 필요한 새로운 향수를 만들라고 지시하면 그르누이는 더 이상 향료병이나 향신료 가루를 만지지 않고 그냥 책상에 앉아서 직접 처방전을 써내려 갔다. 마침내 자신의 마음속에 떠오른 생각을 공식을 거쳐 향수로 완성시키는 방법을 배운 것이다. 그에게 있어 그것은 우회로인 셈이었다. 그러나 세상의 눈, 즉 발디니의 눈에는 그것이 발전이었다. 그르누이의 기적은 여전히 기적으로 남아 있었다. 그러나 그르누이가 제공하는 공식들은 기적에 대한 경악을 제거해 주었다. 그게 오히려 더 잘된 일이었다. 그르누이가 향수 제조 방법과 처리법에 익숙해지면 익숙해질수록, 그리고 향수 제조에 사용되는 용어들을 잘 사용하게 되면 될수록 그에 대한 스승의 두려움과 의혹은 점차 누그러졌기 때문이다. 물론 발디니는 여전히 그르누이가 극히 뛰어난 후각을 타고난 냄새 인간이라고 여기고 있었지만, 그가 제2의 프랑지파나나 무시무시한 마법사라는 생각은 곧 없어지게 되었다. 그르누이 쪽에서도 그편이 나았다. 수공업적인 관례들은 그에게 바람직한 보호막이 되어 주었다. 그는 이제 원료의 무게를 재고 혼합 비커를 흔들고 흰 손수건을 가볍게 적시는 따위의 일을 능숙하게 해냄으로써 스승을 안심시켰다. 그는 아주 우아하게 손수건을 흔들 수 있게 되었고, 그의 스승처럼 세련되게 코에 살짝 대었다가 뗄 수도 있게 되었다. 또 가끔씩 적당한 간격을 두고 실수를 연출하기도 했다. 예를 들어 여과하는 것을 빼먹는다거나, 저울 눈금을 잘못 조정하거나, 처방전에 용연향 수치를 터무니없이 높이 써놓는…… 등등의 실수를 함으로써 발디니로 하여금 잘못을 고치라는 잔소리를 할 수 있는 기회를 제공하였다. 그렇게 해서 그는 결국 발디니로 하여금 모든 일이 제대로 돌아가고 있다는 착각에 빠지도록 만드는 데 성공했다. 어쨌든 그는 그 노인을 화나게 만들고 싶지가 않았고, 정말로 그에게서 뭔가를 배우려고 했다. 물론 향수를 만들거나 향기를 배합하는 방법을 배우려는 것은 아니었다! 물론 그런 것은 아니었다. 이 분야에서 그를 가르칠 수 있는 사람은 이 세상에 한 사람도 없었다. 게다가 발디니의 상점에 있는 재료들은 정말로 위대한 향수를 만들려는 그의 구상을 실현시키기에는 턱없이 부족했다. 발디니의 집에서 그가 만들어 낼 수 있었던 것은 언젠가 그가 꼭 만들고자 하는 향기들과 비교하면 장난에 불과했다. 하지만 그것을 만들기 위해서는 두 가지 전제 조건이 꼭 충족되어야 한다는 사실을 그는 알고 있었다. 하나는 바로 시민적 삶이라는 외투로서, 그 최소한의 것이 바로 도제 수업이었다. 도제라는 보호막이 있어야 그는 자신이 원래 하고 싶은 일, 자신의 원래 목적을 아무 방해도 받지 않고 추구해 나갈 수가 있는 것이었다. 또 하나는 바로 냄새의 원료를 만들고, 분리하고, 농축시키고, 보존하는 수공업적인 방법에 대한 지식이었다. 더 높은 목적에 사용하기 위해서는 그 지식이 필요했다. 왜냐하면 그르누이가 냄새를 분석하거나 생각해 내는 데 있어서는 세계에서 가장 좋은 코를 가지고 있는 것이 확실했지만, 냄새를 원상태 그대로 얻어내는 방법은 아직 모르고 있었기 때문이다.

18

그 후 그는 자발적으로 돼지기름으로 비누를 만드는 기술, 물 세탁이 가능한 가죽으로 장갑을 만드는 기술, 밀가루와 밀기울, 그리고 패랭이꽃 뿌리의 가루를 혼합해서 파우더를 만드는 기술 등에 대해 가르침을 받았다. 목탄, 질산칼륨, 백단향나무의 가루 등을 섞어 향기나는 초를 만드는 기술, 몰약과 안식향, 그리고 호박(琥珀)의 가루를 혼합하여 동양적인 환약을 만드는 기술, 유향과 셀락수지, 페티버와 계피를 반죽해서 둥그런 모양의 향을 만드는 기술도 익혔다. 장미꽃잎과 라벤더 잎, 그리고 카스카릴라 나무껍질을 빻아서 체로 치고 주걱으로 저어 황실의 분이라는 화장품도 만들었고, 흰색, 푸른색의 화장품을 반죽해 내기도 했으며, 입술에 바르는 진홍색 연지도 만들어 냈다. 손톱에 사용하는 가장 부드러운 가루약과 박하향의 치약도 만들었다. 가발의 모발에 사용하는 포마드 기름과 티눈에 바르는 사마귀약, 피부의 주근깨를 없애는 약과 벨라도나의 추출물을 이용한 안약, 신사용 칸디다스 고약과 숙녀용 세정제 만드는 기술 등도 전수받았다. 그르누이는 액체 상태나 가루 상태의 모든 제품들, 화장실 용품이나 미용 제품들, 차나 양념, 리큐어 술과 소스 등 한마디로 말해 발디니가 조상으로부터 물려받은 지식으로 가르쳐 줄 수 있는 모든 것을 배웠다. 물론 그런 것에 큰 관심이 있는 것은 아니었지만 불평하지 않았다. 그것은 성공적이었다.

그에 비해서 발디니가 염색제나 추출물, 그리고 에센스 만드는 법을 가르쳐 줄 때면 그르누이는 아주 열성적으로 그 일에 빠져 들었다. 그는 고편도나무의 씨를 압축기로 빻는 일, 사향을 아주 곱게 으깨는 일, 회색빛의 기름진 용연향 덩어리를 칼로 저미는 일, 혹은 제비꽃 뿌리를 깎아 다시 가루로 만들어 알코올에 넣는 일을 할 때는 전혀 지치지 않고 해낼 수 있었다. 그는 또 눌러서 으깬 레몬 껍질의 순수한 향유를 뿌연 찌꺼기로부터 분리하는 데 쓰는 분리 깔때기의 사용법도 배웠다. 게다가 약간 따뜻하게 데운 석쇠를 이용해 식물이나 꽃을 건조시키는 방법과 바스락거리는 나뭇잎을 밀랍으로 봉인된 항아리나 상자 속에 보존하는 기술도 배웠다. 포마드 기름을 씻어 내는 기술도 배웠으며, 침윤시키고 거르고 농축하고 정화시키고 정류(精溜)하는 법도 배웠다.

물론 발디니의 작업실은 꽃이나 식물로부터 향유를 대량으로 추출해 내기에는 적합하지 않았다. 게다가 파리에는 필요한 만큼의 신선한 식물들이 있는 것도 아니었다. 그러나 가끔 신선한 로즈마리나 샐비어, 박하나 아니스 열매 등을 시장에서 싸게 구입하거나 붓꽃의 구근, 쥐오줌풀의 뿌리,

카룸 열매, 육두구의 종자나 마른 패랭이꽃잎 등을 비교적 대량으로 구입한 경우에는 발디니 특유의 연금술사로서의 기질이 발동되었다. 그러면 그는 보통 마우렌코프 알람빅이라고 부르는 청동의 커다란 증류기와 그 위에 놓여 있던 응결기(凝結器)를 꺼냈다. 그리고는 벌써 40년 전에 자신이 리구리엔의 남쪽 언덕과 루버른 정상의 평원에서 그것을 이용해 라벤더를 증류했던 일을 자랑스레 이야기해 주었다. 그르누이가 증류할 내용물을 잘게 써는 동안에 발디니는 서둘러 화덕 주위에 바람막이를 세우고 급히 —— 일을 빨리 해내는 것이 증류의 시작이자 끝이었다 —— 불을 붙인 후 그 위에 깨끗한 물을 가득 채운 청동 증류기를 올려 놓았다. 발디니는 잘게 썬 것들을 그 안에 넣고 이중으로 된 마우렌코프 증류기 접합 부분에 물이 들어가는 호수와 나가는 호수 두 개를 연결시켰다. 그는 옛날 자신이 들판에서 일을 하던 시절에는 그냥 부채질을 하면서 열을 식혀야 했었기 때문에 이세련된 장치는 나중에 자기가 만들어 붙인 것이라고 설명해 주었다. 그리고 나서 그는 불을 세게 했다.

점차 증류기가 끓기 시작했다. 한동안 시간이 흐른 후 처음에는 뜨문뜨문 한 방울씩, 그 다음에는 실처럼 가늘게 마루렌코프의 세 번째 관으로부터 발디니가 밑에 세워 둔 피렌체 병으로 증류액이 흘러내렸다. 증류액은 처음에는 묽고 흐릿한 수프처럼 보잘것없어 보였다. 그러나 새 병을 대치한 후 가득 찬 병을 조용히 옆으로 치워 놓으면 그것은 두 가지 서로 다른 액체로 분리되었다. 즉 피렌체 병의 밑에는 꽃이나 식물 즙이 남는 반면, 그 위에는 두꺼운 기름층이 형성되는 것이었다. 그때쯤 조심스럽게 피렌체 병의 밑 쪽에 있는 주둥이를 통해 내용물을 따르면 밑에 있던 부드러운 향기의 꽃물만 떨어지고 병에는 순수한 기름만 남게 되었다. 그것이 바로 식물의 강력한 향기의 원천인 에센스였다.

그르누이는 이 과정에 매혹되었다. 그가 인생에서 뭔가 감동이라는 것을 —— 물론 그 감동은 겉으로 드러나지 않고 감추어진 채 차갑게 타올랐다 —— 맛본 적이 있다면 바로 불과 물과 수증기, 그리고 골똘히 고안해 낸 어떤 도구를 이용해 물질로부터 향기의 영혼을 빼앗는 이 과정에서였다. 향기의 영혼인 휘발성의 향유가 그중에서도 가장 근사한 것으로, 그것이 그의 유일한 관심사였다. 꽃이나 꽃잎, 껍질이나 과일, 색이나 아름다움, 생기나 액체에 남아 있는 그 밖의 시시한 것들은 그의 관심권 밖에 있었다. 그것들은 단지 여분의 껍데기에 불과했다. 찌꺼기였다.

때때로 증류액의 농도가 묽어지면 그들은 알람빅을 불에서 내려 뚜껑을 열고는 끓어서 흐물흐물해진 찌꺼기들을 끄집어냈다. 그것들은 다 풀어져서 마치 부드러운 지푸라기나 작은 새의 창백한 뼈마디, 혹은 너무 오래 끓인 야채처럼 탁해 보였다. 그래서 원래의 재료가 뭐였는지 거의 알아보기 힘들 정도로 섬유질들이 엉켜 걸쭉해졌고 원래의 냄새를 다 빼앗긴 시체처럼 구역질이 났다. 그들은 그것을 창문을 통해 강에다 던져 버렸다. 그러고는 신선한 새 재료들을 채워 넣고 그 위에 물을 부은 후 알람빅을 다시 화덕 위에 올려 놓았다. 또다시 그것이 다시 끓기 시작하면서 식물들의 생명의 즙이 피렌체 병 속으로 흘러내렸다. 그 일을 하며 밤을 꼬박 새우는 때도 많이 있었다. 발디니는 화덕을 돌봤고, 그르누이는 병을 지켜보았다. 병을 바꿀 때까지 기다리는 동안에는 더 이상 할 일이 없었다.

화덕 옆에 의자를 갖다 놓고 앉아 있는 그들은 둘 다 그 볼품없는 증류기에 사로잡혀 있었다. 물론 그 이유는 서로 달랐다. 발디니는 빨갛게 타오르는 불길과 그로 인해 청동이 반짝이는 것을 즐기고 있었다. 그는 장작이 탁탁 소리내면서 타오르는 것과 알람빅이 끓는 소리를 사랑했다. 왜냐하면 그 소리만은 옛날과 다름없었기 때문이다. 그 시절에는 사람들이 공상에 빠질 수가 있었다! 열기로 인해 목이 마른 그는 목을 축이기 위해 선반에서 포도주 한 병을 꺼내 왔다. 포도주 마시는 일 역시 옛날과 같았다.

그러고 나면 발디니는 그 시절 이야기를 끝없이 늘어놓기 시작했다. 스페인의 왕위 계승 전쟁에서 오스트리아에 대항해 싸울 때 결정적인 역할을 했다는 이야기, 카미자르[5]와 함께 세벤 지방을 뒤흔들었던 이야기, 라벤더 향기에 취해 그에게 넘어간 에스테렐의 어느 위그노 파 신자의 이야기, 하마터면 프로방스 거의 전 지역을 불길에 휩싸이게 만들 뻔한 어느 산불 이야기 등을 늘어놓았다. 그때는 건조한 북서풍이 불고 있었기 때문에 불이 났으면 틀림없이 그렇게 되었을 것이라고 그는 덧붙였다. 그는 또 옛날에 자신이 달빛이 환한 들판에서 포도주를 마시며 매미소리를 들으면서 증류하던 일에 대해서도 여러 번 이야기해 주었다. 그렇게 만든 라벤

---

5) 18세기 초에 반란을 일으킨 세벤 지방의 신교도들.

더 향유가 무척 질이 좋고 진했기 때문에 사람들이 그것을 은과 바꿀 정도였다는 것이다. 또 제노바에서 보낸 도제 시절과 방랑 시절에 대한 이야기와 함께 제화공만큼이나 향수 제조인이 많이 있다는 도시 그라스의 이야기도 해주었다. 그 중에는 군주처럼 부유한 사람도 있어서 그들은 그늘진 정원과 테라스, 그리고 나무 식탁이 놓인 식당이 딸린 집에서 도자기 접시에 금수저로 식사를 한다는 것이었다. 또……

포도주를 마시면서 그런 이야기들을 늘어놓을 때면 늙은 발디니는 포도주와 불꽃의 열기에, 그리고 자신의 이야기에 스스로 도취되어 뺨이 불꽃처럼 새빨갛게 달아올랐다. 그러나 약간 어두운 구석에 앉아 있는 그르누이는 그의 이야기에 전혀 귀를 기울이지 않고 있었다. 옛날 이야기들은 전혀 그의 관심사가 아니었다. 그가 관심을 두고 있는 것은 단지 이 새로운 실험 과정뿐이었다. 그는 오로지 작은 관으로부터 가느다란 빛을 내며 증류액이 끊임없이 흘러내리는 알람빅의 머리 부분에 시선을 고정시키고 있었다. 그것을 바라보는 동안 그르누이는 자기 자신이 바로 알람빅이 되는 상상에 빠졌다. 그의 마음속에서 만들어지는 증류액은 더 좋고 더 새롭고 더 독특한 것이었다. 자신의 마음속에 피어 있어서 그 자신 이외에는 어느 누구도 냄새 맡을 수 없는 그런 정선된 식물들로 만든 증류액이었기 때문이다. 그 독특한 증류액은 이 세상을 향기로 가득 찬 에덴으로 변화시키고, 그 속에 있으면 자신의 인생도 후각적으로 견딜 만한 것이 되는 그런 향기를 품고 있었다. 자신이 만든 증류액의 향기로 온 세상을 가득 채울 수 있는 그런 커다란 알람빅이 되려는 것, 그것이 바로 그르누이가 꿈꾸는 소망이었다.

그러나 포도주에 취해 얼굴이 달아오른 발디니는 언제나 핵심에서 벗어나는 이야기들을 늘어놓으면서 점점 더 자신의 환상 속으로 빠져 들었고, 가끔은 기이한 상상에 잠겨 있는 그르누이를 방해했다. 우선 그는 커다란 알람빅이 되려는 생각을 머릿속에서 쫓아 버리고 그 대신 자신이 새롭게 획득한 지식들을 차근차근 목적에 어떻게 이용할 수 있을까 궁리해 보았다.

19

얼마 지나지 않아 그는 증류 분야의 전문가가 되었다. 그는 불꽃의 세기가 증류의 내용물에 결정적인 영향을 미친다는 사실을 알아냈다. 물론 이때도 발디니의 규칙보다는 그의 코가 훨씬 더 도움이 되었다. 식물 하나하나, 꽃잎 하나하나, 나무 하나하나, 그리고 과일 하나하나가 다 나름대로 다루는 방식이 있었다. 어떤 때는 수증기가 많아야 했고, 어떤 때는 그냥 적당히 강한 불에 끓이기만 하면 되었다. 또 어떤 꽃잎의 경우에는 불꽃을 아주 약하게 줄이고 즙을 뽑아 내야만 비로소 최선의 결과를 얻을 수 있었다.

재료를 선별하는 일 역시 중요했다. 박하나 라벤더는 다발째 그대로 증류를 할 수 있었지만, 다른 것들은 아주 꼼꼼하게 골라야만 했다. 꽃잎을 떼어 내고 그것들을 썰고 저미고 두드려야 했으며, 심지어 증류기에 넣기 전에 혼합해서 즙을 내야 하는 것들도 있었다. 어떤 재료들은 도대체 증류할 수 없는 것들이 있었는데, 그르누이에게는 그것이 제일 가슴 아픈 일이었다.

발디니는 그르누이가 이 장치들을 안전하게 다룰 수 있게 되자 알람빅을 마음대로 사용해도 좋다고 허락했다. 그르누이는 이 자유를 마음껏 누렸다. 낮 동안 향수를 혼합하거나 그 밖의 방향제나 향료를 만들어야 했던 그르누이는 밤에는 오로지 증류라는 비밀스러운 기술을 익히는 일에만 전념했다. 그의 계획은 자신이 마음속에 품고 있는 향기들 중 단 몇 가지만이라도 만들 수 있도록 완전히 새로운 냄새의 재료를 얻어내려는 것이었다. 처음에는 약간 성공을 거두었다. 쐐기풀과 겨자씨로부터 기름을 얻는 데 성공했고, 금방 벗겨 낸 서양말오줌나무와 주목나무의 껍질에서 즙을 뽑아 내기도 했다. 물론 그렇게 얻어낸 것들이 냄새상으로는 원래의 재료와 비슷한 점이 거의 없었지만 그 정도만 해도 뭔가 새로운 것을 만들기에는 충분할 정도로 흥미로웠다. 하지만 그런 방법으로는 냄새를 전혀 얻어낼 수 없는 재료들도 있었다. 그르누이는 보통 사람들이라면 전혀 맡을 수 없는 유리 점토질의 차가운 향기를 얻어내기 위해 유리를 증류해 보았다. 그는 창유리와 병유리를 구해다가 크게, 작게, 혹은 파편이나 가루 상태로 만들어 실험을 거듭해 보았지만 전혀 성과가 없었다. 또 그는 청동이나 도자기, 가죽이나 곡식의 낟알, 혹은 자갈도 증류해 보았고, 깨끗한 흙도 실험해 보았다. 심지어는 세느 강의 물까지 가져다가 증류를 해보았다. 그는 세느 강의 냄새를 원래대로 보존할 가치가 있다고 보았던 것이다. 그는 알람빅을 이용하면 백리향이나 라벤더, 혹은 카룸 열매에서 가능했던 것처럼 그런 재료들로부터 각각의 독특한 냄새를 추출해 낼 수 있으리라고 믿었다. 증류라는 것이 금방 사라지는 물질과 비교적 지속적인 물질이 혼합되어 있는 경우에 단지 그것들을 분리시키는 방법에 불과하다는 사실을 알지 못했기 때문이다. 향수 제조에 있어 증류법은 단지 특정한 식물에 들어 있는 휘발성의 기름을 아무 냄새도 없거나 거의 냄새가 없는 나머지 물질로부터 분리시키는 경우에만 필요하다는 사실을 모르고 있었던 것이다. 따라서 휘발성의 기름이 없는 물질의 경우에는 증류법은 아무 의미도 없었다. 물리학에 대한 지식이 있는 우리 현대인들이라면 그 점을 금방 깨달았을 것이다. 그러나 그르누이는 오랫동안 끊임없는 시행 착오와 실망을 거듭한 끝에 어렵사리 그 사실에 도달하게 되었다. 여러 달 동안 그는 밤마다 알람빅에 붙어 앉아 생각해 낼 수 있는 모든 방법을 동원해 실험을 반복했다. 그는 증류법을 이용해 완전히 새로운 향기, 즉 농축 상태로는 이 지구상에 아직 존재하지 않는 그런 향기를 만들어 내려고 애를 썼다. 그러나 별볼일 없는 몇 가지 식물의 기름 이외에는 얻어낸 것이 별로 없었다. 끝을 잴 수 없을 정도로 깊고 풍요로운 자신의 상상력의 샘에서 그는 단 한 방울의 구체적인 냄새 에센스도 퍼올리지 못했다. 그가 생생하게 냄새로 맡을 수 있는 것을 단 한 방울도 만들어 내지 못한 것이다.

자신의 실패를 분명하게 깨닫자 그는 실험을 중단했고, 목숨이 위태로울 정도로 심하게 앓았다.

20

그는 고열에 시달렸다. 처음 며칠 동안은 땀이 비오듯이 쏟아지더니, 나중에는 몸에 있는 땀구멍들로는 부족하다는 듯이 수없이 많은 종기들이 솟아올랐다. 그르누이의 몸뚱어리는 전부 빨간 수포로 뒤덮여 버렸다. 그 수포들이 터지면서 액체 상태의 고름이 쏟아졌고, 그 자리에 또다시 새로운 종기가 생겨났다. 어떤 것들은 아주 커다랗고 빨갛게 퉁퉁 부풀어 올라 마치 화산의 분화구처럼 터져 버렸다. 걸쭉한 고름과 함께 노란 점액에 피까지 섞여 흘러 나왔다. 얼마 지나자 그르누이는 마치 백여 군데 상처가 곪아터져서 안에서부터 돌처럼 굳어져 버린 순교자와 같았다.

물론 이 일은 발디니에겐 큰 걱정거리였다. 하필 파리를 벗어나는 정도가 아니라, 프랑스 밖으로까지 사업을 확대하려는 바로 이 순간에 그의 귀중한 도제를 잃게 된다면 그것은 치명적인 일이 아닐 수 없을 것이다. 왜냐하면 지방뿐만 아니라 외국의 궁전에서도 파리를 온통 휩쓸고 있는 새로운 향수를 몇 가지 주문하겠다는 신청이 점점 더 빈번해지고 있었기 때문이다. 발디니는 그 수요에 대기 위해서 생 탕투안느에 지점을 설치하려는 계획을 세우고 있었다. 그건 매우 작은 공장이라고 할 수 있는 규모로서 가장 잘 팔리는 향수를 대규모로 만들어 작고 아름다운 향수병에 담아, 아리따운 작은 아가씨들의 포장을 거쳐 네덜란드와 영국, 독일 등지로 보낼 생각이었다. 파리에 사는 장인이 그런 일을 하는 것은 불법이었지만, 최근에 발디니는 상당한 지위에 있는 사람들의 후원을 받을 수가 있었다. 물론 그의 훌륭한 향수 때문에 가능한 일이었다. 그중에는 총사령관은 물론이고 세무관리, 왕실의 일원, 혹은 페도 드 브루처럼 날로 번창하는 사업가들도 있었다. 심지어 페도 드 브루는 왕실에서 특허권을 얻어 주겠다고 약속하기도 했다. 그것은 더 이상 비할 바 없이 좋은 일이었다. 그것은 국가적이고 계급적인 모든 통제를 무시할 수 있는 통행권이나 다름없었기 때문이다. 그걸 얻음으로써 사업상의 걱정은 모두 사라지고 영원히 안전하고 평화로운 번영을 보증받는 셈이었다.

그것말고도 발디니는 근사한 계획을 한 가지 더 세우고 있었는데, 생 탕투안느에 공장을 세우는 것과는 반대되는 일이었다. 즉 대규모로 상품을 만들어 내는 것이 아니라 특정한 고객을 겨냥한 향수를 만드는 일, 다시 말해 비교적 높은 지위에 있는 선택된 고객들에게 그들 한 사람 한 사람을 위한 향수를 만들어 주려는 것이었다. 마치 재단해 놓은 옷감처럼 꼭 한 사람에게만 어울리기 때문에 그 한 사람만 사용할 수 있는 향수, 그래서 사용하는 사람의 고귀한 이름을 지닌 향수 말이다. 그는 〈드 세르네 후작 향수〉, 〈드 빌라르스 장군 향수〉, 〈데기용 공작 향수〉 등을 생각하고 있었고 〈드 퐁파두르 후작부인 향수〉, 심지어 〈황제 폐하의 향수〉까지 꿈꾸고 있었다. 그는 그 향수들을, 조각한 금테두리를 두르고 근사하게 광택을 낸 향수병에 담을 생각이었다. 또 향수병의 안쪽 밑바닥에는 보이지 않게 〈향수 제조인 주세페 발디니〉라고 새김으로써 황제의 이름과 자신의 이름이 하나의 물건에 같이 새겨지도록 할 생각이었다. 발디니가 그런 멋진 계획을 세우느라 정신이 없는 이 순간에 하필 그르누이가 병에 걸린 것이었다. 그리말은 맹세하지 않았던가. 신이 그르누이를 보살폈기 때문에 그가 온갖 병에 다 걸렸지만 전부 이겨냈으며 심지어 그 무서운 페스트까지 물리쳤다고. 발디니는 생사의 고비에 이를 정도로 아픈 사람을 본 적이 없었다. 그가 죽는다는 생각만 해도 끔찍했다! 그의 죽음과 함께 공장, 아리따운 아가씨, 특허권, 황제의 향수 등 모든 계획은 수포로 돌아가고 마는 것이었다.

그래서 발디니는 그 귀중한 제자의 생명을 구할 수만 있다면 무슨 일이라도 다 하겠다는 결심을 했다. 그는 우선 그르누이를 작업실의 나무 침대에서 위층에 있는 좀더 깨끗한 침대로 옮겼다. 침대에는 비단 이불을 깔아 놓았고, 곪아서 심하게 부푼 종기에서 구역질을 일으켰음에도 불구하고 좁은 계단으로 환자를 옮길 때는 직접 도와주기까지 했다. 또 아내에게 포도주를 넣고 수프를 끓이도록 했고, 그 지역에서 가장 유명한 의사, 가장 확실한 사람을 불러왔다. 20프

랑이라는 거금을 선금으로 주고 말이다! 그것도 아주 어렵
사리.

왕진 온 의사는 손가락으로 시트를 들추더니 총알을 수없
이 맞은 사람처럼 만신창이가 된 그르누이의 몸을 흘끗 한번
쳐다보았다. 그는 조수가 계속 들고 따라다니는 왕진 가방을
열어 보지도 않은 채 방을 나가서 발디니에게 설명하기 시작
했다. 증상으로 보아 그는 틀림없이 지독한 화농성 홍역과
매독의 변종인 검은 두창병에 동시에 걸렸다는 것이었다. 따
라서 이미 몸이 썩어 들어가기 시작한 그는 살아 있는 생명
체라기보다는 오히려 시체에 가깝기 때문에 더 이상 치료하
는 것은 무의미하다고 덧붙였다. 그런데 한 가지 이상스러운
점은 이런 병에 걸리면 반드시 나타나게 되어 있는 페스트에
걸렸을 때와 같은 악취가 이 환자에게는 없다는 점이었다.
그것은 아주 놀라운 일로서 엄밀한 과학적 관점에서 볼 때
불가사의한 일이라는 것이었다. 환자의 생명은 앞으로 48시
간 정도밖에 남아 있지 않은 것이 확실하다고 했다. 그는 특
별 왕진비로 20프랑을 더 받고는 예후를 판정해 주었다. 만
약 전형적인 증상을 보이는 이 시체를 실습용으로 넘겨주면
그중 5프랑은 돌려주겠다는 말을 남기고 의사는 작별인사를
하고 돌아갔다.

발디니는 제정신이 아니었다. 절망에 사로잡힌 그는 한탄
을 하고 소리를 질렀다. 자신의 운명에 대한 분노로 손가락
을 깨물기도 했다. 커다란 성공을 코앞에 둔 시점에서 다시
한번 모든 일이 수포로 돌아가게 된 것이다. 그 옛날에는 창
조력이 왕성한 펠리시에와 그 일당들 때문이었다. 지금은 내

면 세계에서 끊임없이 새로운 냄새에 대한 아이디어가 솟아 오르는 도제, 금덩어리를 주고도 바꿀 수 없는 작고 더러운 녀석이 그를 망치려고 했다. 하필이면 사업이 한창 번창해 가는 이때 지독한 매독과 화농성 홍역에 걸릴 게 뭐란 말인 가! 하필이면 지금! 2년만 더 기다려 주지! 아니면 1년만이 라도 더! 그때쯤이면 은광이든 금당나귀든 그가 가진 모든 것을 빼앗을 수 있었을 텐데. 1년 후라면 그가 죽는 것이 이 렇게 안타깝지는 않았을 텐데. 그런데 지금 그가 죽는다니! 하느님 맙소사, 48시간도 채 안 남았다니.

한순간 발디니는 노트르담 사원에 찾아가 촛불을 켜놓고 성모 마리아 앞에서 그르누이의 회복을 간청해 볼까 하는 생 각을 했다. 그러나 곧 그 생각을 떨쳐 버렸다. 그러기에는 시 간이 너무 촉박했기 때문이다. 그는 잉크와 종이를 들고 들어 가 아내를 환자의 방에서 내쫓아 버렸다. 그가 직접 환자를 지 켜보겠다고 말하면서. 그리고 그는 침대 옆 의자에 앉아서 메 모지를 무릎 위에 올려 놓고 잉크에 적신 펜을 손에 들고 그르 누이로부터 향수에 대한 단 한 마디의 말이라도 얻어내려고 애를 썼다. 제발 마음속에 품고 있는 그 보물들을 그냥 그대로 가져 가지 말아 다오! 이제 마지막 순간이 왔으니 믿을 수 있 는 이 사람에게 그걸 유언으로 남겨 후세 사람들이 모든 시대 를 통틀어 가장 좋은 향수를 알 수 있는 기회를 다오! 나 발디 니가 그 유언, 이 세상에서 가장 훌륭한 향수를 만드는 그 공 식을 성실하게 받들어 꽃피울 것을 약속하마! 모든 성자들의 이름을 걸고 맹세하지만 그르누이 네 이름이 영원히 빛나도 록 하겠다! 가장 좋은 향수는 황제의 발 밑에 직접 바치겠다.

금테두리를 두르고 〈파리의 향수 제조인, 장 바티스트 그르누이〉라는 헌시를 새긴 마노 향수병에 담아서 말이다. 발디니는 그런 말들을 그르누이에게 했다. 아니, 그르누이의 귀에 대고 속삭였다는 편이 더 적절할 것이다. 맹세하고 애원하고 달래기도 하면서 끝없이 그의 귀에다 속삭였다.

그러나 아무 소용이 없었다. 그르누이한테서 나오는 것이라고는 단지 액체 상태의 분비물과 피가 섞인 고름뿐이었다. 그는 아무 말 없이 비단 이불을 덮고 누워서 구역질 나는 배설물만 배출할 뿐 자신이 가진 보물, 향수를 만드는 공식은 단 한 가지도 말해 주지 않았다. 발디니는 그의 목이라도 조르고 싶은 심정이었다. 때려죽이고도 싶었다. 때려서라도 죽어 가고 있는 그 몸뚱어리로부터 귀한 비밀들을 끄집어내고 싶었다. 가능하기만 하다면…… 또 이웃 사랑이라는 기독교적 신념이 그를 막지만 않았더라면.

이렇게 그는 가장 달콤한 목소리로 계속해서 환자를 이리저리 달래면서 시원한 수건으로 그르누이의 땀에 젖은 이마와 벌겋게 달아오른 종기를 닦아 주었다. 이 얼마나 엄청난 극기심이 필요한 일이던가. 또한 혀가 돌아가도록 만들기 위해 포도주를 떠먹여 주기도 했다. 그러나 밤을 새워 가며 애를 써보았지만 소용이 없었다. 날이 밝아 오자 그는 포기해 버렸다. 지쳐 버린 발디니는 방의 한 쪽 구석에 있는 안락 의자에 털썩 주저앉았다. 화가 난 것이 아니라 체념한 그는 침대에 누워 죽어 가고 있는 그르누이의 작은 몸뚱어리를 조용히 쳐다보았다. 그를 죽음으로부터 구해 내지도, 그에게서 뭔가를 알아내지도 못했다. 발디니는 자신이 필요로 하는 그 어떤 것도 얻어내지 못했을 뿐만 아니라, 죽어 가는 그를 속수무책으로 지켜볼 수밖에 없었다. 그것은 자신의 재산을 모두 실은 배가 깊은 물 속으로 침몰하는 것을 바라보고 있는 선장의 심정과 같았다.

그때 갑자기 죽어 가는 환자의 입술이 벌어졌다. 그는 자신의 앞에 확실하고 분명하게 놓여 있는 죽음에 대해 아무것도 예감하지 못한 것 같은 목소리로 말했다.

「말해 주세요, 선생님. 물질로부터 향기를 얻어내는 방법이 압착과 증류말고 또 있나요?」

자신이 환청을 듣고 있거나 아니면 다른 세계에서 들려 오는 목소리를 듣고 있는 것이라고 생각한 발디니는 무의식적으로 대답했다.

「물론 있고말고.」

「어떤 방법이지요?」

침대 쪽에서 질문이 날아오자 발디니는 피곤한 눈을 떴다. 그르누이는 베개에 머리를 묻은 채 미동도 않고 누워 있었다. 시체가 말을 한 건가?

「어떤 거예요?」

다시 질문이 들렸고 그제서야 발디니는 그르누이의 입술이 움직이고 있는 것을 알아차렸다. 그는 생각했다. 이제 끝이 난 거야. 저건 열에 들뜬 헛소리거나 죽음의 단말마가 틀림없어. 그는 일어서서 침대로 다가가 몸을 굽혀 환자를 들여다보았다. 환자가 눈을 뜨고 발디니를 처음 만났을 때처럼 이상하게 탐색하는 듯한 시선으로 그를 올려다보고 있었다.

「어떤 건데요?」

그가 또 물어보았다.

발디니는 죽어 가는 사람의 마지막 소원을 거절하고 싶지 않아서 마음을 단단히 먹고 대답해 주었다.

「내 아들아, 거기에는 세 가지 방법이 있단다. 데워서 향기를 얻는 법, 차게 해서 향기를 얻는 법, 그리고 기름을 이용해 향기를 얻는 법이 있다. 여러 면에서 이것들이 증류보다 우수한 방법들이다. 이런 방법을 쓰면 가장 섬세한 향기까지도 얻을 수가 있지. 재스민이나 장미, 혹은 오렌지꽃의 향기 같은 것 말이다.」

「어디서요?」

그르누이가 물었다.

「남쪽 지방, 특히 그라스에서 그런 방법을 쓰지.」

발디니가 대답했다.

「알았어요.」

그르누이가 대답과 함께 눈을 감았다. 발디니는 천천히 몸을 일으켰다. 기분이 매우 우울했다. 그는 단 한 줄도 적지 못한 공책을 덮고 촛불을 껐다. 밖에서는 벌써 날이 밝아 오고 있었다. 그는 기진맥진한 상태였다. 신부를 모셔 와야겠다는 생각을 하면서 오른손으로 성호를 긋고 방을 나섰다.

그러나 그르누이는 결코 죽은 것이 아니었다. 단지 아주 깊은 잠에 빠져 있을 뿐이었다. 그는 꿈을 꾸면서 자신의 분비물들을 다시 몸안으로 불러들였다. 벌써 피부 위로 솟아 있던 수포들이 가라앉고 화농으로 번졌던 종기들도 사라지면서 그의 상처가 회복되기 시작했다. 일주일이 지나자 그는 병이 완전히 나았다.

21

그는 당장이라도 발디니가 말해 준 새 기술들을 배울 수 있는 남쪽으로 가고 싶은 마음이 간절했다. 그러나 그것은 상상도 할 수 없는 일이었다. 그는 한낱 도제에 불과했으며, 그것은 아무런 의미가 없었다. 그르누이가 다시 살아난 것에 대한 처음의 감격이 사라진 후에, 발디니는 엄밀하게 말해서 그는 아직 아무것도 아니라는 사실을 설명해 주었다. 왜냐하면 정식 도제가 되려면 흠이 없는, 다시 말해 합법적인 혼인 관계에서 태어난 사람이어야 하며 신분에 맞는 일가 친척과 도제 계약서가 있어야 하는데, 그는 그중 어느것 하나도 가지지 못했기 때문이다. 그렇지만 발디니 자신은 그르누이가 평범하지 않은 재능을 발휘해 앞으로도 아무런 문제없이 일을 잘 해내면 언젠가 그에게 도제 수업을 마쳤다는 장인 증서를 주겠노라고 약속했다. 그것은 때때로 그로 인해 피해를 입었음에도 불구하고 결코 버리지 못하는 자신의 선량함 때문이라고 덧붙이면서.

물론 선량한 이 약속이 이행되기까지는 상당한 시간이 필요했다. 꼬박 3년이라는 시간이 걸렸던 것이다. 발디니는 이 기간 동안 그르누이의 도움으로 자신의 원대한 야망들을 실현시켰다. 생 탕투안느에 공장을 세웠고, 훌륭한 향수 덕분에 궁전에서 확고한 자리를 차지함으로써 왕의 특허권도 얻어냈다. 그의 질 좋은 향수 제품들은 페테르부르그, 팔레르모, 그리고 코펜하겐 등지로 팔려 나갔다. 특히 사향 냄새가나는 악보는 나름대로 독특한 향기 제품들이 충분하다고 알려진 콘스탄티노플에서까지 주문이 들어왔다. 런던의 훌륭한 사무실들과 파르마 궁전에서도 발디니의 향수 냄새를 맡을 수 있었으며, 바르샤바 성과 리페 데트몰트를 오가는 백작들의 성에서도 다를 바가 없었다. 이미 노년을 메신나에서 쓰라린 가난 속에서 보낼 작정을 했었던 발디니는 일흔 살이 되었을 때 유럽에서 가장 훌륭한 향수 제조인으로 인정받게 되었고, 파리에서 가장 부유한 사람들 중의 하나가 되어 있었다.

1756년 초에 —— 그동안에 그는 이미 샹주 다리 위에 살림집으로 쓸 건물을 하나 더 지어 놓았다. 왜냐하면 옛날 집이 말 그대로 천장 꼭대기까지 향기를 지니고 있는 원료들과 향료들로 꽉 찼기 때문이다 —— 그는 그르누이가 원한다면 자유롭게 풀어 주겠노라고 했다. 그러나 풀어 주는 데는 세 가지 조건이 있다는 것이었다. 첫째는 발디니의 집에서 만든 향수를 앞으로 직접 만들지도 다른 사람에게 주지도 말 것, 둘째, 발디니 살아 생전에 다시는 파리에 나타나지 말 것, 셋째, 앞에서 말한 두 가지 조건에 대해 절대 비밀을 지켜야 한다는 것이었다. 그는 모든 성자의 이름과 그르누이 어머니의 가여운 영혼, 그리고 그르누이 자신의 명예를 걸고 그 모든 조건을 지키겠다는 맹세를 하라고 했다.

그르누이는 명예나 성자, 혹은 어머니의 가여운 영혼 따위는 전혀 믿지 않았지만 맹세해 주었다. 그는 어떤 것이라도 맹세했을 것이다. 그 우스꽝스러운 도제 증명서를 얻을 수만 있다면 발디니가 어떤 조건을 내걸더라도 받아들였을 것이다. 그 증명서가 있어야만 눈에 띄지 않고 살 수 있고, 방해받지 않고 여행할 수 있으며, 일자리를 얻을 수도 있었다. 그에게는 다른 것은 아무래도 상관없는 일이었다.

도대체 그 조건들이란 게 뭐란 말인가? 다시는 파리 땅을 밟지 말라고? 도대체 파리에 다시 올 이유가 어디 있는가! 이미 파리의 구석구석에 배어 있는 모든 냄새를 다 알고 있었기에 그가 어디를 가든 그 냄새들과 함께 다니는 셈이었다. 그러니 그는 벌써 수년 전부터 파리를 소유한 것이 아닌가. 성공한 발디니의 향수들을 다시는 만들지 말고 그 제조법도 발설하지 말라고? 원하기만 하면 그 정도의 향수, 아니 그보다 훨씬 좋은 향수를 수천 개는 더 만들 수 있었다! 그러나 그럴 생각이 전혀 없었다. 그는 발디니를 비롯해서 그 어떤 시시한 향수 제조인들과도 경쟁을 벌일 계획이 없었다. 자신의 기술을 이용해 큰돈을 벌 생각도 없었고, 달리 살아갈 방도만 있다면 향수를 만들어서 먹고 살 생각도 없었다. 그가 원하는 것은 자신의 내면 세계를 보여 주는 것이었다. 외부 세계가 그에게 제공하는 그 어떤 것보다 자신의 내면이 훨씬 더 놀랍다고 생각했기 때문이다. 그러므로 실상 발디니

165

의 조건이라는 것은 전혀 조건이 아니었다.

그르누이가 길을 나선 것은 봄이었다. 5월의 어느 날 이른 새벽에 그는 길을 떠났다. 그는 발디니한테서 여행용 등가방, 셔츠 두 개와 양말 두 켤레, 큰 소시지 하나와 담요, 그리고 25프랑을 받았다. 발디니는 자신이 주어야 할 것보다 더 넉넉히 돈을 주었을 뿐만 아니라 자신의 철저한 교육에 대해서는 한푼의 수업료도 받지 않았노라며 생색을 냈다. 자기가 주어야 할 것은 단 2프랑의 노자면 충분하다는 것이었다. 그러나 그르누이가 수년간 일을 착실하게 잘해 주어 정이 들었고, 또 자기는 원래 마음이 좋기 때문에 돈을 더 보태 준 것이라고 하면서 그는 여행길에 신의 가호가 있기를 바란다고 말했다. 그리고는 다시 한번 맹세를 잊어서는 안 된다고 강력하게 경고했다. 발디니는 처음 그르누이를 맞아들였던 하인 출입문까지 나와 그가 떠나는 모습을 지켜보았다.

발디니는 그르누이에게 손을 내밀지는 않았다. 그 정도로 정이 든 것은 아니었다. 그는 그르누이의 손을 잡아 본 적이 없었다. 일종의 경건한 혐오감이라고 부를 수 있는 감정으로 발디니는 그와의 신체적 접촉을 기피했다. 마치 그르누이가 자신을 감염시키고 더럽힐 위험이 있다는 듯이 말이다. 발디니는 단지 짧게 잘 가라고 인사했다. 그르누이도 고개를 끄덕이고는 몸을 깊숙이 숙여 절을 한 후 그곳을 떠났다. 거리에는 인적이 없었다.

22

　발디니는 그르누이가 곱사등이의 혹처럼 가방을 둘러멘 자그맣고 구부정한 모습으로 다리를 건너 섬 쪽으로 서둘러 걸어가는 뒷모습을 지켜보았다. 뒤에서 바라본 그의 모습은 마치 노인 같았다. 골목이 꺾어지는 곳에 있는 의회 건물 앞에서 그의 모습이 시야에서 사라지자, 발디니의 마음은 이상할 정도로 가벼워졌다.

　그는 그르누이를 나시는 보고 싶지 않았다. 다시는 말이다. 이제서야 고백하지만 그르누이를 집에 데리고 있으면서 그의 재능을 약탈하는 동안 사실 그의 마음은 편할 날이 없었다. 그것은 난생 처음 뭔가 금기 사항을 어기고 불법적인 방법을 이용해 게임을 하면서도 벌을 받지 않는 사람이 느끼는 죄 의식 같은 것이었다. 물론 사람들이 그의 계략을 알아낼 위험은 희박한 반면, 성공의 가능성은 아주 높았다. 그렇다고 해도 그의 신경은 극히 예민해졌고 양심의 가책도 심해졌었다. 사실 그동안 그르누이와의 관계에 대해 어떤 식으로든 대가를 치르게 될 거라는 강박 관념에 시달리지 않고 넘어간 날은 단 하루도 없었다. 모든 일이 잘되도록 하소서! 그는 항상 두려움에 떨면서 기도를 드려 왔다. 대가를 치르지 않고도 이 대담한 모험이 성공하기를! 꼭 성공해야만 할 텐데! 물론 이런 일이 정당한 것은 아니었지만 그는 신이 눈감아주실 거라고, 틀림없이 모른 체해 주실 거라고 믿고 있었다! 자신의 인생에서 여러 번 이유도 없이 벌을 내리셨으니 이제는 신께서 화해의 태도를 취해야 공평한 거라고 믿었다. 도대체 뭐가 잘못이란 말인가? 잘못이라면 한 가지밖에 없었다. 조합의 규칙을 좀 어기고 교육받지 않은 도제의 뛰어난 재능을 이용해 그것을 내 것인 양 한 죄 아닌가? 물론 그것이 수공업자의 전통적 미덕에서 좀 벗어나기는 하지만 기껏해야 전에 내가 비난하던 일을 오늘 나도 똑같이 한 것뿐이다. 그게 뭐 그리 대단한 범죄가 된단 말인가? 다른 사람들은 평생을 속이는 데 비해 나는 단지 몇 년간 속였을 뿐이다. 그것도 우연히 그렇게 할 수 있는 기회가 한번 주어졌기 때문이 아닌가? 어쩌면 그건 우연이 아니었을지도 모른다. 펠리시에나 그 비슷한 패거리들에 의해 타락해 가는 이 시대를 구하기 위해 신께서 직접 그 마법사를 보낸 것이 아닐까? 어쩌면 신의 의도는 나, 발디니를 겨냥한 것이 아니라 바로 펠리시에를 〈벌주기〉 위함이었을 것이다! 정말 그럴 가능성이 높다! 펠리시에를 벌주려면 나를 높이는 외에 달리 무슨 방도가 있겠는가? 내 행운은 바로 신의 정의를 실현하는 수단이 아닌가. 그러니 이것을 있는 그대로 받아들여야 한다. 부끄러워하거나 한 점 후회도 없이…….

지난 몇 년 동안 발디니는 아침에 좁은 계단을 통해 가게로 내려갈 때, 저녁에 계산대를 들고 올라와 무거운 금화와 은화를 세어 금고 속에 넣어 둘 때, 또 밤중에 코를 골며 자고 있는 아내 옆에 누워서 자신의 행운이 너무 두려워 잠이 오지 않을 때 종종 그런 생각을 했다.

그런데 이제 마침내 그 언짢은 생각들이 사라지게 되었다. 그 무서운 손님은 다시는 돌아오지 않을 길을 떠난 한편, 자신의 재산은 영원히 안전하게 남게 된 것이다. 발디니는 가슴에 손을 대어 보았다. 웃옷의 감촉을 통해 가슴에 간직하고 있는 책이 만져졌다. 거기에는 6백 개의 향수 제조법이 들어 있었다. 그것은 앞으로 영원히 사람들이 만들어 낼 수 있는 모든 향수보다도 더 많은 것이었다. 만약 오늘 재산을 전부 잃어버린다 해도 이 놀라운 책만 있으면 일 년 이내에 또 다시 부자가 될 수도 있는 것이다. 더 이상 바랄 것이 없었다!

길 건너편 건물들의 박공 지붕 너머로 아침 햇살이 따사로이 그의 얼굴에 쏟아졌다. 발디니는 여전히 남쪽의 의회 건물로 이어지는 길을 내려다보고 있었다. 그르누이를 이제 더 이상 안 보게 된 것은 얼마나 기쁜 일인가! 감사의 마음이 봇물 터지듯 밀려오자 그는 오늘 중으로 노트르담으로 가야겠다고 생각했다. 가서 금화를 바치고 촛불을 세 개 붙여 놓고 무릎을 꿇고서 자신에게 이토록 많은 행운을 내려 주시고 징벌을 거두어 주신 신께 감사를 드려야겠다고 말이다.

그런데 그 사이 엉뚱하게도 다른 일이 생겼다. 오후에 그가 막 교회로 출발하려고 할 때 영국이 프랑스에 대해 전쟁을 선포했다는 소문이 들려 온 것이다. 물론 그 소식 자체는 아무 걱정거리도 아니었다. 그러나 바로 그날 향수를 런던으로 보내기로 되어 있었기 때문에 발디니는 노트르담으로 가는 일을 뒤로 미루는 대신 정보를 수집하기 위해 시내에 나갔다. 그리고는 런던으로 향수 보내는 일을 당분간 취소시키기 위해 생 탕투안느에 있는 공장에 들렀다가 집으로 돌아왔다. 밤에 침대에 누워 막 잠이 들기 직전, 그에게 아주 기발한 착상이 떠올랐다. 신세계에서의 식민지 쟁탈로 인해 눈앞에 다가온 전쟁 때 〈퀘벡의 특권〉이라는 이름의 향수를 유행시키는 것이 어떨까 하는 생각 말이다. 그것은 송진으로 만든 영웅의 향기로서 만약 성공만 한다면 —— 성공은 확실했다 —— 영국의 지점 폐쇄를 상쇄하고도 남을 정도의 큰 이득을 볼 것이 틀림없었다. 멍청한 늙은 머리로 이런 달콤한 생각을 하며 발디니는 가벼운 마음으로 베개를 베고 누웠다. 제조법이 적힌 책자에 눌리는 것을 기분좋게 느끼면서 발디니는 잠이 들었다. 그리고는 그는 더 이상 깨어나지 못했다.

이날 밤 작은 재앙이 일어났기 때문이다. 후일 어느 정도 망설임은 있었지만 왕의 명령에 따라 파리의 다리 위에 있는 모든 건물들을 차례차례 철거시키는 계기가 된 그 재앙은 바로 이유도 밝혀지지 않은 채 샹주 다리의 세 번째와 네 번째 교각의 서쪽 지반이 붕괴된 사건이었다. 그와 함께 다리 위에 있던 두 채의 건물도 너무도 순식간에, 너무도 완전히 무너져 내리는 바람에 그 안에 있던 사람은 하나도 구조되지 못했다. 다행히 안에는 단 두 사람뿐이었는데, 바로 주세페 발디니와 그의 아내였다. 하인들은 허락을 받건 받지 않았건 모두 외출중이었다. 이른 새벽에서야 약간 술에 취한 상태로 집으로 돌아온 —— 집이 그 자리에 더 이상 없었기 때문에 더 더욱 집으로 돌아오고 싶었다고 말했다 —— 셰니에는 신경 쇠약에 걸려 버렸다. 그는 30년간을 자식도 친척도 없는 발디니의 유언장에 상속인으로 지명되리라는 기대 속에 살아왔었다. 그런데 지금 한꺼번에 그 유산이 날아가 버린 것이었다. 모든 것이 한꺼번에. 집과 가게, 원료들과 작업장, 그리고 발디니까지도. 더욱이 공장에 남아 있는 재산을 물려받을 수 있게 해줄 그 유언장까지도 사라진 것이었다!

아무것도 찾아내지 못했다. 시체도, 금고도, 6백 가지의 제조법이 적힌 책자도 발견되지 않았다. 유럽에서 가장 위대한 향수 제조인인 주세페 발디니가 남긴 것이라고는 사향과 계피, 식초와 라벤더, 그리고 수천 가지 다른 원료들이 뒤섞인 그 지독한 냄새뿐이었다. 그 냄새는 수주일간이나 더 계속해서 세느 강의 강물을 따라 파리에서부터 르 아브르로 떠내려갔다.

2

23

주세페 발디니의 집이 무너져 내리던 그 시간에 그르누이는 오를레앙으로 향하는 길 위에 있었다. 대도시의 대기권을 뒤로 하며 걸어가는 동안 발걸음을 내디디면 내디딜수록 주변의 공기는 더 투명하고 더 순수하고 더 깨끗해졌다. 마치 공중에서 뭔가를 솎아 낸 것처럼 공기가 점점 더 맑아지고 있었다. 1미터도 채 못 나가 수백, 수천 가지 냄새들이 뒤섞여 미친 듯이 밀려들던 도시와는 달리 이곳의 공기에는 몇 가지 냄새밖에 없었다. 대지 위로 모래길과 초원, 흙과 식물, 그리고 물 냄새가 긴 궤도를 그리면서 바람에 실려 왔다. 그 냄새는 천천히 다가왔다가 다시 천천히 사라져 갔기 때문에 갑자기 중단되는 일은 거의 없었다.

이런 단순함이 그르누이에게는 구원처럼 느껴졌다. 쾌적한 향기들이 그의 코끝을 간지럽혔다. 숨을 쉴 때마다 새로운 냄새, 예상치 못한 냄새, 적대적인 냄새가 나타나지 않을

175

까, 혹은 마음에 드는 냄새를 놓치지나 않을까 걱정할 필요가 없어진 것은 이번이 처음이었다. 언제나 탐색하듯이 냄새를 맡는 일에서 벗어나 거의 자유롭게 숨을 쉴 수 있게 된 것도 이번이 처음이었다. 〈거의〉라고 말한 것은 그 어떤 냄새도 완전히 자유롭게 그르누이의 코를 통과할 수는 없기 때문이다. 외부 세계로부터 자신의 내부로 밀려드는 그 모든 냄새에 대해 항상 본능적인 경계심을 가질 필요가 없어졌음에도 불구하고 그에게는 아직 그런 태도가 남아 있었다. 살아오면서 언제나, 심지어 충족감이나 만족감 혹은 행복을 느껴 본 몇 안 되는 순간에도 그는 언제나 숨을 들이쉬기보다는 차라리 내쉬는 편이었다. 삶을 시작할 때조차 희망에 가득 차 숨을 들이쉬기보다는 살인적인 비명을 내지른 그가 아니었던가. 거의 체질화되다시피 한 이 점만 제외한다면 그르누이는 파리에서 멀어지면 멀어질수록 점점 더 기분이 좋아졌고, 점점 더 숨을 가볍게 쉬게 되었다. 또 걸음걸이도 활기가 넘쳤다. 가끔은 몸을 똑바로 쭉 뻗고 걷기도 했기 때문에 멀리서 본 그의 모습은 보통 사람, 아주 정상적인 도제와 전혀 다를 바가 없었다.

그를 가장 자유롭게 만든 것은 사람들로부터 멀어졌다는 사실이었다. 파리는 세계에서 인구 밀도가 가장 높은 곳으로 60만 내지 70만 명 정도의 사람들이 살고 있었다. 거리에도 시장에도 사람들이 우글거렸고, 지하실에서 지붕 꼭대기까지 건물마다 사람들로 차지 않은 곳이 없었다. 파리에는 사람들의 눈을 피해 숨을 수 있는 장소가 단 한 곳도 없었으며, 인간의 냄새가 배어 있지 않은 돌멩이 한 개, 흙 한 줌 찾을 길이 없었다.

파리에서 벗어나기 시작한 지금에서야 비로소 그르누이는 금방이라도 소나기가 쏟아져 내릴 듯한 날씨처럼 18년 동안 그를 짓눌러 온 것이 바로 진하게 뭉쳐 있던 사람들의 냄새 덩어리였다는 사실을 분명히 깨닫게 되었다. 그는 지금까지 자신이 빠져 나오고 싶어한 것은 그냥 세상이라고만 생각했다. 그러나 그것은 세상이 아니었다. 바로 사람들이었다. 사람들이 없는 세상은 살아갈 수도 있을 것 같았다.

여행을 시작한 지 3일째 되던 날 그는 후각적으로 오를레앙의 세력권 안에 들어서게 되었다. 도시에 가까워졌다는 사실을 보여 주는 시각적인 특징들이 나타나기 훨씬 전에 그르누이는 공기 속에서 인간의 냄새가 점점 짙어지는 것을 알아차렸다. 그는 애초의 계획을 바꾸어 오를레앙을 피하기로 결심했다. 이제 막 획득한 호흡의 자유를 금세 인간들의 악취로 망치고 싶지 않았기 때문이다. 그는 오를레앙을 크게 우회해 돌았다. 샤토 뇌프 근처에서 루아르 강을 만난 그는 강을 따라 내려가다가 쉴리 근방에서 강을 건넜다. 거기까지 도달하자 소시지가 떨어졌다. 그는 소시지를 한 개 더 산 후에 더 이상 강을 따라 내려가지 않고 내륙으로 접어들었다.

그는 이제 도시뿐만 아니라 시골의 작은 마을들까지도 피했다. 점점 더 맑아지고 점점 더 인간의 냄새에서 멀어지는 공기에 도취된 것 같았다. 새로 식량을 구할 때에만 그는 마을이나 외딴 농가에 들러 빵을 사고는 다시 재빨리 숲속으로 돌아왔다. 몇 주가 지나자 그는 가끔 외딴 길에서 부딪치는 몇 명 안 되는 여행자들도 부담스러워졌다. 이따금 초원에서 새로 돋은 풀을 베고 있는 농부들의 냄새를 맡는 것조차 견디기가 어려워졌다. 그는 양떼가 몰려올 때면 두려움을 느끼며 도망치곤 하였다. 양 때문이 아니라 양치기의 냄새를 맡고 싶지 않았기 때문이다. 그는 길도 나 있지 않은 들판을 가로질러 가거나, 한 시간 정도 떨어진 거리에서 기마병 한 명이 자기 쪽으로 다가오는 냄새만 맡아도 몇 마일씩 삥 돌아가는 길을 택했다. 다른 도제들이나 떠돌이들처럼 심문을 받거나 혹은 서류에 대해 질문을 받게 되지 않을까 하는 두려움 때문이 아니었다. 전쟁터에 끌려가게 될까 걱정해서도 아니었다 —— 그는 전쟁 중이라는 사실조차 모르고 있었다 —— 단지 그 기마병의 체취에 구역질을 느꼈기 때문이다. 그런 식으로 여행을 했기 때문에 특별히 결심을 바꿔서가 아니라 저절로 가장 지름길로 그라스까지 가려던 그의 계획은 점점 멀어져 갔다. 다른 모든 계획이나 목적들이 그렇듯이 그의 계획도 자유로 인해 소멸되었다. 더 이상 어딘가로 가야겠다는 목적의식이 없어진 지 오래였다. 오로지 사람들에게서 멀어지고 싶다는 생각뿐이었다.

결국 그는 밤에만 길을 걸었다. 낮에는 덤불들 사이로 기어들어가 나무가 가장 무성하게 우거져 사람들이 접근하기 힘든 곳에서 짐승처럼 몸을 웅크렸다. 그리고는 한 가닥 희미한 냄새조차 자신의 꿈을 방해하지 못하도록 갈색 담요를 머리에서 발끝까지 뒤집어 쓴 채 팔꿈치를 돌려 코를 막고 땅에 엎드린 자세로 잠을 잤다. 해가 지면 그때서야 일어나서 사방으로 코를 벌름거리면서 사람 냄새를 확인했다. 농부들이 마지막 한 사람까지 모두 들판을 떠났는지, 가장 용기 있는 방랑자까지도 어둠이 깔리자 어딘가로 잠자리를 찾아 갔는지 냄새로 확인한 후에야, 즉 밤이 몰고 오는 위험이 두려워 사람들이 깨끗하게 사라졌다는 사실을 확인한 후에야 비로소 그르누이는 은신처에서 기어 나와 여행을 계속했다. 그는 길을 밝혀 줄 불빛이 필요 없었다. 낮에 길을 걸어가면서도 몇 시간씩 눈을 감고 코에만 의지해 길을 걸어간 적이 벌써 여러 번 있었다. 눈부신 자연 풍경, 시시각각 갑작스럽고 예리하게 그의 눈앞에 나타나는 것들은 단지 고통일 뿐이었다. 달빛은 그런대로 견딜 만했다. 달빛 속에서는 색채의 구분은 사라지고 단지 지형의 희미한 윤곽만이 드러났다. 그것은 칙칙한 회색빛으로 자연을 뒤덮어 밤새 생명을 억누르고 있었다. 가끔 그림자처럼 회색빛 숲 위로 불어 오는 바람 이외에는 움직이는 것이라곤 하나도 없었다. 벌거벗은 대지의 냄새 이외에는 살아 있는 것이 아무것도 없는 납으로 만든 것 같은 이 세계가 그가 인정하는 유일한 세계였다. 그것은 그의 내면 세계와 닮아 있었다.

그런 식으로 그는 남쪽으로 내려갔다. 대충 남쪽 방향이었다는 말이 더 적절할 것이다. 왜냐하면 자기(磁氣) 나침반을 따라간 것이 아니라 모든 도시, 모든 마을, 모든 부락을 전부 다 빙 돌아서 비켜가는 코의 나침반에 의지해 방향을 잡았기 때문이다. 수주일 동안 단 한 사람도 못 만나는 경우도 있었다. 아마 예민한 나침판인 코가 가르쳐 주지 않았더라면 그르누이는 이 차가운 달빛 아래 놓인 어두운 세계에는 오로지 자기 혼자뿐이라는 달콤한 환상에 빠졌을지도 모를 일이다.

밤에도 물론 사람들은 있었다. 가장 멀리 외떨어진 지역에도 사람들은 있었다. 쥐들처럼 안식처로 돌아가 잠을 자는 사람들로 인해 대지에서는 사람들의 냄새가 완전히 사라질 때가 없었다. 왜냐하면 잠을 자는 중에도 그들은 냄새를 발산했기 때문이다. 그 냄새가 열려진 창문이나 건물 틈새를 통해 밖으로 퍼져 나와 아무 대비 없이 방심하고 있는 자연을 오염시켰다. 깨끗한 공기에 익숙해질수록 그르누이는 더욱더 인간의 냄새에 예민해졌다. 밤중에 전혀 예상하지 못하고 있을 때 갑자기 나타나 양치기의 숙소나 숯쟁이의 오두막, 혹은 도둑 소굴이 근처에 있음을 알려 주는 인간의 냄새는 마치 배설물의 악취처럼 끔찍스러웠다. 그럴 때면 그는 더 멀리 도망을 쳤다. 점점 더 뜸하게 나타나는 인간의 냄새에 더욱더 더 예민한 반응을 보이면서 말이다. 그의 코는 이런 식으로 그를 자꾸 더 외진 곳으로 이끌었다. 그리하여 사람들로부터 멀리 떨어진 곳, 고독의 극점을 향해 그를 몰아갔다.

24

이 극점, 즉 전국에서 사람들로부터 가장 멀리 떨어져 있는 지점은 바로 오베르뉴 산맥 한가운데에 위치하고 있었다. 클레르몽에서 남쪽 방향으로 약 닷새 정도의 거리에 위치한 플롱 뒤 캉탈이라는 이름의 2천 미터 높이의 화산 봉우리 꼭대기가 바로 그곳이었다.

원추형의 그 봉우리는 납과 같은 갈색 바위 덩어리였다. 회색의 이끼와 덤불이 드문드문 솟아 있을 뿐 사방은 끝없는 고지대에 둘러싸여 있었다. 고지대 위에는 여기저기 갈색의 뾰족한 바위가 썩은 이빨처럼 솟아 있었고, 불에 타서 숯이 되어 버린 나무가 몇 그루 서 있을 뿐이었다. 이 지역은 환한 대낮에도 황량하기 이를 데 없는 불모지였기 때문에 가난한 마을의 가장 가난한 양치기라 해도 양떼를 이곳으로 몰고 나오지는 않을 것 같았다. 달빛이 희미하게 비치는 밤에도 이곳은 마치 신으로부터 버림받은 황무지처럼 더 이상 현실의 세계가 아니었다. 널리 지명 수배된 오베르뉴의 극악무도한 산적 르브룅이라 해도 이런 곳으로 숨어 들지는 않을 것이다. 물론 플롱 뒤 캉탈에 숨으면 누구에게 들키거나 발각될 위험에서 벗어날 수 있겠지만, 일생을 고독 속에서 지내다가 안전한 죽음을 맞이하느니 차라리 세벤 지방을 돌아다니다가 그곳에서 체포되어 처형당하는 편을 택할 것이다. 이 산의 사방 수마일 이내에는 사람의 그림자도 없었다. 물론 따뜻한 피를 가진 제대로 된 동물도 전혀 없었다. 기껏해야 박쥐와 딱정벌레 몇 마리, 그리고 독사 정도였다. 수십 년 동안 이 봉우리에는 사람의 발길이 닿아 본 적이 없었다.

그르누이가 이 산에 도착한 것은 1756년 8월의 어느 날 밤이었다. 날이 밝아 올 무렵 그는 봉우리에 올랐다. 자신의 여행이 여기서 끝났다는 사실을 그는 미처 모르고 있었다. 그는 여기가 단지 더 깨끗한 공기를 찾아가는 여정의 일부라고만 생각하고 있었다. 그는 사방으로 몸을 돌려 가며 화산 활동으로 인해 멀리까지 펼쳐진 거대한 황무지를 냄새로 살펴 보았다. 동쪽에는 생 플루르의 드넓은 고지대와 리우 강의 늪지대가 펼쳐져 있었다. 그가 여러 날에 걸쳐 걸어 내려온 북쪽은 석회암으로 이루어진 산맥이었다. 서쪽에서는 어디선가 가벼운 아침 바람에 돌과 억센 잡초 냄새가 실려 올 뿐 다른 냄새는 맡을 수 없었다. 마지막으로 남쪽으로는 플롱 뒤 캉탈 산에서 뻗어 나온 지맥들이 수마일이나 이어지면서 트뤼예르 협곡을 형성하고 있었다. 사방 어디를 둘러보아도 모두 똑같은 거리만큼 인간들로부터 떨어져 있었다. 어느 방향으로든 한 걸음만 내딛어도 그만큼 인간에게 더 가까워

182

지는 것이었다. 나침판이 빙빙 돌았다. 더 이상 어느쪽으로
가야 할지 알 수가 없었다. 목적지에 도착한 것이다. 그러나
동시에 그는 잡혀 버린 것이다.

　해가 떠오를 때까지도 그는 여전히 같은 자리에 서 있었
다. 코는 공중을 향하고 있었다. 그는 필사적으로 위협적인
인간의 냄새가 다가오는 방향과 자신이 도망쳐야 할 방향을
알아내려고 애를 썼다. 어느 방향에서든 숨어 있던 인간의
냄새를 한 가닥 정도는 맡게 되리라고 기대하면서. 그러나
아무 냄새도 맡을 수 없었다. 고요만이 남아 있었다. 그런 말
을 써도 된다면, 그것은 바로 냄새의 고요라고 말할 수 있을
것이다. 그의 주위에는 바람의 고요한 살랑거림 속에서 죽은
돌과 회색 이끼, 그리고 마른 풀의 단조로운 냄새가 실려 왔
을 뿐 다른 냄새라곤 없었다.

　매우 오랜 시간이 흐른 후에야 비로소 그르누이는 아무 냄
새도 없는 것이 무슨 의미인지 깨닫게 되었다. 그런 행운이
자신에게 닥치리라고는 전혀 예상하지 못하고 있었기 때문
에 생긴 의혹으로 인해 그것을 깨닫는 데 시간이 필요했던
것이다. 심지어 그는 해가 떠 있는 동안 지평선 위에서 인간
의 존재를 입증해 줄 최소한의 표식이라도 발견할 수 있을까
눈으로 찾아 보기도 했다. 오두막의 지붕이나 연기, 울타리
나 다리, 혹은 가축 떼가 있나 살펴 본 것이다. 또 손으로 귀
를 모으고 낫질하는 소리나 개 짖는 소리, 혹은 어린아이의
울음소리가 들리는지 귀를 기울이기도 했다. 하루 종일 플롱
뒤 캉탈 산의 작열하는 태양빛 아래 서서 인간의 존재를 보
여 주는 단 하나의 증거라도 나타나기를 기다렸다. 그러나

헛된 일이었다. 해가 지자 이제 그의 의혹은 점차 강한 기쁨
으로 변했다. 이제서야 그 혐오스러운 인간의 악취에서 벗어
난 것이다! 정말로 그는 완전히 혼자였다! 그는 이 세상에 존
재하는 유일한 인간이었다!

커다란 환호성이 터져 나왔다. 난파선의 선원이 몇 주일
동안 표류하다가 드디어 사람이 사는 섬을 발견했을 때 터뜨
리는 탄성처럼 그르누이는 고독의 산에 도착한 것을 축하하
는 비명을 내질렀다. 그것은 행복의 비명소리였다. 그르누이
는 가방과 담요. 그리고 지팡이를 던져 버렸다. 발로 땅을 쿵
쿵 구르고 팔을 허공에 빙빙 휘두르면서 춤을 추었다. 자신
의 이름을 사방에 외치면서 주먹을 내지르기도 하고 의기 양
양하게 자기가 밟고 서 있는 땅을 치거나 지는 해를 향해 주
먹질을 해대기도 했다. 마치 하늘에서 해를 추방시키기라도
할 듯이 말이다. 밤이 깊을 때까지 그는 미친 사람처럼 날뛰
었다.

25

그 다음 며칠 간을 그는 산에서의 생활을 준비하며 보냈다. 이 은총의 땅을 그렇게 빨리 떠나지는 않을 것이 확실했기 때문이다. 그는 우선 물 냄새를 찾아 나섰다. 봉우리 약간 아래쪽에 있는 바위 틈에서 물이 솟아 나와 바위를 타고 실처럼 흘러내리는 것을 발견했다. 그렇게 많은 양은 아니었지만 인내심을 가지고 한 시간 정도 핥아 먹으면 하루의 갈증 정도는 해소될 것 같았다. 먹을 것도 찾아 냈다. 그는 작은 도룡뇽과 독이 없는 뱀 대가리를 잘라 낸 후 그걸 껍질과 뼈째로 꿀꺽 삼켜 버렸다. 그것말고도 마른 이끼와 풀, 그리고 덩굴딸기도 먹었다. 도시인의 관점에서 보면 도저히 먹을 수 없는 것들이지만 그에게는 전혀 문제가 되지 않았다. 벌써 지난 몇 주, 몇 달간을 빵이나 소시지 같은, 사람들이 만든 음식은 통 먹지 못했었다. 배가 고파지면 눈앞에 보이는 것을 닥치는 대로 먹었었다. 그는 결코 미식가가 아니었다. 그런 것에서 즐거움을 찾지는 않았다. 아무 형체도 없는 순수한 냄새 이외에 다른 어떤 것에도 즐거움이란 게 있다면 말이다. 그는 또한 안락함을 추구하지도 않았다. 맨돌 위에서 잠을 자게 되었더라도 아마 그는 만족했을 것이다. 그러나 좀더 좋은 잠자리를 발견할 수 있었다.

물이 흘러 나오는 곳 가까이에서 봉우리의 중심부를 향해 약 30미터 정도 꾸불꾸불 꺾어 들어가다가 막혀 있는 천연 동굴을 발견한 것이다. 갱도의 안쪽은 그르누이의 어깨가 바위와 맞닿을 정도로 좁았고, 또 등을 구부려야 설 수 있을 정도로 높이도 낮았다. 그러나 앉을 정도의 공간은 됐으며 몸을 웅크리면 드러누울 수도 있었다. 그 정도라도 안락함에 대한 그의 욕구는 완전히 충족되었다. 왜냐하면 그 장소는 이루 말할 수 없을 정도로 많은 장점들이 있었기 때문이다. 동굴 안은 낮에도 밤처럼 깜깜하고 조용했을 뿐만 아니라 소금기가 있는 축축한 공기로 인해 서늘했다. 그르누이는 이곳에는 아직까지 생명체가 한 번도 들어온 적이 없다는 사실을 냄새로 즉시 알아차렸다. 그곳에 들어섰을 때 거의 성스러운 두려움이 그를 사로잡았다. 마치 제단을 준비하듯이 그는 담요를 바닥에 깔고 그 위에 드러누웠다. 마치 천국에 들어온 기분이었다. 프랑스에서 가장 조용한 산속, 땅속 50미터 지점에 그르누이는 마치 자신의 무덤 속에 들어온 사람처럼 드러누웠다. 자신의 일생에서 이처럼 안전한 느낌을 가져 본 적이 없었다. 어머니의 뱃속에 있을 때도 이 정도는 아니었다. 바깥 세상이 불바다에 휩싸인다고 해도 이곳 동굴에 있는 그는 아무것도 알아차리지 못할 것이다. 그는 조용히 울기 시작했다. 이 커다란 행복을 누구에게 감사드려야 할지 알 수 없었다.

그 후 그는 목이 마르거나 급히 용변을 보거나, 아니면 도마뱀이나 뱀을 잡아 먹기 위해서 나갈 때를 제외하고는 동굴 안에만 있었다. 밤에는 그런 것들을 쉽게 잡을 수가 있었다. 왜냐하면 그것들이 평평한 돌이나 구덩이 속에 기어들기 때문에 냄새로 그 위치를 쉽게 알 수 있었기 때문이다.

처음 몇 주 동안에는 지평선을 탐색해 보기 위해 그래도 꼭대기까지 몇 번 올라가 보기도 했다. 그러나 곧 그럴 필요가 없어져 그 일이 그냥 번거로운 습관이 되어 버렸다. 단 한 번도 위협이 될 만한 냄새를 찾지 못하자 마침내 그는 이 탐색을 끝내기로 했다. 생명을 유지하기 위해 부득이하게 꼭 해야 할 일이 끝나면 그는 서둘러 자신의 동굴로 돌아가기 바빴다. 동굴 안에 있을 때에만 정말로 살아 있다는 기분이 들었기 때문이다. 그는 낮에는 스무 시간 이상을 칠흑 같은 어둠과 완벽한 침묵 속에서 미동조차 하지 않았다. 돌로 된 바닥 위에 담요를 깔고 벽에다 등을 기댄 채 어깨를 바위틈에 꼭 끼운 자세로 앉아 있었다. 그런 상태에 그는 만족하고 있었다.

참회자들, 실패자들, 혹은 성자나 예언자들처럼 일부러 고독을 추구하는 사람들이 있다. 그들이 즐겨 찾는 곳은 특히 황무지로, 그들은 그곳에 사는 곤충이나 야생 꿀을 먹고 산다. 또 어떤 사람들은 외딴 섬에 있는 동굴이나 바위틈에서 살기도 하며 —— 좀더 그럴듯하게 —— 막대기 위에 세우거나 공중에 매달아 놓은 우리 속에서 웅크리고 있기도 한다.

신에 좀더 가까워지기 위해 그렇게들 하는 것이다. 그들은 고독 속에서 고행을 하고, 고행을 통해 참회의 길을 걷는다. 그것이 신의 뜻에 합당한 삶이라고 확신하기 때문이다. 혹은 그렇게 고독 속에서 수개월이나 수년 동안 신의 계시가 내려지기를 기다리다가 마침내 그 뜻을 깨닫게 되면 인간들에게 신의 뜻을 전파하고자 부지런히 달려나간다.

하지만 그르누이에게는 그중 어느것도 해당되지 않았다. 그는 신 따위에는 전혀 관심이 없었다. 참회를 하는 것도, 더 높은 곳에서 어떤 계시가 내려지기를 기다리는 것도 아니었다. 그는 단지 자신의 만족감을 위해, 그리고 자기 자신에 좀더 가까워지기 위해 은둔하고 있을 뿐이었다. 그는 더 이상 그 어느것에 의해서도 바뀔 수 없는 자기 자신만의 실존 세계에 빠져 있었다. 바위 틈에 누워 있는 그는 마치 시체가 되어 버린 듯 거의 숨도 쉬지 않았다. 심장도 거의 뛰지 않았다. 그러나 바깥 세상의 살아 있는 그 어떤 인간보다도 더 강력하고 기이한 체험을 한껏 누리고 있었다.

26

그 멋진 체험이 이루어진 무대는, 태어난 후 그때까지 맡아 왔던 온갖 냄새의 흔적들이 다 들어 있는 가슴속 왕국이었다. 달리 또 어느 곳이겠는가? 우선 분위기를 잡기 위해 그는 가장 오래된 첫냄새의 기억들부터 떠올렸다. 그 적대적이던 가이아르 부인의 침실에서 풍기던 곰팡내, 가죽처럼 메말랐던 그녀의 손 냄새, 테리에 신부의 시큼하던 숨결, 신경질적이고 뜨겁던 유모 잔느 뷔시의 모성을 느끼게 하던 땀내, 이노셍 묘지의 시체에서 풍기던 악취, 어머니에게서 풍기던 살인자의 냄새 등이 떠올랐다. 그 냄새를 맡는 동안 그는 구역질이 나기도 하고, 증오심에 사로잡히기도 했으며, 기분좋을 정도의 공포심으로 머리카락이 곤두서기도 했다.

입맛을 돋우기 위한 전채 요리 같은 그 지긋지긋한 냄새의 기억들이 충분히 떠오르지 않을 때면 그는 잠시 그리말의 집으로 냄새의 산책을 나갔다. 거기서는 살점이 너덜너덜 붙어

189

있는 짐승의 날가죽 냄새와 무두질용 삽액(澁液)의 악취를 흠뻑 들이마셨다. 또 60만 파리 시민들이 한여름의 찌는 듯한 더위 속에서 뿜어 내던 그 악취 덩어리도 떠올렸다.

그러면 갑자기 —— 그것이 바로 이 일의 목적이었다 —— 그동안 억눌려 있던 분노가 오르가슴처럼 힘차게 솟구쳐 올랐다. 그는 자신의 고상한 코에 겁도 없이 덤벼들어 괴롭히고 있는 그 냄새들을 향해 폭우가 되어 쏟아져 내렸다. 다 영근 곡식 위로 우박이 쏟아지는 것처럼 폭우가 된 그가 악취들 위로 힘차게 떨어져 내렸다. 그는 쓰레기 같은 그 냄새들을 쓸어 버렸다. 그리고는 마침내 모든 것을 정화시키는 증류수의 대홍수 속에 그것들을 가라앉혀 버렸다. 분노가 치솟는 것은 당연한 일이었다! 엄청난 복수심이 불타올랐다! 아, 이 얼마나 숭고한 순간인가!

작은 인간 그르누이가 흥분으로 몸을 떨었다. 달콤한 쾌감에 빠진 그의 몸뚱어리가 경련을 일으키며 쭉 뻗는 바람에 한순간 그의 머리가 동굴 천장에 부딪쳤다. 그는 다시 천천히 가라앉으면서 누워 버렸다. 해방감과 만족감이 찾아왔다. 역겨운 냄새를 전부 소멸시키는 이 폭발적인 행위는 정말로 유쾌한 일이었다……. 아마도 그의 내면 세계에서 이루어지는 연극의 장면들 가운데 지금이 가장 멋진 순간이었을 것이다. 진짜 위대하고 영웅적인 행위를 했을 때에만 찾아오는 경이로울 정도의 만족스러운 피로감이 그를 덮쳤다.

이제 그는 한동안 편안한 마음으로 쉴 수 있었다. 그는 돌로 된 그 좁은 공간 속에서 가능한 한 최대로 몸을 쭉 펴고 누웠다. 물론 가슴속, 깨끗이 청소한 그의 영혼의 무대에서도 그는 지극히 편안한 자세로 누워서 잠시 정신을 놓고 있었다. 자신의 코로 살랑거리며 밀려오는 냄새가 향긋했다. 마치 봄날의 초원에 불어오는 향기로운 바람 같았다. 이제 막 싹이 튼 너도밤나무 잎사귀 사이로 불어오는 온화한 5월의 바람 같기도 했다. 아니면 소금에 절인 편도나무같이 떫은 맛이 나는 바닷바람이었을까. 늦은 오후가 되어서야 그는 일어났다. 아니, 늦은 오후 같았다는 말이다. 사실상 오전이니 오후니, 혹은 저녁이니 아침이니 하는 시간이 존재하지 않았다. 빛도 어둠도 없었으며 봄날의 초원이나 초록색 너도밤나무 잎사귀도 존재하지 않았……. 그르누이의 마음속 우주에서는 사물은 없고 단지 사물의 냄새만 존재했다(그렇기 때문에 이 우주를 적절하고 그럴듯한 하나의 풍경으로 묘사하는 것은 공허한 말 장난에 불과하다. 우리의 언어는 냄새로 맡을 수 있는 세계를 묘사하기에는 턱없이 부족하기 때문이다). 어쨌든 한낮의 마비 상태가 서서히 풀리면서 억눌려 있던 삶의 의지가 되살아나기 시작했을 때 그르누이의 상태와 시간은 늦은 오후의 풍경 같았다. 남부 지방에서 시에스타[6]가 끝날 무렵처럼 말이다. 고상한 향기의 적인 분노의 뜨거운 열기는 사라지고 악마의 무리는 전멸되었다. 이제 깨끗하고 부드러워진 그의 마음속 들판은 잠에서 깨어날 때의 달콤함에 취해 주인의 뜻대로 뭔가가 이루어지기를 조용히 기다리고 있었다.

이미 말했듯이 그르누이는 졸음을 쫓아내려는 듯 몸을 일

---

6) 한낮의 휴식시간이나 낮잠시간.

으켰다. 위대한 내면 세계의 그르누이도 거인처럼 우뚝 섰다. 서 있는 그의 모습은 위엄 있고 장대했으며 대단히 훌륭했다 — 아무도 그 모습을 보지 못한 것이 안타깝다! — 그는 자신만만하고 위엄 있는 태도로 주위를 빙 둘러봤다.

그렇다! 그건 자신의 왕국이었다! 위대한 그르누이의 왕국! 위대한 그르누이가 창조하고 통치하는 곳, 원하기만 하면 언제든 부쉈다가 다시 세울 수도 있는 나라, 끝없이 영토를 확장하기도 하고 불의 칼로 모든 침입자에 맞서 싸우기도 해야 하는 그 자신의 왕국 말이다. 여기서는 그의 의지, 위대하고 위엄 있고 비범한 인물 그르누이의 의지가 곧 법이었다. 과거의 나쁜 냄새들을 모두 물리친 그르누이는 이제 자신의 왕국에 향기가 넘쳐 나기를 원했다. 그는 빈 들판을 힘찬 걸음걸이로 성큼성큼 걸어다니며 온갖 종류의 향기의 씨앗을 뿌렸다. 널따란 농장과 작고 아담한 꽃밭에 각기 어울리는 방식으로 씨를 뿌렸다. 어떤 곳에는 듬뿍, 어떤 곳에는 조금, 어떤 곳에는 한 웅큼, 혹은 한 알씩 씨앗을 뿌렸다. 부지런한 정원사, 위대한 그르누이는 자신의 왕국에서 가장 멀리 떨어져 있는 외진 곳까지 향기의 씨앗을 파종하러 달려갔다. 이제 씨앗을 뿌리지 않은 곳은 단 한 군데도 없었다.

성스러운 씨앗이 전부 땅속에 잘 뿌려졌다는 사실을 확인한 그르누이는 그 위에 부드러운 주정(酒精)의 비를 쏟아 부었다. 그러자 여기저기서 싹이 트기 시작했다. 벌써 그의 마음을 흡족하게 할 정도로 솟아 나온 새싹들이 풍성한 물결이 되어 농장을 일렁거리게 했다. 보이지 않는 곳에 숨어 있는 정원의 나무에 물이 올랐고 꽃봉오리들이 꽃받침을 뚫고 막

예쁘게 터져 나왔다.

위대한 그르누이가 이제 그만 그치라는 명령을 내리자 비가 멈추었다. 그는 자신의 미소로 따사로운 햇살을 온 왕국에 비추었고, 그러자마자 한꺼번에 왕국의 끝에서 끝까지 수백만 가지 꽃송이가 화려하게 피어났다. 마치 수많은 향기주머니들을 알록달록하게 엮어 짠 훌륭한 양탄자 같았다. 모든 일이 다 잘 이루어졌다고 생각한 그르누이는 입김을 불어온 왕국에 바람이 일으켰다. 그러자 꽃들이 향기를 내뿜기 시작했다. 그 무수한 꽃향기들이 어울려 우주의 향기가 되었다. 그것은 끊임없이 다채롭게 변화하면서도 언제나 하나의 향기로 어우러져 위대하고 위엄 있는 창조자 그르누이에게 충성의 맹세를 바쳤다.

황금 향의 구름 왕관 위에 앉아 있던 그가 이제 코를 벌름거리며 공기를 들이마셨다. 그의 가슴속으로 빨려드는 향기는 나무랄 데가 없었다. 자신이 창조한 삼라만상에게 그르누이는 몸을 숙여 축복을 내렸다. 그러자 그들 역시 그의 축복에 내해 기쁨과 환희에 가득 차 수차례 기막힌 향기로 화답해 주었다. 그러는 사이에 저녁이 되었다. 계속해서 서로 섞이면서 퍼져 나간 향기들이 밤의 푸르름과 어울려 환상적인 음악의 악보가 되었다. 모든 향기들이 찬란한 향기의 불꽃을 터뜨리면서 화려한 무도회를 열려는 순간이었다.

하지만 그르누이는 약간 피곤했다. 위대한 그르누이가 하품을 하면서 말했다.

「보라, 내 위대한 작품을! 이루 말할 수 없이 만족스럽구나. 그러나 모든 인생사가 다 그렇듯이 이미 완성된 작품은 벌써 나를 지루하게 만든다. 나 이제 집으로 돌아가련다. 내 가슴속 성으로 돌아가 힘들었던 이 하루를 마감하며 작은 기쁨을 맛보고 싶구나.」

이 말을 남기고 위대한 그르누이는 황금향의 구름 왕관에서 내려와 나래를 활짝 폈다. 그가 창조한 순박한 향기의 국민들이 기쁘게 춤추며 축제를 벌이는 동안 그는 영혼의 저녁 들판을 가로질러 심장속 자신의 성으로 돌아왔다.

27

아, 집으로 돌아가는 것은 얼마나 즐거운가! 복수자와 창조자의 두 가지 역할을 한꺼번에 해내느라 그는 적지 않게 긴장을 했다. 뿐만 아니라 자신이 창조한 삼라만상에 의해 몇 시간 동안 찬양을 받는 일도 완전한 휴식과는 거리가 멀었다. 신이 되어 세계를 창조하고, 그 피조물들을 대표하는 일에 지친 위대한 그르누이는 이제 가정적인 기쁨을 맛보고 싶었다.

그의 심장은 자줏빛 성(城)이었다. 바위투성이가 황무지의 한가운데에 위치한 그의 성은 모래 언덕으로 가려져 보이지 않았다. 성의 주위는 온통 늪이 자리잡고 있었고, 일곱 겹의 바위 성벽이 둘러싸고 있어 성 안으로 들어가는 방법은 날아가는 수밖에 없었다. 그 성에는 모두 천 개의 방과 천 개의 지하실, 그리고 천 개의 근사한 응접실이 있었다. 위대한 그르누이에서 소박하고 사랑스러운 한 남자로 되돌아온 장 바티스트 그르누이는 그중 한 응접실의 자주색 소파에 누워 하루의 피로를 풀곤 했다.

방마다 바닥에서 천장까지 설치된 선반에 그르누이가 일생 동안 모아 온 냄새가 가득 들어 있었다. 그리고 지하실에는 그가 지금까지 수집한 냄새 중 가장 좋은 향기들이 통에 담겨 있었다. 그 속에서 향기들이 알맞게 숙성되면 다시 병에 담아 수킬로미터나 되는 습기차고 서늘한 복도에 수집 장소와 시간에 따라 분류해 놓았다. 그것은 한 사람이 평생을 마셔도 다 못 마실 정도로 엄청난 양이었다.

마침내 자신의 안식처로 돌아온 사랑스러운 장 바티스트 그르누이는 자줏빛 응접실에 놓인 수수하지만 안락한 소파에 드러누운 후 —— 긴 장화를 벗은 후라고도 할 수 있다 —— 손뼉으로 하인들을 불렀다. 물론 모습을 보거나 느낄 수도 없고, 목소리를 듣거나 냄새를 맡을 수도 없는, 그러니까 완전히 상상 속에서만 존재하는 하인들이었다. 그는 하인들에게 거대한 냄새 도서관에서 읽을 거리로 쓸 향기책 몇 권, 그리고 지하실에서 음료수로 쓸 향기를 몇 병 가져 오라고 시켰다. 상상 속의 하인들이 명령을 수행하러 서둘러 떠나면 그르누이는 그 기다림이 고통스러워 경련을 일으켰다. 마치 카운터에 술을 주문해 놓은 주정뱅이가 갑자기 자신의 주문이 거절당할 것 같은 두려움에 사로잡혔을 때의 기분 같은 것이었다. 지하실이나 방이 텅 비어 있는 것은 아닐까? 통에 든 포도주가 상하지나 않았을까? 왜 이렇게 사람을 기다리게 하는 걸까? 왜 여태 안 나타나는 거지? 그는 당장 향기가 필요했다. 아주 절박한 심정이었다. 그는 향기를 마시고 싶어

미칠 지경이었다. 향기를 마시지 못하면 그 자리에서 당장 죽어 버릴 것만 같았다.

그러나 침착하라, 장 바티스트! 제발 침착하라! 하인들이 나타날 것이다. 네가 그토록 마시고 싶어하는 것을 가지고 말이다. 벌써 하인들이 날아오고 있지 않느냐. 그들이 들고 있는 눈에 보이지 않는 쟁반 위에는 향기의 책이 놓여 있다. 하얀 장갑을 낀 그들의 보이지 않는 손에는 향기가 담긴 귀한 병이 들려 있었다. 아주 조심스럽게 향기를 내려놓은 하인들이 허리를 숙여 인사한 후 사라져 버렸다.

또다시 혼자 남겨진 장 바티스트 그르누이는 드디어 애타게 기다리던 향기의 병에 손을 뻗친다. 첫번째 병마개를 딴 그는 향기를 가득 따른 술잔을 입술로 가져 가 단숨에 그 시원한 향기의 술잔을 비워 버린다. 아, 이 얼마나 상쾌한 맛인가! 장 바티스트의 눈에서 고통이 사라지고 기쁨의 눈물이 흘러내린다. 그는 재빨리 두 번째 잔에 향기의 술을 따른다. 1752년 봄 루아이알 다리에서 해가 떠오르기 전에 채취한 향기였다. 그가 코를 서쪽으로 향하고 있을 때 맡았던 바람의 냄새였다. 바다 냄새와 숲의 냄새, 그리고 강가에 정박하고 있던 거룻배의 타르 냄새가 약간 섞여 있던 그 상쾌한 바람 내음은 그리말의 허락도 받지 않고 처음으로 파리를 이리저리 배회하던 날, 밤이 끝나갈 무렵에 채취한 냄새였다. 날이 막 밝아 오던 첫새벽에 그 상쾌한 냄새를 맡았을 때 그는 자유를 느꼈었다. 그 향기는 그에게 자유의 약속을 의미했다. 그날, 그 아침의 냄새, 그것은 그르누이에게는 희망의 냄새였다. 언제나 조심스럽게 보관해 오면서 그 향기를 그는 날마다 조금씩 들이마셨다.

두 번째 잔을 다 비우고 나자 긴장이 풀리면서 의심과 불안이 사라졌다. 그리고 놀라울 정도로 마음이 편해졌다. 이제 그는 소파의 부드러운 쿠션에 등을 기댄 채 향기의 책을 펼쳐 냄새의 추억들을 읽기 시작했다. 어린 시절의 냄새와 학교의 냄새, 거리와 도시 구석구석에 배어 있던 냄새, 그리고 사람들의 냄새를 읽어 내려갔다. 기분좋은 전율이 그의 몸에 퍼져 나갔다. 왜냐하면 그것은 방금 전에 자신이 다 파괴해 버린 냄새, 그가 증오해 온 냄새들이었기 때문이다. 혐오와 흥미를 동시에 느끼면서 그는 구역질 나는 그 냄새의 책을 읽어 나갔다. 혐오감이 흥미를 이기게 되면 그는 책을 덮어 옆으로 밀어 놓고 다른 책을 집어 들었다.

책을 읽으면서도 그는 쉬지 않고 고귀한 향기의 술을 들이마셨다. 희망의 향기가 들어 있는 그 병을 다 비우자 그는 1744년 가이아르 부인의 집 앞에서 채취한, 따뜻한 나무 냄새가 들어 있는 병의 코르크 마개를 땄다. 그 병도 다 비운 그는 어느 여름날 저녁의 향기가 들어 있는 병을 마셨다. 그것은 1753년 생 제르맹 데 프레 공원의 주변에서 수집한 것으로 진짜 진한 꽃 향기가 들어 있었다.

이제 향기에 흠뻑 도취된 그의 육신이 소파 위에 무겁게 늘어져 있었다. 정신은 이미 말할 수 없을 정도로 몽롱해졌지만 아직 주연(酒宴)이 끝난 것은 아니었다. 물론 더 이상 책을 읽을 수 없는 상태였다. 책은 이미 오래 전에 손에서 미끄러져 바닥에 떨어져 있었다. 그러나 그는 가장 향긋한 마지막 병까지 다 비우기 전에는 주연을 끝내고 싶지가 않았다. 그것은 바로 마레 거리에 살고 있던 그 소녀의 향기였다……

　그는 제대로 몸을 가누기가 어려웠음에도 불구하고 소파 위에 똑바로 앉아 경건한 자세로 그녀의 향기를 들이마셨다. 자줏빛 응접실이 몸을 움직일 때마다 빙빙 돌았다. 그렇지만 그르누이는 무릎을 붙이고 발을 맞댄 채 왼손을 왼쪽 허벅지에 올려 놓은 학생 같은 자세로 마음속 성의 지하실에서 가져 온 가장 귀한 향기를 들이마셨다. 한 잔, 또 한 잔 그 향기를 마실수록 그는 점점 더 슬퍼졌다. 자신이 너무 과음하고 있다는 사실을 잘 알고 있었다. 그걸 감당하지 못하리라는 사실도 알고 있었다. 그런데도 병을 끝까지 다 비우고 말았다. 그는 길에서 뒤뜰로 이어지는 어두운 그 복도를 걸어갔다. 불빛이 비치고 있었고, 그 소녀는 앉아서 오이씨를 빼내고 있었다. 멀리서 폭죽 터지는 소리가 들려 왔다……

　술잔을 내려놓은 그는 마치 감상과 술에 도취해 화석이 되어 버린 것 같았다. 그렇게 그는 향기의 마지막 여운이 혀끝에서 사라질 때까지 몇 분을 더 꼼짝 않고 앉아 있었다. 마치 넋이 나간 사람처럼 멍하니 앞만 바라보았다. 머릿속이 갑자기 그가 마셔 버린 술병처럼 텅 비어 버린 것 같았다. 자줏빛 소파에 쓰러진 그르누이는 마비된 사람처럼 깊은 잠에 떨어졌다.

　이와 동시에 현실의 그르누이도 담요 위에서 잠이 들었다. 현실의 그르누이 역시 내면 세계의 그르누이처럼 끝없이 깊은 잠에 빠진 것이다. 내면의 그르누이가 헤라클레스처럼 영웅적 활동과 탐닉에 빠지는 동안 현실의 그르누이 역시 상당히 지쳤기 때문이다. 결국 이 두 그르누이는 같은 사람이었다.

그런데 그가 잠에서 깨어난 곳은 7겹의 성벽에 둘러싸인 자줏빛 성의 자줏빛 응접실이 아니었다. 물론 봄 내음 물씬한 영혼의 들판도 아니었다. 그곳은 단지 어둠에 싸여 있는 동굴 속, 돌로 된 바닥이었을 뿐이다. 허기도 지고 갈증도 느껴지면서 구역질이 올라왔다. 밤새도록 술을 마신 알코올 중독자처럼 온몸에 오한이 나면서 떨리기 시작했다. 그는 엉금엉금 기어 밖으로 나왔다.

정확한 시간은 알 수 없었지만 밖은 환했다. 아마 해질 무렵이거나 해가 뜰 무렵인 것 같았다. 햇빛이 바늘처럼 따끔따끔하게 그의 눈을 찔렀다. 하지만 한밤중이라 해도 별빛에 눈이 아프기는 마찬가지였을 것이다. 공기도 너무 탁하고 거칠게 느껴졌다. 마치 허파에 불이 붙은 것처럼 따가웠다. 주변 풍경은 너무나 황량했다. 그는 바위에 자신의 몸을 부딪쳤다. 세상을 버린 그의 코에는 가장 부드러운 냄새들조차 견딜 수 없는 고통을 주었다. 진드기 그르누이는 껍질이 벗겨진 채 맨살로 바다를 떠다니는 게처럼 예민해져 있었다.

물을 찾아간 그는 두어 시간 정도 물을 핥아먹었다. 그것은 차라리 고문이라고 할 수 있었다. 현실 세계가 그에게 부여하는 고통의 시간은 끝이 없었다. 그는 돌 틈에서 이끼 조각을 뜯어 꾸역꾸역 삼켰다. 이끼를 먹으면서 그는 웅크린 자세로 똥을 누었다 —— 그 모든 일을 빨리 해치워야 했다. 하늘에서 벌써 독수리가 날고 있는 것을 본 연약한 작은 짐승처럼 그는 쫓기듯이 자신의 동굴로 뛰어 들었다. 동굴 끝 담요가 깔린 곳까지 온 그는 그제서야 다시 안심이 되었다.

그는 동굴의 벽에 기대 앉아 다리를 쭉 뻗고 마음이 가라

.

앉기를 기다렸다. 흔들리면 안에 든 내용물이 쏟아질 것 같아서 자신의 몸이 움직이지 않도록 가만히 있어야 했다. 차차 거친 숨결이 가라앉으면서 심장의 박동도 평온해졌다. 가슴 속에서 소용돌이치던 파도도 점차 약해졌다. 그러자 갑자기 보이지 않는 거울처럼 고독이 그를 덮쳤다. 눈을 감았다. 마음속의 성문이 열리고 그가 안으로 들어갔다. 그르누이의 영혼의 무대에서는 다음 공연이 시작되었다.

28

이런 식으로 하루가 지나고, 한 주가 지나고, 또 한 달이 지나갔다. 그렇게 해서 꼬박 7년의 세월이 흘러갔다.

그동안 바깥 세상에서는 전쟁이 끊이지 않았다. 물론 세계 전쟁이었다. 슐레지엔과 작센, 하노버, 벨기에, 뵈멘, 폼메른 등지에서 전투가 있었다. 국왕의 군대는 헤센과 베스트팔렌, 발레아렌, 인도, 미시시피, 그리고 캐나다 등에서 쓰러져 갔다. 물론 그것도 거기까지 행군해 가는 동안 티푸스에 목숨을 잃지 않았을 경우에 말이다. 전쟁은 사람들로부터는 백만 명의 목숨을, 프랑스 왕으로부터는 그의 식민지를, 그리고 모든 참전국들로부터는 수많은 전비를 앗아 갔다. 그런 이유들로 해서 어쩔 수 없이 전쟁을 끝내야 할 형편이었다.

그르누이는 그동안에 딱 한 번 아무도 모르게 동사할 뻔한 일이 있었다. 닷새 동안이나 자줏빛 응접실에 누워 있다가 동굴에서 잠이 깨어 보니 추위로 온몸이 마비되어 있었던 것이다. 그는 잠든 상태에서 죽어 버리려고 금방 다시 눈을 감았다. 그러나 날씨가 갑자기 따뜻해지는 바람에 얼었던 몸이 녹으면서 살아났다.

한번은 눈이 너무 많이 내려 눈을 헤치고 먹을 것을 찾을 수가 없었다. 그때는 뻣뻣하게 얼어붙은 박쥐를 먹고 살았다. 죽은 까마귀 한 마리가 동굴 앞에 떨어져 있는 것을 발견한 적도 있었다. 그 까마귀도 먹어 치웠다. 7년 동안 그가 의식할 수 있었던 현실의 사건은 그것뿐이었다. 나머지 시간에는 산속, 그 자신이 만든 영혼의 왕국에서 살았다. 그를 산에서 끌어내려 세상 속으로 다시 몰아낸 한 가지 재앙만 없었더라면 아마 그는 죽는 날까지 그곳에서 살았을 것이다(거기에는 아쉬운 것이 하나도 없었기 때문이다).

29

그 재앙은 지진도, 산불도, 산사태도 아니었다. 그렇다고 동굴이 무너져 내린 것도 아니었다. 재앙은 바깥 세상에서 일어난 것이 아니라 그의 내면 세계에서 일어났다. 그렇기 때문에 더 더욱 그에게는 고통스러운 일이었다. 왜냐하면 이제 그르누이는 더 이상 도망쳐 숨을 곳이 없어졌기 때문이다. 그 일은 잠을 자고 있는 중에 발생했다. 아니, 차라리 꿈속이었다고 하는 편이 낫겠다. 그가 꿈을 꾸는 동안 그의 가슴속 상상의 세계에서 그 일이 일어났던 것이다.

그때 그는 자줏빛 응접실의 소파에 누워 잠을 자고 있었다. 주변에는 빈 병들이 널려 있었다. 엄청나게 과음을 한 후였다. 빨강 머리 소녀의 향기는 맨 마지막에 두 병이나 마셨다. 아마도 이게 좀 지나쳤던지 그는 죽음처럼 깊은 잠에 빠져 있었다. 그렇다고 꿈을 안 꾸는 것이 아니라 꿈속에서 허깨비들에게 이리저리 쫓기는 중이었다. 그 허깨비들은 냄새의 조각들이 분명했다. 그 냄새들이 처음에는 그르누이의 코 주위를 좁은 원을 그리며 맴돌다가 점점 짙어지면서 두터운 냄새의 구름으로 변했다. 이제 그는 안개가 솟아오르는 늪 한가운데에 갇혀 있는 듯한 느낌이었다. 안개는 점점 더 높이 솟아올랐다. 그르누이는 금방 안개에 휩싸여 몸이 흠뻑 젖고 말았다. 안개의 소용돌이 속에는 이제 숨쉴 수 있는 공기가 전혀 남아 있지 않았다. 질식해 죽지 않으려면 안개라도 들이마셔야 했다. 그런데 이미 말했듯이 안개는 어떤 냄새 덩어리였다. 그르누이는 그게 무슨 냄새인지 알고 있었다. 그것은 바로 그르누이 자신의 냄새였던 것이다.

그런데 이상한 것은 그것이 〈자신의〉 냄새라는 사실을 알고 있음에도 불구하고 그 냄새를 맡을 수가 없다는 점이었다. 완전히 자기 자신의 냄새에 파묻혀 있는데도 어떤 방법으로도 그 냄새를 맡을 수가 없었던 것이다.

그 사실을 분명히 깨닫자 그는 몸에 불이라도 붙은 것처럼 아주 무섭게 비명을 지르기 시작했다. 그 비명소리에 지줏빛 응접실의 벽과 성벽들이 무너져 내렸다. 그는 성에서 빠져나와 도랑과 늪과 황무지를 건너뛰어 영혼의 밤 풍경 위를 불기둥처럼 빠르게 돌진해 갔다. 그의 입에서 터져 나온 날카로운 비명소리가 동굴을 빙빙 돌아 바깥 세상, 저 멀리 생플루르 고원 위로 울려 퍼졌다. 마치 온 산이 비명을 질러 대는 것 같았다. 그르누이는 자신의 비명소리에 잠에서 깨어났다. 잠이 깰 때 그는 자신을 질식시키려는 무취의 그 안개를 털어 버리려는 것처럼 온몸을 버둥댔다. 무서워서 죽을 지경이었다. 진짜 죽음의 공포로 인해 몸이 덜덜 떨렸다. 비명소리가 안개를 흐트러뜨리지 못했다면 아마 그는 자신의 냄새에 빠져 익사했을지도 모를 일이다. 그 얼마나 끔찍한 죽음인가. 그 일을 다시 생각하니 몸서리가 쳐졌다.

일어나 앉은 그르누이는 여전히 몸을 떨면서 혼란과 두려움에 사로잡혀 있었다. 그는 정신을 차리려고 애썼다. 그 사이 벌써 한 가지 사실을 분명히 깨닫고 있었다. 그것은 자신의 인생 행로를 바꿔야 한다는 결심이었다. 물론 그 이유는 단 한 가지, 그 무서운 꿈을 두 번 다시 꾸고 싶지 않았기 때문이다. 또다시 그런 꿈을 꾼다면 그때는 살아 남지 못할 것 같았다.

그는 어깨에 담요를 두르고 기어서 밖으로 나갔다. 바깥 세계는 오전이었다. 2월 말의 어느 날이었다. 하늘에서는 햇살이 비치고 있었고, 땅에서는 축축한 돌과 이끼, 그리고 물 냄새가 올라왔다. 아네모네 꽃 향기가 벌써 바람에 실려 오고 있었다. 그는 동굴 앞 땅바닥에 웅크리고 앉았다. 햇살이 그의 몸을 따뜻하게 해주었다. 그는 신선한 공기를 들이마셨다. 방금 자기가 빠져 나온 그 안개를 떠올리자 또다시 온몸에 전율이 흘렀다. 그러나 위에서 비치는 따뜻한 햇살로 인해 다시 마음이 평온해졌다. 비록 도피처에 불과하지만 바깥 세상이 여전히 존재한다는 사실이 정말 다행스러웠다. 만약 동굴을 빠져 나왔을 때 바깥 세상이 사라지고 없었다면? 그때의 오싹함이란 상상도 할 수 없을 정도였다! 햇빛도 없고, 냄새도 없고, 다른 것도 하나도 없었다면? 마음속이나 현실 세계에 전부 그 끔찍스러운 안개뿐이었다면……?

차차 충격이 사라져 갔다. 두려움이 약해지자 그르누이는 조금씩 마음이 편해졌다. 정오가 되자 그는 다시 냉정함을 되찾았다. 왼손의 둘째, 셋째 손가락을 코밑에 갖다 댄 후 손가락 사이로 공기를 들이밀어서 보았다. 아네모네 꽃 향기가 섞인 촉촉한 봄바람 냄새를 맡을 수 있었다. 그런데 자신의 손가락에서는 아무 냄새도 나지 않았다. 이번에는 손을 뒤집어 손바닥에다 코를 대고 냄새를 맡아 보았다. 손의 체온은 느낄 수 있었지만 냄새라곤 도통 없었다. 그러자 그는 너덜너덜 다 떨어진 셔츠 소매를 걷어 올리고 팔꿈치 안쪽에 코를 파묻었다. 그곳이야말로 사람들이 자신의 냄새를 맡을 수 있는 장소라는 사실을 알고 있었기 때문이다. 그렇지만 역시 마찬가지였다. 겨드랑이와 발, 심지어 성기에까지 몸을 숙여가며 냄새를 맡아 보았지만 아무런 냄새도 없었다. 기이한 일이었다. 수마일씩 떨어진 곳에 있는 사람 냄새도 맡을 수 있는 그르누이가 한 뼘도 채 안 되는 거리에 있는 자신의 성기의 냄새를 맡을 수가 없다니! 그러나 그는 당황하지 않았다. 그는 냉정함을 잃지 않고 곰곰이 생각을 모았다. 그러면서 스스로에게 다음과 같이 타일렀다.

「내게 체취가 없을 리가 없어. 냄새가 없는 사람은 없으니까. 그것보다는 태어나면서부터 지금까지 날마다 냄새를 맡아 왔기 때문에 코가 내 자신의 체취에 둔감해진 탓일 거야. 그래서 내 몸의 냄새를 맡지 못하게 된 게 틀림없어. 나 자신으로부터 냄새를 분리시키거나, 아니면 적어도 일부분이라도 잠시 떼어 냈다가 시간이 좀 흐른 후 다시 맡아 보면 틀림없이 냄새를 맡을 수 있을 거야.」

그는 걸치고 있던 담요를 내려놓고 너덜너덜하게 누더기

가 다 된 옷을 벗어 버렸다. 옷을 벗는 것은 7년 만의 일이었다. 옷에는 그의 냄새가 완전히 배어 있을 것이다. 그는 동굴 입구에 옷을 뭉쳐 놓고 그 자리를 떠났다. 7년 만에 처음으로 그는 다시 산꼭대기로 올라갔다. 처음 도착했을 때 섰던 바로 그 자리에 섰다. 그리고는 코를 서쪽으로 향하고 벌거벗은 맨몸뚱이 그대로 바람을 맞았다. 신선한 바람으로 몸에 배어 있는 냄새를 다 털어 버린 후 서풍을 한껏 들이마셔 그 향기가 —— 그것은 바다와 초원의 냄새였다 —— 자신의 체취를 압도하게 만들 작정이었다. 그렇게 되면 자신과 옷 사이에 어떤 냄새의 흐름이 형성되어 자기의 체취를 맡을 수 있을 것 같았다. 일단 자기 냄새를 안 맡기 위해 그는 윗몸을 앞으로 숙인 상태에서 목을 길게 내밀었다. 그리고는 바람을 마주하고 팔을 뒤로 쭉 뻗었다. 마치 물에 뛰어들기 직전의 수영 선수 같은 자세였다.

그는 이런 이상한 자세로 몇 시간을 서 있었다. 오랫동안 빛을 보지 않아 구더기처럼 허옇게 변한 피부가 햇살이 별로 강하지 않았음에도 불구하고 벌겋게 달아올랐다. 저녁 무렵에야 그는 다시 동굴로 내려갔다. 벗어 놓은 옷가지가 멀리서도 벌써 시야에 들어왔다. 옷을 몇 미터 남겨 놓은 거리에서 그는 코를 막았다. 그리고는 옷 가까이 다가간 후 다시 코를 떼었다. 그는 발디니의 집에서 배운 방식대로 냄새 실험을 시작했다. 공기를 들이마셨다가 단계적으로 다시 내쉬는 방법 말이다. 냄새를 포착하기 위해서 그는 손을 종 모양으로 말아서 옷 위에 대고 추를 매달듯이 그 속으로 코를 들이밀었다. 옷에서 자신의 냄새를 맡기 위해 모든 방법을 다 동원해 보았다. 그러나 옷에 그의 냄새는 없었다. 그의 체취가 옷에 배어 있지 않은 것이 확실했다. 돌, 모래, 이끼, 송진, 까마귀의 피 냄새, 심지어 수년 전 그가 쉴리 근방에서 살던 소시지 냄새까지 뚜렷하게 남아 있었다. 옷은 지난 7, 8년간의 모든 냄새가 기록된 일기장 같았다. 그런데 단 한 가지 그 세월 동안 언제나 그걸 걸치고 있던 사람, 그 자신의 냄새만 거기에 없었다.

조금씩 불안한 생각이 들기 시작했다. 해는 벌써 지고 있었다. 그는 7년 동안 자신이 살아 온 그 어두컴컴한 동굴 입구에 옷을 벗은 상태 그대로 서 있었다. 오싹할 정도로 찬바람이 불어 왔다. 그러나 그는 몸이 어는 줄도 모르고 서 있었다. 그의 마음속에는 또 다른 추위, 즉 공포가 들어차 있었기 때문이다. 그것은 꿈속에서 겪었던 공포, 즉 자기 자신의 냄새에 질식할 것 같아서 어떻게든 그것을 헤치고 빠져 나올 때의 공포와는 사뭇 다른 것이었다. 그것은 자신에 대해 아는 것이 하나도 없다는 사실에서 비롯한 공포였다. 이 공포로부터 도망칠 방법이 없었다. 정면으로 맞서는 수밖에 다른 도리가 없었다. 진실을 알게 되는 것은 무서웠지만 자신이 냄새를 갖고 있는지 아닌지 확실하게 알아야만 했다. 그것도 지금 당장, 이 자리에서 말이다. 시간이 없었다.

그는 다시 동굴 속으로 들어갔다. 몇 미터 걸어가자 벌써 사방이 완전히 어둠에 싸여 있었지만 그는 환한 빛 속을 걸어가듯이 똑바로 걸어갔다. 수천 번도 더 걸어 본 그 동굴에서 그는 어디로 걸음을 옮기고, 어디쯤에서 방향을 바꿔야 할지 잘 알았다. 툭 튀어나온 바위가 있는 곳은 어디쯤이고 가장 작은 돌부리는 어디쯤 있는지도 냄새로 훤히 알고 있었다. 어둠 속을 걸어가는 것은 어렵지 않았다. 어려운 것은 밀실 공포증을 불러일으킨 그 꿈에 대한 기억과 맞서 싸우는 일이었다. 안으로 들어가면 갈수록 그 기억의 파도는 점점 높아지면서 세차게 출렁거렸다. 그렇지만 그는 용기를 냈다. 자신에 대해 아는 것이 없다는 두려움으로 사실을 알게 되는 것에 대한 두려움을 물리쳤다. 다른 선택의 여지가 없었기 때문에 꿈에 대한 공포를 이겨낼 수가 있었다. 동굴의 끝, 흙더미가 무너져 내린 곳에 다다랐을 때 그 두 가지 두려움은 그의 마음에서 사라지고 없었다. 마음이 편해졌다. 머리는 아주 맑아졌고 코는 수술용 메스처럼 아주 예민해졌다.

그는 웅크리고 앉아 손으로 눈을 가리고 냄새를 맡기 시작했다. 세상에서 동떨어진 이 외진 동굴 속에서 그는 7년을 살아왔다. 이 세상에 그의 냄새를 간직한 곳이 있다면 바로 이곳일 수밖에 없었다. 여기는 그의 냄새가 있어야 했다. 그는 천천히 공기를 들이마셨다. 그리고는 아주 세심하게 음미해 보았다. 시간을 두고 판단을 내릴 생각이었다. 15분간을 그는 그렇게 앉아 있었다. 그의 기억력은 한치의 오차도 없었다. 7년 전 이 자리에 어떤 냄새가 있었는지 떠올랐다. 바위 냄새, 소금기가 들어 있는 축축하고 서늘한 냉기, 사람이든 짐승이든 살아 있는 생명체의 냄새라고는 전혀 들어 있지 않아 너무도 깨끗하던 그 냄새를……. 그런데 지금도 여전히 그 냄새뿐이었다.

한참을 더 웅크린 자세로 조용히 앉아 있던 그가 말없이 고개를 끄덕였다. 그리고는 일어나서 동굴을 걸어 나갔다.

처음에는 몸을 구부린 채 걷다가, 동굴의 높이가 좀 높아지자 몸을 꼿꼿이 세운 채 그는 밖으로 걸어 나갔다.

밖에서 그는 자신의 누더기를 다시 걸쳤다(신발은 벌써 수년 전에 썩어 없어졌다). 그날 밤으로 그는 어깨에 담요를 걸치고 플롱 뒤 캉탈 산을 뒤로한 채 남쪽을 향해 길을 나섰다.

30

그의 모습은 보기에도 아주 끔찍스러웠다. 머리카락은 무릎을 덮었고, 가느다란 수염은 배꼽까지 내려왔다. 손톱은 마치 새의 발톱처럼 자라 있었으며, 누더기 사이로 드러난 팔과 다리의 피부는 너덜너덜 벗겨져 있었다.

그를 처음 본 것은 피에르포르 시 근처의 들에서 일을 하던 농부들이었는데, 다들 그를 보자마자 비명을 질러 대며 도망쳤다. 그런데 시내로 들어온 그는 그와 반대로 일대 센세이션을 불러일으켰다. 그를 보기 위해 몰려든 수많은 사람들은 놀라서 입도 다물지 못하고 그를 쳐다보았다. 노예선에서 도망친 죄수가 틀림없다, 아니 인간이 아니라 곰과 인간의 잡종으로 숲속에 사는 짐승이 틀림없다는 둥 이러쿵저러쿵 말들이 많았다. 바다를 항해했다는 어떤 사람은 대서양 건너편에 있는 가이아나 지방의 인디언 부족을 닮았다고 주장하기도 했다. 사람들이 그를 시장에게 데리고 갔다. 그곳에서 그르누이가 도제 증명서를 꺼내 보이고 입을 열어 말을 하자 사람들은 까무러칠 정도로 놀랐다. 약간 우물우물하기는 했지만 —— 그것은 그가 7년 만에 처음으로 입을 여는 것이었다 —— 잘 알아들을 수 있는 목소리로 그는 자신이 여행 중에 산적들에게 잡히는 바람에 7년 동안 어떤 동굴에 감금되어 있었다고 설명했다. 그 기간 동안 햇빛도, 사람 구경도 못한 채 누군가가 바구니에 담아 어둠 속으로 내려 보내 주는 음식으로 연명해 오다가 마침내 어떤 사람이 밑으로 사다리를 내려 준 덕분에 구출된 것이라고 했다. 그렇지만 자신을 구해 준 사람의 얼굴은 보지 못했으며 왜 구해 주었는지도 모른다고 덧붙였다. 물론 이것은 꾸며 낸 이야기였다. 이런 이야기가 사실보다 훨씬 더 그럴듯해 보일 거라고 생각했기 때문이다. 실제로 그랬다. 오베르뉴나 랑그도크, 혹은 세벤 지방에서는 그런 일이 심심치 않게 일어나고 있었다. 어쨌든 시장은 이 사실을 즉시 기록해서 이 도시의 영주이자 툴루즈 제후 회의의 일원인 라 타이아드 에스피나스 후작에게 보고했다.

후작은 마흔 살이 되자 베르사이유의 궁정 생활을 그만두고 자신의 영지로 돌아와 학문에 몰두하고 있는 사람이었다. 여기서 그는 역동적인 국가 경제에 대한 중요한 저서를 집필했다. 그 저서에서 그는 토지와 농산물에 부과되는 세금을 모두 철폐하고 그 대신 소득에 대해 역진세를 부과하자는 주장을 펼쳤다. 가장 가난한 사람들에게 가장 불리하게 세금을 적용함으로써 그들로 하여금 경제적 활동을 보다 활발하게 하도록 유도할 수 있다는 것이었다. 그 책의 성공에 고무된 그는 다섯 살에서 열 살 사이의 소년 소녀의 교육에 관한 논문을 한 편 썼고, 이어서 실험 농법으로 눈을 돌렸다. 그는 우유를 얻기 위한 목적으로 여러 종류의 식물 씨앗에 황소의 정자를 뿌려 동식물의 잡종, 즉 일종의 우유 꽃을 만들어 내려는 시도를 했다. 초기에는 그 식물성 우유로 치즈까지 만들어 약간의 성공을 거두기도 했다. 리용의 과학 아카데미에서 〈약간 쓰긴 하지만 염소 젖과 유사함〉이라는 보증을 해주었던 것이다. 하지만 백 리터나 되는 황소의 정액을 들에 뿌리는 데 드는 막대한 비용 때문에 실험을 중단하지 않을 수 없었다. 어쨌든 이렇게 농생물학적인 문제들을 다루다 보니 그는 자연히 흙뿐만 아니라 흙과 생물 생활권의 관계에 대해서도 관심을 가지게 되었다.

우유 꽃에 대한 실제적 작업을 끝내자마자 그는 곧 열성적으로 생명 에너지와 땅과의 거리에 관한 방대한 연구에 매달렸다. 그것은 생명은 땅에서 일정한 거리를 유지할 때에만 발전할 수 있다는 이론이었다. 그 이유는 땅에서는 생명 에너지를 마비시키고 결국에는 생명 에너지를 완전히 소멸시키는, 소위 〈치명적 유동체〉라는 독가스가 계속 생성되기 때문이라는 것이었다. 모든 생명체가 성장을 통해 땅에서 멀어지려고 할 뿐 땅으로 되돌아가지 않는 이유가 바로 거기에 있다고 했다. 생명체에서 가장 가치 있는 부분들, 즉 곡식의 이삭, 꽃봉오리, 그리고 사람의 머리가 그 예라는 것이다. 또 그렇기 때문에 나이가 들수록 생명체들은 대지를 향해 구부러지다가 결국은 어쩔 수 없이 독가스로 되돌아간다는 것이다. 생명체들은 이런 과정을 통해 죽음을 맞이하게 되고 죽은 후에는 마침내 그 자체가 독가스로 변화된다는 내용이었다.

7년간을 동굴 속에서 —— 그러니까 그의 주장에 따르면 완전히 독가스 천지인 흙 속에 갇혀서 —— 살았다는 사람이 피에르포르에서 발견되었다는 소식이 라 타이아드 에스피나스 후작의 귀에 전해지자 후작은 흥분으로 제정신이 아니었다. 그는 그르누이를 즉시 자신의 실험실로 데려오도록 해서 철저히 검사했다. 그는 자신의 이론이 분명히 입증되었다고 생각했다. 치명적 유동체가 스물다섯 살 난 그르누이의 육체를 노인과 같이 노쇠하게 만들었다고 본 것이다. 라 타이아드 에스피나스 후작은 그나마 그르누이가 죽지 않고 살아난 것은 땅속에 갇혀 있는 동안 흙에서 거리가 먼 빵이나 과일로 양분을 공급받았기 때문이라고 설명했다. 그래서 그의 건강을 회복시키려면 자신이 고안해 낸 생명의 공기 환기 장치를 이용해 그의 몸에서 유동체를 완전히 몰아내는 방법밖에 없다고 했다. 그 기계는 몽펠리에에 있는 그의 저택의 광에 있었다. 그는 그르누이가 자신의 과학적 실험에 응해 준다면 그 치명적인 독가스의 중독에서 벗어나게 해줄 뿐만 아니라 싱딩한 액수의 대가도 지불하겠다고 약속했다.

두 시간 후에 그들은 마차를 타고 있었다. 길이 엉망이었음에도 불구하고 64마일이나 떨어져 있는 몽펠리에까지 오는 데 고작 이틀밖에 걸리지 않았다. 고령임에도 불구하고 후작이 끊임없이 마부에게 말을 빨리 몰라고 재촉했으며, 직접 채찍질을 가하기도 했기 때문이다. 그 정도로 그는 자신이 발견한 증거에 감동하고 있었고, 그걸 한시바삐 사람들에게 보여 주고 싶어 안달이 나 있었다. 한편, 그르누이는 단 한 번도 마차를 떠날 수가 없었다. 누더기를 걸친 채 온몸에 젖은 찰흙을 바르고 있었기 때문이다. 마차를 타고 오는 동안 먹은 것이라고는 날당근뿐이었다. 후작이 치명적 유동체에 의한 중독 현상을 한동안 더 이상적 상태로 보존하고자 했기 때문이다.

몽펠리에에 도착하자 후작은 그르누이를 즉시 지하실로 옮겨 놓고 의학협회, 식물학회, 농업학회, 물리·화학 협회, 프리메이슨 결사대 등 12개가 넘는 학회 회원들을 초청했다. 며칠 뒤 —— 정확히 말하면 산속의 은신처를 떠나온 지 꼭 일주일 되는 날 —— 그르누이는 몽펠리에 대학의 커다란 강의실 연단에 등장했다. 수백 명의 구경꾼들에게 그는 그 해의 과학적 대사건으로 소개되었다.

라 타이아드 에스피나스 후작은 강연을 통해 그르누이는 치명적 유동체 이론의 정당성을 입증해 주는 살아 있는 증거라고 말했다. 그는 그르누이의 육체에서 차례차례 누더기를 벗겨 내면서 유동체가 그르누이의 육체에 미친 무서운 영향을 설명하기 시작했다. 그는 독가스의 부식 작용으로 인한 농포와 흉터, 가슴에 있는 빨갛게 빛나는 커다란 악성 종기에 주목할 것을 요청했다. 곳곳이 떨어져 나갈 정도로 썩은 피부와 뚜렷하게 튀어나온 기형적 두개골, 안짱다리와 곱사 등이 역시 유동체의 영향을 입증하고 있다는 것이었다. 게다가 비장과 간, 폐, 담낭과 소화기 등의 내부 기관 역시 독가스에 의해 손상되었다고 설명하면서 그르누이의 발 밑에 놓인 접시에 담겨 있던 배설물을 증거로 제시했다. 한마디로 말해서 지금 이 앞에 있는 표본은 —— 외견상 그는 거의 두더지에 가까운 모습이었다 —— 7년간이나 〈치명적 유동체〉에 감염되어 왔기 때문에 살아 있다기보다는 오히려 죽은 것에 더가깝다는 것이었다. 그럼에도 불구하고 이미 죽은 것이나 다름없던 이 사람을 8일 만에 이 정도로 회복시킨 것은 자신이 시행한 생명의 식이 요법과 환기 치료법 덕택이라고 뽐냈다. 후작은 그가 점차 회복되고 있다는 증거를 지금 여러분의 눈앞에 직접 보여 드렸으니 실험의 성공 여부는 몇 주 안에 다시 알게 될 것이라고 덧붙이면서, 만약 그때도 그가 살아 있다면 그것은 바로 자신의 치명적 유동체 이론이 사실로 입증되는 셈이라고 말했다.

강연은 엄청난 성공을 거두었다. 학자들은 후작에게 열렬한 박수 갈채를 보낸 후 그르누이가 서 있는 연단으로 줄을 서서 차례차례 몰려들었다. 옛날부터 있던 흉터와 기형적인 신체, 그리고 무심한 태도가 어우러져 그의 모습은 아주 끔찍스러웠다. 사람들은 그의 몸이 반쯤 썩어 버렸기 때문에 다시 살아나는 것은 도저히 불가능할 것이라고 생각했다. 정작 그르누이 자신은 완전히 건강하고 힘이 솟구치는 것을 느끼고 있었는데도 말이다. 어떤 학자들은 전문가인 양 그의 몸을 두드리거나 만져 보고 입 안과 눈을 들여다보기도 했다. 또 어떤 사람들은 그에게 말을 걸어 동굴 생활과 현재의 상태에 대해 직접 질문을 던지기도 했다. 하지만 그는 질문을 받으면 후작이 사전에 지시한 대로 두 손으로 절망적인 몸짓을 하며 목구멍을 가리키면서 꼬르륵거리기만 했다. 목구멍 역시 〈타이아드의 치명적 유동체〉에 의해 벌써 감염되었다는 사실을 보여 주기 위해서였다.

전시가 끝나자 라 타이아드 에스피나스는 그를 다시 둘러 싸서 저택의 창고로 옮겼다. 그리고는 선발된 몇몇 의학 박사들이 입회한 가운데 그를 생명의 환기 장치 속에 가두었다. 그 장치는 가문비나무 널빤지로 촘촘하게 짜맞춘 밀실로서, 지붕 위까지 솟아 있는 환기용 굴뚝을 통해 치명적 독가스가 없는 신선한 공기가 안으로 흘러 들어와 바닥에 설치된 가죽 통풍구를 통해 다시 빠져 나가도록 만들어져 있었다. 이 기계를 가동하는 일에는 여러 명의 하인들이 동원되었는데, 그들은 굴뚝에 설치된 환풍기가 멈추지 않도록 밤낮없이 돌보았다. 그르누이가 이런 식으로 계속해서 공기를 통해 자신을 정화시키는 동안, 옆쪽에 달린 환기용 이중문을 통해 한 시간 간격으로 흙에서 거리가 먼 곳에서 생산된 음식들이 식단에 따라 제공되었다. 예를 들면, 비둘기 수프, 종달새 파이, 지붕에서 키운 오리로 만든 스튜, 과일 잼, 키가 큰 밀로 만든 빵, 피레네 산맥에서 생산된 포도주, 알프스 산에 사는 영양의 젖, 지붕에서 키우는 닭이 낳은 계란으로 만든 과자 같은 것들이었다.

그르누이에게서 독 성분을 제거하고 생명 에너지를 재생시키려는 이 복합 치료는 5일간 계속되었다. 닷새 후 후작은 환풍기를 끄고 그르누이를 목욕탕으로 데려가 적당히 미지근한 빗물을 담은 욕조에 몇 시간 푹 들어가 있도록 했다. 그리고는 안덴슈타트에서 생산된 호두 기름으로 만든 비누로 머리끝에서 발끝까지 깨끗하게 씻겼다. 하인들이 그의 손톱과 발톱을 깎아 주었고, 백운석 석회로 이도 깨끗하게 닦아 주었다. 면도도 하고 머리도 자른 후 빗질까지 마친 그는 마지막으로 얼굴에 화장분을 발랐다. 재단사와 제화공에게 옷과 신을 주문해 두었었다. 그는 그들이 만들어 온 흰색 가슴 장식과 흰 주름 소매가 달린 비단 셔츠, 비단 양말, 청색 재킷과 바지, 우단 조끼를 입고 기형적인 발을 감추어 주는 멋진 버클이 달린 검정색 구두를 신었다. 후작은 흉터가 남아 울퉁불퉁해진 그르누이의 얼굴에 직접 하얀 활석 가루를 발라 주었다. 입술과 뺨에는 빨간 색연필을 칠했으며, 보리수 나무숯으로 만든 연필로 눈썹을 고상하게 그려 주었다. 그리고는 자기가 바르는 지극히 단순한 향의 제비꽃 향수까지 뿌려 준 후 뒤로 몇 걸음 물러났다. 그르누이의 모습을 본 후작은 감격에 겨워 한동안 말문이 막힐 정도였다.

마침내 그가 입을 열었다.

「선생, 내 자신의 천재성에 감탄을 금할 수가 없구려. 물론 내 유동체 이론의 정당성에 대해서는 추호도 의심해 본 적이 없었소. 그렇고말고. 그렇지만 막상 이렇게 실제로 치료를 통해 이론을 훌륭하게 입증까지 하고 보니 그저 놀라울 뿐이오. 짐승이나 다름없던 당신을 이렇게 사람으로 만들어 놓았으니 신에 필적할 만한 위대한 일이 아니고 뭐겠소. 내가 이렇게 감동에 빠지는 것을 양해해 주시오! 이 거울 앞으로 다가와 당신의 모습을 좀 살펴봐요! 당신도 사람이라는 사실을 처음으로 깨닫게 될 테니. 이상하거나 특별한 곳이라곤 한 군데도 없이 보통 사람들하고 똑같은 사람 말이오. 자, 걸어 봐요, 선생! 한 번 빙 돌아 내가 일으킨 기적을 좀 보시오!」

누군가 자신을 〈선생〉이라는 말로 불러 준 것은 이번이 처음이었다.

그르누이는 거울 앞으로 다가가 거울을 들여다보았다. 여태 그는 거울이라는 것을 본 적이 없었다. 멋진 청색 옷과 흰 셔츠에 비단 양말을 신은 신사가 거울 속에 있었다. 그런 사람 앞에서는 언제나 그랬듯이 그르누이는 본능적으로 허리를 숙여 인사했다. 그런데 그 훌륭한 신사 역시 그를 향해 절을 하는 게 아닌가. 그르누이가 몸을 일으키자 그 신사도 똑같이 했다. 이제 두 사람 다 놀란 표정으로 서로를 응시하면서 굳어진 자세로 서 있었다.

그르누이를 가장 당혹스럽게 만든 것은 자신의 모습이 정말 믿을 수 없을 정도로 정상적이라는 사실이었다. 후작의 말 그대로였다. 그는 전혀 이상해 보이지 않았다. 잘 생긴 것은 아니지만 그렇다고 특별히 못생긴 것도 아니었다. 키가 좀 작고 행동이 약간 어색해 보이고 얼굴이 좀 무표정할 뿐, 다른 많은 사람들과 하등 다를 것이 없었다. 길을 걷다 지금의 자기 모습을 한 사람과 부딪쳤다면 자신이라도 전혀 이상한 느낌이 들지 않을 것 같았다. 물론 그 사람이 거울 속에 있는 그 신사나 혹은 그 신사 앞에 서 있는 자기 자신처럼 제비꽃 향기 이외에는 거의 아무 냄새도 없다는 사실을 눈치채지 못했을 경우에 말이다.

겨우 열흘 전만 해도 농부들이 비명을 지르며 도망을 갔었다. 그러나 그때도 자신은 지금과 다르지 않았다. 눈을 감아보아도 전혀 변한 것은 없는 것 같았다. 자신의 몸에서 올라오는 공기를 들이마셔 보니 조악한 향수 냄새와 벨벳, 그리고 붙인 지 얼마 안 된 구두창의 아교 냄새가 났다. 비단 옷과 화장품, 포토 시에서 사온 비누 냄새도 약간 섞여 있었다. 순간 그는 자신을 이렇게 정상적으로 보이게 만든 것은 비둘기 수프나 환기법 때문이 아니라 단지 옷가지 몇 벌과 이발, 그리고 얼굴에 바른 화장품 때문이라는 것을 깨닫게 되었다.

그르누이가 깜빡이며 눈을 뜨자 거울 속의 신사 역시 눈을 깜빡이며 그를 바라보고 있었다. 신사의 진홍색 입술 위로 희미한 미소가 번져 갔다. 그르누이의 모습이 전혀 마음에 안드는 것은 아니라고 말하는 듯이. 그르누이 역시 거울 속의 그 신사, 사람의 옷을 입고 사람의 가면을 쓴 냄새 없는 그 인물이 그렇게 싫지 않았다. 적어도 그 신사는 —— 제대로 잘 꾸며 주기만 하면 —— 그르누이 자신으로선 결코 행할 수 없는 영향력을 세상에 미칠 수 있을 것 같았다. 그가 신사를 향해 고개를 끄덕이자 신사 역시 고개를 끄덕이며 답례를 했다. 그 사이에 그의 콧구멍이 은밀하게 벌름거리기 시작했다……

31

　다음날 —— 후작은 그르누이를 사교계에 데뷔시킬 목적으로 이날 데뷔에 필요한 자세와 행동, 그리고 춤을 가르칠 작정이었다 —— 그르누이는 현기증이 난 척 가장하기 위해 질식하는 사람처럼 완전히 기운을 잃고 소파 위로 쓰러졌다.

　후작은 제정신이 아니었다. 그는 큰소리로 하인들을 불러 부채와 이동식 환풍기를 가져 오도록 했다. 하인들이 서둘러 그걸 가지러 간 사이 후작은 그르누이 옆에 무릎을 꿇고 앉아서 제비꽃 향수를 적신 손수건을 흔들어 주면서 거의 애원조로 말했다. 제발 정신을 잃지 말아 달라고, 가능하다면 모레까지만 기다려 달라고 주문을 외웠다. 그렇지 않으면 자신의 치명적 유동체 이론의 생명이 위태로워진다고 애원하면서 말이다.

　그르누이는 몸을 뒤틀고 숨을 헐떡이면서 신음소리를 냈다. 그러다가 팔로 손수건을 뿌리치며 아주 극적인 방법으로 소파에서 굴러 떨어져 한 쪽 구석으로 기어갔다.

「이 향수는 안 돼요! 이 향수는 싫어요! 이 냄새가 나를 죽이고 있어요!」

그르누이가 단말마처럼 비명을 외쳤다.

라 타이아드 에스피나스 후작은 어쩔 도리 없이 손수건을 창 밖으로 내던지고, 제비꽃 향수를 뿌린 웃옷도 옆방으로 벗어 던졌다. 그제서야 그르누이는 발작을 멈추고 가라앉은 목소리로 이야기했다.

「직업이 향수 제조인인 저는 직업상 코가 냄새에 아주 예민하답니다. 특히 지금처럼 병에서 회복되고 있는 시기에는 어떤 특정한 냄새에 대해 아주 격한 반응을 보이게 됩니다. 하필이면 그 자체로는 아주 사랑스러운 제비꽃 향기에 이처럼 발작을 일으키게 된 것은 단지 후작님의 향수가 제비꽃 뿌리의 추출물을 지나치게 함유하고 있기 때문인 것 같습니다. 제비꽃 뿌리는 땅속에서 나온 것이기 때문에 치명적 유동체에 감염된 저 같은 사람에게는 위험한 부작용을 일으키는 게 아닐까요. 사실은 어제 그 냄새를 맡았을 때도 현기증이 좀 났습니다. 그런데 오늘 이렇게 그 뿌리의 냄새를 다시 맡게 되니 마치 사람들이 저를 다시 7년의 세월을 보낸 그 악취나는 동굴 속으로 밀어 넣는 기분이 들지 뭡니까? 그래서 지금 본능적으로 반발심이 생긴 것일 뿐 다른 이유는 없습니다. 후작님의 배려로 이렇게 유동체가 없는 공기 속에서 살게 된 지금에 와서 다시 한번 유동체에 몸을 맡기느니 차라리 이 자리에서 죽어 버리는 게 나을 것 같습니다. 뿌리로 만든 그 향수 생각만 해도 또 발작이 일어날 것 같습니다. 그러니 제발 제비꽃 냄새를 완전히 몰아낼 수 있는 특별한 향수를 만들 수 있는 기회를 제게 주시기 바랍니다. 그렇게만 해주신다면 지금이라도 당장 일어날 수 있을 것 같습니다. 제가 만들려는 향수는 아주 가벼워서 공기 같은 그런 것입니다. 그건 주로 땅에서 먼 재료들을 이용할 생각이고요. 예를 들어 편도나무 꽃물, 오렌지 꽃물, 유칼리 나무, 가문비나무 잎 유향, 실측백나무 유향 같은 재료 말입니다. 그 향수를 옷에 한 번, 그리고 머리와 뺨에 몇 방울만 뿌리고 나면 저를 덮쳤던 그 고통스러운 발작에서 영원히 벗어날 것 같은데요⋯⋯.」

이것은 이해를 돕기 위해 지금 제대로 된 문장으로 바꿔 놓은 것일 뿐, 실제로 그르누이가 한 말은 잦은 기침과 헐떡거림, 그리고 호흡 곤란 등으로 인해 빈번하게 중단되었다. 게다가 분명하지 않은 발음으로 반 시간에 걸쳐 어렵사리 이루어진 것이었다. 그 말을 하는 동안 그르누이는 몸을 떨기도 하고 허우적대기도 했으며 눈동자까지 까뒤집어 가면서 자신이 하는 말의 효과를 완벽하게 연출해 보였다.

후작은 큰 충격을 받았다. 그르누이의 발작 증세보다 더 설득력을 발휘한 것은 바로 치명적 유동체 이론을 바탕으로 전개된 그의 논리적이고 세련된 설명이었다. 제비꽃 향수가 바로 문제였던 것이다! 그것은 땅에 가까운 정도가 아니라 바로 땅속에서 생산된 것이 아니던가! 어쩌면 수년 전부터 그걸 사용해 온 자신도 벌써 유동체에 감염되어 있을지도 모를 일이었다. 날마다 그 향기로 인해 죽음에 다가가고 있었다는 사실을 전혀 눈치도 못 챘다니. 통풍(痛風), 목덜미가 뻣뻣한 증상, 팔다리가 맥없이 축 늘어지는 현상, 치질, 이명 현상, 충치 등은 틀림없이 유동체에 감염된 그 제비꽃 뿌리로 인한 것이 틀림없었다. 그런데 작고 멍청한 이 인간, 방구석에 웅크리고 있는 이 불쌍한 인간이 그에게 그 사실을 일깨워 준 것이다. 이 어찌 감동적이지 않은가. 그는 기꺼이 그에게 다가가 그를 일으켜 세워 뒤늦게서야 진실을 깨달은 자신의 품에 안고 싶었다. 하지만 그르누이는 여전히 제비꽃 향기를 두려워 하고 있었다. 때문에 그는 다시 하인들을 불러 집에 있던 제비꽃 향수를 전부 내다 버리고 문을 활짝 열어 저택을 환기시키라고 했다. 또 자신의 옷은 생명의 환기장치 속에 넣어 소독하도록 했다. 그리고는 즉시 그르누이를 마차에 태워 이 도시에 있는 가장 훌륭한 향수 제조인에게 보냈다. 바로 그것이 그르누이가 일부러 발작을 일으킨 진짜 목적이었다.

향수 제조에 있어 몽펠리에는 오랜 전통을 지닌 도시였다. 비록 최근에 이르러 경쟁 도시 그라스에 약간 뒤지기는 했지만, 시내에는 아직도 훌륭한 향수 제조인과 장갑 제조인이 몇 명 남아 있었다. 그중에서도 가장 유명한 사람이 뤼넬인데 그는 라 타이아드 에스피나스 후작에게 온갖 종류의 비누와 향유, 향수 등을 공급하는 거래 관계에 있었다. 때문에 그는 마차에 실려 온 파리 출신의 기이한 향수 제조인 도제에게 기꺼이 한 시간 동안 작업실을 빌려 주었다. 이 도제는 어떤 설명도 요구하지 않았다. 어디에 뭐가 들어 있는지 알려고도 하지 않았다. 그는 벌써 다 알고 있다고 말하고, 정말로 제대로 방향을 찾아 들어갔다. 작업실에 들어간 그는 문을 잠그고 한 시간은 족히 그곳에 틀어박혀 있었다. 그동안 뤼넬은 후작의 집사와 선술집에서 포도주를 마시면서 이제 사람들이 그가 만든 제비꽃 향수를 더 이상 사용해선 안 되는 이유에 대해 듣고 있었다.

뤼넬의 작업실과 가게는 파리의 발디니 향수 가게처럼 모든 것이 풍부하게 갖춰진 곳은 아니었다. 평범한 향수 제조인이라면 몇 종류 안 되는 향유와 꽃물, 그리고 향료만으로 훌륭한 향수를 만들 수는 없는 일이다. 그렇지만 그르누이는 숨을 한번 들이쉬자마자 이 정도 재료로도 자신이 원하는 것을 충분히 만들 수 있다는 사실을 알아차렸다. 그 옛날 발디니에게 만들어 준 그런 훌륭한 향수를 만들려는 것이 아니었다. 보통보다 약간만 더 고급스럽게 해서 사람을 유혹할 정도면 충분했다. 후작에게 약속했던 대로 단순한 오렌지꽃 향수를 만들 생각은 애당초 없었다. 네롤리, 유칼리나무, 실측백나무 등 통상적인 에센스들은 그가 만들려고 하는 향수를 감추기 위한 눈가림일 뿐이었다. 그가 만들려는 것은 바로 인간의 냄새였다. 물론 지금 만드는 것은 임시 방편에 불과하겠지만 그는 자신에게 결핍되어 있는 인간의 냄새를 만들려는 계획이었다. 사실 〈인간의 냄새〉라는 것은 존재하지 않았다. 〈인간의 얼굴〉이라는 것이 존재하지 않듯이 말이다. 사람들은 모두 냄새가 달랐다. 수천 명의 사람 냄새를 알고 있고, 태어날 때부터 냄새로 사람을 구분해 온 그르누이보다 그 사실을 더 잘 아는 사람은 없었다. 그럼에도 불구하고 인간의 냄새라고 뭉뚱그려 말할 수 있는 그런 냄새가 있었다. 단순화시키면 그 냄새는 대체로 땀과 기름, 그리고 시큼한 치즈가 섞인 것 같은 냄새였다. 사람이라면 누구나 기본적으

226

로 그 냄새를 지니고 있었고, 사람마다 기본적인 그 냄새에 다 보다 세밀한 어떤 냄새를 추가로 갖고 있었다. 그것이 바로 개인적 분위기를 좌우하는 체취였다.

그러나 대부분의 사람들은 이 개인적 분위기, 한사람 한사람을 구분해 주는, 바꿀 수 없는 암호인 이 체취를 냄새 맡지 못했다. 대부분의 사람들은 자신이 그런 독특한 냄새를 지니고 있다는 사실조차 깨닫지 못하는 것은 물론, 유행하는 인공적인 냄새로 자신만의 고유한 냄새를 감추기에 급급했다. 그들은 사람들에게 공통되는 기본적인 냄새, 사람들의 원시적 악취 속에 있을 때만 편안해 했고, 그 속에서만 안전하다고 느꼈다. 때문에 그들은 그 구역질 나는 인간의 냄새를 갖고 있는 사람만 자기들과 똑같은 사람으로 간주했다.

그르누이가 그날 만들어 낸 것은 이상한 향수였다. 더 더욱 이상한 점은 그런 향수가 그때까지 세상에 존재하지 않았다는 사실이다. 그것은 기분좋은 향기가 아니라 〈인간의 냄새〉를 지니고 있는 향수였다. 그래서 어두운 곳에서 그 향수의 냄새를 맡으면 자기말고 또 한 사람이 근처에 있다고 믿게 되는 그런 향수였다. 원래 인간의 냄새가 있는 사람이 이 향수를 사용하는 경우 냄새상으로는 마치 두 사람을 마주하고 있는 듯한 착각에 빠질 수도 있었다. 더 나쁜 경우는 괴물 같은 이중 인간을 상대하고 있다는 느낌이 들 수도 있었다. 형체도 종잡을 수 없게 물 속에서 흐릿하게 솟구쳐 오르는 그런 괴물 말이다.

이러한 인간의 냄새를 만들어 내기 위해 —— 그 자신도 알다시피 아주 만족스러운 것은 아니지만 다른 사람들을 속일 정도는 되도록 —— 그르누이는 뤼넬의 작업실에서 가장 별 난 성분들을 찾기 시작했다.

뒤뜰로 통하는 문지방 너머에 싼 지 얼마 안 된 고양이 똥이 있었다. 그는 그걸 반 스푼 정도 떠내서 식초 두서너 방울, 소금과 함께 플라스크에 넣었다. 또 작업대 밑에서 뤼넬이 식사 때 흘린 것으로 보이는 엄지손가락 손톱 크기의 치즈를 찾아냈다. 상당히 오래된 것이 틀림없는 그 치즈는 빻기 시작하자마자 쏘는 듯한 역겨운 냄새를 풍겼다. 또 가게 뒤편에 있던 정어리 통조림 뚜껑에서 생선 비린내가 배어 있는 덩어리를 약간 긁어 내어 썩은 달걀, 카스토레움, 암모니아, 사향, 윤기를 낸 뿔, 살짝 태운 돼지 가죽 등과 함께 곱게 빻았다. 거기다가 사향을 좀 듬뿍 넣은 후, 그 재료를 알코올에 섞어 밑으로 가라앉혔다. 그런 후 내용물을 걸러 다른 병에 옮기자 벌써 역겨운 냄새가 풍겼다. 마치 하수구에서 올라오는 썩은 악취 같았다. 부채를 슬쩍 한번 흔들기만 해도 벌써 뜨거운 여름날의 페르 거리나 이노셍 묘지, 혹은 빽빽이 들어찬 건물들이 만나는 렝주리 거리의 모퉁이에서 나는 냄새와 흡사했다.

그 자체로는 인간의 냄새라기보다는 오히려 시체의 냄새 같은 그 끔찍스러운 기본 재료들 위에 그르누이는 이제 기름 상태의 신선한 향기 층을 만들었다. 페퍼민트와 라벤더, 테르펜틴과 레몬, 그리고 유칼리로 된 향기 층 말이다. 그것은 제라늄, 장미, 오렌지꽃, 그리고 재스민 등으로 향유를 만드는 방법을 약간 응용해 본 것이었다. 거기다가 알코올을 부어 희석시키자 식초 냄새가 약간 나기는 했지만 원재료의 역겨운 냄새는 더 이상 나지 않았다. 악취는 위에 덮인 신선한 성분들로 인해 거의 알아차릴 수 없을 정도로 감추어졌다. 구역질 나던 역겨운 냄새가 꽃 향기에 가려져 향긋하게 변했다. 이상한 것은 썩는 냄새를 전혀 맡을 수가 없다는 점이었다. 오히려 그 반대로 생명의 향기가 그 향수에서 힘차게 퍼져 나오는 것 같았다.

그르누이는 그것을 두 개의 향수병에 나누어 담고 코르크 마개를 닫은 후 몸에다 숨겼다. 그는 냄새의 흔적을 하나도 남기지 않기 위해 병과 절구, 깔때기, 숟가락 등을 조심스럽게 물로 씻은 후 고편도유 기름으로 한 번 더 문질러 닦았다. 그러고 나서 그는 재빨리 새 플라스크 병을 꺼내 첫번째 향수의 모방이라고 할 수 있는 향수를 만들기 시작했다. 물론 이것은 신선한 꽃의 에센스들을 사용해 만들었다. 그렇지만 아까와는 달리 그 끔찍스러운 악마의 재료는 사용하지 않고 그냥 평범하게 사향과 용연향, 약간의 지베트향, 히말라야 삼나무의 향유 등을 혼합해 만들었다. 그 자체로 볼 때 이것은 첫번째 향수와는 완전히 향기가 달랐다. 인간의 냄새를 구성하는 성분이 빠져 있었기 때문이다. 이것은 약간 덜 자극적이고 깨끗하고 독성이 없었다. 그렇지만 보통 사람들이 그 향수를 발라 향이 체취와 섞이게 되면 그것은 그르누이가 오로지 자기 자신만을 위해 만든 첫번째 향수와 전혀 구별할 수 없었다.

두 번째 향수도 향수병에 가득 채운 후 그는 옷을 다 벗고 자기 옷에다가 첫번째 향수를 뿌렸다. 그리고 나서 직접 그 걸 겨드랑이 속, 이빨 사이, 성기, 가슴, 목, 귀, 머리카락 등

에 가볍게 두드려 발랐다. 그리고 옷을 다시 입은 후 작업실
을 떠났다.

32

거리에 나선 그는 갑자기 두려운 생각이 들었다. 자신에게서 인간의 냄새가 나는 것은 생전 처음이라는 사실을 알고 있었기 때문이다. 그는 자기 몸에서 악취가, 그것도 구역질 날 정도로 심한 악취가 풍기는 것 같았다. 어쩌면 다른 사람들도 자신의 냄새를 악취로 느낄 것만 같았다. 때문에 그는 뤼넬과 집사가 기다리고 있는 선술집으로 곧장 갈 용기가 나지 않았다. 우선 모르는 사람들에게 이 새로운 냄새를 시험해 보는 것이 덜 위험할 것 같은 생각이 들었다.

그는 가장 좁고 가장 어두운 골목길을 이리저리 돌아 살금살금 강가로 내려갔다. 강가에는 무두장이와 염색하는 사람들이 작업실에서 악취 나는 작업들을 하고 있었다. 누군가가 그를 향해 다가오는 경우, 혹은 어린아이가 놀고 있거나 아낙네들이 앉아 있는 집 앞을 지나가게 될 때면 그는 일부러 천천히 걸어가면서 자신의 냄새가 덩어리를 이루어 퍼져나가도록 했다.

어린 시절부터 그는 자신의 곁을 지나가는 사람들이 그를 전혀 의식하지 못하고 지나치는 것에 익숙해져 있었다. 한때 그가 생각했던 것처럼 그를 무시해서가 아니라 그의 존재를 알아차릴 수 없었기 때문이다. 그는 다른 사람들처럼 자기 주변에 냄새의 공간을 형성하지도, 파동을 일으키지도 못했다. 다시 말해 그는 다른 사람들에게 아무런 그림자도 던질 수가 없었던 것이다. 군중 속에서, 혹은 갑작스레 길모퉁이에서 직접 누군가와 부딪치기라도 해야 아주 짧은 순간 사람들이 그를 인식했었다. 그것도 부딪친 사람 대부분이 깜짝 놀라면서 한순간 그르누이를 쳐다보는 정도에 불과했다. 그들은 마치 〈그 자리에〉 있는 것을 부인하지는 못하겠지만 원래는 있을 수 없는 존재인데 어떻게 거기 있느냐는 식으로 그를 쳐다봤다. 그리고는 다시 길을 걷기 시작하자마자 금세 잊어버리는 그런 존재 말이다…….

그러나 지금 몽펠리에의 거리를 걷고 있는 그르누이는 자신이 사람들에게 미치고 있는 영향을 뚜렷하게 감지할 수 있었다. 그걸 눈으로 확인할 때마다 강한 자부심이 느껴졌다. 그가 우물을 향해 몸을 숙이고 있는 어떤 여자의 곁을 지나가자 그녀는 그가 누군지 확인하려고 한순간 고개를 들었다가 안심하고 다시 자기의 물통으로 몸을 숙이는 것을 보았다. 또 그의 앞에서 걸어가고 있던 어떤 남자는 고개를 돌려 한참 동안이나 호기심에 찬 눈길로 그를 바라보기도 했다. 길에서 만난 아이들은 그에게 길을 비켜 주었다. 물론 무서워서가 아니라 그가 지나갈 수 있도록 자리를 내준 것이다.

심지어 옆에서 문을 열고 뛰어나오다가 직접 그와 부딪친 아이들조차 놀라기는커녕 당연하다는 듯이 옆으로 비켜섰다. 누군가 다가오고 있다는 사실을 미리 예감하고 있었던 것처럼 말이다.

그런 일이 몇 번 계속되면서 자기가 새로 만든 향수의 위력과 효과를 정확하게 알게 된 그르누이는 자신감이 커지면서 보다 대담해졌다. 그는 빠른 걸음으로 사람들을 향해 다가가 좀더 가깝게 그들 곁을 스치듯이 지나갔다. 심지어는 한 팔을 약간 옆으로 뻗어 마치 우연인 듯이 지나가는 사람들의 팔에 부딪쳐 보기도 했다. 한번은 실수를 가장해 앞에 가던 어떤 남자를 밀치고 나갔다. 그르누이가 멈춰 서서 미안하다고 사과하자, 어제까지만 하더라도 그르누이가 갑자기 나타나면 벼락이라도 맞은 사람처럼 깜짝 놀랐을 그 남자는 아무 일도 아니라는 듯이 당연하게 사과를 받아들였다. 게다가 미소까지 지으면서 그르누이의 어깨를 두드려 주었다.

골목길을 벗어난 그는 생 피에르 성당 앞 광장으로 들어섰다. 정문의 양쪽에서 사람들이 몰려나오고 있었다. 결혼식이 끝난 직후였다. 신부의 얼굴을 보려고 다들 아우성이었다. 그르누이도 그쪽으로 달려가 사람들 틈에 섞였다. 그는 사람들을 헤치면서 한가운데로 나아갔다. 사람들이 서로 빽빽하게 살을 맞대고 서 있는 곳으로 가볼 생각이었다. 그 혼잡스러운 좁은 공간 속에서 그는 팔다리를 벌리고 목을 치켜세우는 자세를 취함으로써 방해받지 않고 자신의 냄새가 퍼져 나가도록 했다……. 사람들이 전혀 이상한 느낌을 갖지 않는 것을 본 그는 뛸 듯이 기뻤다. 그들은 아무것도 눈치채지 못했다. 밀고 밀리면서 그와 꼭 붙어 있는 남자, 여자, 어린아이 할 것 없이 모두 너무나 쉽게 속아넘어갔다. 그들은 고양이 배설물과 치즈, 그리고 식초를 섞어 만든 그의 악취를 자신들의 냄새와 똑같은 것으로 알고 들이마시고 있었다. 남의 둥지에 들어와 있는 뻐꾸기 새끼를 그들이 인간으로 여긴다는 사실이 확실해지자 그의 기쁨은 이루 말할 수가 없었다.

그는 어른들 사이에 끼여 있는 꼬마 하나가 자신의 무릎에 닿는 것을 느꼈다. 여자 아이였다. 그는 짐짓 걱정스럽다는 듯이 그 아이를 들어 더 잘 볼 수 있도록 팔에 안아 주었다. 아이의 어머니는 그의 행동을 단순히 허용하는 정도가 아니라 고맙다는 인사까지 했다. 여자 아이는 좋아서 환호성을 질렀다.

그르누이는 생전 처음 보는 아이를 자신의 교활한 가슴에 안은 채 만족을 느끼면서 15분쯤 사람들 틈에 서 있었다. 커다란 종소리와 환호성과 함께 결혼식 행렬에 동전을 던지며 사람들은 걸어갔다. 그것을 지켜보고 있는 그르누이의 마음속에서도 또 다른 환호성이 터져 나왔다. 악의적 기쁨과 야비한 승리감에 도취되어 그르누이는 몸을 부들부들 떨었다. 욕정을 느낄 때처럼 황홀한 기분이었다. 분노의 폭발이 아니라 기쁨의 환호로 그들의 얼굴에 대고 소리치고 싶었다. 난 너희들이 두렵지 않아! 증오하지도 않는다고! 아니, 오히려 마음껏 너희들을 경멸하고 있어! 너희들은 역겨운 냄새나 풍기는 멍청이들이야! 자, 보기좋게 나한테 속아넘어간 기분이 어때! 바보 같은 자식들! 내가 최고라고! 마치 조롱하듯이 그는 아이를 가슴에 더 꼭 껴안았다. 그리고는 마치 울분을 터뜨리는 것처럼 다른 사람들과 함께 고함을 질렀다.

「신부 만세! 신랑 만세! 아름다운 신랑 신부 만세!」

결혼 행렬이 멀어지면서 모여 있던 사람들이 흩어지기 시작하자 그는 아이를 어머니에게 되돌려 주었다. 그리고는 흥분도 가라앉히고 좀 쉬기도 할 겸 성당 안으로 들어갔다. 성당 내부는 향 냄새로 가득 차 있었다. 향은 제단 양쪽에 있는 두 개의 향로에서 차가운 연기가 되어 피어 올라서는 아직도 성당 안에 남아 있던 사람들의 부드러운 냄새를 냄비 뚜껑처럼 억누르며 덮고 있었다. 그르누이는 성가대 아래쪽에 있는 긴 벤치 위에 웅크리고 앉았다.

갑자기 말할 수 없는 만족감이 그를 감쌌다. 그렇지만 그것은 전에 산에서 고독의 향연을 벌일 때처럼 무아지경에서 오는 도취감은 아니었다. 오히려 자신의 능력을 정확하게 인식하는 데서 오는 냉정하고 명료한 만족감이었다. 이제 그는 자신의 재능이 무엇인지 깨닫게 되었다. 극히 한정된 재료만 갖고도 타고난 천재성을 이용해 인간의 냄새를 만들어 낼 수 있는 능력 말이다. 너무나 교묘한 그 냄새에 어린아이까지 속아넘어가지 않았던가. 그는 이제 자신이 더 많은 일을 할 수 있다는 사실을 깨달았다. 즉 지금보다 더 좋은 냄새를 만들 수 있다는 자신이 생긴 것이다. 인간의 냄새일 뿐만 아니라 초인간적이기도 한 냄새, 말로는 이루 설명할 수도 없을 정도로 훌륭하고 활력이 넘치는 냄새, 그 냄새를 맡은 사람은 누구나 다 그 냄새의 주인을 마음속 깊이 좋아할 수밖에 없는 천사의 냄새를 만들자.

그렇다. 일단 그 향기의 냄새를 맡기만 하면 그를 좋아하지 않고는 견딜 수가 없게 될 것이다. 그래서 향기의 주인을 자신들과 똑같은 사람으로 받아들일 뿐 아니라 미칠 정도로, 넋이 나갈 정도로 그를 사랑하게 될 것이 틀림없다. 또 환희에 몸을 떨고 기쁨의 환호성을 내지르고 쾌락의 눈물을 흘릴 것이며, 이유도 모르는 채 그르누이 앞에 무릎을 꿇게 될 것이다! 신의 차가운 향 앞에서 하듯이 그르누이의 향수 냄새를 맡기만 하면 무릎을 꿇을 것이다! 상상 속에서처럼 그르누이는 전지전능한 냄새의 신이 되고 싶었다. 물론 현실 세계에서 진짜 사람들을 다스리는 신 말이다. 그는 자신이 그럴 능력이 있다는 사실을 알고 있었다. 위대한 것, 끔찍한 것, 아름다운 것 앞에서도 눈을 감을 수는 있다. 달콤한 멜로디나 유혹의 말에도 귀를 막을 수는 있다. 그러나 결코 냄새로부터 도망칠 수는 없다. 냄새는 호흡과 한 형제이기 때문이다. 살기 원하는 사람이라면 냄새가 자신의 형제와 함께 그들 사이에 나타날 때 그것을 도저히 막을 수 없는 법이다. 그렇게 인간의 가슴속으로 들어간 냄새는 그곳에서 관심과 무시, 혐오와 애착, 사랑과 증오의 범주에 따라 분류된다. 냄새를 지배하는 자, 바로 그가 인간의 마음도 지배하게 되는 것이다.

마음이 느긋해질 대로 느긋해진 상태로 생 피에르 성당의 벤치에 앉아 있는 그르누이의 얼굴에 미소가 번졌다. 인간을 지배해야겠다는 계획을 세우면서도 그는 흥분하지 않았다. 눈에서 광기 어린 불꽃이 이글거리지도, 얼굴이 미친 듯이 일그러지지도 않았다. 그는 미치지 않았다. 오히려 정신은 아주 맑고 깨끗했다. 도대체 왜 그런 생각을 갖게 되었는지 스스로 자문해 보고, 자신의 마음이 철저하게 사악하기 때문이라고 스스로에게 대답했다. 만족스러운 미소가 그의 얼굴에 떠올랐다. 행복한 사람들이 흔히 그렇듯이 그 순간 그의 얼굴도 순진 무구해 보였다.

마치 기도하는 것처럼 한동안 평온하게 앉아 있던 그가 향으로 가득 찬 공기를 깊숙이 들이마셨다. 그러자 그의 얼굴에 다시 유쾌한 비웃음이 번졌다. 신의 냄새는 이 얼마나 초라한가! 신께서 자신을 향해 피어 오르도록 한 이 냄새는 정말 기가 막힐 정도로 형편없었다. 향로에서 자옥하게 피어 오르고 있는 것은 결코 진짜 향이라고 말할 수 없는 것이었다. 그건 보리수나무와 계피 가루, 그리고 질산칼륨으로 만든 싸구려 대용품에 불과했다. 신이 악취를 풍기다니. 정말 보잘것없고 초라한 악취였다. 신이 사람들에게 속았거나 아니면 신 자신이 그르누이처럼 사기꾼임에 틀림없었다 —— 물론 훨씬 더 못된 사기꾼 말이다.

33

라 타이아드 에스피나스 후작은 새로운 향수에 완전히 반해 버렸다. 그는 〈치명적 유동체〉의 발견자인 자신도 향수처럼 부차적이고 일시적인 사물이 그 원재료와 땅과의 거리에 따라 한 개인의 상태에 이토록 현저한 영향을 미치는 것을 보니 단지 놀라울 뿐이라고 말했다. 몇 시간 전만 해도 금방 기절이라도 할 듯이 창백한 얼굴로 쓰러져 있던 그르누이가 제 나이 또래의 건강한 다른 사람과 전혀 다를 바 없이 이처럼 생기 있고 힘찬 것을 보고 그는 그르누이에게 혈통과 교육의 부족에도 불구하고 훌륭한 신사가 다 됐다고 말했다. 어쨌든 라 타이아드 에스피나스 후작은 곧 출간될 예정인 치명적 유동체 이론서 중 생명의 식이 요법 편에 이번 사례를 싣겠다고 했다. 그렇지만 우선은 그가 만든 새 향수를 직접 뿌려 보고 싶어했다.

그르누이가 평범한 꽃 에센스로 만든 향수 두 병을 건네주자 후직은 그걸 몸에 뿌렸다. 그는 향수의 효과에 대단히 만족해 했다. 수년 동안 끔찍한 제비꽃 향기로 인해 몸이 납덩이 같았었는데 이제서야 활짝 피어나는 것 같은 기분이 든다는 것이었다. 또 잘못 느끼고 있는 것이 아니라면 무릎의 그 무서운 통증과 이명 현상도 줄어드는 것 같다고 했다. 한마디로 말해 날아갈 듯이 개운한 기분이며 힘이 막 솟구쳐서 좀더 젊어진 기분이라는 것이었다. 그는 그르누이를 껴안고 〈내 유동체의 형제여!〉라고 불렀다. 물론 이 호칭은 결코 사회적으로 그렇다는 것이 아니라 순전히 정신적인 의미에서 사용된 것이라고 못박았다. 치명적 유동체의 보편성 앞에서만, 단지 그 앞에서만 만인은 평등하다는 것이었다. 친절하게도 그는 동료를 대하듯이 전혀 기분나쁘지 않게 포옹을 풀었다. 그리고는 자신이 곧 가까운 시일내에 순수한 생명의 유동체로 치명적 유동체를 완전히 몰아내기 위해 국가와 계급을 초월한 결사대를 조직할 생각이며, 그 첫번째 대원으로 그르누이를 받아들여 주겠다고 약속했다. 그렇게 말한 후 그는 그르누이에게 그가 만든 향수의 제조법을 적게 했다. 그 대가로 그는 50루이를 주었다.

첫번째 강연을 행한 지 꼭 일주일 후 라 타이아드 에스피나스 후작은 자신의 보호하에 있던 그르누이를 다시 한번 강당에 선보였다. 엄청난 인파가 몰려들었다. 학자들뿐만 아니라 몽펠리에의 상류층 사람들도 전부 다 모여들었다. 개중에는 이 전설적인 동굴 인간을 보고 싶어하는 귀부인들도 상당수 있었다. 라 타이아드 에스피나스 후작의 적이랄 수 있는 〈대학 식물학 동호회〉나 〈농업 촉진 협회〉의 대표들이 회원들을 대거 동원했음에도 불구하고 강연은 대성공을 거두었다. 일주일 전의 그르누이의 상태에 대한 관객들의 기억을 되살리기 위해 후작은 먼저 완전히 썩어 문드러져 있던 동굴 인간의 초상화를 돌린 후 새로운 모습의 그르누이, 비로드로 만든 푸른 재킷과 비단 셔츠를 입고 화장에다 머리까지 손질한 그르누이를 등장시켰다. 그르누이는 다른 사람의 도움도 전혀 없이 우아하고 고상한 걸음걸이로 자세를 꼿꼿하게 한 채 허리를 흔들면서 혼자 연단으로 올라가 깊숙이 허리를 굽혀 인사했다. 미소를 머금고 이쪽저쪽으로 절을 하는 그르누이의 모습을 본 사람들의 입에서 의혹과 비판의 목소리는 쑥 들어가 버렸다. 대학 식물학 동호인들조차도 말없이 걸어 들어왔다.

그것은 너무도 놀라운 변화였던 것이다. 여기 눈앞에 분명하게 제시된 기적은 가히 위압적이었다. 일주일 전만 해도 피부가 너덜너덜한 짐승 같은 야만인이 웅크리고 있던 자리에 지금은 진짜로 문명화된 잘생긴 젊은이가 서 있었다. 강당의 분위기가 경건해지기 시작했고, 라 타이아드 에스피나스 후작이 강연을 시작했을 즈음에는 고요한 침묵뿐이었다. 후작은 다시 한번 지겹도록 유명한 자신의 치명적 유동체 이론을 전개한 후 지금 여기 서 있는 그르누이의 몸에서 유동체를 몰아내고 생명의 액체를 채워 준 기계 장치와 식이 요법에 대해서 설명했다. 맨 마지막으로 그는 적이건 친구건 상관없이 이곳에 모인 사람들은 모두 이 명백한 증거 앞에서 자신의 새로운 이론에 대해 반박할 생각을 버릴 것을, 그리고 자신과 함께 그 나쁜 유동체를 몰아내고 생명의 유동체를 받아들일 것을 사람들에게 촉구했다. 그가 시선을 위로 향한 채 팔을 벌리고 이렇게 말하자 많은 학자들 역시 그대로 따라했다. 눈물을 흘리는 여자들도 있었다.

연단 위에 서 있는 그르누이는 후작의 말에 전혀 귀를 기울이고 있지 않았다. 그는 완전히 다른 또 하나의 유동체의 효과를 보며 만족해 하고 있었다. 그것은 바로 그 자신이 만든 훨씬 더 실제적인 유동체, 즉 향수였다. 그는 강당의 크기를 고려해서 향수를 굉장히 많이 뿌리고 나왔다. 그가 연단 위에 올라서자마자 그의 몸에서 향기가 강하게 사방으로 퍼져 나갔다. 향수가 어떤 영향을 미치는지 눈으로 똑똑히 확인할 수 있었다. 먼저 향기는 맨 앞줄에 앉아 있던 사람들을 사로잡은 후 차례차례 뒤로 퍼져 나갔다. 그리고는 마침내 맨 마지막 줄을 지나서 복도에까지 퍼져 나갔다. 향기에 닿은 사람들은 누구나 눈에 띄게 달라졌다. 그르누이는 심장이 터질 듯이 기뻤다.

향수 냄새를 맡은 사람들의 얼굴 표정과 태도, 감정 등이 달라지는 것이 눈에 보였다. 물론 그들은 그 이유를 모르고 있었다. 처음에는 그를 보고 단지 눈이 휘둥그레질 정도로 놀랐던 사람들은 향수를 마시자 훨씬 부드러운 눈길로 그를 쳐다보았다. 뭔가 마음에 안 든다는 듯이 이마를 찡그리고 입술을 삐죽거리며 의자에 뒤로 기대 앉아 있던 사람들도 지금은 훨씬 풀어진 자세와 어린아이 같은 표정으로 몸을 앞으로 내밀고 있었다. 지난번에 그르누이의 얼굴을 볼 때도 놀란 얼굴이었고, 지금도 여전히 뭔가 미심쩍다는 표정을 하고 있는, 두려움과 의심이 가장 많은 사람들조차 향기가 그들에게 닿자마자 얼굴에 조금씩 다정함과 호감의 표정이 떠올랐다.

후작의 강연이 끝나자 청중들은 모두 일어나서 미친 듯이 환호성을 질러 댔다.

「생명의 유동체 만세! 라 타이아드 에스피나스 후작 만세! 유동체 이론 만세! 구시대 의약품들은 모두 꺼져 버려라!」

몽펠리에의 지식인들이 전부 그렇게 소리질렀다. 프랑스 남부의 가장 중요한 대학 도시 몽펠리에 사람들이 말이다. 이 날은 라 타이아드 에스피나스 후작에게 있어 생애 최고의 날이었다.

그러나 이제 연단에서 내려와 청중들 속에 섞여 있는 그르누이는 그 갈채가 사실은 오로지 장 바티스트 그르누이, 자기 한 사람을 향한 것이라는 사실을 알고 있었다. 물론 그렇게 환호하고 있는 사람들 중 그 사실을 아는 사람은 하나도 없었지만 말이다.

34

그르누이는 몽펠리에에 몇 주 더 머물렀다. 이제 상당한 유명 인사가 된 그는 살롱에 초대받아 동굴 생활과 후작의 치료법에 대한 질문을 받았다. 그를 끌고 갔던 산적들과 밑으로 내려보내진 바구니, 그리고 사다리에 대해 끊임없이 이야기해야만 했다. 그때마다 이야기에 점점 살이 붙고 새로운 이야기가 첨가되기도 했다. 그렇게 해서 그는 말하는 연습을 확실하게 한 셈이었다 —— 물론 매우 제한된 연습이었다. 왜냐하면 그의 인생에서 언어를 별로 잘 구사해 본 적이 없었기 때문이다 —— 그에게 더 중요한 점은 이제 거짓말을 좀더 그럴듯하게 해낼 수 있게 되었다는 점이다.

실제로 그르누이는 이야기를 하면서 자신이 원하는 방향으로 사람들을 이끌어 갈 수 있다고 확신하고 있었다. 일단 신뢰감을 갖기 시작하면 —— 그가 만든 인공적인 냄새를 한번 맡기만 해도 벌써 그를 믿어 버렸다 —— 사람들은 그가 무슨 말을 해도 믿었다. 그렇게 되자 이제 그르누이는 지금까지 한 번도 경험해 본 적이 없는 사교계에서 능숙하게 처신할 수 있었다. 그 변화는 심지어 육체적으로도 나타났다. 그는 키가 커진 것은 물론이고 등에 있던 혹도 사라진 것 같았다. 거의 꼿꼿한 자세로, 누군가 말을 걸어올 때도 더 이상 움츠리지 않고 선 자세 그대로 상대방의 시선을 마주 받았다. 물론 그렇다고 해서 그가 완전히 세상 물정에 통달한 사교계의 스타가 되거나 여인들의 선망의 대상이 된 것은 아니었다. 그러나 확실히 어색하고 서투른 태도 대신 겸손한 태도가 자리를 잡았다. 선천적인 듯이 보이는 그의 수줍음은 많은 신사 숙녀에게 감동을 주었다. 그 당시 사람들은 약간 서툴러 보이는 태도를 오히려 자연스러운 매력으로 여기고 있었기 때문이다.

5월 초의 어느 날 꼭두새벽에 짐을 꾸린 그는 성문이 열리자마자 몰래 그곳을 떠났다. 사람들 눈에 띄지 않도록 강연이 열리던 날 헌옷 시장에서 구입한 허름한 갈색 옷을 걸치고 얼굴을 반쯤 가리는 낡은 모자를 푹 눌러썼다. 그를 알아보거나 눈치챈 사람은 아무도 없었다. 미리 의도적으로 그날은 향수를 뿌리지 않았던 것이다. 정오경에야 후작이 그를 찾으라는 지시를 내렸다. 그러나 보초는 이 도시를 드나드는 사람을 다 지켜보았지만 그 유명한 동굴 인간은 결코 본 적이 없다고 자신 있게 맹세했다. 그가 지나갔다면 못 보았을 리가 없다는 것이었다. 그래서 후작은 그르누이가 자신의 허락하에 집안일로 파리에 다니러 갔다는 소문을 퍼뜨렸다. 하지만 속에서는 화가 부글부글 끓고 있었다. 자신의 치명적

244

유동체 이론을 선전하기 위해 그르누이와 함께 온 나라를 돌아다닐 계획을 세워 두었기 때문이다. 얼마간 시간이 흐르자 그의 분노는 가라앉았다. 순회 여행을 하지 않고 가만히 있어도 명성이 나날이 높아졌기 때문이다. 타이아드의 치명적 유동체에 대한 장문의 기사가 『주르날 데 사방』[7] 뿐만 아니라 잡지 『쿠리에 드 뢰롭』[8]에까지 실리자 죽을병에 걸린 사람들이 그에게 치료를 받기 위해 멀리서도 몰려들었기 때문이다. 1764년 여름, 그는 120명의 회원으로 몽펠리에서 〈생명의 유동체 협회〉를 최초로 결성하고 마르세이유와 리용에 지부를 설치했다. 그는 그걸 발판으로 삼아 온 문명 세계에 자신의 이론을 전파하기 위해 파리로 진출할 결심을 했다. 그러나 그전에 파리 출정을 최대한 선전할 목적으로 동굴 인간이나 환자들의 치료를 능가하는 위대한 업적을 보여 줄 생각이었다. 그 해 12월 초, 그는 겁 없는 용감한 추종자들 한 무리를 이끌고 카니구 봉우리를 오르기 시작했다. 카니구 봉은 파리와 같은 경도상에 위치한 피레네 산맥의 최고봉이었다. 이미 노년의 문턱을 넘어서고 있던 후작은 2,800미터의 높은 봉우리까지 들것을 타고 올라가서, 3주 동안 가장 맑고 가장 신선한 생명의 공기를 마실 계획이었다. 그는 정확하게 크리스마스 이브에 스무 살의 활기 찬 청년이 되어 내려올 거라는 예고를 해놓고 있었다.

그 무시무시한 산에서 사람이 살고 있는 마지막 마을인 베

---

7) 학자 신문이라는 뜻.

8) 유럽 통신이라는 뜻.

르네를 지난 직후에 추종자들은 전부 등반을 포기하고 말았다. 그렇지만 후작은 자신의 뜻을 굽히지 않았다. 얼음처럼 차가운 겨울바람을 맞으며 옷을 몽땅 벗어 버린 후작은 커다란 함성을 지르며 혼자 산으로 올라가기 시작했다. 환희에 가득 차서 두 손을 하늘로 벌리고 노래를 부르며 눈보라 속으로 사라진 것이 그의 마지막 모습이었다.

크리스마스 이브 날 추종자들은 라 타이아드 에스피나스 후작이 돌아오기를 기다리고 있었다. 그러나 소용없었다. 노인의 모습으로도, 젊은이의 모습으로도 그는 나타나지 않았다. 다음해 초여름에 용기 있는 몇몇 사람들이 그를 찾기 위해 그때까지도 눈에 덮여 있던 카니구 봉에 올라가 보았지만 그의 흔적을 전혀 찾아볼 수 없었다. 옷 한 조각, 신체의 일부분, 심지어 뼈 한 조각도 찾을 수 없었다.

물론 그런 일이 생겼다고 해서 그의 학설이 끝난 것은 아니었다. 오히려 그 반대였다. 산꼭대기에서 영원한 생명의 유동체를 들이마셔 몸이 점차 해체된 그가 영원한 젊음을 간직한 채 피레네 산맥에서 계속 떠돌고 있을 거라는 이야기가 전설이 되어 버렸다. 또 그를 만나기 위해 산에 올라가는 사람은 그 생명의 유동체를 부여받아 일년간은 병에 걸리지도, 늙지도 않는다는 이야기도 떠돌았다. 19세기까지도 타이아드의 유동체 이론은 의학 수업에서 다루어졌으며 수많은 비밀 협회에서 그것을 치료에 응용하기도 했다. 오늘날까지도 여전히 피레네 산맥의 양쪽 지방인 페르피냥과 피귀라스에는 은밀한 타이아드 결사대가 남아 있다. 그들은 일년에 한 번씩 만나 카니구 봉에 올라간다.

그곳에서 그들은 커다란 모닥불을 피운다. 명목상으로는 해의 길이가 바뀌는 동지와 성 요한을 기념하기 위해서라고 하지만 사실은 그들의 스승 타이아드 에스피나스와 그의 위대한 생명의 유동체에 경배를 올림으로써 영원한 생명을 얻기 위해서이다.

3

35

프랑스를 관통하는 여행의 제1단계에 7년이 소요된 반면, 제2단계는 일주일도 채 걸리지 않았다. 이번에는 사람의 왕래가 잦은 길이나 도시를 피하지도, 빙 돌아가지도 않았다. 왜냐하면 인간의 냄새와 돈, 그리고 자신감을 갖고 있었기 때문이다. 더욱이 시간도 별로 없었다.

몽펠리에를 떠난 그날 저녁에 벌써 그르누이는 에귀 모르트 남서쪽에 위치한 작은 항구 도시, 르 그로 뒤 루아에 도착했다. 그곳에서 그르누이는 마르세이유로 향하는 짐배에 몸을 실었다. 마르세이유에 도착해서도 항구를 떠나지 않고 곧장 다시 해안을 따라 자신을 실어다 줄 배에 올랐다. 이틀 후에는 툴롱에, 또 사흘 후에는 칸느에 도착했다. 거기서부터는 걸어갔다. 그는 북쪽의 내륙 지방으로 향하는 오솔길을 따라 언덕을 올라갔다.

두 시간 만에 그는 산마루에 올라섰다. 그러자 반경이 족히 수마일은 될 듯한 드넓은 분지가 눈앞에 펼쳐져 있었다. 커다란 접시 모양의 그 분지는 완만한 경사의 언덕과 험준한 산맥으로 사방이 빙 둘러싸여 있었다. 움푹 파인 분지의 한가운데에는 최근에 갈아엎은 밭과 정원, 그리고 올리브 숲이 있었다. 그곳의 기후는 아주 독특하면서도 이상할 정도로 온화했다. 바다와 아주 인접해 있었고, 심지어 이 산마루에서 바다가 내려다보였음에도 불구하고 분지에서는 바다의 분위기를 전혀 느낄 수 없었다. 소금기도 모래도, 또 탁 트인 전망도 없이 오로지 한적한 고요만이 감돌고 있었다. 마치 해변에서 며칠 정도의 거리만큼 떨어져 있는 것 같았다. 저 멀리 북쪽으로 뻗어 있는 산 위에는 아직 눈이 남아 있음에도 불구하고 여기 이 분지는 전혀 황량하거나 메마른 느낌을 주지 않았다. 찬바람도 불어오지 않았다. 이곳에는 봄이 몽펠리에보다 훨씬 빨리 찾아와 있었다. 옅은 아지랑이가 유리 종처럼 들판을 뒤덮고 있었다. 살구꽃과 편도나무꽃이 활짝 피어 있는 것은 물론이고 따뜻한 봄바람에 수선화 향기도 실려 왔다.

족히 2마일의 거리는 될 것 같은 이 거대한 분지의 맞은편 끝에 도시가 자리잡고 있었다. 아니, 완만한 경사를 이루고 있는 산기슭에 도시가 붙어 있다는 표현이 더 적절하겠다. 멀리서 보기에 그 도시는 그렇게 웅장해 보이지 않았다. 도시의 건물들 위로 높이 솟아 있는 커다란 성당이나 훌륭한 성도 없었고, 눈에 뜨일 만한 그럴듯한 건물도 보이지 않았다. 단지 자그마한 교회가 몇 개 시야에 들어올 뿐이었다. 성벽은 견고한 것과는 거리가 멀어서 여기저기 성벽 사이로 건물들이 비어져 나와 있었다. 특히 아래쪽 평지로 이어지는 곳은 허물어진 정도가 더 심해서 시 전체가 마치 너덜너덜하게 해어진 옷자락처럼 보였다. 무수한 침입과 정복으로 인해 허물어진 후 복구된 듯한 그 모습은 다시 침입을 받는다 하더라도 적극적으로 저항할 의사가 없다는 표시 같았다 —— 물론 힘이 없어서라기보다는 태만함이나 강인함 때문인 듯했다. 자신이 강하다고 느낄 때는 별로 과시할 필요를 느끼지 못하는 법이니까 말이다. 이 도시는 발치에 분지를 소유하고 있는 것만으로도 자족한 듯이 보였다.

별로 대단할 것도 없으면서 자신감에 차 있는 이 도시가 바로 그라스였다. 수십년 전부터 방향제와 향수, 비누와 향료제품의 생산과 교역에 있어 최대의 도시가 그라스라는 데 대해 아무런 이의가 없었다. 주세페 발디니가 그 이름을 입에 올릴 때마다 꿈꾸듯 황홀해 하던 바로 그 도시였다. 발디니는 모든 향기의 로마라 할 수 있는 이 도시가 향수 제조인들에게는 꿈의 도시라고 했었다. 그렇기 때문에 이 도시에서 명성을 얻지 못하는 자는 향수의 거장(巨匠)으로 불릴 자격이 없다고도 했었다.

그르누이는 냉정한 시선으로 그라스를 내려다보았다. 그는 향수 제조인의 명성을 얻으려고 이 도시를 찾은 것이 아니었다. 그랬기 때문에 반대쪽 산기슭에 붙어 있는 그 작은 도시를 보았을 때에도 가슴이 벅차 오르지는 않았다. 그가 여기 온 목적은 단 한 가지, 향기를 얻는 몇몇 기술을 그 어디보다 잘 배울 수 있는 곳이라고 들었기 때문이다. 그는 그 기술들을 익히고 싶었다. 자신의 목적을 실현하기 위해서는 그것들이 꼭 필요했다. 그는 주머니에 든 향수병을 꺼내 자신이 만든 향수를 아껴 가면서 몸에 뿌렸다. 그리고는 발걸음을 재촉했다. 한 시간 반 뒤인 정오경에 그는 그라스에 도착했다.

그는 그라스의 제일 높은 곳에 위치한 오 제르 광장의 한 음식점에서 점심을 먹었다. 광장을 둘로 가르면서 아래쪽으로 흘러내리는 개울가에서 무두장이들이 가죽을 씻어 햇빛에 너는 일을 하고 있었다. 그 냄새가 아주 지독했기 때문에 대부분의 사람들은 식사를 하다가 입맛을 잃을 정도였다. 그러나 그르누이에게는 그 반대였다. 그 친밀한 냄새를 맡자 오히려 마음이 놓였다. 어느 도시에 가든지 그는 언제나 맨 먼저 무두장이들이 사는 곳을 찾았다. 그런 후에야 그는 다른 지역을 둘러보기 위해 악취투성이인 그곳을 빠져 나왔다. 그때쯤 되면 더 이상 자신이 이방인이라는 느낌은 사라지고 없었다.

오후 내내 그는 도시를 돌아다녔다. 그라스는 물이 많은 도시였음에도 불구하고, 오히려 그 물 때문에 믿을 수 없을 정도로 더러웠다. 수십 개의 샘과 우물에서 흘러 넘친 물이 잘 정비되지 않은 채 개울이나 시내가 되어 도시 아래쪽으로 흘러내렸기 때문에 길이 허물어지거나 진창으로 변했던 것이다. 그래서 사람들은 통로나 계단이 비좁을 정도로 집들이 다닥다닥 붙어 있는 거리를 진흙탕 속에서 서로 몸을 부딪치며 지나가야 했다. 광장이나 대로 역시 마차들이 서로 빠져 나가기 어려울 정도였다.

하지만 그토록 더럽고 지저분하며 비좁았음에도 불구하고 도시에는 활력이 넘치고 있었다. 도시를 한바퀴 빙 둘러보는 동안 그르누이는 최소한 7개의 비누 공장을 보았고 10명이 넘는 향수와 장갑 제조인을 만났다. 소규모 증류 공장과 포마드 공장, 향료 가게는 헤아릴 수도 없이 많았으며 향수 도매상 역시 수십 명이었다.

그 도매상들은 향기와 관련된 물건들을 대규모로 거래하는 알짜 실력자들이었다. 그들의 상점은 겉보기에는 대부분 보잘 것이 없었다. 큰길에 면한 상점의 전면은 보통 사람들의 집처럼 허름했다. 그러나 그 뒤에 있는 창고와 커다란 지하실에는 모든 것이 들어 있었다. 향유가 들어 있는 통, 가장 좋은 라벤더 향 비누, 꽃물과 포도주, 병에 든 알코올, 향기를 입힌 가죽, 향료가 가득한 상자와 궤짝들······ 거기에는 없는 게 없었다. 그르누이는 상점의 제일 두터운 벽 뒤에 들어 있는 그 물건들 하나하나의 냄새를 맡을 수 있었다. 정말 군주라 해도 갖지 못할 엄청난 부(富)였다. 상점의 안쪽에서 나는 냄새를 더 주의 깊게 맡아 본 그르누이는 작은 격자무늬의 허름한 상점과 창고 뒤쪽에는 으리으리한 건물이 있다는 사실을 알게 되었다. 그 안에는 협죽도나무와 종려나무가 무성한, 작지만 매혹적인 정원이 있었다. 그 중앙에 있는 분수에서는 물이 솟구치고 있었다. 건물의 양 날개는 대부분 U자형으로 남쪽을 향해 있었다. 2층에 있는 비단 카펫이 깔린 침실에는 햇살이 비쳐 들고 있었고, 1층에는 바닥에 외국산 나무가 깔린 응접실이 있었다. 사람들은 테라스처럼 바깥으로 돌출되어 있는 식당에서 자기 그릇에 담긴 음식을 금수저로 먹고 있었다. 발디니가 말한 그대로였다. 검소해 보이는 상점의 뒤편에서 그렇게 살아가는 사람들에게서는 황금과 권력, 그리고 안전하게 지켜지고 있는 부의 냄새가 났다. 이런 면에 있어서 그들의 냄새는 지금까지 그르누이가 여러 지방을 여행하면서 맡았던 그 어떤 냄새보다도 짙었다.

그는 위장한 어느 대저택 앞에서 상당히 오랜 시간을 머물렀다. 그 집은 그라스를 동서로 관통하고 있는 드루아트 대로가 시작되는 곳에 위치하고 있었는데, 겉으로 보기에는 별다른 점이 없었다. 옆집보다 약간 넓고 호화로워 보이긴 했지만 전혀 시선을 끌 정도는 아니었다. 사람들이 그 상점 앞에 서 있는 짐마차에서 통을 나무 판자 위로 내려놓고 있었고, 다른 마차가 한 대 더 순서를 기다리고 있었다. 손에 서류를 든 어떤 남자가 상점 안으로 들어가더니 다른 사람과 함께 나왔다가 둘이 다시 상점 안으로 사라졌다. 그르누이는 길 건너편에 서서 그 분주한 광경을 지켜보고 있었다. 눈앞에서 일어나고 있는 일에 별로 관심이 없었음에도 불구하고 그는 계속 그 자리에 머물렀다. 무엇인가가 그를 사로잡았기 때문이다.

그르누이는 두 눈을 감고 그 건물에서 퍼져 나오는 냄새에 온 신경을 집중시켰다. 식초와 포도주 통의 냄새, 상점에서 나오는 수백 가지 진한 향기들, 건물 벽에서 황금의 땀처럼 배어 나오는 부의 냄새, 그리고 맨 마지막으로 정원의 냄새가 있었다. 그 정원은 건물의 반대쪽에 있는 것이 확실했다. 정원에서 퍼져 나오는 향기들을 포착하는 일은 쉽지 않았다. 왜냐하면 건물의 지붕을 타넘어 오느라고 길가에 왔을 때는 향이 아주 약해져 있었기 때문이다. 그르누이는 목련꽃 향기를 알아냈다. 히야신스, 닥나무, 로도덴드론의 향기도…….

그 향기들말고도 또 다른 무언가가 있는 것 같았다. 기가 막히게 좋은 어떤 향기가 정원에서 흘러 나오고 있는 것이 분명했다. 아직까지 한 번도 맡아 본 적이 없는 지극히 향긋한 냄새였다. 아니, 딱 한 번 맡아 본 적이 있었던가……. 그 향기에 좀더 가까이 다가가야만 했다.

그는 그냥 출입구를 통해 안으로 들어갈까 고민했다. 그러나 통을 내리거나 정리하고 있는 사람들이 너무 많아서 틀림없이 눈에 뜨일 것 같았다. 그래서 길을 되돌아가서 혹시 이 건물의 반대쪽으로 통하는 골목이나 통로가 있는지 찾아보기로 했다. 몇 미터도 채 못 가 트루아트 거리 초입에 성문이 있었다. 그는 성문을 통과하자마자 왼쪽으로 방향을 튼 후 성벽을 따라 아래쪽으로 내려갔다. 얼마 안 가 정원의 향기를 다시 맡을 수 있었다. 처음에는 아주 약하게 들판의 공기에 섞여 퍼져 오던 향기가 조금씩조금씩 짙어지고 있었다. 마침내 그는 정원이 아주 가까이에 있음을 알 수 있었다. 정원은 바로 성벽으로 담을 이루고 있었다. 그는 바로 정원 옆에 있었던 것이다. 약간 뒤로 물러서자 성벽 너머로 오렌지나무의 맨 꼭대기 가지가 보였다.

그는 다시 눈을 감았다. 정원의 온갖 향기가 오색 찬란한 무지개처럼 뚜렷하고 분명하게 그에게 밀려왔다. 그가 찾고 있던 그 귀한 향기도 그 속에 들어 있었다. 그르누이는 기쁨으로 몸이 달아올랐고, 또한 두려움으로 온몸이 오싹해졌다. 나쁜 일을 하다가 그 자리에서 들킨 악동처럼 피가 머리끝으로 거꾸로 치솟는 기분이었다. 그랬다가는 다시 가라앉았다 치솟았다 했다. 향기의 습격이 너무나 순식간이었기 때문이다. 한번 숨을 들이쉬는 그 순간이 영원처럼 생각되었다. 마치 시간이 두 배로 천천히 흘렀다가 다시 아주 빨리 흘렀다 하는 것 같았다. 그르누이는 자기가 지금 어디에 있는지, 또 시간이 얼마나 흘렀는지 도대체 알 수가 없었다. 지금이 옛날 같고, 여기가 거기 같았다. 1753년 9월 파리의 마레 거리로 되돌아간 것만 같았다. 정원에서 흘러 나오는 향기는 빨강 머리 소녀의 향기 그대로였다. 그가 죽였던 그 여자 아이 말이다. 이 세상에서 그 향기를 다시 찾아냈다는 황홀감에 그의 눈에선 눈물이 쏟아졌다. 그러나 그 향기가 아닐지도 모른다는 끔찍한 의혹이 그를 소스라치게 만들었다.

머리가 빙빙 돌면서 약간 현기증이 느껴졌기 때문에 그는 성벽에 몸을 기댔다. 그리고는 미끄러지듯이 천천히 주저앉았다. 그렇게 웅크린 상태로 정신을 수습한 그는 그 치명적인 향기를 조금 짧은 호흡으로 조금씩 들이마시기 시작했다. 성벽 너머에서 오는 그 향기는 빨강 머리 소녀의 향기와 거의 흡사했다. 하지만 완전히 똑같지는 않았다. 물론 성벽 너머의 그 향기도 빨강 머리를 한 소녀의 향기임엔 분명했다. 그것은 의심의 여지가 없었다. 그르누이는 향기를 통해 그 소녀의 모습을 그림처럼 선명하게 눈앞에 떠올릴 수 있었다. 그녀는 가만히 앉아 있지 않았다. 이리저리 뛰어다니느라 몸이 뜨거워졌다 재빨리 식었다 했다. 아마도 몸을 빨리 움직였다가 다시 급히 멈추는 놀이를 하는 게 분명했다. 별로 주목할 만한 체취가 없는 누군가가 같이 놀아 주고 있었다. 그녀의 피부는 눈이 부실 정도의 순백색이었으며, 눈동자는 초록색이었다. 얼굴과 목과 젖가슴에 주근깨가 있었고…… 그르누이는 한순간 호흡을 멈추었다가 좀더 힘차게 냄새를 들이마셨다. 마레 거리의 그 소녀의 냄새를 몰아내려는 것이었다……. 그런데 지금 여기 있는 이 소녀는 젖가슴이라고 부를 만한 게 아직 없었다! 아직 젖가슴이 부풀어오르지 않았던 것이다! 주근깨가 여기저기 나 있는 이 소녀의 향기는 한없이 부드러울 뿐 아직 강한 체취는 아니었다. 기껏해야 며칠 전, 아니 몇 시간 전……, 사실은 바로 이 순간에야 비로소 가슴이 부풀기 시작한 것 같았다. 한마디로 말해 그녀는 아직 아이였다. 그러나 이 얼마나 대단한 아이인가!

그르누이의 이마에서 땀이 비오듯 흘렀다. 그는 아이들은 이제 막 싹트기 시작한 꽃과 같아서 특별한 향기가 없는 줄 알고 있었다. 그런데 성벽 뒤의 이 꽃, 봉오리가 채 피어나지도 않은 이 꽃, 그르누이말고는 그 누구의 주목도 받은 적이 없는 이 꽃은 향기의 꽃봉오리를 막 내밀려고 하는 지금 이 순간에 벌써 머리카락이 곤두설 정도로 황홀한 향기를 발산하고 있었다. 그러니 만약 이 꽃이 화려한 자태로 활짝 피어나게 된다면? 그녀는 이 세상 사람들이 한 번도 맡아 본 적이 없는 그런 향기를 풍길 것이 아닌가. 이 꽃은 지금 벌써 그 옛날 파리 마레 거리의 소녀처럼 향기가 근사했다. 그때처럼 향기가 진하거나 풍만한 것은 아니지만 이 소녀의 향은 훨씬 더 섬세하고 미묘할 뿐만 아니라 자연스러웠다. 앞으로 한두 해만 더 성숙하게 되면 이 향기에서 빠져 나갈 수 있는 사람은 하나도 없을 것이다. 그녀의 향기의 마법에 걸리면 속수무책으로 그녀에게 사로잡히면서도 그 이유조차 제대로 모를 것이 분명했다. 사람들이란 멍청하기 이를 데 없어서 코는 숨쉬는 데에만 이용할 뿐 모든 것은 눈으로 확인할 수 있다고 믿고 있으니 말이다. 자신들이 그녀에게 굴복하는 것은 단지 그녀의 아름다움과 우아함, 그리고 품위 때문이라고 말하겠지. 그리곤 자신들의 한계 속에서 그녀의 균형 잡힌 아름다움을 칭찬하겠지. 자신들의 눈에 보이는 그대로 날씬한 몸매, 흠잡을 데 없이 완벽한 가슴, 에메랄드 같은 눈빛, 진주같이 하얀 이, 상아처럼 미끈한 팔다리라는 등의 비유를 써가면서. 그 얼마나 멍청한 비유인가! 그리고는 그녀를 재스민의 여왕으로 뽑아 바보 같은 화가에게 초상화를 그리도록 해서 넋을 잃고 그 그림을 바라보겠지. 프랑스에서 가장 아름다운 미녀라고 하면서 말이다. 청년들은 그녀의 사랑을 얻기 위해 며칠밤씩 그녀의 창 밑에 앉아 만돌린에 맞춰 노래를 부를 것이고…… 돈 많은 뚱뚱보 영감들은 연신 그녀의 아버지에게 무릎을 꿇고 굽실대면서 딸을 달라고 애원할 것이고…… 여자들은 노소를 불문하고 그녀를 쳐다보면서 한숨을 내쉬겠지. 단 하루만이라도 그녀처럼 매혹적인 미녀가 되고 싶다는 꿈을 꾸면서. 그러면서도 그녀에게 반한 진짜 이유는 사실은 흠잡을 데 없이 완벽한 그녀의 외모 때문이 아니라 바로 그 어느것과도 비교할 수 없는 놀라운 향기 때문이라는 것을 아무도 깨닫지 못하겠지! 그 사실을 알고 있는 사람은 오직 한 사람, 그르누이 자신밖에 없었다. 그렇다, 벌써 그는 그렇게 될 것을 알고 있었다.

아! 그는 이 향기가 갖고 싶었다! 물론 그 옛날 마레 거리의 소녀에게서 향기를 얻을 때처럼 그렇게 허무하고 서투른 방식으로는 안 된다. 그때는 단지 향기를 흠뻑 들이마셨을 뿐, 그 향기를 없애 버린 것이 아닌가. 그렇게는 안 된다. 그는 성벽 뒤의 그 소녀의 향기를 진짜 자기 것으로 만들고 싶었다. 그녀 피부의 향기를 그대로 자기의 향기로 만들고 싶었다. 어떻게 해야 그렇게 될 수 있는지는 아직 몰랐다. 하지만 그걸 배울 수 있는 시간이 2년이나 있었다. 어쩌면 그 일은 희귀한 꽃에서 향기를 추출하는 일보다 어렵지 않을지도 몰랐다.

그는 몸을 일으켰다. 성스러운 어떤 존재에게서, 혹은 잠든 연인의 곁에서 빠져 나갈 때처럼 그는 몸을 숙인 매우 경건한 태도로 조용히 멀어졌다. 때문에 그를 보거나 그의 소리를 들은 사람은 아무도 없었다. 그의 귀한 발견을 눈치챈 사람도 없었다. 그는 그렇게 성벽을 따라 재빨리 도시의 반대쪽으로 도망쳤다. 도시의 반대편, 드디어 그녀의 향기에서 벗어나는 지점에 시내로 다시 들어갈 수 있는 페네앙 성문이 있었다. 성문을 통과한 그는 건물의 그림자 속에서 멈추어 섰다. 골목길에 배어 있는 악취가 그의 마음을 편안하게 해 주었다. 그를 엄습했던 흥분이 차차 가라앉았다. 15분이 지나자 그는 완전히 평온을 되찾았다. 그는 더 이상 성벽으로 둘러싸인 그 정원에 가지 않기로 결심했다. 그럴 필요가 없었다. 그것은 그를 너무 자극하는 일이었다. 그 꽃은 그가 도와주지 않아도 지금까지 잘 자라 왔고, 앞으로도 훌륭하게 성장해 갈 것이다. 그러니 아직 때도 아닌데 그 향기에 도취되어서는 안 될 일이었다. 그는 지식을 넓히고 장인으로서의 기술을 연마하는 일에 몰두해야 했다. 추수를 대비하면서 말이다. 아직 2년의 여유가 남아 있었다.

36

페네앙 성문에서 그리 멀지 않은 루르 거리에서 자그마한 향수 작업실을 발견한 그르누이는 일자리가 있는지 물어보았다.

그곳은 원래 오노레 아르뉠피라는 장인이 운영하던 곳으로, 지난 겨울에 그가 죽자 지금은 미망인이 도제 한 명을 데리고 꾸려 가고 있었다. 그녀는 검은 머리결에 아주 활달한 성격으로 나이는 서른 살 정도 되었다. 아르뉠피 부인은 불경기라 형편이 별로 좋지 않다며 그르누이에게 한참 동안 이런저런 하소연을 늘어놓았다.

「사실은 더 이상 도제를 쓸 만한 형편은 아니에요. 그렇지만 일거리가 계속 들어오고 있어 급히 도제가 한 사람 더 필요하기는 해요. 그런데 만약 도제를 한 명 더 쓴다고 해도 여기는 잠자리가 없어요. 하지만 프란체스코 수도원 뒤편에 있는 올리브 정원에 오두막이 하나 있어요. 이곳까지는 10분도 채 안 걸리는 곳이니 거기라도 괜찮다면 아쉬운 대로 잠자리로 이용할 수가 있어요. 또 식사 말인데요, 정직한 장인의 아내로서 도제들의 건강에 책임감을 느끼긴 하지만 하루에 두 끼씩 따뜻한 식사를 해줄 형편은 아니랍니다.」

그녀의 하소연을 통해 볼 때 한마디로 말해 아르뉠피 부인은 —— 그르누이가 냄새로 익히 파악하고 있던 바와 같이 —— 경제적 수완과 사업적 수완이 아주 뛰어난 여자였다. 그런데 그르누이에게는 사실 돈이 별로 중요한 문제가 아니었기 때문에, 그가 일주일에 2프랑의 급료와 그 밖의 궁색한 조건들에 이의가 없다고 하자 그녀는 즉시 그를 고용했다. 그리고는 드뤼오라는 이름의, 키가 큰 첫번째 도제를 불렀다. 그르누이는 냄새로 그가 아르뉠피 부인과 잠자리를 같이한다는 걸 금세 알 수 있었다. 부인은 그의 동의가 없이는 결정을 못 내리는 것 같았다. 드뤼오는 다리를 넓게 벌린 채 정액 냄새를 물씬 풍기면서 당당한 자신의 체구에 비해 너무나 허약해 보이는 그르누이를 날카로운 눈매로 살펴보았다. 그르누이가 교활한 목적을 숨긴 경쟁자가 아닐까 탐색한 그는 마침내 교만한 미소를 흘리며 동의한다는 듯 고개를 끄덕였다.

그걸로 모든 일이 잘되었다. 그르누이는 악수를 나눈 후 마른 빵과 이불, 그리고 오두막의 열쇠를 건네 받았다. 창문도 없는 오두막에서는 오래된 양의 배설물과 건초 냄새가 났다. 그는 그곳이 자기 집처럼 편안했다. 다음날부터 그는 아르뉠피 부인의 집에서 일을 시작했다.

때는 바야흐로 수선화의 계절이었다. 아르뉠피 부인은 도시 아래로 펼쳐진 분지의 작은 밭에서 수선화꽃을 직접 경작

263

하고 있었고, 가끔은 농부들에게서 꽃을 사들이기도 했다. 그럴 때마다 그녀는 야멸치게 농부들과 신경전을 벌이거나 가격을 인정사정없이 깎아 내리곤 했다. 꽃은 꼭두새벽에 벌써 배달이 되어 한 바구니씩 작업실에 쌓여 있었다. 한 무더기가 보통 만여 송이는 될 텐데도 그 향기는 깃털처럼 가벼웠다. 그 사이에 벌써 드뤼오는 돼지 기름과 쇠기름 덩어리를 커다란 솥에다 녹이고 있었다. 그르누이가 빗자루처럼 생긴 긴 주걱으로 쉴새없이 그걸 젓는 동안 드뤼오는 꽃송이를 커다란 통으로 하나씩 솥에다 쏟아 부었다. 그러면 잠시 기름 위에 머물렀던 꽃송이들이 주걱으로 젓는 순간 따뜻한 기름에 휩싸여 색을 잃어버렸다. 그 과정이 너무나 순식간에 이루어지기 때문에 꽃송이들은 죽어 가는 마지막 순간에 향기의 숨결을 자신을 휘감는 기름에 빼앗기지 않을 수가 없었던 것이다. 그르누이에게 이 일은 아주 황홀한 기쁨을 선사했다. 솥에다 꽃송이를 많이 쏟아 부으면 부을수록 기름의 향은 점점 더 짙어져 갔다. 그러다가 결국 이미 생명을 잃은 꽃송이는 향기를 전부 잃어버리는 대신 기름이 꽃 향기를 자신의 것으로 만들어 버리는 것이었다.

이따금 기름이 너무 걸쭉해지면 빨리 커다란 체에 걸러 주어야 했다. 향기가 다 빠져 버린 찌꺼기들을 건져내고 신선한 꽃이 새로 들어갈 자리를 마련해 주기 위해서였다. 그리고 나면 또 꽃송이를 쏟아 붓고 주걱으로 젓고 체에 거르는 일을 반복했다. 온종일 쉴 틈이라곤 없었다. 저녁까지는 모든 꽃송이를 다 처리해야 했기 때문이다. 체로 거른 찌꺼기들 역시 버리지 않고 다시 끓는 물에 넣었다가 나사형 압축기를 이용해 마지막 한 방울까지 향유를 짜냈다. 그때도 여전히 부드러운 향기를 지닌 향유를 얻을 수 있었다. 물론 향기의 정수는 대부분 솥 안에 들어 있었는데, 그것은 천천히 보잘것없는 회백색의 기름 덩어리로 응고되고 있었다.

다음날에도 침지(浸脂) 작업이 계속되었다. 솥을 데워 기름을 녹이고 새 꽃을 쏟아 붓는 이 작업을 그렇게들 부르고 있었다. 새벽부터 밤중까지 며칠간 이 일을 계속하니 몸이 녹초가 되었다. 저녁에 비틀거리는 걸음걸이로 오두막에 돌아올 때쯤이면 사지가 납덩이처럼 축 늘어졌다. 손에는 못이 박혀 있었으며, 등이 말할 수 없이 결렸다. 그르누이보다 세 배는 더 기운이 있어 보이는 드뤼오는 기름 젓는 일을 단 한 번도 하지 않았다. 그는 깃털보다도 가벼운 꽃송이를 쏟아 붓고 불꽃의 세기만 조정할 뿐이었다. 그러다가 가끔 후텁지근해지면 물이나 마시러 다녀오는 정도였다. 그러나 그르누이는 불평하지 않았다. 그는 전혀 투덜대지 않고 아침부터 저녁까지 기름 젓는 일을 해냈다. 쉬지 않고 그 일을 하면서도 그는 힘들다는 생각이 들지 않았다. 자신의 눈앞에서, 자신의 코밑에서 일어나고 있는 끊임없이 새로운 변화, 즉 꽃 향기가 기름에 흡수되는 그 과정이 그의 마음을 완전히 사로잡고 있었기 때문이다.

그 작업은 드뤼오가 기름이 이미 향기로 포화 상태에 이르렀기 때문에 더 이상 새 향기를 흡수할 수 없다는 결론을 내리면 끝이 났다. 그러면 그들은 불을 끄고 마지막으로 기름을 다시 한번 체에 걸러서 사기 항아리에 담았다. 기름은 곧 근사한 향기의 포마드로 응고되었다.

이제 아르뉠피 부인이 나설 차례였다. 그녀는 이 귀한 물건을 검사하고 이름을 쓴 후 품질과 양을 장부에 기록했다. 그리고는 항아리들을 하나씩 봉인해 서늘한 지하실로 옮기게 한 후 검은 상복과 미망인의 베일을 쓴 채 상인들과 향수 가게를 찾아 나서는 것이었다. 그녀는 혼자 살아가는 여자의 어려움에 대한 하소연을 한참 늘어놓고 나서야 비로소 가격을 제시하고 흥정을 시작했다. 물론 흥정에 따라 한숨과 함께 물건을 팔아 치우는 경우도 있고, 흥정이 깨어지는 경우도 있었다. 향이 있는 포마드 기름은 서늘한 창고에 오래도록 보관할 수가 있었다. 그렇기 때문에 가격이 만족스럽지 않을 경우에는 겨울이나 이듬해 봄의 가격 상승을 기대하며 버틸 수가 있었다. 혹은 상인들에게 팔지 않고 다른 소규모 생산자들과 함께 배 편으로 제노바로 실어 보내는 것이 나을까, 보케르에서 열리는 10월 전시회에 참가하는 것이 나을까 저울질해 볼 수도 있었다. 물론 위험 부담이야 있지만 계획 대로 성공하기만 하면 상당한 이윤을 얻을 수가 있었기 때문이다. 아르뉠피 부인은 그 모든 가능성들을 조심스럽게 따져 보는 사람이었다. 어떤 때는 그 모든 가능성들을 종합해서 일부는 팔아 치우고, 일부는 보관하고, 또 일부는 위험을 무릅쓰고 다른 사람과 거래를 하는 경우도 있었다. 물론 그 탐색 과정에서 포마드 시장이 이미 포화 상태에 이르러 당분간은 경기가 안 좋을 거라는 낌새라도 채게 되면 그녀는 검은색 베일을 휘날리며 지체 없이 집으로 돌아와 드뤼오에게 포마드 기름을 전부 세척해서 다시 〈순수한 에센스〉로 만들라는 지시를 내렸다.

그러면 그들은 지하실에서 항아리를 꺼내 와 봉인된 상태 그대로 극히 조심스럽게 가열을 한 후 다시 잘 정제된 포도주 주정과 혼합해 저었다. 그런 후 그걸 다시 지하실로 옮겨 급속히 냉각시키면 포마드의 응고된 지방질에서 알코올이 분리되었다. 드뢰오가 병에다 따라 놓은 그것은 향수와 흡사했지만 밑에 남은 포마드의 향기를 거의 다 흡수해 왔기 때문에 아주 진한 향기를 지니고 있었다. 이렇게 되면 꽃 향기는 다시 한번 다른 물질로 옮겨진 셈이었다. 하지만 아직도 작업이 모두 끝난 것은 아니었다. 아주 미세한 기름 찌꺼기까지 다 걸러 낼 수 있는 가제 수건을 이용해 깨끗하게 여과시키는 과정이 남아 있었다. 여과가 끝나자 드뢰오는 향기가 들어 있는 포도주 주정을 작은 증류기에 넣고 약한 불길로 천천히 증류시켰다. 드디어 알코올이 다 증발해 버린 그곳엔 담색의 액체가 아주 조금 남아 있었다. 그르누이가 증류법을 알고 있기는 했지만 이토록 순수하고, 이토록 질이 좋은 것은 발디니의 집에서도, 뤼넬의 집에서도 본 적이 없었다. 그 많은 꽃송이에서 짜낸 향기를 수십만 배나 농축해서 만들어진 것이 이 〈순수 에센스〉였다. 이것은 더 이상 기분좋은 향기가 아니었다. 거의 고통스러울 정도로 강하게 코를 자극하는 냄새였다. 그렇지만 1리터의 알코올에 그 에센스를 단 한 방울만 떨어뜨려도 벌써 향기가 되살아나 커다란 꽃밭에 들어선 듯한 착각을 불러일으킬 수 있는 향기였다.

작업을 통해 얻어낸 에센스의 양은 기가 막힐 정도로 적었다. 증류기로부터 얻은 액체는 향수병 세 개로도 충분히 담을 수 있었다. 그러나 그 정도 양만 갖고도 그라스에서 한밑

천 잡기에 충분할 정도로 그 에센스는 귀중한 것이었다. 그걸 파리나 리용, 그르노블, 혹은 제노바나 마르세이유로 가져 가면 그 가치가 몇 배로 불어날지는 아무도 몰랐다! 아르뇔피 부인은 넋을 잃고 감탄의 눈길로 향수병을 바라보았다. 잘 세공된 유리 마개로 향수병을 닫을 때에는 그 귀중한 내용물을 하나도 날려보내지 않으려는 듯 숨까지 멈추고 있었다. 그렇게 마개를 막은 후에도 또 향기가 새어 나가지 못하도록 왁스를 녹여 밀랍으로 봉인을 하고 생선의 부레를 뒤집어씌운 후 병목을 끈으로 꽉 묶었다. 그런 다음 그걸 다시 솜이 가득 든 작은 상자에 넣어 지하실에 자물쇠와 빗장을 채워 보관했다.

37

4월에는 금작화와 오렌지꽃을 침지해 향기를 추출해 냈다. 5월이 되자 도시는 온통 장미의 물결로 뒤덮여 한 달 내내 도시 전체에 크림처럼 달콤한 보이지 않는 안개가 자욱했다. 그르누이는 노새처럼 열심히 일했다. 그는 마치 노예라도 된 듯이 겸손하게 드뤼오가 지시하는 시시한 일들을 했다. 겉으로 보기에는 아무 생각도 없이 기름을 휘젓고, 기름 덩어리를 건져 내고, 양동이를 씻고, 작업실을 청소하고, 장작을 나르는 것 같았다. 그렇지만 가장 중요한 일, 즉 향기의 계속적인 변화 과정을 하나도 빼놓지 않고 눈여겨보고 있었다. 그르누이는 향기가 꽃잎에서 기름으로, 기름에서 또 알코올을 거쳐 그 귀한 작은 향수병으로 옮겨지는 과정을 드뤼오보다 더 정확하게 코로 추적하고 감시했다. 기름이 지나치게 가열되는 순간, 꽃에서 향이 완전히 빠지는 순간, 또 지방질이 향기로 완전히 포화되는 순간 등을 그는 드뤼오보다 훨

269

씬 더 일찍 후각을 통해 인지할 수 있었다. 솥에서 어떤 일이 진행되고 있는지, 증류를 끝내는 시점은 언제가 가장 적절할지 그는 냄새로 알아냈다. 그리고는 아주 공손한 태도와 완곡한 어법으로 〈기름이 너무 뜨거워진 게 아닐까요〉, 〈지금 여과시켜도 될 것 같은데요〉, 〈증류기에서 알코올이 다 증발해 버린 것 같은 생각이 드는데요〉라고 말했다. 그러면 그리 똑똑하지는 않지만 완전히 멍청이도 아닌 드뤼오는 결국 그르누이의 말을 따르거나 그르누이에게 그렇게 하도록 지시를 내렸다. 물론 그것은 자기의 판단에 의해 그때가 가장 적절하기 때문이라고 설명했다. 그르누이는 단 한 번도 주제넘거나 건방진 태도로 자신의 생각이나 느낌을 말하지 않았다. 특히 아르뉠피 부인이 있는 자리에서는 수석 도제인 드뤼오의 권위와 우월한 지위를 손상시킨 말을 한 적이 없었다. 완곡하게라도 그런 말을 한 적이 없었기 때문에 드뤼오가 그르누이의 충고를 따르지 않을 이유가 없었다. 시간이 흐르자 드뤼오는 점점 더 그르누이의 판단에 의지하게 되었다.

그르누이의 일은 이제 기름을 젓는 일에 한정되지 않았다. 드뤼오가 〈카트르 도팽〉으로 술을 마시러 가거나 위층 아르뉠피 부인의 방을 찾아간 동안, 꽃을 쏟아 붓고 불을 때고 여과하는 일까지 그르누이의 몫이 되었다. 그르누이가 믿을 만하다는 사실을 알게 되었던 것이다. 그르누이는 일감이 두 배로 늘어나긴 했지만 혼자 있는 것이 더 좋았다. 새로운 기술을 익히고 또 가끔 작은 실험도 해볼 수 있었기 때문이다. 그는 자신이 만든 포마드가 드뤼오의 것과는 비교가 안 될 정도로 우수하다는 것, 그리고 자신이 만든 〈순수 에센스〉가 드뤼오가 만든 평범한 것보다 훨씬 더 순도가 높다는 사실을 확인하고 은밀한 기쁨을 누리곤 했다.

7월 말에는 재스민이 한창이었고, 8월에는 밤히야신스의 계절이었다. 이 두 꽃은 모두 향기가 아주 섬세하면서도 쉽게 사라지는 특성을 지니고 있었다. 그래서 해가 뜨기 전에 꽃을 따야 할 뿐만 아니라 아주 부드러운 특별한 방법으로 향기를 추출해야만 했다. 꽃 중에서 가장 고귀한 꽃이라서 그런지 이 꽃들은 자신들의 영혼인 향기를 쉽게 내어 주려 하지 않았다. 때문에 향기를 얻으려면 그러한 특성에 걸맞는 방법으로 꽃을 달래 주어야만 했다. 즉 특별 작업실에서 차가운 동물 유지(油脂)를 바른 유리판 위에 꽃을 뿌려 두거나, 아니면 적당하게 올리브유에 적신 헝겊으로 꽃을 감싸 놓음으로써 꽃이 천천히 죽음을 맞이하도록 해주는 방법이었다. 그렇게 사나흘 정도 지나면 꽃은 다 시들어 버리고 접촉하고 있던 동물 유지나 올리브유에 자신의 향기를 옮겨 주었다. 그때 유리판에서 조심스럽게 꽃을 떼어 낸 후 다시 새 꽃을 뿌려 놓는 것이었다. 그런 과정을 열 번 내지 스무 번 정도 반복하면 마침내 포마드가 꽃 향기를 포화 상태로 흡수했고, 헝겊에서는 향유를 짜낼 수 있었다. 물론 그렇게 하면 침지법을 사용할 때보다 얻어내는 양은 적었다. 그러나 가열하지 않고 만들어진 재스민 포마드나 밤히야신스 향유는 다른 방법으로 추출한 향기들보다 순도가 뛰어날 뿐 아니라 원래의 향기와도 가장 흡사했다. 특히 재스민의 경우에는 원래 품고 있던 달콤하고 에로틱한 향내가 거울에 반사되듯이 아주 자연스럽게 포마드에 옮겨져 있었다. 물론 그르누이의 후각은 원래의 꽃 향기와 포마드의 향기 사이에 미세한 차이가 있음을 놓칠 리가 없었지만 말이다. 포마드에는 유지의 냄새가 부드러운 베일처럼 꽃 향기를 감싸고 있었던 것이다. 최대로 정화된 유지가 꽃 향기를 부드럽게 만들어 원래의 강한 향기를 완화시켜 주고 있었다. 그렇게 해야만 비로소 보통 사람들이 그 향기를 견딜 수 있었다. 어쨌든 열을 가하지 않고 향기를 추출하는 냉침법은 부드러운 향기를 얻어내는 데 있어서는 가장 뛰어나고 효과적인 방법이었다. 그보다 더 좋은 방법은 존재하지 않았다. 물론 그르누이의 코까지 완전히 속여 넘길 정도로 완벽한 것은 아니었지만, 세상 사람들의 무딘 코라면 수천 번이라도 속여넘길 수 있는 방법이었다.

얼마 지나지 않아 그르누이는 침지법이나 냉침법의 기술에 있어 스승인 드뤼오를 능가하게 되었다. 그르누이는 신중하고 공손한 태도로 드뤼오가 이 사실을 깨닫도록 만들었다. 그러자 드뤼오는 이제 도살장에 가서 좋은 유지를 사는 일, 유지를 손질하는 일, 유지를 녹이고 여과하고 혼합 비율을 결정하는 일 등을 기꺼이 그르누이에게 넘겨 버렸다. 드뤼오에게는 그 일들이 언제나 까다롭고 어려운 골칫거리였기 때문이다. 왜냐하면 부패되거나 순도가 좋지 않은 유지, 혹은 돼지나 양, 소의 냄새가 많이 나는 유지를 사용하게 되면 귀중한 포마드를 망칠 수도 있었기 때문이다. 더 나아가 드뤼오는 유지를 바른 유리판의 간격 조정이나 포마드의 포화 정도를 판단하는 일도 그르누이에게 맡겼다. 이제 그는 그 옛날 발디니가 그랬듯이 자기의 지식으로는 해결이 곤란한 결정들을 —— 그르누이는 후각을 통해 잘 알 수 있었다 —— 전부 그르누이에게 미루어 버렸다. 물론 드뤼오는 그 사실을 전혀 눈치채지 못하고 있었다.

「그는 손재주가 아주 뛰어나. 일에 대한 감각이 있어.」

드뤼오는 그런 식으로 말했다. 그는 가끔 그르누이가 자기보다 몇백 배는 더 뛰어난 향수 제조인이라고 생각했다. 그러나 또 한편 그가 바보라는 생각이 들기도 했다. 그는 그렇게 뛰어난 재능을 갖고도 돈을 못 버는데 비해 드뤼오 자신은 별것 아닌 재능만 가지고도 곧 장인이 될 것이기 때문이었다. 그르누이는 드뤼오의 그런 생각을 더욱 강화시켜 주려는 것처럼 멍청할 정도로 열심히 일을 했다. 그는 자신의 천재성에 대해서는 전혀 모르는 사람처럼 자랑하거나 뻐기는 경우가 없었다. 자신은 오직 훨씬 더 경험이 풍부한 드뤼오의 지시에 따를 뿐이라는 듯이, 혹은 드뤼오가 없으면 자신은 아무것도 할 수 없다는 듯이 그렇게 행동했다. 따라서 두 사람 사이에는 아무런 문제도 일어나지 않았다.

그러는 동안에 가을이 오고 겨울이 왔다. 작업실은 점차 조용해졌다. 꽃 향기는 항아리와 향수병에 담겨 지하실에 보관되어 있었다. 아르뉠피 부인이 포마드를 세척하거나 말린 향료를 증류하라는 지시를 내리지 않는 한 일거리가 별로 없었다. 아직 올리브 일은 좀 남아 있었다. 일주일에 몇 바구니 정도의 올리브로 순도 높은 올리브 향유를 만든 후 찌꺼기는 기름 짜는 곳으로 넘기는 일이었다. 그리고 또 포도주를 일부는 알코올로 만들고, 나머지는 주정으로 정류(精溜)하는 일이 있었다.

드뤼오가 작업실에 나타나는 일이 점점 뜸해졌다. 그는 아르뉠피 부인의 침대 위에서 자신의 의무를 다하고 있었다. 그러다가 가끔 〈카트르 도팽〉 선술집으로 가는 길에 들러 땀 내와 정액 냄새를 물씬 풍기고는 사라졌다. 아르뉠피 부인 역시 거의 아래층으로 내려오지 않았다. 그녀는 돈 문제에 매달렸으며, 남편의 상이 끝난 후 입을 옷을 정리하느라 바빴다. 낮에는 수프를, 저녁에는 빵과 올리브를 가져다 주는 하녀 이외에는 아무도 보지 못하고 며칠이 지나가는 경우도 많아졌다. 그르누이는 거의 밖으로 나가지 않았다. 정기적으로 열리는 도제들의 모임이나 조합 활동에는 그가 왔는지 안 왔는지 눈치채지 못할 정도로만 참석했다. 친구가 되거나 가깝게 지내는 사람은 하나도 없었다. 그러나 되도록 거만하다거나 국외자라는 인상을 주지 않도록 신경 써서 행동했다. 그는 다른 동료들이 자신과 사귀는 일이 별로 재미없을 뿐만 아니라 얻는 것도 없다고 생각하도록 만들었다. 사람들로 하여금 지루함을 느끼게 하고, 자신을 멍청이라고 생각하게 만드는 기술에 있어서 그는 대가였다. 물론 사람들이 그를 마음껏 비웃고 조롱거리로 삼을 정도로 도를 지나치지는 않았다. 이렇게 해서 그는 사람들의 관심에서 완전히 벗어나는 데 성공했다. 사람들은 그를 조용히 내버려두었다. 그는 이제 더 이상 아무것도 바라지 않았다.

38

그는 대부분의 시간을 작업실에서 보냈다. 드뤼오에게는 오드콜로뉴를 만들어 볼 생각이라고 말해 두었다. 그러나 사실은 전혀 다른 향기들을 실험하고 있었다. 몽펠리에에서 만들었던 인간 냄새의 향수가 매우 아껴 가며 사용했음에도 불구하고 거의 떨어져 가고 있었던 것이다. 그는 새 향수를 만들 생각이었다. 그러나 이번에는 급히 주워 모은 재료들로 인간의 냄새를 조잡하게 흉내내는 정도가 아니라 자신의 명예를 걸고 독자적인 냄새를 만들어 볼 작정이었다. 그것도 하나의 체취가 아니라 여러 개의 체취를 만들어 낼 계획이었다.

맨 먼저 그는 눈에 띄지 않도록 만드는 향수를 만들었다. 그것은 평상시에 입는 회색 옷과 같은 향수라고 할 수 있었다. 거기에도 물론 치즈와 식초가 섞인 듯한 인간의 냄새가 들어 있었다. 하지만 그것은 리넨이나 양모로 된 두꺼운 옷을 통해 밖으로 퍼지는 메마른 노인 피부의 체취처럼 아주 약한 것이었다. 그 향수를 바르면 사람들 사이에서 편안하게 머무를 수가 있었다. 자신이 그곳에 존재하고 있다는 사실을 후각적으로 인식시키기에는 충분하지만 어느 누구도 자극하지 않을 정도로 향이 은근했기 때문이다. 그걸 바르면 그르누이는 냄새상으로는 사실상 존재하지 않는 것 같으면서도 지극히 신중한 방법으로 자신의 존재를 정당화시킬 수가 있었다. 진하지도 옅지도 않은 그 향수는 아르뉠피 부인의 작업실이나 가끔 시내를 돌아다닐 때 아주 유용하게 사용할 수 있었다.

물론 어떤 경우에는 그 겸손한 향기가 방해가 되는 때도 있었다. 예를 들어 그 향수를 뿌리고 드뤼오의 심부름으로 물건을 사러 가거나 직접 사용하기 위해 약간의 사향이나 머스크 향료를 사러 상점에 가면 전혀 관심을 끌 수 없었던 것이다. 사람들이 그를 보지 못하거나 상대를 안 해줄 수가 있었으며, 혹시 보았다 하더라도 푸대접을 하거나 상대하는 동안에 다시 그의 존재를 망각할 가능성이 있었다. 그런 경우를 대비해서 그는 약간 진한 땀내를 풍기는 향수를 만들었다. 이 향수는 약간 자극적이어서 그 냄새의 소유자인 그르누이가 좀 거칠 뿐만 아니라 시간이 아주 촉박한 사람이라고 믿게 만들었다. 그는 드뤼오의 정액 냄새도 모방했다. 싱싱한 오리알과 발효시킨 밀가루를 반죽해서 유지에 적신 리넨 헝겊 조각과 섞으니 정액 냄새와 아주 흡사했다. 확실하게 주목받을 필요가 있을 때 상당한 효과가 있었다.

그르누이의 비밀 무기라고 할 수 있는 또 다른 향수는 동정심을 유발시키는 향수였다. 중년이나 노년의 여자들에게 효력을 발휘하는 그 향수는 묽은 우유와 깨끗하고 무른 나무 냄새가 났다. 이 향수를 바르면 너덜너덜한 외투를 걸친, 도움이 꼭 필요한 창백한 얼굴의 불쌍한 젊은이라는 인상을 줄 수 있었다. 외투도 안 걸치고 면도도 안 한 우울한 얼굴로 나타났을 때도 효과가 있었다. 시장의 여자들은 이 향수의 냄새를 맡자마자 배고픈 젊은이가 불쌍하다는 듯이 호도와 배를 찔러 주었다. 원래는 피도 눈물도 없는 정육점 여주인조차 그르누이의 순진 무구한 냄새를 맡자 모성 본능이 발동되어 약간 상한 고기와 뼈를 공짜로 골라 가도록 했다. 그르누이는 정육점에서 가져 온 그 재료를 다시 알코올에 침지시켜, 반드시 혼자 있어야만 하거나 사람을 피하고 싶을 때 바르는 향수를 만들어 냈다. 그것은 메스껍고 역겨운 냄새를 풍기는 향수로서, 아침에 일어났을 때 오랫동안 이를 닦지 않은 사람의 입에서 나는 구취 같은 것이었다. 이 향수는 아주 효과가 좋아서 별로 까다롭지 않은 드뤼오까지도 그 냄새를 맡으면 무의식적으로 몸을 돌려 밖으로 나갈 정도였다. 물론 자신을 그렇게 밖으로 몰아내는 것이 무엇인지는 의식하지 못했다. 이 역겨운 향수를 몇 방울만 뿌려 놓아도 사람이건 동물이건 안으로 들어올 엄두조차 내지 못했다.

옷을 갈아입듯이 그르누이는 필요에 따라 여러 가지 향수를 번갈아 발랐다. 그 향수들을 이용해 그는 사람들로부터 방해를 받지 않을 수도, 또한 자신의 존재를 노출시키지 않을 수도 있었다. 이런 여러 가지 냄새들을 보호막으로 해서 그르누이는 이제 오로지 자신의 원래 목적을 실현시키는 일에 몰두했다. 목표란 바로 조심스러운 향기 사냥이었다. 이 원대한 목표를 실현하기까지는 아직 일년 정도의 긴 시간이 남아 있었기 때문에, 그르누이는 타오르는 열정과 치밀한 계획을 가지고 체계적으로 자신의 무기를 손질하고 기술을 연마해 나갔다. 그의 기술은 나날이 완벽해졌다. 그는 발디니의 집에서 중단했던 일, 즉 생명이 없는 사물로부터 향을 추출해 내는 일에 몰두하기 시작했다. 돌이나 금속, 유리, 목재, 소금, 물, 공기······.

옛날에는 증류라는 조잡한 방식을 사용했기 때문에 비참하게 실패했지만, 지금 그는 유지의 강력한 흡수력을 이용해 냄새를 얻어내는 데 성공했다. 곰팡내 나는 차가운 청동 냄새가 그의 관심을 끌자 그는 청동으로 된 문 손잡이에 며칠 동안 쇠기름을 발라 두었다. 그런데 보라! 며칠 후 쇠기름을 벗겨 내어 검사해 보니 아주 약하기는 하지만 분명히 청동 손잡이의 냄새가 배어 있는 것이 아닌가. 알코올에 세척한 이후에도 그 냄새는 남아 있었다. 포도주 주정의 냄새에 가려져 있기는 했지만 그르누이는 한없이 부드러운 청동 냄새를 맡을 수 있었다. 물론 그 냄새를 맡을 수 있는 예민한 후각을 가진 사람은 이 세상에 그르누이밖에 없었지만 어쨌든 냄새가 들어 있기는 했다. 그것은 원칙적으로 그 냄새를 이용하는 것이 가능해졌다는 의미였다. 만약 일만 개의 문 손잡이에 천 일 동안 쇠기름을 발라 놓는다면 청동 손잡이 냄새의 〈순수 에센스〉를 몇 방울 얻어낼 수도 있을 것이다. 냄새만 맡고도 누구나 청동 손잡이를 눈앞에 생생하게 떠올릴 수 있는 그런 강력한 향을 지닌 에센스 말이다.

그르누이는 오두막 앞에 있는 올리브 밭에서 찾아낸 구멍이 숭숭 뚫린 석회석 돌멩이의 냄새도 그런 식으로 얻어냈다. 즉 돌멩이를 유지에 침지시켜서 돌 냄새를 함유한 포마드 덩어리를 조금 얻어낸 것이다. 극히 미약한 그 냄새가 그르누이를 말할 수 없을 정도로 기쁘게 했다. 그는 그것을 오두막 주변에서 발견한 모든 재료들로부터 얻어낸 향기와 섞어 가면서 냄새로 차츰차츰 프란체스코 수도원 뒤에 있는 올리브 밭의 축소형을 완성해 냈다. 그는 그것을 작은 향수병에 넣어 은밀히 지니고 다녔는데, 필요할 때마다 냄새로 올리브 밭을 소생시킬 수가 있었다.

그르누이가 만들어 낸 향기들은 위대한 작품, 즉 놀랍도록 아름다운 작은 장난감이었다. 물론 그것들의 진가를 인정하거나 적어도 알아차릴 수 있는 사람은 그 자신말고는 없었다. 어쨌든 그르누이는 그 무의미한 장난감들에 완전히 빠져 있었다. 마치 장난꾸러기 아이가 된 것처럼 온 정신을 쏟아 냄새의 풍경화와 정물화를 만들어 내는 그 순간처럼 순수한 행복을 그는 그 이전에도 그 이후에도 맛보지 못했다. 왜냐하면 곧 그는 살아 있는 생명체들로 관심을 돌렸기 때문이다.

그는 겨울을 나고 있는 파리, 애벌레, 쥐, 작은 고양이 등을 찾아 다녔고 그것들을 잡아다가 열을 가한 유지 속에 빠뜨렸다. 또 한밤중에 남의 외양간에 숨어 들어가 소나 염소, 혹은 돼지 새끼를 몇 시간씩 유지에 적신 수건으로 말아 놓거나 올리브 붕대로 감싸 놓기도 했다. 아니면 외양간 울타리를 훔쳐다가 울타리에 묻어 있는 양털을 깎아 알코올에 세척하기도 했다. 처음에는 그다지 만족스러운 성과를 얻지 못했다. 참을성이 많은 청동이나 돌과는 달리 살아 있는 생명체들은 자신의 냄새를 탈취당하지 않으려고 필사적으로 저

279

항했기 때문이다. 돼지들은 우리의 말뚝에 몸을 비비대며 붕대를 끊었고, 밤중에 양떼들에게 다가가면 양들은 큰소리로 울어댔다. 젖소들은 기름 수건을 떨어뜨리기 위해 몸을 자꾸 흔들었고, 딱정벌레들을 잡아다 실험을 하려고 하면 역겨운 악취의 배설물을 쏟아 냈다. 쥐들은 공포 때문인지 후각적으로 극히 민감한 포마드에다 똥을 싸기도 했다. 꽃과는 달리 동물들은 침지를 하려고 할 때 그냥 말없이, 혹은 가벼운 한숨 정도로 향기를 넘겨주는 법이 없었다. 그들은 필사적으로 죽음에 저항했으며 절대로 고분고분하게 굴복하지 않았다. 그들은 발버둥을 치며 버텼다. 그럴 때 동물들은 공포로 인한 진땀을 비오듯 흘렸고, 그것이 따뜻하게 데워진 유지를 산화시켜 실험을 망쳐 버렸다. 이성적으로 일을 진행할 수 없게 되자 그르누이는 우선 생명체들이 공포에 빠지거나 저항하지 못하도록 가능한 한 빠르고 신속하게 동물들의 입을 다물게 만들어야 했다. 그렇게 하는 방법은 죽이는 수밖에 없었다.

그르누이는 맨 처음 실험 대상으로 작은 강아지를 택했다. 도시의 위쪽 도살장 앞에서 그는 고기 한 조각을 미끼로 강아지를 어미 개로부터 떼어 내 작업실로 유인하는 데 성공했다. 강아지가 꼬리를 흔들면서 그르누이의 왼손에 있던 고기를 막 물어뜯으려고 덤비는 순간, 그는 오른손에 들고 있던 나무토막으로 힘차게 단번에 강아지의 뒷머리를 내리쳤다. 너무도 순식간에 죽음이 찾아왔기 때문에 그르누이가 유지를 발라 놓은 양철판 사이에 끼울 때까지도 여전히 강아지의 입술과 눈에는 기쁨의 표정이 남아 있었다. 공포로 인한 식은땀 냄새가 배어 있지 않은 순수한 강아지의 냄새를 얻기 위해서였다. 물론 조심할 필요가 있었다. 가지에서 따낸 꽃잎과 마찬가지로 시체 역시 빨리 부패하기 때문이었다. 그르누이는 강아지 옆에서 계속 지켜보고 있었는데, 12시간쯤 지나자 여전히 기분좋은 냄새였지만 약간씩 부패 가스가 섞인 점액질이 죽은 강아지 몸에서 흘러 나왔다. 그르누이는 즉시 작업을 중단하고 강아지를 치워 버렸다. 그리고는 양철판에서 냄새가 약간 밴 유지를 걷어 내어 깨끗하게 씻어 놓은 솥에 넣고 알코올이 거의 다 날라 갈 때까지 증류시켰다. 그렇게 해서 얻은 액체를 작은 유리관에 채웠다. 거기에는 분명히 신선하고 눅눅한 쇠기름 냄새와 함께 개에게서 나는 누린내가 약간 들어 있었다. 그 냄새는 놀랄 정도로 진했다. 그르누이가 도살장 앞에 가서 어미 개에게 그 냄새를 맡게 하자 어미 개는 기뻐 어쩔 줄 몰라 낑낑거리면서 계속 시험관에서 코를 떼지 않으려 했다. 하지만 그르누이는 뚜껑을 닫고 그걸 몸에다 숨겼다. 살아 있는 생명체로부터 최초로 영혼의 냄새를 탈취하는 일에 성공한 기념으로 그르누이는 한동안 그걸 몸에 지니고 다녔다.

이제 그르누이는 아주 조심스럽긴 했지만 조금씩 사람들에게 더 가까이 접근해 갔다. 물론 처음에는 구멍이 넓은 그물을 가지고 멀찍이 떨어져 사냥에 나섰다. 왜냐하면 커다란 사냥감을 잡는 것보다는 자신의 사냥 방법의 원리를 시험해 보는 것이 훨씬 더 중요한 일이었기 때문이다.

그는 저녁 무렵 사람들의 눈에 띄지 않게 해주는 약한 향수를 몸에 바르고 〈카트르 도팽〉 선술집에 들어가 손님들 사

281

이에 섞여 앉았다. 그리고는 유지나 올리브유에 적신 헝겊 조각을 벤치나 탁자 밑, 혹은 눈에 잘 안 띄는 구석에 붙여 놓았다가 며칠 후 다시 수거해 검사했다. 그 헝겊 조각에는 부엌에서 맡을 수 있는 모든 냄새, 즉 담배 연기와 포도주 냄새 외에 사람들의 냄새도 조금 배어 있었다. 그렇지만 그것은 지극히 모호한 상태의 냄새로 어느 한 사람의 체취가 아니라 여러 사람의 냄새가 모인 연기 같은 것이었다. 그가 12월 24일 어느 성당의 의자 밑에 붙여 놓았다가 적어도 일곱 번 이상의 미사가 열린 후인 26일에 다시 수거한 실험용 헝겊 조각에서도 그와 비슷한 집단적 냄새를 맡을 수 있었다. 그것은 끔찍스러운 냄새 덩어리였다. 거기에는 땀 냄새, 생리혈, 땀으로 축축해진 무릎, 쥐가 난 손의 냄새, 합창을 부르고 아베마리아를 중얼거리는 수천 명의 목구멍에서 나오는 숨결, 향과 몰약의 숨막히는 연기가 뒤섞여 있었다.

그르누이가 개인의 냄새를 최초로 채취한 곳은 빈민 구호 병원이었다. 규칙상 태우도록 되어 있는, 폐병으로 죽은 지 얼마 안 되는 가방 만드는 도제의 침대 시트를 훔치는 데 성공했던 것이다. 그 침대 시트는 환자가 두 달간이나 덮고 있었던 것으로, 거기에는 그의 몸의 기름기가 아주 많이 묻어 있었다. 그것이 탈취제의 역할을 한 듯 그 남자의 냄새가 고스란히 배어 있었다. 그걸 알코올에 세척하자 곧 그의 유령이 나타난 것 같았다. 마치 포도주 주정에서 그가 다시 소생한 것처럼 생생하게 그의 냄새를 맡을 수가 있었던 것이다. 물론 냄새를 얻어내는 기이한 과정과 그가 앓았던 많은 질병들로 인해 유령처럼 희미하긴 했지만 냄새를 통해 그의 모습을 그려 볼 수가 있었다. 그는 키가 작은 시른 살 가량의 남자였다. 머리는 금발이었고 납작한 코와 짤막한 팔다리, 그리고 넓적하고 누런 발을 하고 있었다. 그의 성기는 발기되어 있었고, 화를 잘 내는 성격에다가 입에서 구취가 심했다. 냄새로 살펴볼 때 그는 결코 고상한 인물이 아니었다. 따라서 그의 체취는 강아지의 경우처럼 오래 보관할 만한 가치가 없었다. 그럼에도 불구하고 그르누이는 그 냄새의 유령이 밤새도록 자신의 오두막을 떠돌아다니도록 내버려두었을 뿐만 아니라 계속해서 그의 냄새를 맡았다. 다른 사람의 냄새를 얻어낼 수 있는 자신의 재능에 대해 그는 행복과 깊은 만족을 느꼈다. 다음날 그는 그것을 내다 버렸다.

겨울 동안에 그르누이는 실험을 하나 더 했다. 도시를 떠돌아다니는 어떤 벙어리 여자에게 1프랑을 주고 그녀로 하여금 여러 종류의 유지와 올리브에 적신 헝겊 조각을 맨살 위에 하루 종일 붙이고 다니도록 한 것이다. 그 결과 양의 신장에서 나온 유지, 여러 번 여과한 돼지기름과 쇠기름을 2대 5대 3의 비율로 섞은 후 올리브 기름을 약간 침가하면 그것이 인간의 냄새를 빨아들이는 데 가장 적합하다는 사실을 알게 되었다.

그것으로 그르누이는 만족했다. 살아 있는 인간의 냄새를 채취하는 일에는 항상 위험이 뒤따를 뿐만 아니라 더 이상 새로운 지식을 얻을 것도 없었기 때문이다. 그는 이제 인간에게서 냄새를 탈취하는 기술을 다 익힌 셈이었다. 따라서 새삼스럽게 그것을 증명할 필요는 없었다.

인간의 냄새 그 자체는 그에게 아무런 관심거리도 아니었다. 자신의 대용품 향수만 갖고도 인간의 냄새는 충분히 흉내낼 수 있었다. 그가 원하는 것은 〈특별한〉 사람들, 즉 아주 드물지만 사람들에게 사랑을 불러일으키는 그런 사람들의 냄새였다. 그 사람들이 바로 그의 제물이었다.

39

1월에 미망인 아르뉠피는 수석 도제 도미니크 드뤼오와 결혼을 했다. 따라서 드뤼오는 장갑 및 향수 제조업의 장인으로 승격되었다. 조합에 소속된 장인들을 위한 만찬이 열렸고, 도제들에게도 비교적 조촐한 식탁이 마련되었다. 아르뉠피 부인은 이제 공식적으로 드뤼오와 함께 사용할 수 있게 된 침대에 깔 새 매트리스를 사늘였고, 옷장에서 화려한 옷들을 꺼내 놓았다. 그것말고는 달라진 것이 하나도 없었다. 그녀는 자신의 옛이름 아르뉠피를 그대로 사용했고, 재산도 분배하지 않았으며, 가게의 경영권과 지하실 열쇠도 그대로 지니고 있었다. 드뤼오는 날마다 침실의 의무를 다하느라 여념이 없었고, 그 일이 끝나면 포도주를 마시면서 기분을 풀었다. 이제 그르누이는 하나밖에 없는 수석 도제임에도 불구하고 여전히 쥐꼬리만한 급료와 조촐한 음식, 그리고 누추한 잠자리를 제공받으면서 일은 전부 혼자 도맡아 했다.

그 해는 계피꽃의 노란 물결과 히야신스, 제비꽃, 그리고 마취제처럼 진한 수선화 향기와 함께 시작되었다. 3월의 어느 일요일에 —— 그가 그라스에 도착한 지 거의 일년이 다 되었다 —— 그르누이는 도시의 맞은편 성벽 뒤에 있는 정원에서 뛰놀던 그 소녀가 어찌 되었는지 알아보기 위해 길을 나섰다. 이번에는 그 향수에 단단히 대비했을 뿐만 아니라 그곳에서 무엇이 자신을 기다리고 있을지에 대해서도 상당히 정확하게 예상하고 있었다……. 그럼에도 불구하고 성벽에서 중간쯤 되는 거리에 있는 뇌브 성문 근처에서 그 향기를 맡게 되자 심장이 쿵쿵 뛰면서 온몸의 피가 요동치기 시작했다. 그 향기는 여전히 그곳에 있었다. 이루 말할 수 없이 아름다운 그 꽃은 아무 탈 없이 무사히 겨울을 넘기고 이제 막 물이 오르면서 뻗어 나온 가지로부터 가장 찬란한 꽃망울을 터뜨리려 하고 있었다! 그가 예측했던 대로 그녀의 향기는 더욱더 진해져 있었다. 그럼에도 불구하고 순결함은 전혀 훼손되지 않았다. 일년 전만 해도 산발적으로 약하게 퍼져 나오던 향기가 지금은 수천 가지 빛깔로 반짝이면서도 각각의 색으로 흩어지지 않고 아주 진한 향기의 물결로 조화를 이루고 있었다. 이 향기의 샘이 점점 더 힘차게 솟구치게 되리라는 사실에 그르누이는 행복의 전율을 느꼈다. 앞으로 일년, 단 열두 달만 기다리면 이 샘은 흘러 넘칠 것이 틀림없었다. 그때가 되면 그르누이는 향기의 원천인 이 천연의 샘을 얻기 위해 다시 올 것이다.

그르누이는 성벽을 따라 정원이 있는 지점까지 달려갔다. 분명히 소녀는 정원이 아니라 창이 닫혀 있는 집 안의 어느 방안에 있었음에도 불구하고 그녀의 향기가 부드러운 미풍처럼 끝없이 퍼져 나오고 있었다. 그르누이는 꼼짝도 하지 않고 서 있었다. 그녀의 향기를 처음 맡았을 때처럼 몽롱해지거나 정신을 잃어버리지 않았다. 그르누이는 사랑에 빠진 사람처럼 행복했다. 일년만 기다리면 연인을 데려갈 수 있다는 확신에 차서 멀리서 사랑하는 연인의 목소리에 귀를 기울이거나 훔쳐볼 때의 행복감 말이다. 사실 외로운 진드기이자 잔혹한 괴물 그르누이는 단 한 번도 사랑을 느껴 보거나 사랑을 받아 본 적이 없었다. 그런 그가 3월의 어느 날 그라스의 성벽에 기대어 사랑을 느끼고 있었다. 그 사랑으로 그는 행복했다.

물론 그 대상은 사람, 성벽 뒤편의 집에 살고 있는 그 소녀가 아니었다. 그가 사랑하는 것은 오직 그녀의 향기뿐이었다. 다른 어느것도 아닌 그 향기, 미래의 자신의 냄새로서의 그 향기를 사랑할 뿐이었다. 그는 일년 후 반드시 그 향기를 가지러 오겠다고 목숨을 걸고 맹세했다. 자기 자신과 미래의 자신의 향기에 헌신하겠다는 이런 이상한 맹세를 한 후에 그는 기쁜 마음으로 그곳을 떠났다. 그는 쿠르 성문을 지나 시내로 다시 돌아왔다.

그날 밤 그르누이는 자신의 오두막에 누워 다시 한번 그 향기를 떠올려 보았다 —— 그러고 싶은 충동을 누를 길이 없었던 것이다 —— 기억 속으로 빠져 들어가 그 향기를 어루만져 주자 향기는 벌써 그 자신의 체취가 된 듯 아주 가깝고 친밀하게 그를 애무해 왔다. 향기와 사랑을 나누는 그는 향기를 통해 황홀한 무아지경의 환희를 맛보았다. 이 사랑, 자기

287

자신에 대한 사랑을 꿈으로까지 이어 가고 싶었다. 그러나 눈을 감고 잠에 빠지려는 순간 벌써 향기는 그를 떠나 버렸다. 너무나 갑작스러운 일이었다. 오두막 안에는 염소 우리의 차갑고 역겨운 악취만 남아 있었다.

그르누이는 순간 당황했다. 내가 소유하고자 하는 이 향기는 뭔가……, 이 향기가 사라져 버리면 어떻게 되는 거지? 기억 속에서는 모든 향기가 영원한데, 현실의 향기는 소모되어 버린다. 세상에서 덧없이 사라져 버리는 것이다. 그러니 만약 그 향기가 소멸되어 버리면 내 향기의 샘도 없어지는 것이 아닌가. 그러면 나는 예전처럼 다시 벌거숭이가 되어 대용품의 냄새로 근근이 버티며 살아가야 한단 말인가. 그럴 수는 없다. 그것은 전보다 훨씬 더 비참한 일이다! 이미 황홀한 나 자신의 향기를 찾았고, 그것을 소유했던 나는 결코 그 향기를 잊지 못할 것이다. 절대로 냄새의 기억을 잊지 않으니까 말이다. 그러면 내 나머지 인생은 오로지 그 향기의 추억에만 매달릴 게 분명하지 않은가. 바로 지금, 앞으로 내가 소유하게 될 그 향기를 미리 떠올리는 것처럼……, 그렇다면 도대체 그게 나한테 무슨 소용이 있단 말인가.

이런 생각이 들자 그르누이는 말할 수 없이 기분이 언짢아졌다. 비록 아직은 소유하지 못했지만, 그가 그 향기를 소유한다고 해도 언젠가는 필연적으로 다시 잃어버릴 수밖에 없다는 사실에 그는 너무나 당황했다. 그 향기를 얼마 동안이나 소유할 수 있을까? 며칠? 몇 주? 아주 아껴 가면서 바른다면 일주일은 버틸 수 있을까? 그럼 그 후에는? 그는 벌써 병에 남은 몇 방울의 향수를 다 흔들어 쏟은 후 알코올로 마지막까지 다시 깨끗이 씻어 내는 자신의 모습이 눈앞에 선했다. 사랑스러운 자신의 향기가 다시는 돌아올 수 없이 사라져 가는 것을 안타깝게 지켜보는 자신의 모습이. 이 잔혹한 세계 속으로 자신의 향기가 고통에 가득 차 계속 빠져 나가는 것은 마치 천천히 죽음을 맞이하는 일과 다를 바가 없었다.

그는 몸이 오싹해졌다. 자신의 계획을 포기하고 이 밤의 어둠 속 어디론가 도망치고 싶은 생각이 간절했다. 눈 덮인 산속을 계속 걸어 수백 마일이나 떨어진 오베르뉴 산으로 돌아가 옛날 자신의 동굴 속에서 죽을 때까지 잠을 자고 싶었다. 하지만 그는 그렇게 하지 않았다. 그러고 싶은 욕망이 아주 간절했음에도 불구하고 그르누이는 앉은 채 그 욕망을 이겨 냈다. 동굴 속으로 도망쳐 숨는 일은 이미 경험해 본 일이었기 때문에 그는 그것에 굴복하지 않았다. 성벽 너머 그 소녀의 놀라운 향기를 소유하는 것은 아직 경험해 보지 못한 일이었다. 그 향기를 소유하는 일은 곧 그 향기의 상실이라는 엄청난 대가를 치르어야 하지만, 두 가지 다 그냥 포기하는 것보다는 소유한 〈후〉 그것을 상실하는 쪽을 택하는 셋이 더 해볼 만하다는 생각이 들었다. 그는 지금까지 살아오면서 언제나 포기만 해왔었다. 무엇인가를 소유했다가 상실한 적은 아직 한 번도 없지 않은가.

점차 불안한 마음이 줄어들면서 오한도 함께 사라져 갔다. 뜨거운 피가 다시 돌기 시작하면서 원래의 계획대로 해야겠다는 의지가 힘차게 솟구쳤다. 전보다 훨씬 더 강한 의지였다. 왜냐하면 이 의지는 그냥 단순한 욕망에서 비롯된 것이 아니라 심사숙고 끝에 내린 결심이었기 때문이다. 그대로 말라 죽을 것인가, 아니면 떨어져 내릴 것인가 하는 선택의 기로에서 그르누이는 후자를 택했다. 물론 이것이 그의 마지막 선택이 되리라는 것을 잘 알고 있었다. 그는 다시 잠자리에 누웠다. 짚으로 된 잠자리에 눕자 그는 마치 영웅이라도 된 듯 기분이 좋아졌다.

하지만 그런 숙명론적인 영웅 심리에 오랫동안 사로잡혀 있는 것은 그르누이답지 않은 일이었다. 그는 자기 주장을 관철시키는 집요한 의지와 지나치리만큼 교활한 성격, 그리고 빈틈없이 완벽하고 정밀한 정신력의 소유자였다. 좋다, —— 그는 성벽 너머의 그 소녀의 향기를 소유하기로 결심했다. 향기를 소유한 몇 주 후에 그걸 잃어버리고 그 상실감으로 인해 죽는다 해도 별로 나쁠 것 같지는 않았다. 그렇지만 죽지 않고 계속 그 향기를 소유하거나, 아니면 적어도 향기의 소멸을 가능한 한 늦추는 편이 더 좋을 듯싶었다. 그러려면 향기가 좀더 오래 지속되도록 만들어야 했다. 본래의 특성을 잃지 않으면서도 오래도록 지속시키는 것, 그것이 바로 향수 제조에 있어 가장 큰 문제였다.

수십 년간 지속되는 향들이 있었다. 머스크 향을 입힌 옷장, 사향 기름에 적신 가죽, 용연향을 넣은 과자, 그리고 히말라야 삼나무로 만든 상자들은 거의 영구적으로 그 향을 보존하고 있었다. 그런데 다른 것들, 예를 들어 레몬향유, 감귤향, 수선화나 월하향 에센스, 혹은 그 밖의 꽃 향기들은 그냥 공기 속에 방치하면 단 몇 시간만 지나도 벌써 향기가 전부 사라져 버렸다. 그래서 향수 제조인들은 이러한 숙명적 상황에 맞서기 위해 덧없이 사라져 버리는 향기들에 오래 지속되는 향기들을 혼합함으로써 자유를 향한 향기의 열망에 족쇄를 채워 왔다. 이 기술의 성패는 외견상 그 향기들의 자유로운 속성이 그대로 유지될 수 있을 정도로 느슨하면서도, 또 한편으론 그것이 도망갈 수 없을 정도로 단단하게 족쇄를 채우는 데 달려 있었다. 언젠가 그르누이는 그런 방식을 이용해 월하향 향유를 얻어내는 데 완벽하게 성공한 적이 있었다. 그는 사향과 바닐라 향, 라프다눔 향과 실측백나무향을 약간 첨가함으로써 쉽게 날아가 버리는 월하향을 붙잡아 놓는 데 성공할 수가 있었던 것이다. 그 소녀의 향기라고 해서 그렇게 하면 안 된다는 법이 있는가? 모든 향기들 중 가장 귀하고도 가장 연약한 그 향기를 원래의 상태 그대로 사용해서 낭비할 필요는 없지 않은가? 그건 정말 멍청한 짓이다! 너무나 바보 같은 짓이다! 다이아몬드 원석을 세공도 안 하고 그냥 내버려두는 사람이 어디 있단 말인가? 금을 덩어리째로 목에 거는 사람은 없지 않은가? 이 그르누이가 꽃이나 침지하고 증류해 향유를 짜내는 드뤼오 같은 사람처럼 원시적인 향기 도둑은 아니지 않은가? 나는 이 세상에서 가장 위대한 향수 제조인이 아니던가?

그르누이는 좀더 일찍 그런 생각을 하지 못한 자기 자신에 놀라워 하면서 머리를 쳤다. 물론 세상에 오직 하나밖에 없는 그 귀한 향기를 원상태 그대로 사용할 수는 없었다. 그것을 가장 귀한 보석으로 세공해서 아름다운 향기의 왕관을 만들어야 했다. 비록 다른 향기들과 섞여 있긴 하지만 왕관의 맨 꼭대기에서 다른 향기들을 지배하면서 〈원래의〉 향기를 찬란하게 발산하는 그런 왕관 말이다. 그르누이는 온갖 기술을 다 이용해 그런 향수를 만들어 낼 생각이었다. 성벽 너머에 사는 소녀의 향기가 그 향수의 심장이 될 것이다.

물론 왕관의 밑이나 중간, 혹은 윗부분의 장식물이나 접착제로 머스크 향이나 사향, 장미향이나 네롤리를 사용할 수는 없는 일이었다. 그것들은 그 향수에 적합하지 않았다. 그런 향수, 인간의 향수에는 다른 성분들이 필요했다.

40

그 해 5월 그라스와 그라스 동쪽의 작은 마을 오피오 중간 지점에 위치한 어느 장미 화원에서 열다섯 살 난 소녀가 벌거벗은 시체로 발견되었다. 소녀는 뒷머리를 몽둥이로 맞아 살해되어 있었다. 시체를 발견한 농부는 그 소름 끼치는 모습에 너무나 당황한 나머지 하마터면 자기가 의심을 살 뻔했다. 왜냐하면 경찰관에게 떨리는 목소리로 신고한 농부가 그렇게 끔찍스러운 광경은 처음이라고 말을 한다는 것이 그토록 예쁜 모습은 아직 한 번도 본 적이 없다고 말을 했기 때문이다.

실제로 그 소녀는 대단히 아름다웠다. 우수에 찬 모습의 이 소녀는 검은색의 꿀로 빚어진 것처럼 매끄럽고 달콤하며 이루 말할 수 없이 끈적끈적한 피부를 갖고 있었다. 그녀는 달콤한 몸짓, 흘러내린 머리결, 그리고 단 한 번의 눈짓만으로 주위 사람들의 마음을 온통 사로잡을 수 있는 여자, 그러면서도 태풍의 눈처럼 미동도 없이 조용히 있을 것 같은 그런 여자였다. 그녀는 남자, 여자 누구한테서나 저항 없이 동경과 영혼을 자신에게로 끌어들일 흡인력이 있었음에도 불구하고, 외견상으로는 자신의 그런 힘을 의식조차 못 하는 듯이 보였다. 그녀의 피는 아직 완전히 성숙하지 않았기 때문에 끈적끈적하게 탁해지지는 않았다. 늘어진 팔과 다리는 여전히 매끈하고 탄력이 있었으며, 젖가슴은 삶은 계란의 껍질을 막 벗겨 낸 듯 탐스러웠다. 윤기 있는 검은색 머리카락이 스쳐 지나간 그녀의 납작해진 얼굴은 아직도 그 섬세한 윤곽과 신비스러움을 지니고 있었다. 그런데 머리카락이 남아 있지 않았다. 살인자가 그녀의 옷과 함께 머리카락도 잘라서 가져가 버린 것이다.

사람들은 집시를 의심했다. 모든 정황으로 볼 때 집시들에게 의혹의 눈길이 쏟아질 수밖에 없었다. 집시들이 낡은 옷으로 카펫을 짜고, 사람의 머리카락으로 베개 속을 채우며, 교수형을 받고 죽은 사람들의 피부나 이빨을 가져다가 작은 인형을 만든다는 것은 널리 알려진 사실이었기 때문이다. 그렇게 기이한 범죄를 저지를 사람은 집시밖에 없었다. 그러나 그즈음에는 어디에서도 집시를 찾을 수가 없었다. 집시들이 마지막으로 그곳을 지나간 것은 지난 12월이었던 것이다.

집시들을 찾을 수 없게 되자 사람들은 떠돌이 이탈리아 일꾼들을 의심하기 시작했다. 그러나 역시 이탈리아 일꾼들도 없었다. 그들이 오기에는 아직 이른 시기였기 때문이다. 그들은 재스민 수확기인 6월이나 되어야 일자리를 찾아 왔다. 그러니 이탈리아 인도 있을 리가 만무했다. 마침내 가발 만드는 사람들이 의심을 받게 되었다. 그러나 가발 제조인들의 집을 샅샅이 수색해 보았지만 살해당한 소녀의 머리카락은 나오지 않았다. 이어서 유대 인의 소행일 거라는 소문이 돌았다. 그 이후에는 베네딕트 수도원의 음탕하다는 수도사들이 —— 그들은 모두 일흔이 훨씬 넘은 나이였다 —— 의심을 받았다. 그리고는 시토 교단의 수도사, 프리메이슨 결사대원, 자선 병원의 정신병자, 숯장이, 그리고 거지 등이 차례로 의심의 표적이 되었다. 맨 마지막으로는 방탕한 귀족들에게 의혹의 화살이 날아갔는데, 그중에서도 특히 카브리스 후작에게 시선이 집중되었다. 왜냐하면 벌써 결혼을 세 번씩이나 한 경력의 소유자인 그가 정력을 강화하기 위해 저택 지하실에서 난잡한 주연을 벌이며 처녀의 피를 마신다는 소문이 자자했기 때문이다. 물론 구체적으로 확인된 사실은 하나도 없었다. 범행을 목격한 사람이 없을 뿐 아니라, 죽은 소녀의 옷과 머리카락도 발견되지 않았다. 몇 주일이 지나자 경감은 수사를 중단했다.

6월 중순이 되자 꽃을 수확하는 일자리를 찾아 이탈리아 인들이 가족까지 데리고 도착하였다. 살인 사건에 내한 기익이 아직 생생한 농부들은 비록 그들을 고용하긴 했지만 아내나 딸들이 그들과 어울리지 못하도록 단속했다. 실제로는 이 떠돌이 일꾼들이 살인 사건에 아무런 책임이 없다고 하더라도 그들이 관련되었을 가능성을 원천적으로 배제할 수 없는 한 미리 조심을 하는 편이 나았기 때문이다.

재스민의 수확이 시작된 직후 또다시 두 건의 살인 사건이 발생했다. 이번 희생자들 역시 아름다운 얼굴로 지난번처럼 검은 머리카락에 우수 어린 타입이었다. 그들 역시 옷이 벗겨지고 머리카락이 잘려 있었으며 머리에 뭉뚝한 상처를 입은 채 발견되었다. 이번에도 범인의 흔적은 전혀 남아 있지 않았다. 이 소식은 삽시간에 불길처럼 퍼져 나갔다. 사람들의 적개심이 이탈리아 일꾼들을 향해 폭발하기 직전에야 이 두 희생자가 이탈리아의 제노바에서 온 일용 노동자의 딸들이라는 사실이 밝혀졌다.

이제 공포심이 이 지역 전체를 짓누르고 있었다. 사람들은 자신들의 기막힌 분노를 도대체 누구를 향해 터뜨려야 할지 알 수 없었다. 물론 정신병자나 그 악명 높은 후작을 의심하는 사람이 여전히 있었지만 그걸 진짜로 믿는 사람은 없었다. 정신병자들은 밤낮으로 감시하에 놓여 있었고, 후작은 오래 전에 파리로 떠났기 때문이다. 그래서 사람들은 차차 범위를 좁혀 나갔다. 농부들은 그때까지 들판에서 야영 생활을 하고 있던 이탈리아 일꾼들에게 자신들의 창고를 내주었다. 시민들은 각 구역마다 야간 경비대를 세웠고, 경감은 성문에 대한 경비를 한층 더 강화했다. 그러나 그 모든 조처들도 아무 소용이 없었다. 두 건의 살인 사건이 발생한 지 얼마 안 돼 또다시 소녀의 시체가 발견된 것이다. 물론 그전과 똑같은 상태였다. 이번에는 주교의 저택에서 일하던 이탈리아 사르디니아 출신의 세탁부였다. 그녀는 라 푸 샘물 근처에서 살해되었는데, 거긴 성문 바로 옆이었다. 흥분한 시민들의 압력으로 시 당국이 후속 조처들을 —— 성문에서의 엄격한 출입 통제, 한밤중의 경비 강화, 일몰 후의 모든 여성들의 외출금지 등 —— 속속 내놓았음에도 불구하고 그 해 여름 내내 일주일이 멀다하고 젊은 여자들의 시체가 발견되었다. 그들은 모두 이제 막 여자로 성숙되는 나이의 아리따운 소녀들로서, 대부분 검은 머리에 우수에 찬 타입이었다. 그러나 얼마 지나지 않아 그 지역에 살고 있는 대부분의 여자들, 즉 부드러운 흰 피부에 약간 포동포동한 여자들에게도 살인마의 손길이 뻗쳐 왔다. 나중에는 심지어 지나치게 마르지만 않았다면 갈색이나 짙은 금발의 머리결을 한 여자들까지 희생당했다. 범인은 그런 여자들의 냄새를 어디에서든 맡을 수 있는 것 같았다. 그라스의 외곽 지역뿐만 아니라 시내 한가운데, 심지어 집 안에서까지 범행이 이루어졌다. 어느 목수의 딸은 6층에 있는 자기 방에서 몽둥이로 타살되었는데, 그 집 사람 어느 누구도 인기척을 느끼지 못한 것은 물론이고, 낯선 사람의 냄새만 맡으면 무섭게 짖어 대던 강아지들마저 입을 다물고 있었던 것이다. 살인자는 육체가 없는 유령 같아서 도저히 붙잡힐 것 같지 않았다.

드디어 분노가 폭발한 시민들은 시 당국을 비난하고 나섰다. 조그마한 소문만 있어도 사람들이 들고일어났다. 최음제나 잉터리 약을 파는 어떤 떠돌이 상사꾼은 거의 맞아 죽을 뻔했다. 그의 약 중에 처녀 머리카락을 갈아 만든 것이 있다는 소문 때문이었다. 카브리스의 저택과 빈민 구호 병원에 대한 방화도 있었다. 알렉상드르 미스나르라는 이름의 수건 제조인은 밤중에 몰래 집으로 돌아오던 하인을 소녀 살인마로 오해해서 총으로 쏘아 죽였다. 형편이 되는 사람들은 자라나는 딸들을 멀리 사는 친척 집에, 혹은 니스나 엑스, 마르세유 등지의 기숙사 학교에 보냈다. 경감은 시 평의회의 압력으로 자리에서 물러났다. 그의 후임자는 머리카락이 잘린 소녀들의 시체를 의사에게 보내 처녀성을 확인해 보도록 했다. 그러자 그들이 전혀 강간당하지 않았다는 사실이 밝혀졌다.

그런 사실이 알려지자 이상하게도 공포심이 줄어들기는커녕 오히려 더 증폭되었다. 모두들 말은 안 했지만 소녀들이 강간당했을 거라고 믿고 있었기 때문이다. 만약에 그랬다면 적어도 살인 동기는 밝혀졌을 텐데 그게 아니라는 것이 밝혀지자 사람들은 더 이상 아무것도 알 수가 없었으며 완전히 혼란에 빠져 버렸다. 하느님을 믿는 사람들은 적어도 자신의 집만은 악마의 재앙으로부터 지켜 달라고 기도했다.

그라스에서 가장 부유한 사람들, 가장 존경받는 시민들, 그리고 귀족 30명으로 구성된 시 평의회 의원들은 대부분이 계몽주의자이자 반가톨릭주의자였다. 살인이 일어나기 전만 해도 그들은 주교는 평범한 시민으로, 그리고 성당이나 수도원은 상품 창고나 공장으로 개조하고 싶어하던 사람들이었다. 그렇게 오만하고 당당하던 평의회 의원들이 일이 다급해지자 주교에게 달려가 공손히 청원서를 올렸다. 세속적인 힘으로는 체포할 수 없는 소녀 살인마에게 파문의 저주를 내려 쫓아 달라는 애원이었다. 전임 주교가 1708년 당시에 전국을 위협하던 무서운 메뚜기떼를 몰아낼 때처럼 말이다. 9월 말에 주교는 정식으로 그라스의 살인마에 대해 파문과 저주의 처벌을 내렸다. 그때까지 그에게 희생당한 아름다운 여자의 수는 여러 계층에 걸쳐 스물네 명에 이르고 있었다. 파문은 노트르담 뒤 퓌를 포함한 그라스의 모든 설교단에서 글로 된 벽보와 말로 행해졌다.

그것은 아주 성공적이었다. 살인이 중단된 것이다. 살인이 일어나지 않고 하루, 이틀이 지나가더니 10월과 11월도 무사히 넘어갔다. 12월 초가 되자 그르노블로부터 그곳에 새로운 소녀 살인마가 돌아다닌다는 소문이 들려 왔다. 희생자들은 목이 졸려 죽어 있었으며, 옷이 찢겨지고 머리카락이 한 움큼씩 잘라졌다고 했다. 그 조잡한 범죄는 아주 깨끗하게 이루어진 그라스의 살인과 전혀 어울리지 않았음에도 불구하고 사람들은 모두 그것이 동일범에 의한 살인이라고 믿고 있었다. 그라스 시민들은 이제 그 야수가 자신들 곁을 떠나 도보로 7일이나 걸리는 먼 곳, 그르노블에서 배회한다는 사실에 적지 않게 안심하면서 고소해 했다. 그들은 주교를 찬양하기 위해 시가행진을 했고, 12월 24일에는 감사 대미사를 올렸다. 1766년 1월 1일을 기해 강화되었던 안전 조처들이 완화되었고, 여자들의 밤 외출도 허가되었다. 개인 생활과 공공 생활이 믿을 수 없을 정도로 빨리 정상으로 회복되었다. 공포는 사라진 것 같았다. 도시와 그 외곽 지역을 덮고 있던 몇 달 전의 그 공포에 대해 이야기를 꺼내는 사람은 하나도 없었다. 희생자 가족들조차 그 일에 대해 아무런 언급도 하지 않았다. 주교의 파문이 살인마뿐만 아니라 살인마에 대한 기억까지도 모두 몰아낸 것 같았다. 그것이 사람들에게도 좋은 일이었다.

단지 이제 막 여자로 피어나는 나이의 딸을 가진 사람들은 여전히 보호자 없이 딸을 외출시키는 것을 망설이고 있었다. 그들은 날이 어두워지면 왠지 두려움에 떨다가 아침에 딸이 건강하고 활기 찬 모습으로 눈앞에 나타나면 다시 안심을 하곤 했다. 물론 그 이유를 그대로 고백하고 싶지는 않았지만 말이다.

41

그런데 그라스에서 이 평화를 믿지 않고 있는 사람이 꼭 한 사람 있었다. 그라스 시의 부집정관이라는 직책을 맡고 있는 앙투안느 리쉬가 바로 그 사람이었다. 그는 드루아트 거리 초입에 있는 커다란 저택에 살고 있었다.

리쉬는 홀아비로서 그에게는 로르라는 딸이 하나 있었다. 아직 마흔이 채 안 된 그는 정력이 넘치는 나이였지만 자신의 재혼은 잠시 뒤로 미루고 있었다. 딸을 먼저 시집 보낼 생각이었기 때문이다. 물론 신랑감은 최고는 아니었지만 지체 있는 집안인 부이용 남작의 아들이었다. 그 집안은 경제적 형편은 썩 좋지 않았지만 방스 근처에 영지를 갖고 있었고, 평판도 좋은 편이었다. 리쉬는 부이용 남작과 자신들의 아들과 딸을 장차 결혼시키기로 이미 약속을 해두었던 것이다. 그는 딸 로르를 결혼시키고 나면 그때 자유롭게 드레나 모베르, 혹은 퐁미셀 등의 명성 높은 가문에 접근해 볼 생각을 품고 있었다. 그것은 허영심이나 고상한 아내에 대한 욕심 때문이 아니었다. 가문을 일으켜 후손들에게 최고의 사회적 명성과 정치적 영향력을 행사할 수 있는 토대를 마련해 주고 싶었기 때문이다. 그러려면 아직 아들을 두 명 정도는 더 낳아야 했다. 하나는 자신의 사업을 물려받게 하고, 또 하나는 법률가로 키워 엑스에 있는 의회를 통해 귀족의 세계에 들어서도록 만드는 것이 그의 은밀한 야심이었다. 리쉬와 같은 계급의 사람이 그런 야망을 실현시키려면 자기 자신이나 가족들이 프로방스 지방의 귀족과 밀접한 관계를 맺어 두어야 했다.

그가 그런 원대한 포부를 품을 수 있는 것은 바로 엄청난 재산 때문이었다. 앙투안느 리쉬의 재산은 그 일대에서는 견줄 데가 없을 정도로 대단한 것이었다. 그라스의 대분지에 오렌지와 올리브, 밀과 대마를 경작하는 밭이 있었고, 방스와 앙티브 인근에 있는 영지는 소작을 주고 있었다. 엑스와 시골에 저택을 소유한 것은 물론이고 인도까지 항해하는 배도 한 척 있었다. 게다가 제노바에는 상설 사무실을 열고 있었고, 식료품이나 향유, 가죽 제품에 관한 한 프랑스에서 가장 큰 거래상이었다.

그러나 리쉬가 소유하고 있는 것 중 가장 귀한 것은 바로 딸이었다. 이제 막 16살이 된 리쉬의 딸은 진홍색 머리카락과 초록색 눈을 하고 있었다. 그녀의 얼굴은 너무나 매혹적이었다. 남녀노소를 불문하고 그녀를 한번 바라보기만 하면 그 누구라도 순식간에 그녀에게 사로잡혀 그녀에게서 눈길을 떼지 못할 정도였다. 그리고는 넋이 빠진 멍한 표정으로

아이스크림을 핥듯이 눈으로 그녀의 얼굴을 훑어내리는 것
이었다. 리쉬조차도 자신의 딸을 바라볼 때면 완전히 매혹당
해서 한동안, 아마 15분이나 30분 정도는 세상일과 사업을
다 잊어버리고 —— 꿈에서도 결코 그런 일은 없었다 —— 그
아름다운 얼굴만 정신없이 바라보았다. 나중에는 자기가 뭘
했는지 말할 수도 없을 정도였다. 그런데 최근에 밤에 그녀
를 침실에 데려다 주거나 아침에 깨우러 갈 때면 아직 신의
성스러운 손길의 보살핌을 받고 잠들어 있는 그녀의 모습을
보고 기분이 자꾸 이상해지는 것이 영 불안스러웠다. 얇은
잠옷을 통해 그녀의 엉덩이와 몸매의 곡선이 그대로 드러나
고, 얼굴을 파묻고 있는 젖가슴과 겨드랑이, 팔꿈치, 매끄러
운 팔, 나직하게 내뿜는 숨결 등이 그를 향해 뜨겁게 다가오
면…… 바로 그 순간 갑자기 속이 울렁거리면서 목이 답답해
지고 침이 넘어왔던 것이다. 아, 그 누가 알까! 지금 자기 앞
에 아무 걱정 없이 누워 있는 이 여자의 아버지라는 사실이
얼마나 저주스러운지! 그녀와 아무 관계도 없는 사람이 되어
아무 생각 없이 그녀의 옆으로, 그녀의 위로, 그녀의 안으로
들어가고 싶은 욕망이 얼마나 치열한지! 그럴 때면 온몸에서
진땀이 흘렀다. 자신의 이런 끔찍한 욕망을 억누르면서 순수
한 아버지의 아침 입맞춤으로 그녀를 깨우는 동안 그의 사지
는 부들부들 떨렸다.

작년에 살인 사건이 일어나던 당시만 해도 이런 저주스러
운 유혹에 아직 사로잡히지 않았다. 그때만 해도 딸에게서
풍기던 매력은 아직 어린아이로서의 매력이었다. 적어도 그
에게는 그렇게 보였었다. 그랬기 때문에 그는 로르가 살인마

의 희생물이 될 거라는 생각은 하지 않았었다. 그 살인마는 어린아이나 부인들이 아니라 이제 막 처녀로 피어나는 소녀들만을 살해한다고 알려졌기 때문이다. 물론 집의 경계를 더 강화했다. 2층 창문에는 쇠창살을 해 달았고, 하녀들로 하여금 로르와 함께 자도록 조처했다. 그렇지만 동료들처럼 딸이나 가족을 멀리 보내는 것은 영 마음이 내키지 않았다. 그는 그런 행동을 경멸하고 있었다. 그것은 평의회의 의원이자 부집정관인 자신의 신분에 어울리지 않는다고 생각했다. 그는 자신의 동료들이 침착함, 용기, 불굴의 의지 등에 있어 다른 사람의 모범이 되어야 한다고 믿고 있었다. 게다가 그는 다른 사람들의 행동에 쉽게 부화뇌동하는 사람이 아니었다. 얼굴도 모르는 익명의 살인자에 대한 공포 때문에 우왕좌왕하는 군중 심리에 휩쓸리는 것은 있을 수 없는 일이었다. 그는 그 끔찍한 살인 사건이 계속되는 동안에도 도시를 지배하고 있던 공포에 감염되지 않고 냉정을 유지한 몇 안 되는 사람 중의 하나였다. 그런데 이상하게도 상황이 역전되고 말았다. 다른 사람들이 마치 살인자를 교수형이라도 시킨 듯이 그 몹 행했던 시간을 다 잊고 일상으로 돌아온 지금 앙투안느 리쉬의 마음속에는 무서운 독버섯처럼 공포가 싹트기 시작한 것이다. 그는 오래 전부터 계획하고 있던 장거리 여행을 연기한 것은 물론이고 다른 사람을 방문하거나 회의로 외출할 때도 가급적 빨리 일을 끝내고 즉시 집으로 돌아왔다. 그는 자신의 이런 태도가 공포에서 비롯된 것이라는 사실을 인정하고 싶지 않았다. 기분이 좀 안 좋기 때문에, 혹은 과로 때문일 거라고 자위하면서 그는 이것이 혼기에 이른 딸을 가진 아버지라면 누구나 갖는 그런 걱정이라고 믿었다. 하나도 이상할 것이 없는 걱정들 말이다……. 예를 들어, 딸의 미모에 대한 소문이 벌써 퍼진 것은 아닐까? 일요일에 교회에서 사람들이 그녀를 보려고 목을 길게 빼지 않던가? 벌써 평의회 의원들이 자신의 이름으로, 혹은 아들의 이름으로 관심을 보이지는 않던가?

42

  그러던 3월의 어느 날 리쉬는 응접실에 앉아 로르가 정원
으로 나가는 것을 바라보고 있었다. 그녀는 푸른색 원피스를
입고 있었는데, 옷 위로 그녀의 진홍색 머리카락이 늘어져
햇빛에 반짝이고 있었다. 그는 지금처럼 예쁜 딸의 모습을
본 적이 없는 것 같았다. 그녀가 울타리 뒤로 사라져 버리자,
그는 그녀가 다시 나타날 때까지의 시간이 한없이 길게 느껴
지면서 문득 그녀를 영원히 잃어버리는 게 아닐까 하는 생각
에 소스라치게 놀랐다. 사실상 그 시간은 단지 심장이 두어
번 뛸 정도의 짧은 순간이었는데도 말이다. 바로 그날 밤 그
는 무서운 악몽에 시달리다 잠에서 깨었다. 꿈의 내용은 기
억이 안 나지만 로르와 관계된 꿈이었다. 그는 딸의 방으로
뛰어갔다. 그녀가 죽었으리라고, 강간을 당하고 머리카락이
잘린 채 살해되어 침대에 누워 있을 거라고 생각하면서…….
그러나 그녀에게는 아무 일도 없었다.

방으로 돌아온 그의 몸에 온통 진땀이 흘렀고 흥분으로 몸이 떨렸다. 아니, 흥분이 아니라 공포 때문이었다. 마침내 그는 자신을 사로잡고 있는 것이 공포라는 사실을 인정하게 되었다. 그걸 인정하고 나자 마음이 좀 편안해지면서 머리가 맑아졌다. 솔직히 말하면 그는 처음부터 주교의 파문을 믿지 않았다. 물론 살인자가 지금은 그르노블에서 돌아다닌다는 소문도 믿지 않았다. 이 도시를 떠났다는 말도 마찬가지였다. 그럴 리가 없었다. 살인마는 아직 이곳 그라스에서 사람들 틈에 숨어 있으며, 언젠가는 다시 살인을 할 게 틀림없었다. 리쉬는 8월과 9월에 살해된 몇몇 소녀를 본 적이 있었다. 그때 그는 놀란 것은 물론이고, 그 희생자들에게 매혹을 느낀 것도 사실이었다. 그 소녀들 모두 각기 독특한 아름다움을 지니고 있었기 때문이다. 그라스에 알려지지 않은 미인들이 그렇게 많다는 사실을 처음으로 알게 된 순간이었다. 살인자가 그의 눈을 뜨게 해주었던 것이다. 살인자는 아주 뛰어난 심미안을 갖고 있는 데다 체계적이었다. 모든 살인이 똑같은 방식으로 행해졌을 뿐 아니라 희생자의 선별 역시 아주 치밀한 계획에 따라 이루어진 것이 확실했다. 물론 리쉬는 살인자가 희생자들로부터 얻으려던 것이 〈무엇인지〉는 몰랐다. 왜냐하면 희생자들의 가장 좋은 점, 즉 아름다움이나 청춘의 매력은 살인자가 빼앗아 갈 수 없는 것이었기 때문이다…… 혹시 그걸 가져 갈 수가 있었던 것일까? 이상하게 들릴지 모르겠지만 리쉬는 살인자가 정신 파탄자가 아니라 극히 신중한 수집가라는 생각이 들었다. 모든 희생자들이 개인으로서가 아니라 보다 높은 어떤 원리의 일부분으로서 이용

되었을 거라는 생각 말이다. 그렇디면 희생자 개개인이 지닌 특성을 아주 이상적인 어떤 방식으로 혼합해 보면 각각의 부분들로 완성된 그 모자이크는 미(美)에 대한 그림이 틀림없었다. 그렇게 완성된 그림에서 발산되는 매력은 인간적인 아름다움을 넘어서는 성스러운 것이 될 것이다. (여기에서 알 수 있듯이 계몽주의적 사고 방식을 갖고 있는 리쉬는 신을 모독하는 결론이 나왔다고 해서 놀라 뒤로 물러설 사람이 아니었다. 비록 후각이 아니라 시각적 범주이긴 했지만 그는 진실에 상당히 접근해 있었다.)

리쉬는 생각을 계속 진행시켰다. 그런데 만약 미의 수집가인 그 살인마가 완벽한 미의 그림을 완성하는 작업을 하는 중이라면 —— 어쩌면 이런 생각이 자신의 병적인 환상에 불과할지 모르겠지만 —— 게다가 뛰어난 기호와 완벽한 방법의 소유자라면 —— 그는 정말로 그런 것 같았다 —— 그가 이 세상에서 얻을 수 있는 가장 귀한 요소인 로르의 아름다움을 포기할 수 있을까? 로르가 없다면 지금까지의 그의 살인은 아무런 의미도 없을 텐데. 로르는 비로 그가 짓고자 하는 건축물의 맨 마지막 마감재가 아닐까?

이런 무서운 추론을 계속해 가는 동안 리쉬는 잠옷 바람으로 침대에 걸터앉아 있었다. 그는 자신이 냉정을 되찾은 것에 놀랐다. 더 이상 몸이 오싹하거나 떨리지도 않았다. 수주일 전부터 그를 괴롭혀 왔던 그 알 수 없는 두려움은 사라지고 이제 구체적인 위험이 뭔지 확실하게 인식할 수 있었다. 살인마의 목적은 처음부터 로르를 겨냥하고 있음이 아주 분명해졌다. 다른 모든 살인은 이 궁극적인 살인을 위한 장식물에 불과했다. 물론 살인들이 어떤 물질적 목적을 갖고 있는지, 아니면 도대체 목적이란 게 있기나 한지 분명하게 알 수는 없었다. 그러나 리쉬는 본질적인 문제, 즉 살인마의 체계적 방법과 그가 품고 있는 동기는 꿰뚫어 보고 있었다. 생각하면 할수록 그 두 가지 추론은 그럴듯해 보였고, 살인마에 대한 감탄도 더 커져 갔다. 물론 그 감탄은 거울을 통해 반사되는 것처럼 리쉬 자신에게로 되돌아 왔다. 놀라운 분석력을 이용해 상대방의 술책을 간파해 낸 사람이 바로 그 자신이었기 때문이다.

만약 리쉬 자신이 살인마였고 그 살인마와 똑같은 광기에 사로잡혀 있다면 그 자신도 지금까지 살인자가 걸어온 행적을 그대로 따랐을 것이다. 그리고 그 살인마처럼 비할 데 없이 아름다운 로르의 살인을 자신의 광기 어린 작품의 절정으로 삼았을 것이 틀림없었다.

이 마지막 생각이 특히 그의 마음에 들었다. 딸을 죽이려고 하는 미래의 살인마 입장이 되어 생각을 할 수 있다는 것은 자신이 살인마보다 더 우월하다는 의미였기 때문이다. 그 살인마가 아무리 머리가 좋다고 해도 리쉬의 입장이 될 수 없음은 분명했다. 물론 그 살인마는 리쉬가 오래 전에 살인마의 입장에서 생각하고 있다는 것을 알 수 없을 것이다. 사실 이런 일은 사업 세계와 하등 다를 바가 없었다. 물론 약간의 차이는 있지만, 경쟁자의 의도를 간파할 수 있는 사람은 경쟁자보다 입장이 유리한 법이었다. 그런 사람을 당해 낼 수는 없다. 더욱이 그 상대가 산전수전 다 겪은 것은 물론이고 전투 정신으로 무장된 리쉬일 때에는 더 말할 나위가 없었다. 프랑스에서 가장 규모가 큰 항료상, 엄청난 재산, 부집정관이라는 직책 등은 하늘에서 그냥 굴러 떨어진 것이 아니었다. 그는 투쟁과 노력을 통해, 또 때로는 부정한 술책도 무릅쓰면서 그걸 얻어냈다. 그는 적절한 시기에 위험을 미리 알아차리는 눈치와 경쟁자의 계획을 파악하는 교활함과, 적을 굴복시키는 힘을 지니고 있었다. 그것을 이용해 그는 후손들에게 권력과 귀족의 신분을 물려주려는 원대한 포부도 이룰 수 있을 것이다. 로르를 빼앗아 가려는 그 경쟁자의 계획도 그는 그런 식으로 좌절시킬 생각이었다. 왜냐하면 리쉬 자신에게 있어서도 로르는 모든 계획의 마지막 마감재였기 때문이다. 물론 그는 그녀를 사랑하고 있었다. 그러나 또한 그녀가 필요한 것도 사실이었다. 자신의 최고의 야망을 실현하는 데 있어 없어선 안 될 존재를 그 누구에게도 빼앗길 수는 없는 노릇 아닌가. 그는 이를 악물고 주먹을 단단히 쥐며 다짐을 했다.

이제 기분이 훨씬 좋아져 있었다. 한밤중의 성찰을 통해 악마와익 투쟁이 사업상의 일로 격하뇌고 나니 자기 자신에 대한 자부심에 기분이 상쾌해졌던 것이다. 찌꺼기처럼 남아 있던 마지막 두려움, 수전증에 걸린 노쇠한 노인들처럼 그를 괴롭혔던 참담한 패배감과 걱정들이 완전히 사라지면서 몇 주 전부터 그의 마음을 어지럽혀 온 불길한 예감도 씻은 듯이 걷혀 버렸다. 이것은 그의 전문 분야였다. 그러니 어떤 도전이 있어도 그에게 승산이 있을 것 같았다.

43

안도감과 만족감을 느끼며 침대에서 벌떡 일어난 리쉬는 초인종을 울려 하인들을 깨웠다. 그는 잠이 덜 깬 얼굴로 들어온 하인들에게 옷과 식량을 꾸리라고 지시하면서 날이 밝는 대로 딸을 데리고 그르노블로 떠날 생각이라고 했다. 그는 옷을 갈아입고 나머지 하인들도 모두 깨웠다.

한밤중에 잠에서 깨어난 드루아트 거리의 저택에서는 사람들이 부산하게 움직였다. 부엌의 화덕에 불이 붙었고, 복도마다 흥분한 하녀들이 종종 걸음을 쳤으며 하인들은 계단을 바삐 오르내렸다. 지하실 창고에서는 열쇠소리가 달그락거렸으며, 정원에서는 횃불이 밝혀졌다. 하인들은 마구간에서 말과 노새를 끌어내어 고삐를 매고 안장을 얹고 짐을 싣느라고 부산스러웠다. 그가 급히 서둘러 도망칠 준비를 한다고 생각할 수도 있을 정도였다. 1746년 오스트리아의 사르디아 인들이 쳐들어와 약탈과 방화를 일삼을 때처럼 말이다.

그렇지만 그것과는 전혀 달랐다. 주인은 마치 프랑스의 사령관이 된 듯 책상 앞에 앉아 커피를 마시면서 당당한 태도로 끊임없이 몰려드는 하인들에게 차근차근 지시를 내렸다. 그리고 지시를 내리는 사이사이에 시장과 집정관, 공증인, 변호사, 마르세이유의 은행가, 부이용 남작, 그 밖의 여러 사업 동료들에게 편지를 썼다.

새벽 6시경에 편지 쓰는 일과 자신의 계획에 필요한 모든 조처들이 다 끝났다. 여행용 소형 권총 두 자루를 몸에 숨긴 그는 돈을 넣은 허리띠를 몸에 두른 후 책상을 열쇠로 잠갔다. 그리고 나서야 그는 딸을 깨우러 갔다.

정각 8시에 작은 대상(隊商) 행렬이 길을 나섰다. 금빛 레이스가 달린 진홍색 상의와 검은 프록 코트를 걸치고 멋진 깃털 장식이 달린 모자를 쓴 리쉬가 말을 타고 위풍도 당당하게 맨 앞에서 행렬을 선도했다. 로르는 아버지의 뒤를 따라갔다. 그녀는 수수한 옷차림에도 불구하고 눈부시게 화사했기 때문에, 길이나 창가에서 구경하던 사람들은 모두 그녀에게서 시선을 떼지 못했다. 군중들 사이에서 탄성이 터져 나왔다. 남자들은 모자를 벗어 인사를 했는데, 부집정관에게 보내는 듯한 그 인사는 사실은 여왕처럼 아름다운 그녀를 향한 것이었다. 그녀의 뒤에는 하녀가 거의 주목을 받지 못한 채 뒤따르고 있었다. 또 그 뒤에는 리쉬의 집사가 짐을 실은 말 두 필을 이끌고 따라오고 있었으며 — 그르노블로 가는 길은 험하기로 아주 유명해서 마차를 이용할 수가 없었던 것이다 — 행렬의 맨 뒤에는 온갖 물건을 가득 실은 열두 마리의 노새가 두 명의 하인들에 이끌려 따라오고 있었다. 쿠르 성문에 이르자 경비병들이 총을 세워 경례를 했다. 마지막 노새까지 터벅터벅 성문을 통과하자 그들이 다시 총을 내렸다. 아이들은 한동안 더 그 뒤를 쫓아가면서 구불구불한 오솔길을 따라 천천히 가파른 산 너머로 사라져 가는 일행에게 손을 흔들어 주었다.

앙투안느 리쉬가 딸을 데리고 떠나는 모습은 사람들에게 이상할 정도로 강렬한 인상을 남겨 놓았다. 그것은 마치 제물을 바치러 떠나는 고대의 행렬을 연상시켰다. 리쉬가 새로이 소녀 살인마가 출몰하고 있는 도시 그르노블을 향해 떠났다는 소식은 삽시간에 퍼져 나갔다. 사람들은 그것을 어떻게 이해해야 할지 알 수 없었다. 리쉬의 행동은 지나치게 경솔한 것이 아닐까? 아니면 놀랄 만큼 용기 있는 행동일까? 신에 대한 도전이나 반항일까? 사람들은 빨강 머리의 그 아름다운 소녀를 보는 것이 마지막일지도 모른다는 막연한 예감을 느꼈다. 로르 리쉬를 잃게 되리라는 예감 말이다.

물론 완전히 잘못된 전제들에 기초한 것이긴 했지만 결국은 이 예감이 옳았음이 증명되었다. 리쉬는 그르노블로 가지 않았다. 그 요란한 행렬은 단지 눈속임일 뿐이었다. 그라스에서 북서쪽으로 1마일 반 정도 갔을 때 그는 행렬을 멈추었다. 생 발리에 마을 근처에 이르렀을 때였다. 리쉬는 집사에게 모든 권한과 화물 통관증을 건네 주면서 하인들과 노새를 이끌고 혼자 그르노블로 가라고 명령했다.

리쉬 자신은 로르와 하녀를 데리고 카브리스 쪽으로 방향을 돌렸다. 카브리스에서 잠시 휴식을 취한 그는 탕느롱 산맥을 가로질러 남쪽으로 말을 달렸다. 매우 험한 길이었지만 그는 그라스와 그라스 분지를 서쪽으로 멀리 우회하는 길을 택했다. 저녁 무렵에는 아무도 모르게 해변에 다다를 수 있을 것이다…… 다음날 로르와 함께 레랭 군도로 건너가는 것, 그것이 바로 그의 계획이었다. 레랭 군도 중 비교적 작은 한 섬에 아주 튼튼하게 지어진 생 토노라 수도원이 있었다. 그 수도원은 나이는 들었으나 아직 기력은 남아 있는 수도사들이 운영하는 곳이었다. 수년 전부터 리쉬는 술, 잣, 실측백나무향유 등 수도원에서 생산되는 모든 물품을 구입해 왔기 때문에 수도사들과 교분이 두터웠다. 이프 성의 감옥과 생트 마르그리트 섬의 국립 교도소를 제외하면 프로방스 지방에서 가장 안전한 그곳, 생 토노라 수도원에 리쉬는 당분간 딸을 숨겨둘 생각이었다. 그리고 자신은 지체 없이 다시 육지로 돌아가 이번에는 앙티브와 카뉴를 경유해 동쪽으로 빙 돌아서 그날 안으로 방스에 도착할 생각이었다. 이미 그는 로르와 남작의 아들 알퐁소의 결혼 건으로 부이용 남작과 협정을 맺기 위해 공증인을 그곳으로 오도록 조처해 두었다. 그는 부이용이 거절하기 힘는 제안을 준비하고 있었다. 4만 리브르에 달하는 남작의 빚을 자신이 떠안고 지참금으로 똑같은 액수의 돈을 지불함은 물론이고 세계 여행 경비, 마가노스크 근처의 올리브 방앗간, 그리고 매년 두 사람 앞으로 3천 리브르를 지불한다는 내용이었다. 리쉬가 내거는 단 한 가지 조건은 결혼식을 10일 이내에 치르고 결혼식 날 모든 일이 다 끝나도록 하며, 또 신혼 부부가 방스에 정착해야 한다는 것이었다.

일을 이렇게 급작스럽게 서두름으로써 부이용 가문과의 결혼 비용이 엄청나게 더 들게 되었다는 것을 모르는 바가 아니었다. 좀더 기다릴 수만 있다면 훨씬 싼 비용으로 결혼을 성사시킬 수 있었을 것이다. 오히려 남작의 편에서 먼저 자신의 아들을 시민 계급 대상인의 딸과 결혼시켜 신분 상승의 기회를 주고 싶다고 간청했을지도 모를 일이었다. 로르의 아름다움에 대한 명성은 날로 높아지고 리쉬는 점점 더 부유해지는 반면, 부이용 남작의 재정 상태는 더욱더 어려워질 것이 뻔했기 때문이다. 그렇지만 그까짓 게 무슨 대수란 말인가! 지금 벌이는 거래의 적은 남작이 아니라 정체를 알 수 없는 살인마가 아닌가. 살인마의 계획을 좌절시키는 것이 급선무였다. 결혼한 여자. 처녀성을 벌써 잃어버린 것은 물론이고 어쩌면 임신을 했을지도 모르는 유부녀는 그 살인마의 배타적 미술관에는 어울리지 않을 테니까. 모자이크의 마지막 자리는 비게 될 것이다. 유부녀가 된 로르는 살인마에게 아무 가치도 없을 것이고, 그렇게 되면 그의 작품도 미완성으로 남으리라. 그러면 그는 참담한 실패를 맛보게 되겠지! 리쉬는 그라스에서 결혼식을 치를 생각이었다. 그것도 사람들을 모두 모아 놓고 최고로 화려하게. 그는 적의 정체를 알아내지 못했고 앞으로도 알아내지 못할 것이다. 그렇지만 리쉬는 살인마가 결혼식에 참석해서 자신이 가장 갖고 싶어했던 것이 눈앞에서 사라지는 모습을 지켜볼 거라는 생각만으로도 기분이 좋아졌다.

계획은 아주 치밀하게 짜여졌다. 진실에 접근해 가는 리쉬의 직관력에 다시 한번 존경을 표해야 할 정도이다. 왜냐하면 로르 리쉬가 부이용 남작의 아들과 함께 그라스로 돌아오게 되면 그야말로 소녀 살인마의 계획은 모두 수포로 돌아가고 말기 때문이다. 그렇지만 그 계획은 아직 실현된 것이 아니었다. 리쉬는 그때까지 결혼으로 딸을 구한 것이 아니었다. 게다가 아직 생 토노라에 있는 안전한 수도원으로 미처 딸을 대피시키지도 못했다. 그 세 사람은 아직도 말을 타고 탕느롱의 황량한 산속을 지나가고 있었다. 길이 아주 험했기 때문에 때때로 말에서 내려야 할 때도 있었다. 그래서 아주 천천히 갈 수밖에 없었다. 저녁 무렵이면 칸느 서쪽의 작은 마을, 라 나풀르의 바닷가에 도착하기를 바라면서.

44

로르 리쉬가 아버지와 함께 그라스를 떠나던 그 시각에 그르누이는 도시의 반대편 아르뇔피의 작업실에서 황수선화를 침지시키는 중이었다. 혼자서 작업하고 있던 그는 기분이 아주 좋은 상태였다. 그라스에서의 생활이 끝나 가고 있었기 때문이다. 승리의 순간이 목전에 다가와 있었다. 그의 숙소인 오두막에는 스물네 개의 작은 향수병에 담긴 스물네 명의 소녀의 체취가 솜으로 채워 놓은 상자에 담겨 있었다. 그르누이가 지난해에 차가운 유지와 침지법을 이용해 소녀들의 육체와 머리카락, 그리고 옷에서 얻어낸 귀하디귀한 에센스들이었다. 스물다섯 번째의 에센스, 가장 귀하고 중요한 그 에센스를 그르누이는 오늘 가져 올 생각이었다. 이 마지막 사냥을 위해 벌써 여러 번 깨끗이 정제한 유지를 담은 그릇, 가장 좋은 리넨 수건, 깨끗하게 정류한 알코올 한 병을 준비해 놓았다. 지리는 이미 세세한 곳까지 정탐해 두었다. 게

다가 초승달이 뜨는 기간이었다.

경계가 철저한 드루아트 거리의 그 저택에 침입하는 것은 무모한 일이라는 것을 잘 알고 있었다. 그렇기 때문에 그는 해가 질 무렵, 아직 문들이 닫히기 전에 몰래 그 집 안으로 잠입할 생각이었다. 물론 바르기만 하면 마법의 외투를 입은 것처럼 사람이나 짐승들에게 발각되지 않게 해주는 그 향수를 이용하면 그 집의 어느 구석에 숨어 있는 일은 어렵지 않을 것이다. 그리고는 밤늦게 모두 잠이 든 후에 후각에 의지해 어둠 속을 지나 그의 보물이 잠든 방으로 올라가면 되는 것이다. 그는 전에도 그랬던 것처럼 그 자리에서 유지에 적신 수건을 이용해 향기를 채취한 후 머리카락과 옷만 가지고 나올 생각이었다. 그것들은 직접 알코올로 세척할 수가 있기 때문에 작업실에서 작업하는 편이 더 나았다. 그리고 마지막 과정, 즉 그것들을 이용해 포마드와 농축액을 만드는 일은 다음날 밤에 할 생각이었다. 그 모든 일이 순조롭게 진행되면 —— 그걸 의심할 만한 아무런 이유가 없었다 —— 모레쯤에는 세상에서 가장 좋은 향수를 만들 수 있는 모든 에센스들을 갖게 되는 셈이고, 바로 그날 그는 이 세상에서 가장 좋은 체취를 풍기는 사람이 되어 그라스를 떠날 작정이었다.

정오경에 그는 황수선화의 작업을 다 끝냈다. 불을 끄고 유지가 든 솥뚜껑을 덮은 그는 바람을 쐬기 위해 작업실 밖으로 나갔다. 서쪽으로부터 바람이 불어오고 있었다.

숨을 한 번 들이마시는 순간 벌써 그는 뭔가 이상하다는 느낌을 받았다. 분위기가 전과 같지 않았다. 수천 가지 냄새의 실로 짜여진 베일이라고 할 수 있는 향기의 옷에서 황금색 실이 빠져 있었던 것이다. 지난 몇 주 동안 이 향기의 실은 점점 진해지고 있었기 때문에 심지어 도시의 반대쪽이나 그의 오두막 근처에서도 그 향기를 분명히 맡을 수 있을 정도였었다. 그런데 지금 그 향기의 실이 사라지고 없었다. 혼신을 다해 코를 벌름거리며 그 향기를 추적해 보았지만 찾아낼 수가 없었다. 그르누이는 너무 놀란 나머지 몸이 마비될 정도였다.

그녀가 죽었을지도 모른다. 곧 더 끔찍한 생각이 떠올랐다. 누군가가 나보다 먼저 그녀에게 다녀갔구나! 나를 앞질러 그 꽃을 빼앗아 향기를 자기의 것으로 만든 사람이 있구나! 비명조차도 나오지 않았다. 그러기에는 실망이 너무 컸다. 그 대신 눈물이 흘러 나왔다. 눈에서 눈물이 솟구치더니 코 양 옆으로 주르륵 흘러내렸다.

그때 마침 드뤼오가 점심을 먹으려고 〈카트르 도팽〉 선술집에서 집으로 돌아왔다. 그리고는 지나가는 말로 오늘 아침 부집정관이 자신의 딸과 열두 마리의 노새를 이끌고 그르노블로 떠났다는 이야기를 해주었다. 그르누이는 눈물을 삼키면서 밖으로 뛰쳐나가 시내를 가로질러 쿠르 성문까지 달려갔다. 그는 성문 앞 광장에서 걸음을 멈추고 냄새를 추적했다. 아주 약하고 희미하긴 했지만 그 황금실을 찾아낼 수 있었다. 그 달콤한 향기는 그르노블이 있는 북서쪽에서 불어오지 않았다. 카브리스 쪽에서 불어오고 있었다 —— 거긴 남서쪽이 아닌가?

그르누이는 경비병에게 부집정관이 어느쪽으로 갔는지 물어보았다. 경비병은 북쪽을 가리켰다. 카브리스 쪽이 아니었나요? 아니면 남쪽의 오리보나 라 나풀르 방향으로 가지 않았습니까? 보초는 그리로 가지 않았다고 분명하게 단언했다. 자기 두 눈으로 똑똑히 보았다는 것이다.

그르누이는 다시 시내를 가로질러 자신의 오두막으로 서둘러 뛰어왔다. 리넨 수건, 포마드 항아리, 주걱, 가위, 그리고 올리브 나무로 만든 작고 매끄러운 곤봉을 넣고 여행 가방을 꾸린 그는 지체 없이 길을 나섰다. 그르노블이 아니라 자신의 코가 지시하는 대로 남쪽으로.

라 나풀르로 곧장 이어지는 그 길은 탕느롱 산맥의 지맥을 따라 프라예르와 시아뉴 사이의 강을 관통하고 있었다. 걸어가기에 아주 편한 길이었다. 그르누이는 걸음을 재촉했다. 오른쪽으로 원추형의 산꼭대기에 자리잡은 오리보가 보일 때쯤 후각으로 도망자들을 거의 따라잡았다는 것을 알 수 있었다. 잠시 후 그들과 거의 같은 고도에 도달해 있었다. 그들 한 사람 한 사람의 냄새를 구분할 수 있었고, 심지어 그들이 탄 말의 냄새까지 맡을 수 있었다. 그르누이로부터 기껏해야 반 마일 정도 떨어진 서쪽, 즉 탕느롱 산맥의 숲속 어딘가에서 그들이 남쪽인 바다를 향해 가고 있었다. 그르누이 역시 그 방향으로 갔다.

오후 5시경에 그르누이는 라 나풀르에 도착했다. 여관에 들어가 밥을 먹은 그는 값이 싼 잠자리가 있는지 물어보았다. 니스 출신의 무두장이 도제로서 마르세이유로 가는 중이라고 자기 소개를 해두었다. 마구간에서 잘 수 있다고 주인이 말했다. 그르누이는 마구간 한구석에 누워 휴식을 취했다. 세 사람이 말을 타고 다가오는 것을 냄새로 알 수 있었다.

이제 기다리는 일만 남아 있었다.

두 시간 후 —— 벌써 날이 어두워져 있었다 —— 그들이 도착했다. 미행자를 따돌리기 위해 옷을 전부 바꿔 입고 있었다. 두 여자는 검은색 옷에다 검은색 베일을 쓰고 있었으며, 리쉬는 검은색 상의로 바꿔 입었다. 카스텔란느 출신의 귀족이라고 자신을 소개한 리쉬는 레랭 군도로 건너갈 계획이니 내일 해가 뜰 무렵까지 배를 한 척 구해 달라고 주인에게 부탁했다. 그는 또 자신의 일행말고 다른 손님이 여관에 있는지 물어보았다. 주인은 니스에서 온 무두장이 도제가 하나 있지만 그는 마구간에서 잘 거라고 대답해 주었다.

리쉬는 여자들을 방으로 들여보낸 후, 짐꾸러미에서 뭔가 꺼내 올 것이 있다는 핑계를 대고 마구간으로 갔다. 처음에는 무두장이 도제가 보이지 않았다. 마구간의 마부에게서 등불을 건네 받고서야 비로소 한쪽 구석 지푸라기 위에 낡은 담요를 덮고 누워 있는 사람이 하나 보였다. 그 사람은 여행 가방을 베고 깊이 잠들어 있었다. 그는 전혀 남의 주목을 끌지 못하는 인물이었다. 때문에 리쉬는 한순간 자기가 정말로 사람을 본 것이 아니라 흔들리는 촛불의 그림자로 인해 환영을 본 것이 아닐까 하는 느낌이 들었다. 어쨌든 리쉬는 그 순간 기가 막힐 정도로 순진해 보이는 이 젊은이는 결코 위험 인물이 아니라고 확신했다. 리쉬는 그의 잠을 방해하지 않기 위해 조용히 마구간을 나와 여관으로 돌아왔다

그는 저녁 식사를 딸과 함께 방에서 했다. 딸에게는 이 이상한 여행의 목적과 목적지에 대해 설명해 주지 않았었다. 그녀가 알려 달라고 간청했음에도 불구하고 여전히 그는 대답

을 피하고 있었다. 내일이면 알게 될 거라고, 그러니 아버지를 믿고 아버지의 계획과 행동에 따르라고 말해 두었다. 이 모든 것은 오로지 그녀의 행복, 그녀의 미래를 위해서라고.

식사 후에 그들은 카드 게임을 몇 번 했다. 그런데 그는 정작 카드보다는 그녀의 얼굴에 정신이 팔려 있었기 때문에 한 게임도 이기지 못했다. 9시경 그는 딸을 자신의 맞은편 방으로 데려가 잘 자라는 키스를 해주었다. 방에서 나온 그는 문을 밖에서 잠갔다. 그리고 그도 잠이 들었다.

그날의, 그리고 그 전날 밤의 긴장이 풀어지면서 피로가 몰려왔다. 동시에 자기 자신에 대한, 그리고 순조로운 일의 진행에 대한 만족감이 찾아왔다. 걱정할 것이 하나도 없었다. 어제까지만 해도 불을 끄면 언제나 그를 찾아와 뜬눈으로 밤을 지새우게 만들던 그 불길한 예감도 찾아오지 않았다. 그는 곧 잠이 들었다. 악몽이나 잠꼬대도 없이, 예민해진 신경으로 인한 발작이나 뒤척임도 없이 그는 잠을 잤다. 참으로 오랜만에 편안하고 깊은 잠에 푹 빠져 들었다.

바로 그 시각 그르누이는 마구간의 잠자리에서 일어났다. 그 역시 자기 자신에 대해, 그리고 일의 순조로운 진행에 대해 만족하고 있었다. 단 한순간도 눈을 붙이지 못했지만 기분은 극도로 상쾌했다. 리쉬가 그를 살펴보기 위해 마구간에 들렀을 때에는 잠을 자는 척했을 뿐이다. 사람들의 눈에 띄지 않게 해줄 뿐 아니라 순진한 인상을 연출해 주는 그 향수의 효과를 더 확실하게 만들기 위해서 그랬던 것이다. 리쉬는 그를 잘못 판단한 반면, 그는 후각을 통해 리쉬를 아주 정확하게 판단했다. 그는 자신을 본 리쉬가 안심했음을 알아차렸다.

그렇게 두 사람은 그 짧은 만남을 통해 서로 상대방이 위험하지 않다고 확신했다. 물론 한 쪽은 옳았고, 한 쪽은 틀렸다. 그르누이에게는 그편이 좋았다. 자신의 외관상의 순진함과 리쉬의 진짜 순진함이 그의 일을 쉽게 만들어 주었기 때문이다 —— 물론 리쉬는 완전히 그 반대로 생각하고 있었지만 말이다.

45

전문가다운 신중한 태도로 그르누이는 일을 시작했다. 그는 여행 가방을 열어 리넨 수건과 포마드, 그리고 주걱을 꺼냈다. 그리고는 자신이 깔고 누웠던 담요 위에 수건을 펼치고 그 위에 유지를 발랐다. 이 일은 시간이 좀 걸렸다. 왜냐하면 수건이 육체와 접촉하는 부위에 따라 어떤 곳은 두텁게, 또 어떤 곳은 얇게 발라야 했기 때문이다. 입, 어깨, 가슴, 국부, 그리고 발은 경골이나 등, 팔꿈치보다 냄새가 짙은 곳이었다. 또 손바닥은 손등보다, 눈썹은 눈꺼풀보다 냄새가 짙었다. 따라서 그에 맞추어 유지도 두텁게 발라야 했다. 그르누이는 그녀의 육체에서 퍼져 나오는 향기의 농도에 따라 리넨 수건 위에 유지를 발랐다. 정말 이 작업이야말로 가장 즐거운 일이었다. 예술가적 솜씨가 필요한 일이었기 때문이다. 즉 감각, 상상력, 그리고 손이 똑같은 비중으로 중요한 것은 물론이고 상상 속에서 마지막 결과를 미리 떠올리며 즐거움을 맛볼 수도 있었다.

갖고 온 포마드를 다 바른 후에 그는 리넨 수건의 여기저기를 좀 다듬었다. 한 쪽에 있는 포마드를 덜어 다른 쪽에 덧바르거나 고치면서 유지의 풍경화를 만드는 작업이었다. 물론 이 작업은 눈이 아니라 코로 했다. 그 모든 작업은 깜깜한 어둠 속에서 이루어졌던 것이다. 아마도 그것이 그르누이의 기분을 평온하게 만든 한 이유였을 것이다. 초승달이 뜬 그날 밤에는 그의 마음을 어지럽히는 것이 하나도 없었다. 세상에는 온통 바다 냄새와 파도소리뿐이었다. 그에게 유리한 조건이었다. 유지 바르는 일을 끝내자 그는 수건을 양탄자처럼 둘둘 말았다. 아무리 조심한다고 해도 유지를 바른 부분들이 겹쳐졌고, 그로 인해 애써서 만든 윤곽선이 일그러지거나 바뀌었다. 이루 말할 수 없이 마음이 아팠다. 그러나 그렇게 하지 않고 달리 수건을 들고 갈 방도가 없었다. 그는 크게 방해받지 않고 겨드랑이에 끼고 갈 수 있는 정도로 수건을 둘둘 만 후 주걱, 가위, 작은 올리브 나무 몽둥이를 들고 살금살금 마구간을 빠져 나왔다.

하늘에는 구름이 끼어 있었다. 여관에는 불이 켜진 곳이 없었다. 칠흑같이 어두운 이 밤에 불을 밝히고 있는 곳은 동쪽으로 1마일 정도 떨어진 생 마르그리트 섬의 등대뿐이었다. 그 불빛은 새까만 수건의 바늘구멍만한 틈새에서 새어 나오는 것처럼 아주 희미했다. 포구로부터 생선 비린내가 바람에 실려 왔다. 개들도 잠이 들어 있었다.

그르누이는 사다리가 하나 기대어져 있는 헛간의 창문으로 다가갔다. 그는 아무것도 들고 있지 않은 오른팔 밑에 사다리를 끼었다. 세 개의 디딤판을 아래로 가게 하고 나머지 윗부분은 오른쪽 어깨로 꽉 눌러 균형을 유지했다. 뜰을 지나 그녀 방의 창문 밑에 도달하니 창문이 반쯤 열려 있었다. 계단을 올라가듯이 쉽게 사다리를 타고 올라가면서 그르누이는 라 나풀르에서 그녀의 향기를 채취하게 된 것이 말할 수 없이 기뻤다. 그라스의 저택이었다면 창살이 있는 창문과 사람들의 경계를 뚫고 집 안으로 잠입하기가 지금보다 훨씬 어려웠을 것이다. 게다가 여기서는 그녀 혼자 자고 있으니 하녀를 제거할 필요도 없었다.

그는 창문을 열고 방안으로 들어가 수건을 내려놓았다. 그리고 침대 쪽으로 몸을 돌렸다. 그녀가 엎드린 자세로 누워 있었기 때문에 머리카락 내음이 진하게 풍겨 왔다. 팔로 얼굴을 휘감은 채 자고 있어서 몽둥이로 뒷머리를 내리치기에 딱 좋은 자세였다.

몽둥이로 내리치는 소리가 둔탁하게 울렸다. 그르누이는 그 소리가 싫었다. 모든 것이 침묵 속에 이루어지는 그의 작업에서 그것이 유일한 수음이었기 때문이다. 그는 이를 악물고 구역질이 나는 그 소음을 참았다. 소리가 사라진 후까지도 그는 몽둥이를 든 손을 떨면서 한동안 더 꼼짝 않고 서 있었다. 어디선가 그 소리가 메아리가 되어 울려 올 것 같아 더럭 겁이 났기 때문이다. 그러나 아무 소리도 울려 오지 않았다. 방은 다시 조용해졌다. 이제는 그녀의 숨소리도 들리지 않을 정도로 정적이 더 깊어졌다. 그러자 그르누이의 긴장이 —— 어쩌면 이 긴장은 외경심에서, 혹은 쥐가 나서 생긴 것이라고 해석할 수도 있다 —— 사라지면서 굳었던 몸이 부드럽게 풀렸다.

그르누이는 몽둥이를 치워 놓고 바삐 움직였다. 우선 그는
향기를 빨아들일 접혀진 리넨 수건을 펼쳐 책상과 의자들 위
로 걸쳐 놓고 포마드의 윤곽이 흐트러지지 않았는지 살펴보
았다. 그리고는 그녀의 이불을 걷어 냈다. 그녀의 매혹적인
향기가 따뜻하고 강렬하게 피어 올랐지만 그는 흥분하지 않
았다. 이미 알고 있는 향기가 아닌가! 그는 나중에 진짜로 이
향기를 소유하게 되었을 때 취하도록 마음껏 즐길 생각이었
다. 지금은 원래의 향을 가능한 한 흘리지 말고 최대한으로
빨아들이는 것이 급선무였다. 정신을 집중해 서둘러 작업을
해야 했다.

그는 가위로 재빨리 로르의 잠옷을 잘라 내고 포마드를 바
른 수건을 그녀의 벌거벗은 몸뚱어리 위에 덮었다. 그리고는
그녀를 들어올려 수건을 밑으로 집어 넣은 후 롤빵을 만들듯
이 끝이 겹쳐지도록 발끝에서 이마까지 둘둘 말았다. 수건에
둘둘 말려 미라가 된 그녀의 몸에서 밖으로 비어져 나온 것이
라곤 머리카락밖에 없었다. 그는 머리카락을 바싹 잘라 내 그
녀의 잠옷에 싸서 묶었다. 마지막으로 그는 머리카락이 잘려
나간 정수리 부분을 아직 남아 있던 수건의 한 쪽 끝으로 덮
고는 매끈하게 문질러 끝을 겹치고 손가락으로 부드럽게 누
르면서 꼭꼭 싸맸다. 향기가 빠져 나갈 틈새는 단 한 군데도
없이 아주 잘 마무리가 되었다. 이제 그녀는 완벽하게 감싸여
있었다. 아침이 될 때까지 여섯 시간 정도 기다리는 일만 남
았다.

그는 그녀의 옷이 놓인 작은 의자를 침대 가까이 가져다

놓고 앉았다. 그녀의 커다란 검은색 옷에는 아직도 그녀의 부드러운 향기의 여운이 남아 있었다. 여행하면서 먹기 위해 주머니에 넣어 두었던 아니스 과자의 냄새도 섞여 있었다. 침대 가장자리 그녀의 발 가까운 곳에 발을 올려 놓은 그르누이는 그녀의 옷을 덮고 아니스를 먹었다. 피곤이 몰려왔다. 그러나 자고 싶지는 않았다. 기다리는 일밖에 남은 것이 없었지만 작업이 안 끝났는데 잠을 잔다는 것은 올바른 태도가 아니었기 때문이다. 그는 발디니의 작업실에서 증류 작업을 하며 보낸 밤들을 떠올렸다. 그을음으로 새카맣게 된 증류기, 반짝이며 흔들리던 불꽃, 증류액이 냉각관을 통해 피렌체 병으로 똑똑 떨어질 때의 조용한 물소리를 떠올렸다. 이따금 화력을 살펴보고, 증류수를 채우고, 피렌체 병을 교환해 주고, 향기가 다 빠져 버린 재료를 갈아 주는 일이 고작이었다. 그러나 그때도 가끔 필요한 그런 조처들을 하기 위해 깨어 있다기보다는 깨어 있는 것 자체가 그 나름의 의미를 갖고 있다고 생각했었다. 향기를 탈취하는 과정이 저절로 완벽하게 굴러 가게 되어 있는 이 방, 수건으로 싸놓은 그녀의 상태를 살펴보고 몸뚱어리를 돌려 보는 행동이 오히려 방해가 될 수 있는 이 방에서도 역시 그르누이는 맨정신으로 그것을 지켜보는 것이 중요하다고 생각했다. 수면은 성공을 위험에 빠뜨릴 수도 있었다.

어쨌든 그는 피로함에도 불구하고 깨어서 기다리는 것이 별로 어렵지 않았다. 〈그런 상태로〉 기다리는 것을 그는 좋아했다. 스물네 명의 다른 소녀들의 경우에도 그렇게 기다리는 일이 좋았었다. 그것은 그냥 공허하게 시간이 흐르기를 기다리거나, 조바심을 치며 초조하게 결과를 기다리는 것하고는 달랐다. 그것은 작업에 참여하는 의미 있고 활동적인 기다림이었다. 그렇게 기다리는 동안 가장 중요한 일이 이루어지고 있었다. 비록 그가 직접 하는 것은 아니었지만 그가 직접 하는 것이나 다름없었다. 그는 그렇게 되도록 최선을 다했다. 자신의 숙련된 기술을 전부 다 이용했고, 단 한치의 실수도 범하지 않았다. 이것은 이 세상에 존재하는 유일무이한 작품이었다. 승리의 월계관이 그를 기다리고 있었다……. 이제 몇 시간만 더 기다리면 된다. 그르누이는 기다리는 일이 만족스러웠다. 지금까지 살아오면서 이렇게 기분이 좋았던 적은 한 번도 없었다. 이렇게 편안하고 이렇게 침착하며 이렇게 자기 자신과 하나가 된 적이 없었다. 오래 전 산 속의 동굴에 있을 때도 이 정도는 아니었다. 깊은 밤 자신의 희생자 옆에서 밤을 새우며 기다리는 이 순간은 그의 우울한 머릿속에 유쾌한 생각들만 떠오르는 유일한 순간이었다.

이상한 것은 그 생각들이 미래에 관한 것이 아니라는 점이다. 그는 이제 몇 시간만 흐르면 얻게 될 그 향기에 대해 생각하지 않았다. 스물다섯 명의 소녀의 향기들로 만들어질 향수나 미래의 계획, 행복이나 성공에 대해서는 생각이 미치지 않았다. 그는 자신의 과거로 되돌아가 있었다. 가이아르 부인의 집과 그 집에서 맡았던 축축하고 따뜻했던 장작더미의 냄새로부터 바로 오늘 생선 비린내가 나는 이 작은 마을 라 나풀르에 오기까지의 인생 여정이 떠올랐다. 무두장이 그리말과 주세페 발디니, 그리고 라 타이아드 에스피나스 후작도 생각났다. 수천 가지 색깔로 변하던 파리의 고약한 냄새 덩어리와 마레 거리의 그 빨강 머리 소녀, 탁 트인 들판, 가벼운 바람과 숲도 생각났다. 그리고 또 오베르뉴 산의 기억도. 그는 그때의 기억에서 도망치지 않았다. 그가 살던 동굴, 사람 냄새가 섞이지 않은 공기, 그리고 그곳에서의 꿈도 생각났다. 그는 그 모든 기억을 만족감 속에서 떠올릴 수 있었다. 그렇다. 그는 기억을 거슬러 올라가는 동안 자신이 유난히도 행운이 많이 따랐던 사람이라는 생각이 들었다. 많이 뒤엉키긴 했지만 결국은 올바른 길로 나아가고 있는 것이 아닌가. 그렇지 않다면 어떻게 자신이 꿈꾸던 목표를 찾아 이 어두운 방까지 올 수가 있었겠는가? 생각하면 할수록 정말 자신은 은총을 많이 받은 사람이었다!

감동과 겸허, 그리고 감사의 마음이 가슴속에서 솟구쳤다.

「고맙다.」

그가 조용한 목소리로 말했다.

「고맙다. 장 바티스트 그르누이, 지금의 네 모습이 자랑스럽다.」

그렇게 그는 자기 자신에게 사로잡혀 있었다.

이제 그는 눈을 감았다. 잠이 들기 위해서가 아니라 성스러운 밤의 평화에 완전하게 몰입하기 위해서. 평온함이 그의 가슴을 가득 채웠다. 주변에도 온통 평화가 깃들여 있었다. 옆방에서는 하녀가 평온하게, 그리고 복도 맞은편에서는 리쉬가 만족에 겨워 깊은 잠에 빠져 있다는 것을 냄새로 알 수 있었다. 또 여관 주인과 하인들, 개, 마구간의 말들은 물론이고 온 세상과 바다까지 깊은 잠에 빠져 있었다. 바람도 멎어 있었다. 모든 것이 고요하기만 했다. 그 평화를 깨뜨리는 것은 아무것도 없었다.

그는 발을 옆으로 구부려 로르의 발을 살짝 건드려 보았다. 물론 진짜 그녀의 발이 아니라 그 발을 싸고 있는 수건 말이다. 그 수건에 바른 얇은 유지층이 그녀의 달콤한 향기를 빨아들이고 있었다.

46

새들이 지저귀기 시작했을 때 —— 그러니까 아직 날이 밝
기 훨씬 전에 —— 그르누이는 일어나서 작업을 마무리했다.
그는 둘둘 말았던 수건을 열고 마치 반창고를 떼어 내듯 시
체로부터 수건을 벗겨 냈다. 유지는 피부에서 잘 떨어졌지
만, 피부의 움푹 파인 곳에는 유지가 약간 남은 곳도 있어서
주석으로 긁어 내야 했다. 나머지 포마드 찌꺼기는 로르의
속옷으로 닦아 냈다. 맨 마지막으로 그는 다시 한번 속옷으
로 머리끝에서 발끝까지 깨끗이 문질러 훔쳐냈다. 그러자 땀
구멍에 막혀 있던 지방질까지 다 묻어 나왔고 그와 함께 그
녀의 마지막 솜털, 마지막 향기 조각까지 다 빠져 나왔다. 이
제야 비로소 로르는 정말로 죽은 것이었다. 그녀는 시들어
떨어진 꽃잎처럼 창백하게 축 늘어져 있었다.

그는 향기를 다 빨아들인 커다란 수건 속에 속옷을 집어
넣고 머리카락을 싼 잠옷과 함께 말아 작은 꾸러미를 만들었

다. 로르는 그 수건 안에서만 여전히 살아 있었다. 그는 꾸러미를 팔 밑에 끼었다. 침대 위의 시체를 이불로 덮어 줄 생각은 들지 않았다. 한밤의 어둠이 새벽의 푸르스름한 잿빛으로 바뀌면서 방안의 물체들이 서서히 그 윤곽을 드러내고 있었지만 그는 더 이상 침대를 쳐다보지 않았다. 그녀의 얼굴은 그의 관심사가 아니었다. 그의 인생에서 최소한 한 번만이라도 그녀의 모습을 눈으로 보아야겠다는 생각을 그는 하지 않았다. 그에게 있어 그녀는 더 이상 육체적 존재가 아니었다. 그녀는 단지 육체가 없는 향기일 뿐이다. 그런데 지금 그 향기를 그가 겨드랑이 밑에 끼고 가져 가고 있는 것이다.

30분쯤 후에 하녀가 부엌에서 불을 지폈다. 장작을 가지러 밖으로 나간 하녀는 사다리가 기대어진 것을 보긴 했지만, 아직 잠이 덜 깬 상태였기 때문에 그게 무엇을 의미하는지 깨닫지 못했다. 6시가 조금 넘어 해가 떴다. 레랭 군도의 두 섬 사이에 있는 바다 위로 황금빛으로 빛나는 커다란 태양이 솟아 올랐다. 하늘에는 구름 한 점 없었다. 화창한 봄날 아침이었다.

서쪽으로 나 있는 방에서 잠을 자던 리쉬는 정각 7시에 잠에서 깼다. 몇 달 만에 처음으로 단잠을 잤던 것이다. 그는 평소의 습관대로 15분 정도 더 침대에서 기지개도 켜고, 느긋하게 심호흡도 하면서 누워 있었다. 그리고는 부엌에서 들려오는 기분좋은 소리에 귀를 기울이다 일어나 창문을 열었다. 날씨가 아주 화창했다. 아침 공기가 시원하고 향긋하게 밀려왔으며 바다에서 파도소리가 들려 왔다. 기분이 날아갈 것 같았다. 입술을 내밀면서 기분좋게 휘파람을 불었다.

그는 옷을 입는 동안에도 계속 휘파람을 불었고, 방에서 나와 가벼운 걸음걸이로 복도를 지나 딸의 방문으로 다가갈 때도 여전히 휘파람을 불고 있었다. 방문을 두드렸다. 혹시 라도 딸이 놀랄까 아주 조용하게 노크를 계속했다. 아무 대 답도 없었다. 그의 얼굴에 미소가 떠올랐다. 딸이 아직도 자고 있다고 생각한 것이다.

그는 조심스럽게 열쇠를 구멍에 넣고 딸이 깨지 않도록 조용히, 아주 조용히 돌렸다. 다른 남자에게 보내기 전에 마지막으로 한 번 더 아침 키스로 딸을 깨우기를 기대하면서.

문이 열리자 그는 방안으로 들어섰다. 아침 햇살이 그의 얼굴로 쏟아졌다. 방이 온통 은빛으로 빛나고 있었다. 눈이 너무 부셔 잠시 눈을 감아야 할 정도였다. 다시 눈을 뜬 그의 앞에 침대 위의 로르가 보였다. 머리카락이 잘린 채 눈부시게 뽀얀 아름다운 알몸의 그녀가. 그녀는 죽어 있었다. 그라스에서 엊그제 밤에 꾸었던 악몽과 똑같았다. 잊어버리고 있던 그 꿈이 마치 번개처럼 그의 기억에 선명하게 떠올랐다. 갑자기 모든 것이 그 악몽과 똑같았다. 아니, 훨씬 더 생생했다.

47

로르 리쉬가 살해당했다는 소식은 마치 〈국왕이 승하하셨다!〉, 〈전쟁이 터졌다!〉, 혹은 〈해적들이 해안에 상륙했다!〉는 소식처럼 삽시간에 그라스 전역으로 퍼져 나갔다. 아니, 그런 소식들보다 훨씬 더 사람들을 경악시켰다. 애써 잊고 있던 공포심이 갑자기 되살아났다. 지난 가을처럼 공포에 수반되는 현상들, 즉 경악과 분노, 히스테릭한 의심과 의혹들이 사람들 사이에 확산되었다. 밤이 되면 사람들은 집 안에만 틀어박혀 있었다. 딸들을 가두어 놓고 문을 꼭꼭 걸어 잠갔으며 서로를 믿지 못해 잠을 이루지 못했다. 모두들 그때처럼 매주 살인이 계속될 거라고 생각했다. 시간이 반년 전으로 되돌아간 것 같았다.

공포심은 반년 전보다 훨씬 더 큰 좌절감을 불러일으켰다. 오래 전에 극복했다고 믿고 있던 위험이 갑자기 되돌아왔기 때문이다. 사람들은 어찌할 바를 모르고 무력감에 사로잡혔다. 주교의 파문도 효과가 없다니! 시에서 가장 큰 부자에다가 부집정관인 그 위대한 리쉬, 모든 수단을 사용할 힘이 있고 사려도 깊은 앙투안느 리쉬조차 하나밖에 없는 딸을 못 지키지 않았는가! 아무리 살인자라 해도 그 성스러운 로르의 아름다움 앞에서도 물러날 줄을 모르다니! 실제로 로르를 알고 있던 모든 사람들은 로르를 성녀로 생각하고 있었다. 특히 그녀가 죽은 지금에는 더 더욱 그랬다. 그런 지경이니 자신들이 살인마로부터 벗어날 가망은 전혀 없어 보였다. 살인마는 페스트보다도 더 무서웠다. 페스트에 걸리면 살아날 가망이 조금은 있지만 그 살인마로부터는 도망칠 방법이 없는 것이다. 리쉬가 그걸 입증하지 않았는가! 그는 초인적인 능력을 가진 것이 확실했다. 그는 틀림없이 악마이거나, 아니면 적어도 악마와 결탁한 자가 분명했다. 그러니 많은 사람들, 특히 순박한 사람들에게는 교회에 가서 기도하는 것말고는 다른 방도가 없었다. 사람들은 직업에 따라 자신들의 수호 성인에게 기도를 드렸다. 주물공은 알로이시우스 성자에게, 직조공은 크리스피니우스 성자에게, 정원사는 안토니우스 성자에게, 향수 제조인은 요세푸스 성자에게 기도를 드렸다. 그들은 아내와 딸까지 교회에 데리고 가 교회에서 숙식을 하면서 함께 기도를 드렸다. 낮에도 밖으로 나가지 않았다. 절망에 빠진 사람들이 모여 있는 곳, 그리고 성모 마리아가 지켜보는 이곳이 그래도 그 괴물로부터 안전한 유일한 피난처라고 믿었기 때문이다. 물론 아직도 안전한 곳이 남아 있다면 말이다.

좀더 교활한 사람들은 비밀 모임을 만들었다. 교회의 권위도 이미 실추되었기 때문이다. 그들은 많은 돈을 들여 구르동 출신의 허가받은 마녀를 고용했다. 그리고는 그라스의 지하 석회석 동굴 중의 하나로 피신해 악마를 경배하는 악의 의식을 열었다. 지체 있는 시민들과 교양 있는 귀족들의 또한 부류는 최신식 과학적 방법에 따라 자신들의 집에 자장(磁場)을 만들고 딸들에게는 최면술을 걸었다. 그들은 응접실에 모여 앉아 침묵 속에서 서로의 정신적 기를 모았다. 텔레파시로 살인자의 정신을 물리치려는 시도였다. 길드 조합은 그라스에서 라 나풀르까지 속죄의 행진을 했다. 그 도시에 있는 다섯 수도원의 수도사들은 쉬지 않고 찬송가를 부르며 미사를 올렸다. 그래서 도시의 이곳 저곳에서는 통곡소리가 밤낮으로 끊이지 않았다. 거의 아무도 일을 하지 않았다.

그렇게 그라스의 사람들은 열병에 걸린 것처럼 아무 일도 하지 않으면서 다음 번 살인이 일어나길 초조하게 기다리고 있었다. 살인이 곧 닥칠 거라는 사실을 의심하는 사람은 하나도 없었다. 오히려 은밀하게 그 소식이 빨리 전해지기를 기대할 정도였다. 물론 그 살인이 자기가 아니라 다른 사람에게 일어나기를 바라면서.

그런데 시 당국과 주 당국은 이번에는 사람들의 히스테릭한 분위기에 휩싸이지 않았다. 소녀 살인마가 나타난 이래 처음으로 그라스와 드라귀냥, 그리고 툴롱의 관리들, 시 당국, 경찰, 군경찰, 의회, 그리고 해군 사이에 조직적이고 유익한 협력 체제가 구축되었다.

권력 기관들 사이에 이와 같이 굳건한 연대가 이루어진 이유는 한편으로는 시민들의 대규모 폭동에 대한 우려 때문이었고, 또 한편으로는 로르 리쉬가 살해된 이후 살인자에 대한 체계적인 추적의 단서를 잡았기 때문이다. 즉 살인자가 목격된 것이다. 라 나풀르 여관의 마구간에서 하룻밤을 묵고 다음날 흔적도 없이 사라져 버린 그 수상쩍은 무두장이 도제가 살인마임이 분명했다. 여관 주인과 마구간 마부, 그리고 리쉬의 일치된 진술에 의하면 그는 남의 눈에 잘 안 띄는 사람으로 갈색 상의에 거친 리넨으로 만든 여행 가방을 든 키가 작은 남자였다. 비록 세 목격자의 기억이 이상할 정도로 희미하긴 했지만 —— 그들은 그 남자의 얼굴, 머리색, 말투 등을 거의 설명하지 못했다 —— 여관 주인은, 만약 잘못 본 것이 아니라면 그는 다리에 상처가 있거나 발이 기형이라서 그런지 약간 절뚝거리는 절름발이처럼 보였다고 했다.

이 증거들을 갖고 살인이 일어난 당일 정오경에는 벌써 기마병 두 대대가 마르세이유 방향으로 살인자의 추적에 나섰다. 한 편은 해안선을 따라, 또 한 편은 내륙 방향으로 추격을 시작했다. 라 나풀르 근방은 자원 수색대가 수색을 맡았다. 그라스 지방 법원의 조사관 두 명이 니스로 가서 그곳의 무두장이 도제들에 대한 탐문 수사를 벌였다. 프레주, 칸느, 그리고 앙티브의 항구에서는 출항하는 모든 배를 검사했고, 사부아 주(州)로 넘어가는 접경 지역에서는 모든 길을 차단하고 여행자의 신분증을 검사했다. 글을 읽을 수 있는 사람들을 위해서 수배자의 인상 착의가 적힌 체포령이 그라스, 방스, 그리고 구르동의 모든 성문과 시골의 교회 문에 나붙었다. 또 하루에 세 번씩 그것을 소리내어 읽어 주었다. 그 수배자의 다리가 기형이라는 이야기는 살인마가 악마일 거라는 견해를

337

더 강화시켰다. 그로 인해 오히려 사람들 사이에서는 공포심이 더 심해져 유익한 정보를 얻지 못하는 결과를 가져왔다.

그라스 법원의 재판장이 리쉬의 위임을 받아 살인마에 대한 단서를 제공하는 자에게 2백 리브르라는 엄청난 현상금을 제공하겠다고 나섰을 때에야 비로소 그라스와 오피오, 그리고 구르동의 몇몇 무두장이 도제에 대한 신고가 들어왔다. 그중 하나는 정말 재수없게도 다리를 저는 사람이었다. 여러 사람들이 그의 알리바이를 확인해 주었음에도 불구하고 사람들은 그를 고문하고 싶어 안달할 지경이었다. 살인 사건이 발생한 지 열흘째 되는 날, 시 경비대원 하나가 검찰에 출두해 법관들 앞에서 다음과 같이 진술했다. 그는 가브리엘 탈리아스코라는 이름의 경비대 대장이었다.

「사건이 발생하던 그날 정오경에 저는 보통 때처럼 쿠르성문에서 근무를 하고 있었습니다. 그때 어떤 사람이 다가와 다급하게 여러 번 부집정관 일행이 아침에 도시를 떠날 때 어느 방향으로 갔는지를 물었습니다. 지금 생각해 보니 그 사람이 지명 수배된 사람의 인상 착의와 아주 비슷합니다. 그런데 사실 저는 그때도, 또 그 이후에도 그 일을 별로 중요하게 생각지 않았습니다. 또 그 사람만 해도 어제 우연히 그를 다시 보지 못했다면 혼자 힘으로는 도저히 확실하게 기억할 수 없을 정도니까요. 그 사람은 그 정도로 눈에 띄지 않는 사람입니다. 그런데 바로 여기 그라스, 루브 거리에 있는 드뤼오와 아르뇔피 부인의 작업실 앞에서 어제 그 사람을 봤습니다. 틀림없이 다리를 절면서 작업실로 들어가고 있었습니다.」

한 시간 후에 그르누이는 체포되었다. 다른 혐의자들을 확인하기 위해 그라스에 미물고 있던 라 나폴르의 여관 주인과 마구간 마부가 즉시 그르누이가 바로 자신의 여관에서 묵은 무두장이 도제가 분명하다고 증언해 주었다. 그들은 그가 틀림없이 수배된 살인마라고 단언했다.

작업실과 프란체스코 수도원 뒤편 올리브 밭에 있는 그의 오두막에 대한 수색이 이루어졌다. 오두막 한구석에 로르의 잘려진 잠옷과 속옷, 그리고 빨간 머리카락이 놓여 있었다. 그것들은 숨겨져 있지도 않았다. 그리고 바닥을 파보자 또 다른 스물네 명의 소녀의 옷과 머리카락이 차례로 나왔다. 희생자들을 살해할 때 사용한 나무 방망이도 발견되었고, 리넨으로 만든 여행 가방도 나왔다. 증거는 명명백백했다. 교회의 종소리로 살인자가 체포되었음을 알렸다. 재판장은 거의 일년간 수배중이던 악명 높은 소녀 살인마를 체포해서 안전하게 감금해 놓았다는 포고령을 선포했다.

48

처음에 사람들은 그 발표를 믿지 않았다. 당국이 자신들의 무능력을 은폐하기 위해, 또 위험 수위까지 고조된 사람들의 흥분을 누그러뜨릴 목적으로 속임수를 쓰고 있다고 생각한 것이다. 살인마가 그르노블로 떠났다는 소문이 돌던 때의 기억이 아직도 뇌리에 생생하게 남아 있던 터였다. 이번에는 공포가 사람들의 영혼을 너무 깊숙이 갉아먹었다.

다음날 법원 앞 교회 광장에 증거품들이 공개적으로 전시되고 나서야 —— 스물다섯 벌의 옷과 스물다섯 개의 머리카락 뭉치가 허수아비처럼 막대기에 걸려 교회 맞은편 광장에 진열된 모습은 너무나 끔찍스러운 광경이었다 —— 사람들의 생각이 바뀌었다.

그 소름 끼치는 진열품을 구경하러 모여든 사람들이 수백 명에 이르렀다. 옷을 확인한 희생자의 가족들은 그 자리에 주저앉아 통곡을 터뜨렸다. 나머지 군중들 중 일부는 뭔가 자극적인 구경거리를 보려는 속셈에, 또 일부는 정말인지 확인하고 싶은 마음에 살인자를 내놓으라고 소리질렀다. 군중들의 외침소리가 점점 커지면서 그 작은 광장의 동요가 위험 수위까지 도달하자 재판장은 그르누이를 감방에서 끌어내 법원 2층 창문을 통해 보여 주기로 결정했다.

그르누이가 창가로 다가가자 커다란 함성이 일순간에 가라앉았다. 마치 고요하기 이를 데 없는 뜨거운 여름날의 정오 같았다. 사람들이 전부 바깥으로 들일을 나갔거나 집 안의 그늘로 숨어 들어 정적에 휩싸인 대낮 말이다. 발걸음소리도, 헛기침소리도 없었으며, 숨소리조차 들리지 않았다. 군중들은 한참 동안 눈과 입만 멍하니 벌린 채 넋을 잃고 있었다. 저기 창가에 서 있는 남자, 작은 키에 구부정한 모습의 초라하기 이를 데 없는 저 가련하고 불쌍한 남자가 스물다섯 번의 살인을 저질렀다고는 도저히 믿을 수 없었다. 그는 살인마의 모습에 걸맞지 않았다. 물론 살인마. 악마의 모습은 이러저러하다고 자신 있게 나설 수 있는 사람은 없었지만, 모두들 이건 아니라고 생각했다. 그의 모습은 살인마에 대한 사람들의 기대에 완전히 어긋나 있었다. 그러니 사람들 앞에 그를 등장시킨 것은 별로 설득력을 얻지 못했으리라고 생각할지도 모르겠다. 그러나 역설적이게도 창가에 살아 있는 악의 화신으로 제시된 인물이 바로 그런 모습이라는 것이 오히려 더 큰 반향을 불러일으켰다. 모두들 그것이 사실일 리가 없다고 생각하면서 동시에 그것이 사실임을 알고 있었다.

경비병들이 다시 그 작은 남자를 어두컴컴한 감방으로 끌고 갔다. 그의 모습이 사람들의 눈앞에서 사라진 것이다. 그들의 뇌리 속에 단지 혐오스러운 살인마라는 하나의 개념으로 남겨졌을 뿐, 실제로 눈앞에서 살인마가 사라지자 비로소 사람들은 경악에서 벗어나 그에 상응하는 반응을 보이기 시작했다. 벌어졌던 입이 다물어졌고, 천여 개의 멍한 눈동자가 생기를 되찾았다. 그리고는 갑자기 분노와 복수심에 사로잡힌 엄청난 함성이 터져 나왔다.

「그를 내놓아라!」

군중들은 자신들의 손으로 살인자의 목을 조르고 몸뚱이를 갈기갈기 찢어 버릴 듯이 법원으로 몰려들었다. 경비병들은 혼비백산하여 문을 닫고 군중들을 막기 바빴다. 그르누이는 즉시 지하 감방으로 옮겨졌다. 재판장이 창가에 나타나서 지극히 신속하고 엄정하게 재판을 진행하겠다고 약속했음에도 불구하고 군중들은 몇 시간 동안 더 소동을 부리다가 해산했다. 도시가 그럭저럭 평온을 되찾기까지는 또 며칠이 흘러야 했다.

실제로 그르누이에 대한 재판은 일사천리로 진행되었다. 증거가 너무나 명백했을 뿐 아니라 피고인 자신이 심문에 대해 아무런 이의없이 자신의 혐의 사실을 모두 시인했기 때문이다.

단 하나, 범행 동기에 대해서 그는 적절한 답변을 찾지 못했다. 단지 소녀들이 필요했기 때문에 죽였노라는 말만 되풀이했다. 도대체 왜 필요했는지, 또 〈소녀들이 필요했다〉는 말이 무슨 뜻인지에 대해서는 침묵으로 일관했다. 그러자 사람들은 그를 고문하기 시작했다. 여러 시간 동안 발을 묶어 거꾸로 매달아 놓거나 일곱 통의 물을 먹이기도 했고 주리도

틀어 봤지만 아무 소용이 없었다. 고문 후에 똑같은 질문을
해봐도 한결같이 〈그들이 필요했어요〉라는 말뿐이었다. 재판
관들은 그를 정신병자로 판단하고 고문을 중단했다. 그리고
더 이상의 심문 없이 재판을 끝내기로 결정했다.

재판을 지연시키는 단 한 가지 이유는 라 나폴르까지 관장
하고 있는 드라귀냥 법원과 엑스 의회가 소송을 담당할 법적
권리에 대해 서로 관할 다툼을 벌이고 있었기 때문이다. 그
러나 그라스의 재판관들은 재판권을 빼앗기지 않았다. 살인
자를 체포한 것은 자신들이었고 대부분의 살인 사건이 자신
들의 관할 구역에서 일어났을 뿐 아니라, 만일 살인마를 다
른 법정으로 넘겨준다면 시민들의 분노가 폭발할 우려가 있
었기 때문이다. 살인마의 피는 그라스에 뿌려져야 했다.

1766년 4월15일에 선고가 내려져 감방 안의 피고에게 통
고되었다.

「향수 제조인 도제 장 바티스트 그르누이는 성문 앞 광장
에서 얼굴을 하늘로 향한 채 나무 십자가에 묶어 놓고 팔, 다
리, 엉덩이, 어깨 등 그의 사지와 관절들이 다 떨어져 나갈 때
까지 쇠몽둥이로 12대를 내리친 후 죽을 때까지 십자가에 매
달아 놓는 형벌에 처한다.」

범죄자의 사지를 부러뜨린 후 끈으로 매달아 죽이는 전통
적 처형을 실시하되, 결코 은총을 베풀지 말라는 지시가 사형
집행인에게 내려졌다. 목숨이 끊어질 때까지 며칠이 걸린다
고 해도 그대로 두라는 지시였다. 시체는 나중에 야음을 틈타
박피장[9]에 매장하도록 되어 있었다. 그 장소는 비밀이었다.

그르누이는 판결을 미동도 하지 않고 받아들였다. 재판관은

마지막 소망이 뭐냐고 물어보았다. 「없습니다.」그르누이는 필요한 것을 모두 가지고 있다고 대답했다.

신부가 고해 성사를 들으러 감방 안으로 들어갔으나 아무런 성과 없이 15분 만에 나왔다. 하느님의 이름을 부르자 죄수는 생전 처음 들어 본다는 표정으로 멍하니 바라보다가 다시 나무 침대에 누워 깊은 잠에 빠져 버렸다는 것이다. 그러면서 더 이상 무슨 말을 한다는 것이 무의미하다고 덧붙였다.

그 다음 이틀 동안 많은 사람들이 그 악명 높은 살인마를 가까이서 보려고 몰려들었다. 경비병들이 한번에 6솔[10]씩 받고 감방문에 달린 통풍구를 통해 그의 모습을 보여 주었던 것이다. 그의 모습을 스케치하려 한 어느 동판 조각가는 2프랑을 지불해야 했다. 하지만 오히려 살인마의 모습은 실망만 더해 주었다. 발목과 손목에 쇠사슬이 채워진 그 남자는 언제나 얼굴을 벽 쪽으로 향한 채 나무 침대에 누워 잠만 자고 있었다.

그는 노크 소리나 외침소리에도 전혀 반응을 보이지 않았다. 방문객들이 감방 안으로 들어가는 것은 엄격하게 금지되어 있었다. 아무리 유혹적인 제안을 받아도 결코 이 금기 사항을 어길 만큼 배짱이 있는 보초는 없었다. 죄수가 희생자들의 가족에 의해 사형 집행 전에 살해될 위험 때문이었다. 같은 이유로 해서 죄수에게 음식물이 반입되는 것도 금지였다. 독이 들어 있을 수도 있었기 때문이다. 수감되어 있는 동안 계속해서 그르누이는 주교의 저택 부엌에서 만들어

---

9) 짐승의 가죽을 벗기는 장소.

10) 프랑스 화폐 수(sou)의 옛 형. 1수=5상팀

진 음식을 제공받았는데, 그나마도 감옥의 감독관이 먼저 먹어 보아야 했다. 마지막 이틀 동안은 물론 아무것도 먹지 않았다. 그는 누워서 잠만 잤다. 가끔 쇠사슬이 덜컹거리는 소리가 들려 경비병이 황급히 통풍구로 달려가 보면 그는 물병에서 물을 한 모금 마신 후 곧장 다시 침대로 가 잠을 잤다. 마치 자신의 인생에 지쳐서 마지막 시간들을 결코 깨어서 보내고 싶지 않은 듯이 보였다.

그동안 광장에는 사형 집행을 위한 준비가 한창이었다. 목수들이 가로 3미터, 세로 3미터, 높이 2미터의 처형대를 만들고, 그 위에 난간과 튼튼한 계단도 만들었다. 그라스에서 그토록 훌륭한 처형대를 보는 것은 이번이 처음이었다. 지체 높은 사람들은 일정한 거리를 두고 떨어져서 구경해야 했다. 쿠르 성문 좌우에 있는 건물들과 경비대 건물의 창문은 벌써 오래 전에 엄청난 자릿세로 예약이 끝났다. 심지어 약간 옆으로 비껴서 있는 빈민 구호 병원에서도 사형 집행인의 조수가 환자들로부터 얻은 방을 상당한 웃돈을 붙여 호기심에 가득 찬 사람들에게 다시 빌려 주었다. 장사꾼들은 감초 주스를 여러 통씩 준비해 두었으며, 동판 조각가는 감옥에서 얼핏 본 모습에다 상상력을 더한 살인마의 동판화를 수백 장이나 찍어 놓았다. 수십 명의 떠돌이 장사꾼들이 몰려들었고 빵 장수들은 기념 과자를 구워 냈다.

파퐁이라는 사람이 사형 집행을 맡았다. 수년 간이나 범죄자를 처단하는 일을 해보지 못했던 그는 사각형의 무거운 쇠몽둥이를 만들어 도살장에 가서 동물의 시체를 내리치는 연습을 했다. 내리칠 기회는 단 열두 번밖에 없었다. 그는 그동안에 가슴이나 머리 같은 신체의 중요 부분을 손상시키지 않고 열두 곳의 관절을 부러뜨려야 했다. 이것은 아주 까다로운 일로서, 손가락 끝에 최대한 힘을 집중하는 기술이 필요했다.

시민들은 마치 커다란 축제를 준비하듯이 사형 집행을 맞을 준비를 했다. 일을 안 하는 것은 너무나 당연한 일이었다. 여자들은 축제 때 입을 옷을 다림질해 놓았다. 남자들은 상의의 먼지를 털어 내고 긴 장화를 반짝반짝 윤이 나도록 닦아 놓았다. 군인이거나 관직에 있는 사람, 길드의 우두머리들, 변호사, 공증인, 교단 대표나 그 밖의 주요 인사들은 제복이나 관복을 입었다. 물론 옷에 견장과 훈장을 달았고, 하얀 가루를 뿌린 가발도 썼다. 교회의 신자들은 처형이 끝난 후에 예배를 드릴 예정이었고, 사탄의 무리들은 악마에게 감사 의식을 올릴 작정이었다. 학식 있는 귀족들은 카브리스, 빌뇌브, 그리고 퐁미셸의 저택에서 마그네틱 강령술을 열기로 했다. 부엌에서는 일찍부터 빵을 만들고 고기를 굽느라 분주했다. 또한 지하실에서 포도주를 꺼내 오는 것은 물론, 시장에서 장식용 꽃도 사다 놓았다. 주교좌 성당에서는 오르간 연주자와 성가대가 연습을 하고 있었다.

드루아트에 있는 리쉬의 집은 계속 조용하기만 했다. 리쉬는 사람들이 〈해방의 날〉이라고 부르는 살인마의 사형 집행을 맞을 아무런 준비도 하지 않았다. 모두가 구역질 나는 짓거리일 뿐이었다. 사람들이 갑자기 공포에 사로잡히는 것도 역겨웠지만, 열병에 걸린 듯 들떠 있는 그들의 성급한 기대도 역겹기는 마찬가지였다. 그는 살인마의 희생자들이 교회

앞 광장에 전시될 때도 가보지 않았다. 자극적인 즐거움을 찾아 살인자의 감방 앞에서 벌이는 사람들의 역겨운 행진에도 참여하지 않았음은 물론이다. 딸의 옷과 머리카락을 확인할 때도 법관들을 집으로 불러 간단하고 냉정하게 진술한 후, 그 귀중한 유품들을 자기에게 넘겨달라고 부탁했다. 그것들을 넘겨받은 리쉬는 로르의 방으로 가서 잘려진 잠옷과 속옷을 침대에 붉은 머리카락은 베개 위에 펼쳐 놓았다. 그리고는 그 앞에 앉아 밤낮으로 그 방을 떠나지 않았다. 이렇게라도 지켜보아야 라 나풀르의 그 밤에 자신이 행한 잘못을 보상할 수 있다는 듯이. 그는 세상에 대한, 그리고 자기 자신에 대한 역겨움에 가득 차 울 수조차 없었다.

살인자에 대해서도 역시 구역질이 느껴졌다. 그는 사람으로서의 그가 아니라 처형을 앞둔 희생자로서의 그의 모습만 볼 생각이었다. 그래서 처형이 있는 날 비로소 그를 볼 생각이었다. 그것도 십자가에 묶여 열두 번의 몽둥이 찜질이 끝난 후 으깨진 모습의 그를 보고 싶었다. 그때는 아주 가까이서 그 모습을 볼 생각이었기 때문에 맨 앞의 자리를 예약해 두었다. 그리고 몇 시간이 지나 사람들이 모두 흩어지고 나면 그때 피범벅이 된 살인자에게 올라가 그의 옆에 앉을 작정이었다. 그래서 필요하다면 몇날 며칠이라도 그를 지켜보면서 딸을 살해한 그놈의 두 눈에 자신의 구역질과 역겨움을 모두 쏟아 붓고 싶었다. 죽음과 사투를 벌이고 있는 그놈에게 자신의 모든 구역질과 역겨움을 염산처럼 쏟아 붓고 싶었다. 그가 죽어 없어질 때까지……

그러고 나면? 그때는 또 뭘 할 것인가? 그건 알 수 없었다.

어쩌면 다시 일상의 생활로 되돌아올지도, 어쩌면 결혼을 하거나 아들을 낳을지도 모른다. 또 어쩌면 아무것도 안 하거나 죽을 수도 있다. 그 어떤 경우라도 상관없는 일이었다. 그것을 생각해 본다는 것은 죽은 후에 무엇을 할 건가 생각하는 것만큼이나 무의미한 일로 보였다. 물론 알 수 없는 일이었다. 지금 그가 알 수 있는 것은 아무것도 없었다.

49

사형 집행은 오후 5시로 예정되어 있었다. 호기심 많은 구경꾼들은 이른 아침부터 몰려와 자리를 잡았다. 그들은 의자나 받침대는 물론 방석과 음식, 포도주를 싸들고 아이들까지 동반하고 있었다. 정오쯤에는 시골 사람들이 사방에서 무리지어 몰려드는 바람에 광장에는 벌써 발 디딜 틈도 없을 정도였다. 그 뒤로 오는 사람들은 그래서 테라스처럼 광장 건너편에 높이 위치해 있는 정원이나 들판, 혹은 그르노블로 향하는 길 위에 자리를 잡아야 했다. 장사꾼들은 벌써 재미를 톡톡히 보고 있었다. 사람들은 연신 먹고 마시고 노래를 흥얼거렸다. 마치 연말 대시장처럼 시끌벅적했다. 금방 사람이 만여 명으로 불어났다. 재스민의 여왕을 뽑는 축제나 가장 큰 행진 때보다도 더 많은 인파가 모였다. 이렇게 많은 사람들이 그라스에 모인 적은 한 번도 없었다. 멀리 떨어져 있는 언덕 위까지 사람들이 서 있었다. 나무 위는 물론 성벽이나 지붕 위에도 사람들이 앉아 있었다. 또 창문에도 사람들이 열 명, 스무 명씩 모여 있었다. 쿠르 광장의 중앙 부분, 바리케이드를 쳐서 막아 놓은 그 자리만 도넛의 한가운데처럼 빈 공간이 남아 있었다. 관람석과 처형대가 놓인 그곳은 마치 장난감이나 인형극의 무대처럼 갑자기 아주 작아 보였다. 그리고 골목 한 곳이 비어 있었다. 처형장에서부터 쿠르 성문을 지나 드루아트로 통하는 길이었다.

3시가 넘자 파퐁과 그의 조수들이 나타났다. 박수소리가 터져 나왔다. 그들은 나무로 만든 X자형 십자가를 처형대 쪽으로 날라 왔다. 그리고는 네 개의 무거운 교각을 받침대로 해서 그 십자가를 적당한 높이로 세워 놓았다. 목수의 조수가 단단하게 못질을 했다. 사형 집행인 조수들과 목수의 조수가 손을 움직일 때마다 사람들은 박수로 화답하였다. 이어서 파퐁이 쇠몽둥이를 들고 십자가를 돌면서 이쪽저쪽으로 거리를 재어 보며 내리치는 시늉을 하자 정말로 본격적인 함성이 터져 나왔다.

정각 4시가 되자 관람석이 채워지기 시작했다. 품위 있는 부자들이 하인들을 거느리고 나타났고, 아름다운 숙녀들이 커다란 모자에 반짝거리는 옷을 입고 등장했다. 눈이 휘둥그래질 정도로 대단한 광경이었다. 평의회 의원들은 두 명의 집정관을 따라 줄을 지어 들어왔다. 리쉬는 검은 옷에 검은 양말, 그리고 검은 모자를 쓰고 있었다. 평의원들의 뒤를 이어 재판장의 인도를 받으며 재판관들이 나타났다. 마지막으로 주교가 눈부신 보라색 주교복과 녹색의 관을 쓰고 가마에 탄 채 등장했다. 그때까지 모자를 쓰고 있던 사람도 이번엔 모자를 벗었다. 분위기가 엄숙해졌다.

그 후 약 10분간은 아무 일도 일어나지 않았다. 신사숙녀들은 자리를 잡고 앉았고, 군중들은 미동도 않고 기다리고 있었다. 음식을 먹는 사람도 없었다. 모두들 조용히 기다리고 있었다. 파퐁과 그의 조수들도 못박힌 듯이 처형대 위에 서 있었다. 붉고 거대한 태양이 에스테렐 산 위에 걸려 있었다. 그라스의 분지로부터 오렌지꽃 향기가 부드러운 바람에 실려왔다. 날씨는 따뜻했고, 믿을 수 없을 정도로 고요했다.

이러한 긴장감이 더 이상 지탱되지 못하고 시끄러운 비명, 혼란, 광폭함, 혹은 군중 시위로 폭발될 지경에 이르렀을 때 고요한 정적을 뚫고 말 발굽 소리와 마차 바퀴 소리가 들려왔다.

드루아트 거리를 따라 두 줄로 된 말이 이끄는 마차가 달려왔다. 경감의 마차였다. 성문을 지난 마차는 드디어 모든 사람들의 눈앞에서 좁은 골목을 빠져 나와 처형대를 향해 달렸다. 경감이 이런 방식으로 호송할 것을 주장했다. 그렇지 않으면 사형수의 안전을 보장할 수 없다고 생각했던 것이다. 여느 때와는 아주 다른 방식이었다. 사실 감옥은 처형장에서 도보로 5분밖에 안 되는 거리였다. 그러나 사형수가 어떤 이유로 해서 이 짧은 거리도 걸어갈 수 없는 경우에는 나귀가 끄는 짐수레를 타는 게 보통이었다. 사형을 당하러 오는 사람이 근사한 마차를 타고 온 적은 아직까지 한 번도 없었다. 그것도 마부와 하인, 그리고 기마병의 호송까지 받으면서.

그럼에도 불구하고 군중들은 동요하거나 반감을 보이지 않았다. 오히려 그 반대였다. 사람들은 드디어 무슨 일인가 일어났다는 사실에 안도하면서 마차는 오히려 성공적인 아이디어라고 생각할 정도였다. 내용을 익히 알고 있던 작품이 극장에서 완전히 새로운 방식으로 공연되었을 때 높은 평가를 받는 것과 같은 경우였다. 심지어 그렇게 등장하는 것이 아주 적절하다고 생각하는 사람도 많았다. 그와 같이 비정상적이고 끔찍스러운 범죄자는 보통과 다른 대접을 받을 자격이 있다는 식이었다. 살인마를 길거리의 시시한 도둑처럼 쇠사슬에 묶어 처형장으로 끌고 와 죽일 수는 없는 게 아닌가. 그랬다면 구경거리가 되지 못했을 것이다. 안락한 마차에서 끌어내 X자형 십자가에 묶는 것, 그것은 정말로 기가 막히게 잔인한 일이었다.

마차는 처형대와 관람석 사이에서 멈추었다. 하인들이 뛰어내려 마차의 문을 열고 간이 계단을 밑으로 내렸다. 경감이 그 계단을 내려왔고, 그 뒤를 이어 경비대 장교가, 그리고 마지막으로 그르누이가 내려왔다. 그는 푸른색 상의와 흰색 셔츠, 흰색 비단 양말, 그리고 버클 장식이 달린 검은색 구두를 신고 있었다. 그는 묶여 있지 않았다. 그의 팔을 붙잡고 있는 사람도 없었다. 마치 자유로운 사람처럼 그가 마차에서 내려왔다.

그때 기적이 일어났다. 아니, 기적과 비슷한 일이라고 해두자. 그 자리에 있던 모든 사람들이 나중에 기적이라고 설명할 수밖에 없는 일이 일어났으니까 말이다. 그것은 도저히 이해할 수 없는 일, 들어 본 적도 없고 믿을 수도 없는 그런 일이었다. 혹시 훗날 그 일에 대해 이야기가 있었다면 사람들은 언제나 그것은 사실이 아니었다고 말했을 것이다. 하지만 사람들은 그 사건에 자신이 참여했다는 사실만으로도 수치스러워하며 그 이야기를 꺼내지 않았다.

그 이상한 일은 바로 처형장과 그 주변 언덕에 구름처럼 모여 있던 만여 명의 사람이 한순간에 갑자기 푸른 옷을 입고 마차에서 막 내려서는 작은 남자는 절대 〈살인마〉일 리가 없다는 확고한 믿음에 사로잡힌 일이었다! 사람이 바뀌었다고 의심하는 것이 아니었다. 그곳에 내려선 남자는 그들이 며칠 전 교회 광장에서 법원 창문을 통해 본 그 남자가 틀림없었다. 만약 그때 그들의 손에 그가 있었다면 광포한 증오심에 사로잡힌 그들에 의해 맞아 죽었을지도 모르는 그 남자가 확실했다. 이틀 전에 명명백백한 증거와 그 자신의 고백을 토대로 합법적으로 사형 선고를 받은 바로 그 남자였다. 일분 전까지만 해도 사형 집행인이 그를 때려죽이기를 갈망하지 않았던가 말이다. 그가 살인자라는 사실은 의심의 여지가 없었다.

그런데, 그럼에도 불구하고 그는 그 남자가 아니었다. 그럴 리가 없었다. 그가 살인자일 리가 없었다. 처형장 위에 서 있는 그는 무죄였다. 주교로부터 음료수 장사꾼에 이르기까지, 후작부인으로부터 보잘것없는 세탁부에 이르기까지, 재판장으로부터 거리의 부랑아에 이르기까지 사람들은 한결같이 이 순간 그 사실을 깨달았다.

파퐁 역시 그걸 알게 되었다. 쇠몽둥이를 쥐고 있던 그의 손이 떨렸다. 힘이 넘치던 두 팔에서 갑자기 힘이 빠져 버렸고, 무릎이 후들거리기 시작했다. 또 가슴이 온통 어린아이같이 불안으로 가득 찼다. 그는 쇠몽둥이를 들어올릴 수 없을 것 같았다. 살아 생전에는 결코 이 죄없는 작은 남자에게 쇠몽둥이를 내리칠 힘이 생길 것 같지 않았다. 무릎이 덜덜 떨리면서 힘이 쭉 빠졌기 때문에 그는 쓰러지지 않기 위해 처형에 사용할 쇠몽둥이에 몸을 기댔다. 그 힘세고 장대한 파퐁이 말이다.

그곳에 모여 있던 만여 명의 사람들에게도 똑같은 일이 일어났다. 남녀노소 모두 마찬가지였다. 마치 연인의 매력에 흠뻑 빠진 어린 소녀처럼 그들 모두 마음이 약해졌던 것이다. 애정, 부드러움, 어린아이의 맹목적 애착심 등이 강력하게 모든 사람을 사로잡았다. 그렇다. 그건 그 작은 살인마에 대한 사랑이었다. 그들은 그 사랑에 저항할 수 없었고, 저항하고 싶지도 않았다. 그것은 마치 억제할 수 없이 눈물이 솟구치는 것과 같았다. 오랫동안 억눌러 왔던 눈물이 가슴속에서 솟구쳐 올라 놀랍게도 저항하는 모든 것을 파괴하고, 결국은 그 모든 것을 녹여 쓸어 버리는 것 같은 기분 말이다. 이제 사람들은 순수한 액체 상태였다. 그들의 정신과 영혼은 완전히 용해되어 형태가 없는 액체가 되어 버렸다. 느낄 수 있는 것이라고는 오직 자신들의 내면에서 불안정하게 동요하고 있는 심장뿐이었다. 좋건 나쁘건 이제 모든 것은 푸른 옷을 입은 그 작은 남자의 손에 달려 있었다. 모든 여자, 모든 남자가 다 그를 사랑했다.

벌써 몇 분째 그르누이는 열린 마차 문 옆에 꼼짝도 안 하고 서 있었다. 그의 옆에 서 있던 하인이 무릎을 꿇으며 몸을 숙이더니 완전히 몸을 엎드렸다. 마치 동양에서 술탄[11]이나 알라 신 앞에서 그러는 것처럼. 그는 이렇게 엎드린 자세를

취하고도 여전히 몸을 부들부들 떨면서 몸을 더 낮게 숙이려
고 애쓰고 있었다. 몸을 땅에 붙인 것으로도 모자라 아예 땅
속까지 더 들어가려는 것 같았다. 진정한 복종심으로 그는 세
상의 다른 쪽 끝까지라도 더 가라앉고 싶어했다. 사형수를 처
형대 위로 데려가 사형 집행인에게 넘겨 주어야 할 경비대 대
장과 경감, 그 당당하던 남자들도 이제 더 이상 자신 있게 행
동할 수가 없었다. 그들은 울면서 모자를 썼다 벗었다 하다가
는 그걸 땅바닥에 내팽개쳐 버렸다. 그리고는 서로 얼싸안고
하나가 되어 아무 의미도 없이 팔을 공중으로 빙빙 휘두르거
나 손을 붙잡았다. 그들은 마치 몸을 떠는 병에라도 걸린 것
처럼 몸을 움찔거리고 얼굴을 찡그렸다.

　약간 떨어진 곳에 있던 지체 높은 사람들도 감정에 휘말린
나머지 평소의 신중함을 잃어버렸다. 그들 모두 자신들의 충
동에 몸을 내맡겨 버렸던 것이다. 그르누이를 보자 양 주먹
을 무릎에 끼우고 연신 행복에 겨운 신음을 해대는 귀부인들
도 있었고, 그 멋진 젊은이에 대한 —— 그들에게는 그르누이
가 그렇게 보였다 —— 참을 수 없는 갈망으로 인해 소리없이
기절하는 여자들도 있었다. 숨을 헐떡이며 끊임없이 자리에
서 벌떡 일어났다 앉았다 하거나, 칼을 뽑으려는 듯 칼자루
를 감싸는 신사들도 있었다. 칼을 뽑은 후에는 다시 집어 넣
느라 달그락거리는 소리들로 시끄러웠다. 또 어떤 사람들은
말없이 하늘을 우러르며 기도하는 자세로 손을 떠는 경우도
있었다. 주교는 마치 속이라도 안 좋은 듯 상체를 앞으로 숙

11) 회교국의 군주.

여 이마가 무릎에 맞닿는 바람에 녹색의 관이 머리에서 굴러 떨어졌다. 사실 그는 속이 아픈 것이 결코 아니었다. 오히려 그의 인생에서 처음으로 종교적 황홀감을 맛보는 중이었다. 왜냐하면 기적이 모든 사람의 눈앞에서 일어났기 때문이다. 하느님께서 몸소 친히 세상 사람들에게는 살인자로 보이는 남자의 품에 내려와 그가 천사임을 알려 주신 것이 아닌가 말이다. 오, 이럴 수가. 18세기에도 이런 일이 일어날 수 있다니! 하느님은 이 얼마나 위대하신 분인가! 정말 인간이란 왜소하고 초라하기 이를 데가 없구나! 그걸 믿지 못하고 단지 사람들을 안심시키기 위해 그분께 파문의 저주를 퍼붓다니! 이 얼마나 오만하고 부끄러운 믿음인가! 그런데도 신은 기적을 행하셨다! 주교로서 신으로부터 이런 식으로 징계를 받는 것은 이 얼마나 멋진 굴욕이란 말인가! 이 얼마나 달콤한 모멸이자 은총인가!

그 사이에 바리케이드 너머에 있던 군중들은 그르누이의 등장으로 형성된 은밀한 감정의 도취에 훨씬 더 뻔뻔스럽게 빠져 있었다. 처음 그의 모습을 보았을 때 단지 동정과 측은함에 빠졌던 사람들은 지금 대담한 욕정에 사로잡혀 있었다. 감탄과 갈망에서 감정이 시작된 사람들은 이제 황홀경에 빠져 있었다. 모든 사람들의 눈에 푸른 옷을 입고 있는 이 남자가 이 세상에서 가장 아름답고, 가장 매력적이며, 가장 완벽한 사람으로 보였다. 그는 수녀들에게는 구세주의 현신이었고, 사탄의 추종자들에게는 빛나는 어둠의 신이었으며, 계몽주의자들에게는 가장 이성적인 존재로 보였다. 처녀들에게는 동화 속 왕자였으며, 또 남자들에게는 그들이 꿈꾸는 이상적 자화상이었다. 그들은 모두 그의 손길이 자신들의 가장 예민한 곳, 가장 민감한 성감대를 어루만지고 있는 듯한 느낌이었다. 마치 손이 만 개라도 되는 양 그는 자신을 둘러싸고 있는 사람 하나하나의 국부에 손을 뻗어 여자든 남자든 그들이 은밀한 환상 속에서 열렬하게 갈망해 온 그대로 그들을 애무해 주었다.

그로 인해 예정되어 있던 가장 혐오스러운 살인마에 대한 사형 집행은 BC 2세기 이래로 이 세상에서 벌어진 가장 대규모의 환락의 향연으로 변했다. 블라우스를 찢어 버린 정숙한 여인네들이 히스테릭한 비명을 질러 대며 젖가슴을 드러낸 채 땅바닥에 드러누워 치마를 훌렁 걷어 올렸다. 남자들은 몽롱한 눈길로 발정난 고깃덩어리들의 들판을 비틀거리며 돌아다니다가는 마치 보이지 않는 냉기로 뻣뻣해진 듯한 성기를 떨리는 손가락으로 바지 밖으로 끄집어냈다. 그리고는 숨을 헐떡이며 아무 곳에나 쓰러져 그 자리에서 사랑을 나눴다. 도저히 그럴 수 없는 장소에서, 서로 어울리지 않는 사람들이 하나가 되었다. 노인과 처녀가, 노동자와 변호사 부인이, 견습공과 수녀가, 그리고 예수회 교인과 프리메이슨 결사대 여자 단원이 하나가 되어 뒹굴었다. 쾌락의 달콤한 땀내로 공기가 무거워졌고, 만여 명의 짐승이 내지르는 괴성과 신음소리가 천지에 가득했다. 지옥이 따로 없었다.

서 있는 그르누이의 얼굴에 미소가 떠올랐다. 그를 바라보는 사람들의 눈에는 세상에서 가장 순수하고, 가장 사랑스럽고, 가장 매력적이며, 또한 가장 유혹적인 미소처럼 보였다. 그러나 사실 그것은 미소가 아니었다. 그의 입가에 떠오른 것은 불쾌하고 냉소적인 비웃음일 뿐이었다. 자신이 완벽하게 승리했음을 과시하는, 그리고 사람들을 철저하게 경멸하고 있음을 보여 주는 비웃음 말이다. 장 바티스트 그르누이, 세상에서 가장 악취가 심한 곳에서 냄새도 없이 태어난 그가, 쓰레기와 배설물, 그리고 부패 속에서 성장한 그가, 따뜻한 인간적 영혼도 없이 오로지 반항심과 역겨움의 힘으로 살아가고 있는 그가, 작은 키에 구부정한 모습, 절름발이에 추한 얼굴로 보기만 해도 도망치고 싶어지는 그가, 외모와 마찬가지로 내면 세계 역시 괴물인 그가 세상 사람들에게 사랑을 받는 데 성공한 것이다. 사람들의 관심이 도대체 웬 말인가? 사랑받고, 존경받고, 신으로 찬양까지 받게 되다니! 이것은 프로메테우스와 같은 위대한 일이 아닐 수 없었다! 그는 자신의 요람에는 들어 있지 않던 것, 오로지 그 혼자만 갖지 못했던 그 성스러운 빛을 끝없는 교활함으로 스스로 획득했다. 아니, 그 이상이었다! 그는 그 빛을 스스로의 내면에서 직접 만들어 낸 것이다. 그러니 프로메테우스보다 더 위대한 인물이었다. 그 이전의 어느 누구의 향기보다 더 빛나고, 더 영향력 있는 향취를 스스로 만들어 가졌으니 말이다. 그 일에 대해서는 어느 누구에게도 고마워할 필요가 없었다. 그는 아버지나 어머니는 물론 은총이 가득하신 하느님에게도 감사드릴 마음이 눈곱만큼도 없었다. 오직 〈자기 자신〉에 대해 고마워할 뿐이었다. 그 스스로가 정말로 신이었다. 교회에 있는 그 역한 냄새의 하느님보다 더 위대한 신이었다. 살아 있는 주교가 그의 앞에 무릎 꿇고 기쁨에 떨며 흐느끼고 있었다. 부자와 권력자들, 오만한 신사와 숙녀들이 모두 감격에 겨워 정신을 잃고 있었고, 빙 둘러 서 있는 군중들은 무아지경에 빠져 그를 찬양하고 그의 이름을 외쳐 대고 있었다. 그중에는 그가 죽인 희생자들의 아버지, 어머니, 형제와 자매들도 있었다. 그가 살짝 신호만 보내도 그들 모두 자신들의 신을 버리겠다는 맹세와 함께 위대한 그르누이, 자신을 찬양할 것이 틀림없었다.

그렇다. 그는 〈위대한 그르누이〉였다. 이제서야 그 사실이 분명해졌다. 일찍이 자신에 대한 짝사랑에 빠져 환상 속에서 일어났던 일이 이제는 현실에서 실현된 것이다. 이 순간 그르누이는 자신의 일생에서 가장 위대한 승리를 맛보고 있었다. 그런데 갑자기 이 승리가 두려워지기 시작했다.

그는 자신의 승리가 무서웠다. 왜냐하면 자신은 단 한순간도 그 승리를 즐길 수가 없었기 때문이다. 한평생 소유하기를 갈망해 왔던 향수, 2년에 걸쳐 만들어 낸, 사람들의 사랑을 획득할 수 있는 그 향수를 바르고 마차에서 햇살이 따사로운 광장으로 내려서던 그 순간……, 그 순간에 벌써 그는 향수가 저항할 수 없는 영향력으로 바람처럼 빠르게 퍼지면서 주변 사람들을 사로잡아 가는 것을 알 수 있었다. 그런데 바로 이 순간에 그의 내면에서 인간에 대한 모든 역겨움이 되살아나 승리를 철저하게 무너뜨려 버렸다. 기쁨은커녕 최소한의 만족감도 느낄 수가 없었다. 항상 갈망해 왔던 일, 사람들로 하여금 자신을 사랑하게 만드는 일에 성공한 이 순간에 그 일이 참을 수가 없게 된 것이다. 왜냐하면 그 자신은 그 향기를 사랑하기는커녕 증오하고 있었기 때문이다. 그리고는 갑자기, 자신은 사랑이 아니라 언제나 증오 속에서만 만족을 얻을 수 있다는 사실을 깨달았다. 증오하고 증오받는 것에서.

그러나 정작 사람들에 대한 그의 증오는 아무런 반향도 얻지 못했다. 이 순간 그가 사람들을 증오하면 할수록 그들은 더욱더 그를 숭배했다. 왜냐하면 사람들은 그에게서 단지 그가 연출한 분위기만 진실로 받아들였기 때문이다. 그러나 그것은 향기의 가면, 도둑질한 향기에 불과했다. 물론 이 향기는 숭배받아야 마땅할 정도로 훌륭했다.

이제 그는 할 수만 있다면 악취를 풍기는 이 멍청한 욕망 덩어리들을 이 땅에서 싹 쓸어 버리고 싶었다. 언젠가 칠흑 같은 어두운 영혼의 세계에서 낯선 냄새들을 섬멸했던 것처럼. 또한 그들로 하여금 자신이 그들을 얼마나 증오하고 있는지 깨닫게 해주고 싶었다. 그에게 있어 유일하게 진실한 감정인 이런 증오심에 대해 그들 역시 증오로 답해 오기를, 그래서 원래의 계획대로 자신을 처형시켜 주기를 그는 간절히 원했다. 그는 인생에서 〈단 한 번만이라도〉 자신을 표현하고 싶었다. 단 한 번만이라도 다른 사람들과 똑같은 사람이 되어 자신의 내면을 드러내고 싶었다. 그들이 자신들의 사랑과 바보 같은 존경심을 보여 주듯이 그 역시 자신의 증오를 보여 주고 싶었다. 단 한 번만, 꼭 한 번만이라도 그의 진짜 모습을 그대로 인정받고 싶었다. 그래서 자신이 가진 유일한 감정인 증오에 대한 타인의 반응을 알고 싶었다.

그러나 아무 일도 일어나지 않았다. 일어날 수가 없었다. 적어도 이날은 그렇게 될 수가 없었다. 왜냐하면 이 세상에서 가장 좋은 향수의 가면을 쓰고 있었기 때문이다. 이 가면을 쓰면 얼굴이 없는 것과 같아서 그는 완전히 무취의 상태가 되는 것이다. 그러자 갑자기 구역질이 났다. 또다시 안개가 피어 오르는 것을 느꼈기 때문이다.

언젠가 동굴에서 꿈을 꾸는 동안 그의 상상 속에서 그랬던 것처럼 안개가 피어 오르고 있었다. 그것은 끔찍스러운 그 자신의 냄새의 안개였다. 냄새가 없는 그로서는 무슨 냄새인지 맡을 수도 없는 그런 안개였다. 이번에도 그때처럼 한없는 두려움과 공포가 엄습했다. 틀림없이 질식해서 죽을 것만 같았다. 그러나 그때와는 달리 이것은 꿈이 아니라 생생한 현실이었다. 또 동굴에 혼자 누워 있는 것이 아니라 광장에서 만여 명의 시선 속에 갇혀 있는 것도 그때와는 다른 점이었다. 그러니 그를 깨워 해방시켰던 비명이 여기서는 아무 소용이 없게 된 것도 그때와 달랐다. 여기서는 도망칠 수 있는 따뜻한 구원의 세계가 없었다. 왜냐하면 바로 여기 이 자리가 그의 꿈이 실현된 세계였기 때문이다 바로 그 자신이 이렇게 되기를 열렬히 바라 왔었다.

숨막힐 듯한 끔찍스러운 냄새의 안개가 그의 영혼의 늪에서 계속 솟아오르는 동안 그를 둘러싼 사람들은 무아지경의 오르가슴 속에서 신음하고 있었다. 어떤 남자가 그를 향해 달려왔다. 귀빈석 맨 앞줄에 앉아 있던 사람이었는데, 너무 급히 일어나는 바람에 그의 머리에서 검은색 모자가 굴러 떨어졌다. 그 남자는 검은색 상의를 휘날리며 한 마리 까마귀처럼, 혹은 복수의 천사처럼 광장을 가로질러 달려왔다. 그는 바로 리쉬였다.

그르누이는 그가 자신을 죽이러 오는 것이라고 생각했다.

나의 가면에 속아넘어가지 않은 유일한 남자로구나. 그는 잘 속아넘어가지 않는 사람이다. 그의 딸의 향기가 피처럼 뚜렷하게 내게 배어 있지 않은가. 그러니 그가 나를 알아보고 죽이러 오는 게 틀림없다.

그르누이는 자신에게로 질주해 오는 천사를 맞이하기 위해 팔을 활짝 벌렸다. 벌써 단검이나 장검의 칼끝에 자신의 가슴이 날카롭게 찔린 기분이었다. 칼날이 향기의 갑옷과 악취의 안개를 뚫고 그의 차가운 심장을 향해 돌진해 들어왔다. 드디어, 드디어 그의 심장 속에 그 자신이 아닌 다른 어떤 것이 들어온 것이다. 벌써 그는 구원받은 기분이었다.

그런데 그 순간 리쉬가 그의 품으로 뛰어들었다. 그는 복수의 천사가 아니었다. 리쉬는 깊은 감동으로 흐느껴 울며 팔로 그르누이를 꼭 껴안았던 것이다. 마치 행복의 바다에서 그르누이가 아니면 아무데도 붙잡을 곳이 없다는 듯이 말이다. 그르누이를 해방시켜 줄 단검은 없었다. 그의 심장을 찌르지도 않았다. 증오나 저주에 찬 폭언도 퍼붓지 않았다. 오히려 리쉬는 눈물에 젖은 자신의 뺨을 그르누이의 얼굴에 비비대며 흐느끼는 목소리로 말했다.

「용서해 다오, 내 아들아! 내 사랑하는 아들아, 나를 용서해 다오.」

그 순간 그르누이의 눈앞이 아찔해지면서 외부 세계가 칠흑 같은 암흑으로 변했다. 그를 휘감고 있던 안개가 부글부글 끓어오르는 우유처럼 액체로 변해 소용돌이치기 시작했다. 그는 그 속에 잠겨 버렸다. 출구를 찾지 못한 액체는 그의 몸 안에서 견딜 수 없는 압력으로 팽창하고 있었다. 그는 도망치고 싶었다. 제발 어디론가 가버리고 싶었다. 그러나 어디로 간단 말인가? 그는 자기 자신의 악취에 질식하지 않기 위해 차라리 산산조각으로 폭발해 버리고 싶었다. 마침내 그는 땅바닥에 쓰러져 정신을 잃었다.

50

그가 다시 정신을 차린 곳은 로르 리쉬의 침대였다. 그녀의 유품들, 즉 옷과 머리카락은 치워지고 없었다. 탁자 위에 촛불 하나가 켜져 있었다. 반쯤 열려진 창을 통해 시민들의 축제의 환호성이 멀리서부터 들려 왔다. 앙투안느 리쉬가 침대 옆 의자에 앉아 그르누이를 지켜보고 있었다. 그르누이의 손을 자신의 손 위에 올려 놓고 쓰다듬어 주면서.

그르누이는 눈을 뜨기 전에 우선 분위기부터 탐색했다. 그의 가슴속은 평온했다. 끓어오르거나 억누르는 것도 전혀 없었다. 그의 영혼 속에는 다시 예전 같은 차가운 밤이 찾아와 있었다. 바깥 세계를 살피려면 냉정하고 분명한 의식이 필요했다. 그곳에는 그의 향수 냄새가 있었다. 향수는 좀 변해 있었다. 장식들이 떨어져 나가고 이제는 향수의 심장에 해당되는 로르의 향기만이 두드러지고 있었다. 부드럽고 몽롱하며 반짝이는 불꽃 같은 향기였다. 아직은 안전한 것 같았다. 아직 몇 시간 정도는 공격받지 않을 것이다. 비로소 그가 눈을 떴다.

리쉬의 시선이 그의 얼굴에 머물러 있었다. 무한한 애정이 깃든 눈길이었다. 사랑에 빠진 남자의 부드러움과 감격, 그리고 공허한 깊이가 눈빛에 가득했다.

그가 미소를 지으며 그르누이의 손을 더 꼭 쥐었다.

「이제 모든 일이 다 잘될 거야. 법원이 자네에게 내린 사형 선고를 무효화했으니까. 모든 증인들이 자신들의 진술을 번복했어. 자네는 이제 자유야. 자네가 하고 싶은 대로 다 할 수 있지. 하지만 나로선 자네가 내 집에 머물러 주었으면 하네. 딸을 잃었으니 자네를 아들로 삼고 싶어. 자네는 그 아일 닮았어. 그 아이와 똑같이 아름다워. 자네의 머리카락, 입, 손 ……. 나는 계속 자네의 손을 잡고 있었다네. 그런데 그 손은 그 아이의 손이지 뭔가. 이렇게 자네의 눈을 들여다보고 있으니 꼭 그 애가 쳐다보는 것만 같군. 자넨 그 아이의 오빠야. 그러니 자네가 내 아들이 되어 주었으면 바랄 게 없겠어. 나의 기쁨, 나의 자랑, 나의 후계자가 되어 주게. 그런데 부모님은 아직 살아 계신가?」

그르누이가 고개를 젓자 리쉬의 얼굴이 기쁨으로 상기되었다.

「그렇다면 내 아들이 되어 줄 텐가?」

그가 의자에서 일어나 침대 가장자리에 걸터앉았다. 그리고는 그르누이의 나머지 한 손도 꼭 잡아 쥐면서 떨리는 목소리로 물었다.

「아들이 돼줄 텐가? 그렇게 해 주겠어? 나를 아버지로 받아 주겠냐고? 아무 말 말게. 말을 하면 안 돼. 자넨 아직 너무

약해서 말할 기운이 없을 거야. 그냥 고개만 끄덕이면 돼!」

그르누이는 고개를 끄덕였다. 리쉬는 행복감으로 온몸의 땀구멍에서 빨간색 땀이 솟구치는 것처럼 달아올랐다. 그는 그르누이에게 몸을 숙여 키스해 주었다.

「이제 한숨 자도록 해, 내 사랑스런 아들아!」

그가 몸을 다시 일으켰다.

「잠이 들 때까지 내가 지켜 주겠네.」

한참을 더 행복에 겨워 말없이 그르누이를 지켜보던 리쉬가 말했다.

「자넨 정말 나를 행복하게 해주었네.」

그르누이는 입 언저리를 약간 움직였다. 미소 짓는 시늉을 한 그는 다시 눈을 감았다. 그는 잠이 든 사람처럼 숨소리가 좀더 규칙적이고 부드러워지기를 기다리고 있었다. 리쉬의 애정 어린 눈길이 자신의 얼굴에 머물러 있는 것이 느껴졌다. 다시 한번 그에게 키스를 하려고 고개를 숙이다가 혹시 잠을 깨울까 봐 중단하는 것을 알 수 있었다. 마침내 리쉬가 촛불을 끄고 발끝으로 살살 방을 나갔다.

그르누이는 이 집과 도시에서 더 이상 아무 소리도 들리지 않을 때까지 그대로 누워 있었다. 그가 다시 일어난 것은 벌써 날이 밝아 올 무렵이었다. 옷을 입은 그는 방을 나서 조용히 복도를 지났다. 그리고는 계단을 내려선 후 응접실을 지나 바깥쪽 테라스로 나왔다.

테라스에서는 성벽과 그라스의 분지가 내려다보였다. 날씨만 좋다면 저 멀리 바다까지도 보일 것 같았다. 들판에 옅은 안개가 끼어 있었다. 아니, 연기에 가까웠다. 거기서 풀 내음과 함께 금작화와 장미의 향기가 실려 왔다. 마치 씻기라도 한 듯이 깨끗하고 단순하고 기분좋은 향기였다. 그르누이는 정원을 가로질러 성벽을 넘었다.

탁 트인 들판에 도달하려면 다시 한번 인간들의 악취를 뚫고 쿠르 광장을 지나가야 했다. 광장과 그 주변의 구릉들은 마치 거대한 패잔병 진지 같았다. 지난밤의 질탕한 향락에 지친 수천 명의 사람들이 여기저기 취해 쓰러져 있었다. 어떤 사람들은 옷을 홀랑 벗고 있었고, 또 어떤 사람들은 반은 걸치고 반은 벗어 버린 채 쓰러져 있었다. 마치 조각난 이불이라도 되는 양 반쯤 걸친 옷 밑에 웅크린 자세로 말이다. 시큼한 포도주와 독주의 냄새, 땀내, 지린내, 아이들의 똥 냄새, 시커멓게 타버린 고기 냄새가 뒤섞여 악취를 풍기고 있었다. 곳곳에 널린 모닥불에서 연기가 모락모락 피어 오르고 있었다. 거기다 고기도 구워 먹고 불가를 돌며 춤도 추면서 질탕하게 먹고 마시던 자리였다. 끊이지 않고 이어지는 많은 사람들의 고고는 소리에 이따금씩 웃음소리나 중얼거리는 소리가 섞여 있기도 했다. 아직도 깨어 있는 누군가가 머릿속에서 의식의 마지막 찌꺼기까지 빨아 마시는 모양이었다. 그렇지만 그르누이가 진흙탕 속을 걷듯이 조심스러우면서도 재빠른 걸음으로 여기저기 쓰러져 있는 육신들 사이로 빠져 나가는 것을 눈치챈 사람은 하나도 없었다. 기적은 사라졌다.

쿠르 광장의 끝에서 그르누이는 그르노블이나 카브리스가 아니라 서쪽을 향해 들판을 가로질러 갔다. 그는 단 한 번도 뒤를 돌아보지 않았다. 둥그런 태양이 높이 떠오른 것은 그르누이가 벌써 흔적도 없이 멀리 사라진 후였다.

그라스 사람들은 만취 상태에서 잠이 깼다. 술을 마시지 않은 사람들도 머리가 납덩이처럼 무거웠다. 속도 쓰렸고 기분도 엉망이었다. 환한 햇살이 내리비치는 쿠르 광장에서는 우직한 농부들이 쾌락의 절정에서 자신들이 벗어 던진 옷을 찾고 있었다. 단정한 아낙네들은 남편과 아이들을 찾아 나섰다. 생면부지의 이성과 너무도 친밀하게 꼭 껴안고 있던 사람들은 깜짝 놀라며 서로 떨어졌다. 벌거벗은 채로 친지나 이웃, 혹은 배우자와 부딪친 사람들은 민망해 하며 어쩔 줄을 몰라 했다.

많은 사람들에게 있어 이 일은 끔찍스런 체험이었다. 자신들의 도덕 관념과 전혀 일치하지 않는 그런 일이 어떻게 일어나게 되었는지 도저히 설명할 길이 없었다. 그래서 그들은 사건이 일어난 그 자리에서 그 일을 곧 자신들의 기억 속에서 지워 버렸다. 그 결과 나중에는 정말로 그 일을 더이상 기억해 낼 수가 없었다. 한편 자신들의 인식 기관을 그 정도로 자유자재로 통제하지 못하는 사람들은 보지도 듣지도 생각하지도 않으려 애썼다. 물론 그것은 쉬운 일이 아니었다. 왜냐하면 그 치욕스러운 사건은 너무나 명백했고 공개적이었기 때문이다. 자기 물건이나 친지를 찾은 사람들은 가능한 한 빨리, 가능한 한 사람들의 눈에 띄지 않게 그곳에서 도망쳤다. 정오가 되자 광장은 마치 깨끗이 청소라도 한 것처럼 모두 사라졌다.

시내에 돌아온 사람들은 저녁이 되어서야 급한 일을 처리하기 위해 집 밖으로 나왔다. 길에서 누군가와 마주치기라도 하면 도망치듯 바삐 인사를 한 후 전혀 중요하지 않은 일에 대해서만 이야기를 나누었다. 그 전날, 그리고 지난밤에 일어난 일에 대해서는 단 한마디도 언급하지 않았다. 전날까지만 해도 아무런 거리낌없이 자유롭게 행동하던 사람들이 지금은 그렇게 치욕스러울 수가 없었다. 모두들 부끄러워 어쩔 줄을 모르고 있었다. 모두가 다 죄를 지었기 때문이다. 그라스 시민들이 그때처럼 일치 단결한 적은 없었다. 사람들은 마치 살얼음판을 디디듯이 생활했다.

물론 직책상 일이 어떻게 된 영문인지 빨리 알아야 할 사람들이 있었다. 공공 생활의 연속성과 법과 질서의 유지를 위해서 시급한 조치들이 필요했던 것이다. 그날 오후에 벌써 평의회가 소집되었다. 부집정관까지 포함된 위원들은 말없이 서로를 얼싸안았다. 마치 평의회가 새로 구성되기라도 한 듯한 태도들이었다. 그러고 나서 그들은 지난밤 사건이나 그르누이의 이름은 전혀 언급함이 없이 만장 일치로 다음과 같이 결의했다. 〈관람석과 처형대를 쿠르 광장에서 지체 없이 철거하고 광장과 그 주변의 손상된 들판을 다시 그전의 정상적인 상태로 되돌려 놓을 것.〉 그들은 그 비용으로 160리브르의 지출을 승인했다.

같은 시간에 법원에서는 재판이 열리고 있었다. 법원은 아무런 심의 없이 〈G. 사건〉의 종결을 선포하면서 조서를 끝맺고 그것을 기록 보관소에 보관하지 않기로 결정했다. 그리고는 아직 밝혀지지 않은, 그라스 지역의 스물다섯 명의 소녀 살해범에 대한 새로운 수사를 시작하기로 했다. 경감에게 지체 없이 수색을 시작하라는 명령이 떨어졌다.

그 다음날 곧 살인범이 체포되었다. 명백한 혐의점을 토대로 루브 거리의 향수 제조인인 도미니크 드뤼오가 체포되었다. 어쨌든 모든 희생자들의 옷과 머리카락이 그의 오두막에서 발견된 것은 사실이었다. 처음에 그는 범행을 완강하게 부인했다. 하지만 법관들은 거기에 속아넘어가지 않았다. 열네 시간의 고문 끝에 그는 모든 것을 자백했다. 심지어 그는 그 다음날로 잡혀 있던 처형일을 가능한 한 앞당겨 달라고 애원했다. 아침 해가 뜨기 전에 그는 교수형당했다. 커다란 소동이나 처형대, 관람석도 없었다. 단지 사형 집행인과 법원의 몇몇 관계자들, 그리고 의사와 사제가 처형을 지켜보았다. 그의 죽음을 확인하고 기록을 남긴 후 시체는 즉시 매장되었다. 그것으로 살인 사건은 종결되었다.

그라스는 이 사건을 벌써 잊고 있었다. 얼마나 철저하게 그 일을 잊어버렸던지 그 후 며칠 동안 이 도시를 방문한 여행객들이 혹시 지나가는 말로 그라스의 유명한 소녀 살인마에 대해 질문을 던져도 제대로 답변해 주는 사람을 만날 수가 없을 정도였다. 단지 빈민 구호 병원의 몇몇 멍청이들, 심한 정신병자들만 자신들의 방을 내놓아야만 했던, 쿠르 광장의 그 대단한 축제에 대해 떠들어댔다.

얼마 안 있어 생활은 곧 정상을 되찾았다. 사람들은 열심히 일을 했고 잠도 잘 잤으며 자신들의 사업에 몰두하고 예의바르게 처신했다. 샘물과 우물이 흘러 넘치는 바람에 골목마다 진흙탕을 이루는 것도 이전과 똑같았다. 이 도시는 다시 초라한 모습으로 비옥한 분지의 구릉에 자리잡고 있음을 뽐내고 있었다. 햇빛은 따사롭게 도시를 내리비췄다. 곧 다시 5월이 왔고 사람들은 장미꽃을 수확했다.

4

51

그르누이는 밤에만 걸었다. 맨 처음 길을 나섰던 그때처럼 도시가 나타나면 우회하고 대로는 피했다. 날이 밝기 전에 잠자리에 들었고 저녁이면 일어나 길을 떠났다. 풀과 버섯, 꽃잎, 죽은 새들, 그리고 벌레 등 길에서 구할 수 있는 것은 닥치는 대로 먹었다. 프로방스 지방을 통과한 그는 거룻배를 훔쳐 타고 론 강을 건너 오랑주 남쪽에 다다랐으며, 아르데 슈를 따라 세벤 깊숙이 들어갔다가 다시 알리에를 따라 북쪽을 향했다.

오베르뉴에서 그는 플롱 뒤 캉탈에 가까워졌다. 그의 서쪽으로 은회색 봉우리가 달빛 속에 빛나고 있었다. 시원한 바람이 불어오고 있었다. 그러나 거기에 가보고 싶은 마음은 없었다. 더 이상 동굴 생활에 대한 미련은 없었다. 이미 겪어본 일이기도 하거니와 그 속에서는 살아갈 수 없다는 것이 입증되지 않았던가. 또 다른 체험 역시 마찬가지였다. 사람들과 섞여 살아가는 것 말이다. 사람들은 어디서나 악취를 내뿜고 있었다. 한마디로 말해 그는 더 이상 살고 싶지가 않았다. 그가 바라는 것은 파리에 가서 죽음을 맞이하는 것이었다.

가끔씩 그는 손을 주머니에 넣어 자신의 향수가 들어 있는 작은 향수병을 만져 보았다. 그라스에서 사람들 앞에 나타날 때 몇 방울 사용한 게 전부였다. 온 세상을 충분히 마법에 걸 수 있을 정도의 양이 아직 남아 있었다. 마음만 먹으면 파리에서 만 명 정도가 아니라 십만 명의 환호도 받을 수가 있었다. 혹은 베르사이유 궁전을 향해 산책을 하다가 왕으로부터 발에 키스를 받을 수도 있었다. 교황에게 향수를 뿌린 편지를 보내 자신을 새로운 메시아로 선포하게 만들 수도 있었다. 노트르담의 왕과 황제들 앞에서 황제 중의 황제로 등극할 수도, 심지어 지상의 신으로 올라설 수도 있었다 —— 자신의 몸에 신의 향유를 바르기만 한다면…….

마음만 먹으면 못 할 일이 없다. 그는 그렇게 할 수 있는 능력이 있다. 그의 손에 그 힘이 들어 있다. 이것은 돈이나 테러, 혹은 죽음보다 더 큰 힘을 갖고 있다. 이것은 사람들로부터 사랑을 이끌어 내는 힘이 있다. 아무도 그걸 거역할 수는 없다. 그런데 그 힘이 미치지 못하는 곳이 꼭 한 군데 있으니, 그곳이 바로 그르누이 자신이다. 그는 이 사랑의 향기를 느낄 수가 없는 것이다. 물론 그는 이 향수를 통해 세상에 신으로 나타날 수도 있다. 그러나 이 향수를 느낄 수가 없으니 그걸 바르고도 자신이 누군지 모른다면 도대체 그게 무슨 의미일까? 그는 세상과 자신, 그리고 향수를 비웃었다.

향수병을 잡고 있는 손에서 아주 부드러운 향내가 퍼졌다. 손을 코로 가져가 냄새를 맡아 본 그는 기분이 우울해졌다. 몇 초간 걸음을 멈춘 그는 다시 냄새를 맡아 보았다. 이 향수가 얼마나 큰 효과를 발휘하는지 아는 사람은 아무도 없다. 이 향수가 얼마나 잘 〈만들어진〉 것인지 아는 사람도 없다. 사람들은 단지 그 효과에 굴복할 뿐이니까. 그렇다. 그들은 자신들에게 영향을 미치고, 자신들을 매혹시키는 것이 향수라는 사실을 깨닫지 못한다. 이 향수의 진정한 아름다움을 인식하는 사람은 그것을 만들어 낸 나 자신뿐이다. 그런데도 나는 그 향수의 마법에 걸리지 않는 유일한 사람이 아닌가. 이 향수는 내게는 아무 의미도 없다.

그는 이제 부르고뉴 지방을 지나가고 있었다. 생각이 계속되었다. 그 빨강 머리 소녀가 뛰놀던 정원 아래 성벽에 기대어 있을 때 그녀의 향기가 바람에 실려 왔었지……. 아니, 향기에 대한 약속이었다는 것이 더 적절하다. 나중에 그녀에게서 풍기게 될 향기는 그때는 아직 존재하지 않았으니까. 내가 향수를 바르고 쿠르 광장에 나타났을 때 사람들이 느꼈던 것이 바로 그때의 내 느낌과 같은 것이 아닐까……? 그러나 곧 그 생각을 떨쳐 버렸다. 아니다, 그것은 전혀 다른 경우다. 나는 내가 원하는 것이 향기라는 것을 알고 있었던 반면, 사람들은 자신들이 원하는 것이 바로 〈나〉라고 생각하지 않았던가. 자신들이 진짜로 원했던 것이 무엇인지 그들은 영원히 모를 것이다.

이제 그는 생각을 중단했다. 생각은 그의 장기가 아니었기 때문이다. 게다가 벌써 오를레앙에 들어와 있었다.

그는 쉴리 근방에서 루아르 강을 건넜다. 다음날 벌써 파리의 냄새가 코로 밀려들었다. 1767년 6월 25일 새벽 6시에 그는 생 자크 거리를 지나가고 있었다.

푹푹 찌는 날씨였다. 그 해의 가장 무더운 날이었다. 마치 수천 개의 종기가 터진 것처럼 수천 가지 냄새와 악취들이 거리를 꽉 메우고 있었다. 바람 한 점 불어오지 않았다. 시장 좌판의 채소가 정오도 되기 전에 시들어 버렸다. 고기와 생선은 부패하기 시작했다. 골목마다 고약한 냄새가 배어 있었다. 강물마저 흐르기를 멈춘 것처럼 악취를 풍기고 있었다. 그르누이가 태어나던 그날과 꼭 같았다.

그는 퐁뇌프 다리를 건너 오른쪽 강가로 내려갔다. 그리고는 계속해서 시장을 지나 이노생 묘지로 향했다. 페르 거리와 경계를 이루고 있는 납골당에 다다른 그는 그 길에 주저앉았다. 공동 묘지가 마치 폭격을 당한 전쟁터처럼 그의 앞에 놓여 있었다. 여기저기 구덩이가 파헤쳐져 있었고, 무덤들이 줄을 지어 있었으며, 두개골과 뼈들이 널려 있었다. 나무나 덤불, 잡초 한 포기 없는 이곳은 죽음의 폐허 그대로였다.

살아 있는 사람이라곤 그르누이밖에 없었다. 시체들의 악취가 너무 지독했기 때문에 매장하는 사람들마저 사라지고 없었던 것이다. 그들은 해가 지고 난 후에야 돌아와서 횃불을 밝힌 채 다음날 묻을 시체의 구덩이를 팠다.

자정이 지나자 — 시체를 매장하는 사람들은 벌써 사라지고 없었다 — 도둑, 살인자, 무법자, 창녀, 탈영병, 젊은 불량배 등 온갖 종류의 천민들이 다 그곳으로 모여들었다. 그들은 음식도 끓이고 악취도 누그러뜨릴 생각으로 작은 모닥불을 피웠다.

그르누이가 납골당에서 일어나 그들 사이에 끼여들었을 때 처음에는 그걸 알아차리는 사람이 아무도 없었다. 마치 원래부터 그들과 같은 패거리였던 것처럼 그는 눈에 띄지 않고 불 가까이 다가갈 수가 있었다. 이 점이 나중에 그들로 하여금 그가 유령이나 천사, 혹은 초자연적인 어떤 존재라고 생각하게 만든 이유였다. 왜냐하면 그들은 보통 낯선 자의 접근에 지극히 예민한 감각을 가진 사람들이었기 때문이다.

그런데 마치 땅속에서 솟아나기라도 한 것처럼 갑자기 푸른 옷을 입은 작은 남자가 작은 병을 손에 들고 거기에 서 있었던 것이다. 그가 병마개를 열었다. 누군가 거기에 서서 병마개를 여는 것, 그것이 모든 사람들이 기억할 수 있는 첫 순간이었다. 그 남자는 작은 병의 내용물을 이리저리 흩뿌리기 시작했고, 그러자 갑자기 환한 불길에 휩싸인 것처럼 아름다움이 퍼져 나갔다.

한순간 그들은 외경심과 놀라움으로 주춤거렸다. 그러나 그 순간 벌써 그들은 뒷걸음질이 아니라 그를 향해 달려들기 시작했다. 외경심이 갈망으로, 놀라움이 감격으로 바뀌는 순간이었다. 그들은 이 인간 천사에게 이끌리는 것을 느꼈다. 그로부터 아주 강력한 흡인력이 퍼지고 있었다. 그 누구도 막을 수 없고, 또 막고 싶지도 않은 힘찬 물결이었다. 이미 그 의지는 물결에 의해 허물어졌고 오히려 그를 향해 가까이, 더 가까이 가고자 할 뿐이었다.

그의 주위로 이삼십 명의 원이 만들어졌다. 그 원이 점점 좁아지고 있었다. 곧 원이 더 이상 좁혀질 자리가 없었다. 사람들은 서로를 밀치고 떠밀면서 가운데로 파고들기 시작했다. 모두들 그 한가운데로 가까이 다가가고자 애를 썼다.

그러자 순식간에 저지선이 무너지면서 원이 허물어져 버렸다. 천사에게로 몰려간 사람들이 그를 덮쳐 바닥에 쓰러뜨렸다. 다들 그를 만지고 싶어, 그의 일부분이라도 갖고 싶어 안달이었다. 작은 깃털 하나, 날개 한 조각, 그 놀라운 불꽃을 두고 치열한 다툼이 벌어졌다. 옷이 찢어졌고 머리카락과 피부가 떨어져 나갔으며 몸뚱어리가 물어뜯겼다. 사람들은 손톱과 발톱을 세우고 그의 육체에 달려들었다. 마치 하이에나들 같았다.

그러나 인간의 육체는 아주 질겨서 쉽게 뜯어지지가 않았다. 아마 말(馬)이었다고 해도 힘이 들었을 것이다. 곧 여기저기서 단검이 번쩍이더니 그의 몸을 찔러 대기 시작했다. 그리고는 도끼와 칼을 이용해 둔탁한 소리를 내며 관절과 뼈를 토막내 버렸다. 천사의 몸뚱이는 삽시간에 서른 조각으로 잘렸다. 그걸 한 조각씩 움켜쥔 사람들이 황홀한 쾌감을 느끼며 뒤로 물러나 먹기 시작했다. 반 시간쯤 지나자 장 바티스트 그르누이는 흔적도 없이 사라져 버렸다.

만족스런 식사 시간이 끝나고 식인종들이 다시 불 옆으로 모여들었을 때 입을 여는 사람은 하나도 없었다. 가벼운 트림과 함께 뼈를 내뱉거나 입맛을 쩍쩍 다시는 소리뿐이었다. 그리고는 아직도 남아 있던, 갈기갈기 찢어진 푸른 옷 조각들을 발로 모닥불에 밀어 넣었다. 그들 모두 약간 당혹스러워하며 서로의 눈길을 마주 보지 못했다. 여기 있는 사람은 남자나 여자나 한 번쯤은 살인이나 그보다는 작은 범죄를 저질러 본 경험들이 있었다. 하지만 사람을 먹어 치우다니? 자신들이 그런 끔찍한 일을 저지를 수 있으리라고는 생각지도 못했다. 그런데도 이토록 쉽게 그 일이 일어난 것에 대해 모두 놀라고 있었다. 그러나 당혹스러운 것은 사실이었지만 조금도 죄책감이 들지 않는 것에 그들은 또 한 번 놀라고 있었다. 오히려 그 반대였다! 뱃속이 약간 더부룩하긴 했지만 마음은 날아갈 듯이 가벼웠다. 자신들의 음울했던 영혼이 갑자기 환하게 밝아졌다. 그들의 얼굴에 수줍은 아가씨 같은 달콤한 행복의 빛이 떠올랐다. 아마도 그랬기 때문에 그들은 감히 눈을 들어 서로의 눈을 들여다볼 수 없었을 것이다.

그러다가 처음에는 은밀히, 잠시 후에는 공공연하게 다른 사람의 얼굴을 쳐다보며 미소를 지었다. 이상할 정도로 당당한 기분이었다. 그들이 사랑에서 비롯된 행동을 하기는 이번이 처음이었던 것이다.

『향수』를 다시 번역하며

『향수』를 통해 파트리크 쥐스킨트Patrick Süskind라는 현대 독일 작가를 소개한 것이 벌써 3년 전의 일이었다. 독일 소설이라고 하면 아직도 헤르만 헤세H. Hesse나 라이나 마리아 릴케R. M. Rilke, 혹은 프란츠 카프카F. Kafka의 이름을 먼저 떠올리는 한국 독자들에게 당시만 해도 우리와 같은 시대를 살아가는 40대의 독일 작가, 파트리크 쥐스킨트의 이름은 낯설기 그지없었다. 그러나 『향수』를 시작으로 잇따라 작품들이 번역되면서 그의 이름을 기억하는 독자가 날로 늘어갔고, 최근에는 독일에서 가장 자주 무대에 올려지는 레퍼토리의 하나인 모노드라마 「콘트라베이스」가 무대에 올려짐으로써 쥐스킨트라는 이름은 그만큼 더 친숙하게 우리에게 다가와 있다.

그런데 『향수』를 읽는 독자들이 늘어날수록 역자로서 한편으론 심리적 부담감도 적지 않았다. 외국어를 우리말로 옮기는 과정에서 필연적으로 (?) 생기게 되는 거리, 향수라는 전문 분야에 대한 무지로 인해 나도 모르게 저질렀을 오역들, 또 매끄럽지 못한 표현들로 인해 작품을 제대로 전달 못 한 것이 아닌가 하는 두려움 때문이었다. 그러던 차에 마침 출판사에서 개역판을 내기로 결정함으로써 다시 한번 작품을 검토해 볼 수 있는 기회를 가지게 된 것은 여러모로 다행스런 일이었다. 초역 출간 후 그동안 아쉽게 느끼고 있던 부분들을 손질함으로써 가슴속의 부담감을 어느 정도 덜 수 있었기 때문이다. 게다가 3년의 세월을 두고 다시 『향수』를 읽어 보니 쥐스킨트의 작가적 역량과 소설의 재미를 새삼스럽게 느낄 수도 있었다.

『향수』는 1985년에 출간되어 30여 개의 언어로 번역되고 천만 부 이상 팔려 나감으로써 작가에게 작가적 명성과 부를 한꺼번에 안겨 준 쥐스킨트의 첫 장편 소설이다. 독일인 특유의 내면 지향성, 철학과 문학이 혼합된 듯한 난해한 내용 등으로 너무 어렵고 지루하다고 외면받던 독일 소설에 대한 통념을 깨뜨리며 독일 소설로는 오래간만에 출간되자마자 독일어권은 물론 전세계적으로 독자들의 관심과 흥미를 불러일으키며 베스트셀러의 자리를 확고하게 차지한 바 있다.

〈어느 살인자의 이야기〉라는 부제가 붙은 이 소설은 18세기 프랑스 파리를 배경으로 극히 예민한 후각을 타고난 냄새의 천재의 짧은 일대기를 담고 있다. 스스로는 아무런 체취도 없으면서 세상의 모든 냄새를 소유하고 지배하고자 하는 욕망을 지닌 사악한 주인공이 최상의 향수, 즉 가장 좋은 체취를 얻기 위해 스물다섯 번에 걸친 살인도 마다하지 않는 집념의 일생이 흥미진진하게 전개된다.

이 소설의 재미는 첫째, 소재의 특이성에서 비롯된다고 할 수 있다. 향수라는 달콤하고 이색적인 소재와 악마적인 주인공의 행태가 묘하게 어우러지면서 향수의 세계를 깊숙이 들여다볼 수 있는 기회를 독자에게 제공하는 것이다. 오늘날 우리 생활에도 이미 냄새에 관한 문제가 중요한 자리를 차지하고 있지만, 유럽 문화에 있어 향수의 의미는 각별한 것이었고, 악취 문제와 연결된 향수의 발달사는 흥미롭기만 하다. 거기에는 물론 향수에 대한 작가의 풍부한 자료 수집과 전문가적인 구체적인 묘사가 튼튼히 뒷받침되고 있다. 『향수』를 쓰던 시절, 파리에 있는 쥐스킨트의 다락방에는 18세기 파리의 대형 지도가 한 쪽 벽면을 다 차지하고 있었고, 그는 수시로 향수의 도시 그라스로 취재 여행을 떠났다고 한다.

둘째로, 이 소설을 통해 18세기의 풍속도를 보는 듯한 즐거움을 얻을 수 있다. 향수를 만드는 장인들, 계몽주의적 세계관을 가진 지식인들, 부를 축적해 가는 시민 계급, 여전히 미몽에서 깨어나지 못하는 평민 등이 역사를 전공한 작가의 손을 통해 생생한 인물들로 되살아나고 있는 것이다.

물론, 자칫 황당 무계한 이야기가 될 수도 있는 소재에 생명을 불어넣은 것은 바로 작가의 치밀한 문장력이다. 쥐스킨트는 작품을 읽어 나가는 동안 독자로 하여금 작품의 세계에 완전히 몰입하게 만드는 뛰어난 이야기꾼이다. 군더더기 없는 깔끔한 문장, 스피디한 전개는 일단 책을 손에 들면 놓아주지 않는 흡인력을 발휘한다. 이런 여러 측면들이 어우러져 베스트셀러의 자리를 차지할 수 있었을 것이다.

그러나 그의 작품은 이미 단순한 베스트셀러가 아니라, 문학성까지 갖춘 현대의 고전으로 인정받고 있다. 〈움베르트 에코 이후 유럽 작가로서는 처음으로 관례를 깰 정도로 전세계 출판계의 관심을 불러일으킨 작가〉, 〈그의 작품은 내용은 빈약한데 형식적으로는 끔찍스러움을 추구하는 요즘의 작품들과는 다르다〉, 〈탁월한 심리 분석을 밀도 있는 필치를 통해 소설로 완성시킨 이 시대의 독보적 작품〉 등의 몇몇 서평만 보아도 이를 확인할 수 있다.

쥐스킨트의 작중 인물들은 우울하고 내향적인 성격에 사교를 싫어하는 작가 자신과 마찬가지로 대부분 사회 생활에 잘 적응하지 못하는 고독하고 소외된 인간들이다. 물론 이 점에서는 『향수』의 주인공 그르누이도 예외가 아니다. 비록 천성적으로 사악한 데다가 스물다섯 번의 살인까지 저지르긴 했지만, 그는 어느 측면에선 어린아이처럼 천진스럽다. 때론 혐오스럽고, 때론 가련한 인물 그르누이의 행적을 통해 그려지는 향기의 세계에서 많은 즐거움을 찾게 되기를 바란다.

끝으로 다시 한번 작품을 검토할 기회를 주신 「열린책들」의 홍지웅 사장님께 감사드리며 꼼꼼하게 교정을 보느라 애쓰신 편집부 여러분께 고마움을 전하고 싶다.

번역의 원본은 취리히의 디오게네스 출판사에서 1985년에 발간한 *Das Parfum:* Die Geschichte eines Mörders이다.

강명순

옮긴이 강명순 1960년 인천에서 태어나 고려대학교 독어독문학과를 졸업하였으며, 동 대학원에서 박사 학위를 받았다. 현재 고려대학교에서 강의를 하고 있다. 논문으로는 「H. 브로흐의 『베르길의 죽음』에 나타난 인식의 문제」와 「H. 브로흐의 『몽유병자들』 연구」가 있으며 옮긴 책으로는 파트리크 쥐스킨트와 헬무트 디틀의 『로시니 혹은 누가 누구와 잤는가 하는 잔인한 문제』, 『사랑의 추구와 발견』, 『사랑을 생각하다』(파트리크 쥐스킨트), 『독일인의 사랑』(막스 뮐러), 『유리병 편지』(클라우스 코르돈)이 있다.

향수

발행일	1991년	12월 25일	초 판 1쇄
	1995년	3월 15일	초 판 15쇄
	1995년	6월 15일	개역판 1쇄
	2000년	6월 20일	개역판 30쇄
	2000년	8월 15일	신 판 1쇄
	2006년	9월 10일	신 판 48쇄

지은이 파트리크 쥐스킨트
옮긴이 강명순
발행인 홍지웅
발행처 주식회사 열린책들

경기도 파주시 교하읍 문발리 521-2 파주출판도시 내
전화 031-955-4000 팩스 031-955-4004
www.openbooks.co.kr